La comedia salvaje

JOSÉ OVEJERO

La comedia salvaje

Galaxia Gutenberg

Este libro se publicó originalmente en la editorial Alfaguara, en 2009

Publicado por
Galaxia Gutenberg, S.L.
Av. Diagonal, 361, 2.º 1.ª
08037-Barcelona
info@galaxiagutenberg.com
www.galaxiagutenberg.com

Primera edición: marzo de 2022

© José Ovejero, 2009, 2022
© Galaxia Gutenberg, S.L., 2022

Preimpresión: Maria Garcia
Impresión y encuadernación: Romanyà-Valls
Pl. Verdaguer, 1 Capellades-Barcelona
Depósito legal: B 123-2022
ISBN: 978-84-18807-69-5

Nada es verdad

–¡Es mentira! ¡Todo es mentira!

Señalaba con un dedo tembloroso hacia la pantalla improvisada sobre la fachada del colegio y buscaba en derredor a alguien que lo confirmara, pero lo único que encontró fueron ojos rabiosos, mandíbulas apretadas, sillas volcándose estrepitosamente como empujadas por un vendaval, gentes que ya se arremolinaban y agitaban, un soldado del que sólo recordaba un «detente» sobre el corazón y un diente pocho en la boca, que decía, por encima de la música y las palabras del general victorioso, «dejadme a este hijo de puta, que lo mato», puños, bocas, narices inmensas rojas por el frío, más remolacha que berza, y de repente una vaharada de sudor que lo envolvió como un gas letal, manos zarandeándolo, un par de patadas, «toma, comunista, así que mentira», la repentina sensación de que le estrujaban la oreja entre dos piedras, silbatos desacompasados mancillando un himno triunfal al que nadie hacía ya caso.

Cinco dedos feroces lo tomaron por el cogote como a un cachorro y lo levantaron casi del suelo –¿cómo se puede tener tanta fuerza en una mano?–, le hicieron trastabillar mientras lo arrastraban fuera del tumulto, del que se llevó un escupitajo, dos puñetazos en la misma costilla, incontables pisotones, tres o cuatro bocanadas de mal aliento. De fondo, la voz atiplada del general llamándolos a liberar España de la hidra roja, los vítores que aún resonaban cuando la cara del teniente apareció como una máscara en un sueño –de las máscaras en los sueños hablaremos después– y le dijo, sin rabia particular: ¿así que todo es mentira? Sacudió la cabeza, no parecía satisfecho con lo que le había deparado la vida, chasqueó la lengua, ya se giraba cuando ordenó: que lo echen al calabozo, a ver si se lo comen las ratas y nos evitamos tener que fusilarlo.

Eso también había sido mentira: no había ratas. Tanteó allí donde alcanzaban sus manos, aguzó los oídos en la oscuridad de ese cuarto sin ventanas, más pozo infernal que calabozo, con la esperanza de escuchar sus patas rascando contra la tierra apisonada o esos grititos que dan como si fornicasen en sus guaridas, nada, concentrado, atento por si tenía que saltar de improviso por encima de ese manojo de miembros que a su alrededor tejían y destejían una Balsa de la Medusa de secano, y abalanzarse sobre el animal. Pero no había ratas, ni siquiera cucarachas que llevarse a la boca. Sólo piojos.

Mentira, todo mentira:

Los caballos son marrones, pintos, etcétera.

Las ocas tienen el cuerpo blanco y los ojos azules. El cielo, justo al revés.

La sangre, qué decir de la sangre, él ha visto sangre sobre los uniformes, sangre roja saliendo de la boca del cabo mayor, la sangre ocre manchando los miembros cortados de un caballo, dos afluentes de sangre ascendiendo por la planicie de un pecho, remontando milagrosamente el promontorio de la barbilla, bordeando la suave ladera de los labios y penetrando en las profundidades por las fosas nasales; sangre mezclada con bilis, sangre roja y marrón entreverándose sobre la tierra de verde y amarillo, como churretes de pintura en la paleta de un pintor.

Hay, las ha visto, casi siempre de lejos, mujeres rubias. Y mujeres de mejillas sonrosadas.

Los campos son verdes o amarillos o tostados, o rojo arcilla después de arados.

Cuando estallan las bombas salen chispas de tantos colores, llamaradas brillantes, relámpagos azules, una kermés que revienta por los aires. Luego, es verdad, llega el humo y lo cubre todo, y el polvo tapa los cadáveres, y las manos de los hombres que empuñan los fusiles son pardas, y los uniformes se asemejan.

Aun así no era verdad ese mundo hecho de ceniza que les habían enseñado en el cine. Miente quien afirme que la guerra es gris, que el cielo es gris, que las caras son grises, que los ojos son grises, que los fusiles y los cañones y los aviones y las bombas y los correajes son negros.

Por eso había gritado que era mentira, que las cosas no son como las proyectaban sobre la fachada de la escuela, un engaño hecho de luz y de sombras: la vida, puede jurarlo, no es en blanco y negro. El mundo tiene unos colores insoportables. Pero no habían querido entenderle ni él había sabido explicarse.

Y lo habían lanzado a un pozo oscuro rodeado de hombres que respiraban y se quejaban y se rascaban y rebullían como reses apretujadas en un vagón de tren. Tan cerca unos de otros que no era posible distinguir un olor individual, si el latido que sentía era suyo o del vecino, y una vez descubrió una mano aferrada a una de sus nalgas, agarró aquellos dedos como un manojo de espárragos, quiso lanzar dedos, mano y brazo de vuelta a su dueño, pero el brazo salió disparado hacia lo alto, rebotó contra la nada jalándole del hombro y volvió a caerle muerto en el pecho: era su propio brazo que se le había dormido.

No comían desde hacía una eternidad –imposible precisar más en aquel agujero sin días ni noches– y tenía la sensación de que su estómago había comenzado a autofagocitarse. El tiempo: ¿transcurría o no transcurría? Más bien se remansaba como un charco sucio alrededor de aquellos hombres. Y sin embargo las barbas y las uñas crecían; los calambres pasaban de una pierna a otra, de un brazo a un culo, del pecho a la planta de los pies. Además, sufrían, o sea que sí transcurría el tiempo.

Le hubiese gustado ser capaz de dormir tan profundamente como muchos de los que le rodeaban, que preferían las pesadillas a la realidad, mientras que él a menudo velaba, escuchaba los ronquidos, los gemidos, las respiraciones trabajosas, de mineros en una galería bloqueada por un derrumbe, escuchaba también retazos de sus sueños, siempre angustiosos, y en los peores momentos entraba en ellos, tras oír tres o cuatro palabras, por ejemplo, «el suelo se está hundiendo», le dominaban el vértigo y la náusea, intentaba sujetarse manoteando en derredor sin encontrar un solo saliente que le librase de la caída, se precipitaba en el vacío, acompañaba los gemidos del dormido con los propios; o si escuchaba a uno lloriquear, «no, mamá, otra vez no», se le hacía un nudo en la garganta, era incapaz de dominar las lágrimas, veía a su propia madre con la zapatilla en la mano, insensible a su llanto, con la mirada a la vez severa y ausente, la de quien tiene que realizar una tarea rutinaria y enojosa. Ese sería el colmo de los horrores: adentrarse para siempre en un laberinto que lo condujese de una pesadilla a otra, no poder escapar de un sueño sin coherencia ni certezas salvo huyendo a otra pesadilla, a otro mundo disparatado y amenazador, construido no con los propios miedos, sino con todos los de los demás.

Despertó, sin darse cuenta de que también él se había quedado dormido, cuando alguien le metió un dedo en un ojo, sin violencia, parte tan sólo de un movimiento de exploración en el que participaban otros nueve dedos, que le palpaban mejillas, barbilla, boca, frente, hasta que de repente se prendieron de sus orejas y quisieron arrancárselas.

–¡Tú eres un fascista! ¡Hay un fascista entre nosotros!

Por casualidad, alguien vomitó sonoramente justo en ese momento y hubo ruidos guturales con los que los vecinos expresaron su asco.

–Aquí todos los hombres somos iguales –filosofó una voz con entonación sacerdotal. Quien antes exploraba su fisonomía ahora estiraba, pellizcaba, buscaba orificios por los que herir.

–Os digo que hay un fascista entre nosotros. Un espía.

–De acuerdo. Ese será el primero al que nos comamos. Ahora cálmate, Nicolás.

–Hay que matarlo.

–Si lo matamos y no nos lo comemos –añadió una voz que parecía llegar del techo–, va a empezar a apestar enseguida. Lo que faltaba.

Con menos convicción, los dedos enemigos aún pinzaban y horadaban, hasta que de repente abandonaron el campo de batalla. Los cuerpos que le rodeaban se recolocaron con trabajosos movimientos, lo empujaron a un lado y a otro hasta que cada trozo de carne encontró acomodo y se hizo de nuevo algo parecido al silencio.

No había señales del mundo exterior. El universo se había desintegrado y la nada rodeaba los gruesos muros que meses atrás defendieran del pecado a una comunidad de monjes y ahora encerraban y preservaban a veinte o treinta o cuarenta presidiarios de disolverse como el resto de la realidad. Sólo las quejas, los suspiros, los ronquidos, algún súbito movimiento del monstruo multípodo recordaban a cada uno que había otros seres vivos aparte de la propia memoria.

–¿Queréis que os cuente una historia?

–No, yo no quiero que me cuentes una historia. ¿Por qué todo el mundo cuenta historias? ¿Para qué sirve contar historias?

–Para nada; esa es su gran virtud.

–Vaya –se escandalizó una voz justo al lado de su oreja izquierda–. Tenemos con nosotros a un representante de la literatura burguesa. Así que las historias no sirven para nada. Puede que para los escritores decadentes de hoy en día sea así, pero cualquier literatura que pretenda merecer ese nombre debe necesariamente servir para la emancipación de la clase obrera. Sólo una literatura que transforme la realidad justifica alejar por un momento nuestras manos del fusil para permitirles pasar las páginas de un libro.

–¿Realidad? ¿Tú ves alguna realidad? ¿Ve alguien algo? ¿Dónde coño está la realidad?

Era difícil saber quién hablaba; las voces llegaban de uno y otro lado, igualmente roncas, igualmente cansadas, igualmente amargas; la oscuridad era un ventrílocuo que se entretenía fingiendo diálogos entre sus marionetas.

–Otro burgués que identifica el mundo con su propia percepción. La realidad la constituye la conciencia colectiva, no la de un individuo. Diré más: ¡el mundo es la conciencia colectiva de la clase obrera!

–¿Te importaría dejar de gritarme en el oído? –se atrevió a pedir, porque cada grito de su vecino le rebotaba directamente contra el tímpano.

–Un fascista como tú debería estar muerto. O por lo menos callado.

Un codo al que por suerte faltó espacio para tomar impulso se le clavó en el estómago.

—Pero los burgueses también tienen conciencia del mundo y por tanto crean el mundo.

—Por eso es necesario bien exterminarlos, bien reeducarlos, porque su conciencia injusta crea un mundo injusto. Si me apuras, es peor una conciencia injusta que un acto injusto.

—Pero digo yo que uno podrá contar historias así porque sí, para entretenerse; en mi pueblo, por las noches...

—Entretenerse es una traición. ¿Cómo puedes entretenerte mientras se fusila a los obreros, mientras los niños trabajan de sol a sol? Lukács dice...

—Mi galgo también se llama Lucas. O se llamaba. Lo mismo está muerto. Igual que una setter que tuve, que se murió de pena. Tuve que dejarla encerrada un tiempo, por un trabajo que me salió en la capital, y cuando regresé el animalito no había tocado la comida. Pues el galgo a lo mejor ha hecho lo mismo. Conmigo los animales se encariñan.

—Callaros.

—Llega alguien.

—Silencio.

—Cuando se acabe esta guerra...

—Las guerras no acaban nunca.

Se oyó el abrir y cerrar de varias puertas. Pasos. Voces lejanas como llegadas del mundo de los muertos, que acudían convocados por un médium, materializándose muy poco a poco, aún más ilusión que presencia. Una luz tenue puso rostro a los encerrados, aunque las facciones se parecían tanto que apenas podía pensarse en individuos detrás de ellas. En la penumbra, parecían más bien reproducciones en goma de un modelo esquelético y barbudo, de ojos hundidos y alertas, manos huesudas, labios temblorosos.

La puerta se abrió. Un hombre, ése sí un individuo, con una nariz propia —regordeta y tan corta que se detenía a tres dedos de la boca, una nariz inacabada por falta de materia prima—. Otros rasgos: un anillo con piedra oscura alrededor del anular; ausencia de cejas y al parecer de cualquier otro cabello que no fueran dos pequeños mechones que le salían de las orejas; zapatos con tal lustre que deslumbraban los ojos de esos hombres sólo habituados al negro mate; traje y corbata, como si estuviera en una oficina o en un café de la capital y no en medio de la guerra en el País Vasco. Los miró. Lo miraron. Asintió con la cabeza y alguno repitió ese movimiento como si fuera parte de una lengua extranjera que debían descifrar para poder entenderse.

–Van a trasladarles –anunció–. ¿Quién es el oficial de mayor rango?

–Creo que yo –dijo uno volviéndose hacia todos lados para asegurarse de que así era. Su uniforme estaba tan cubierto de barro que no habría sido posible contar galones ni estrellas. Nadie le desmintió.

–A usted le tocará organizar a sus hombres para que todo salga a la perfección.

–No hemos comido.

–Lo sé.

–Ni cenado. Ayer tampoco.

–Estamos en guerra.

–Pero mis hombres no van a poder ni moverse.

–En unos minutos recibirán el rancho. Le aseguro que en las cárceles comunistas no se vive mejor. Estén preparados.

La puerta se cerró. Los envolvieron de nuevo una tiniebla bíblica y un silencio de ataúd. Aguardaron sin moverse esperando que el hombre reapareciera. Se cansaron de aguardar.

–¿Qué quiere decir con eso de que estemos preparados?

–Los nuestros avanzan.

–¿Que nos demos un baño? ¿Que nos pongamos firmes? ¿Que hagamos la maleta?

–Si nos trasladan es porque tienen que huir.

–Tus días están contados, fascista.

Le parecía imposible tal rencor con tanta oscuridad. Habría comprendido que lo odiasen a la luz del día, porque a la luz del día se le ven a uno la cara, la historia, hasta las ideas. Pero ¿cómo podían odiarlo, sumergidos como estaban en el mismo líquido, respirando esa negrura tan cargada que un nuevo olor no añadiría la más mínima sensación? Allí eran iguales, todos la misma persona, con el mismo destino, tan sólo separados por sus memorias diferentes: un monstruo que en lugar de tener cien ojos o cien brazos alberga cien memorias en la cavidad craneal.

Las siguientes horas continuaron aguardando. Le pareció distinguir un sonido sordo y rítmico, lejano, alguien que, a un kilómetro bajo tierra, arrancara minerales con un pico.

–¿Lo oís? –era la voz del hombre con más alto rango, a quien ya había aprendido a reconocer–. Se acercan. Escuchad.

Escucharon. Minutos u horas. La cabeza ligeramente inclinada, la barbilla adelantada. Sólo ese lejano golpeteo, tan lejano que no se podía estar seguro de su existencia; había tenido que dejar de respirar para que el leve siseo del aire saliendo de los pulmones no lo tapara.

Pum, pum, pum, recitaba mentalmente, preguntándose si eran cañones o el paso rítmico de una compañía desfilando. Pero era demasiado regular para ser producido por la artillería, y demasiado lento para paso de marcha.

–Están cavando trincheras.

–Entonces...

–No nos trasladan. No les ha dado tiempo a huir.

–¡Nos van a dejar encerrados, nos vamos a pudrir aquí dentro!

–¡A mí ya me están comiendo los gusanos! ¡Tengo las piernas roídas hasta las ingles!

Del fondo de la celda salió un grito de espanto, luego voces de cabreo salteadas con otras de dolor, el ajetreo inconfundible de una pelea, insultos. La masa humana se movió y recolocó, empujaban de un lado y resistían de otro, siguieron un intercambio de puñetazos en la oscuridad, dos o tres alaridos, maldiciones y blasfemias, algunas de ellas en catalán. Amainaron por fin los movimientos que hacían oscilar a los presos como náufragos sacudidos por una marejada, decreció el vaivén, callaron los blasfemos y los quejicas. Salvo por un llanto quedo, se hizo nuevamente el silencio.

Y de pronto, mientras tendía otra vez la oreja para escuchar el suave retumbar, algo estalló dentro de él. Una onda expansiva que salía de su vientre, escapaba por las fosas nasales, la boca, los oídos, el ano, mientras los órganos se aplastaban contra las paredes del torso y la sangre manaba de sus orejas.

Fiat lux!

Así debió de ser cuando Dios pronunció la orden, y la tiniebla que envolvía el mundo se rasgó en destellos intensísimos; un fogonazo había estallado sobre sus cabezas deslumbrándolo de tal manera que durante unos segundos sólo vio ante sí un resplandor rosa, un trallazo insoportable de luz que se fue deshaciendo hasta permitirle percibir el desplome de su prisión. Un cuerpo cayó sobre él y tembló epiléptico golpeándole en la cara con sus movimientos sincopados. Sentía un dolor indescriptible, ilocalizable, total. Un dolor como había imaginado que sería la ausencia de Dios de la que hablaban en el internado de los maristas en el que había estudiado: «Eso es el infierno. La ausencia de Dios, una ausencia tan dolorosa que nos abrasa vivos. Ahora Dios está ahí, aunque no te des cuenta, y por eso no sientes que tu sangre hierve y tu carne se desgarra. Existir, sin Dios, es mil veces peor que morir: el cuerpo entero se siente como una llaga restregada con sal. Las llamas de las pinturas eran sólo una forma de expresar lo inexpresable. El dolor que nos hace perder la conciencia, la memoria, el deseo. Un dolor que ocupará cada pensamiento tuyo el resto de la eternidad».

La luz, el fuego y el dolor. Salvo el polvo que se levantaba lentamente, y un hombre asomado hacia fuera a ese boquete recién abierto como por un meteorito, nada se movía. Entre los cascotes, ya posados en un precario equilibrio, había brotado una cosecha de manos y pies blanquecinos; un bulto de sangre y tierra coronaba un montón de piedras y no se sabía hacia dónde quedaba la nuca y hacia dónde el rostro; ni siquiera se sabía si el cuerpo le crecía debajo como la raíz de un árbol o una brutal carambola había lanzado allí aquella fruta podrida. Pero tras transcurrir unos segundos le fue posible descubrir que aún había seres que respiraban bajo los escombros: la tierra se deslizaba en una u otra dirección, un ladrillo o un cascote se tambaleaba, una extremidad tanteaba el aire como si un animal prehistórico despertase tras un milenio de su hibernación, y lenta, muy lentamente, se sacudiera la costra de tierra, piedra y siglos antes de salir de nuevo a la luz.

No se había quedado sordo del todo: oía perfectamente el batir de su propio corazón y chirridos internos de huesos y ternillas recolocándose. Se incorporó a pesar de que sentía que se le desprendían las piernas y el abdomen se le partía en dos. Gateó hasta la luz. Se agarró al uniforme de ese otro ser vivo que miraba hacia fuera, trepó poco a poco hasta también asomar la cabeza a las calles destruidas. Los obuses iban cayendo sobre lo que eran ya edificaciones desiertas provocándole un mudo retumbar dentro del pecho. Al parecer, los defensores del convento habían salido corriendo, sorprendidos al inicio de las tareas de fortificación. Todo era ruinas y humo, nubes de tierra ensuciaban el cielo, dos rezagados zigzaguearon entre los escombros antes de ser abatidos a balazos. Serán ceniza, pensó, pero no pudo recordar cómo continuaba el verso.

El otro sobreviviente se volvió hacia él, pareció pronunciar algunas palabras, aguardó una respuesta; él intentó leer el movimiento de los labios, se dio unos golpes en la sien con el moflete de la mano como para sacarse agua de los oídos después de un chapuzón. El desconocido repitió, probablemente, lo mismo, sin obtener contestación alguna: entonces sacudió la cabeza con gesto de fastidio, buscó alrededor, revolvió entre cascotes y cuando encontró un fragmento de sillar del tamaño adecuado lo estampó una, dos, tres veces en la frente de su interlocutor, hasta quedar satisfecho.

No, no estaba sordo del todo: los tres sonidos resonaron como golpes de aldaba en la bóveda del cráneo. Él oyó las tres llamadas, la cabeza se le venció hacia delante, aún masticó unos granos de tierra y sintió la cara bañada y al mismo tiempo pegajosa. Se le cerraron los ojos.

Los ojos: ¿estaban abiertos o cerrados? Él habría jurado que los tenía abiertos; sin embargo, no veía nada. Oscuro como el pozo del que había salido, o quizá es que no había salido nunca de él. Pero olía distinto: el aire no había sido expelido ya cientos de veces por los distintos orificios de otros hombres. Hizo un intento de llevarse la mano a los párpados, pero tuvo que rendirse a la evidencia de que no sabía si aún tenía manos; su cerebro quería dar la orden, y sin embargo se quedó atorado; en algún lugar de la conexión había un cortocircuito. No es que no sintiera: no habría podido indicar dónde, pero le escocía el cuerpo. Un escozor difuso e intenso a la vez, tanto que por eso quizá no sabía localizarlo. Todo lo que percibía de su propio cuerpo era el escozor: alguien que se está quemando debe de sentir lo mismo. Por suerte, volvió a perder el conocimiento. Así una y otra vez. Hasta que se descubrió arrancándose la venda que cubría sus párpados.

–Por fin –exclamó una cara inflada como un globo que bizqueaba a un palmo de la suya. Y desapareció.

Le costaba incorporarse; consiguió al menos levantar la cabeza, girarla treinta grados hacia la izquierda, quizá cuarenta hacia la derecha y descubrir que estaba solo en un cuarto de paredes revocadas de cemento, de unos tres metros de ancho; el largo no pudo calcularlo porque no sabía en qué lugar de la habitación se encontraba la cama; podía ver que no tenía una pared justo detrás, pero ¿a cuánto, entonces? ¿A dos metros, a cinco, a cien? Se fijó en las sombras de la cama y de una silla volcada que había a los pies, un poco a la izquierda, y calculó que tenía una ventana a las espaldas, a dos o tres metros de la coronilla. También de esa dirección le llegó el chasquido de una puerta al abrirse y ruido de pasos, de al menos dos personas. Una de ellas rodeó la cama. Le sonaba su cara, pero no recordaba de dónde.

–¿Te podrás tener en pie? Solo, sin que te sujeten, quiero decir.

Oía perfectamente. Eso ya le llenó de alegría. Había oído la pregunta, aunque no la entendiera del todo.

–No sé.

–El coronel ha dicho que no se debe fusilar a un hombre que duerme. Pero no conseguíamos despertarte. ¿Has tenido sueños agradables, al menos?

–Fue usted el que me golpeó con la piedra.

–¿Quieres confesarte? Hay un cura en la sala de al lado. Puede absolver tus pecados antes de que lo fusilemos también a él. No todos tienen esa suerte. Muchos de tus camaradas se han ido al infierno.

—Me cuesta mover los brazos, y la cabeza.

—Estábamos hablando de los pies. ¿Puedes caminar o no? Para fusilarte da igual si puedes mover los brazos. Lo que importa sobre todo es que puedas tenerte en pie, porque fusilar a alguien acostado va contra las ordenanzas y el coronel es muy puntilloso. Aunque siempre podríamos crucificarte y así se resuelve el problema.

—Fue usted el que me golpeó con la piedra.

—Ya lo has dicho. Sí, fui yo. Pero no te mueres ni a la de tres. Con lo escasos que andamos de munición. ¿Qué piensas? –dijo volviéndose hacia la otra persona que el herido no podía ver–. ¿Le ponemos en el turno de tarde?

La puerta a sus espaldas volvió a abrirse.

—Da usted su permiso, mi capitán.

El capitán saludó desganado.

—¿Qué pasa?

—Regresan, mi capitán. Se han reagrupado y vienen hacia aquí. No serán ni cincuenta. Y sólo llevan armamento ligero.

—¿Y para qué vuelven a este sitio de mierda? Si aquí no hay nada, salvo un convento que se cae de viejo. Se han llevado hasta los muebles. Y han vaciado las cocinas. Ni un trozo de tocino. ¿Sabes lo que he dado de comer a mis hombres? Las hostias. Tres hostias a cada uno. Eso es todo. Tú, fascista, ¿crees que iré al infierno por profanar las hostias?

—No estaban consagradas.

—¿Y tú qué sabes? ¿Cómo se nota si estaban o no consagradas? ¿Cambia el sabor porque el cura les ha echado un hocus pocus? ¿Alimentan más?

—Yo era el monaguillo. Y sé que no quedaban hostias consagradas.

—Hasta el vino para la misa se han llevado estos hijos de puta. Así que el monaguillo. ¿Tú a qué esperas?

—Sus órdenes, mi capitán.

—¿Y por qué no preguntas al coronel? ¿O al comandante?

—Se han marchado, mi capitán.

—¿Qué te parece, sargento? El coronel y el comandante se han largado. Nos dejan solos en este agujero. Bueno, tú: ¿crees que estarás en condiciones de ser juzgado y fusilado esta tarde? Yo te veo mejor cara.

–Ah, mi capitán.

–¿Qué más?

–El cura que teníamos aquí al lado. Se ha ahorcado; se ha colgado del rosario.

–No jodas. ¿Y no se ha roto?

–No, mi capitán, si quiere venir a verlo...

–Pues le harán santo, porque esto sí que es un milagro. Vaya, al final vas a morir sin confesar. Mala suerte. Pero te revelaré un secreto: después no hay nada. Olvídate del infierno y de la gloria. Una cosa por la otra. Sargento, vámonos.

Y se marcharon, el sargento al que no había llegado a ver y el capitán, probablemente a organizar la defensa, y él se quedó en la cama diciéndose que podría ser peor, y que iba a ser peor, porque no se le ocurría una salida razonable a su situación: si los rojos repelían el ataque, lo fusilarían. Y si los nacionales recuperaban el control del convento, también su propio capitán había prometido fusilarle por traidor. De encontrarse algo más fuerte, podría aprovechar el desbarajuste del combate para huir. Hizo un intento de ponerse en pie con el que sólo consiguió sudar copiosamente. Se hundió en el colchón –bastante mullido para ser un colchón de convento– y pasó los siguientes minutos canturreando el *Miserere* de Pergolesi; al inicio en voz muy baja, casi inaudible, para sí mismo, *MISERERE MEI, DEUS, SECUNDUM MAGNAM MISERICORDIAM TUAM*. Poco a poco fue entusiasmándose, la música que oía acompañando su voz le abría el corazón, lo volvía ligero, más bien: incorpóreo; y también las paredes del cuarto comenzaban a transparentarse, como si estuviesen hechas de agua; se imaginó en una catedral atravesada por los rayos de luz multicolor que filtraban las vidrieras, contra cuya bóveda reverberaba su propio canto, y unos segundos más tarde se encontraba cantando en un coro celestial, *ECCE ENIM VERCATATEM DILEXISTI,* dispuesto en nueve escalones ocupados por ángeles, arcángeles, principados, potestades, virtudes, dominaciones, tronos, querubines y serafines, y ni el ruido de las ametralladoras, ni siquiera el estruendo de las granadas, era capaz de acallar las divinas voces, tampoco la suya, poderoso tenor que alejaba la guerra a un casi insignificante ruido de fondo, una interferencia despreciable, como las toses contenidas de una beata en la última fila durante la misa, y no había nada en el mundo, ni siquiera los gritos cercanos de heridos o temerosos o rabiosos, que pudiera empañar la magnificencia de la música, *¡TUNC ACCEPTABIS SACRIFICIUM IUSTITIAE!*

Ángel, arcángel, principado, potestad..., ¿qué era? ¿A qué peldaño del escalafón angélico pertenecían los rasgos que flotaban frente a él, a la vez lejanos y cercanos? Le brillaba la frente como si estuviese pintada al óleo sobre madera, un ángel de retablo.

En cuanto se despejaron las brumas del sueño, el olor le convenció de lo carnal de la figura que se asomaba a su rostro: olía a perfume de violetas mezclado con sudor y efluvios de hospital –mientras que los ángeles son inodoros y los retablos huelen a barniz–. La aparición frunció el ceño, se volvió para llamar a alguien, desapareció.

¿Por qué estoy vivo?, se preguntó en cuanto se quedó solo. Recordó la ofensiva de los suyos, si es que aún podía llamarlos así, porque él ya no era de nadie y con nadie podía pronunciar la palabra nosotros, y recordó la agradable sensación de cantar a voz en grito el *Miserere* mientras en derredor arreciaban los disparos y las explosiones. Y también creía recordar el ruido de aviones sobrevolando su música.

La enfermera reapareció en su campo de visión. Misteriosamente, sonreía.

–Desde luego, quién pudiera dormir como usted. No sé cómo lo hace.

–¿Llevo mucho tiempo dormido?

–Cinco días y cinco noches. Pero ha delirado una barbaridad.

Se incorporó para ver mejor a la mujer; no le costó demasiado trabajo. Consiguió sentarse sin que le doliese más que una costilla. Se apoyó contra la pared. Estaba en un cuarto de hospital, rodeado de otras camillas ocupadas por hombres silenciosos; quizá dormían como él antes. La mujer, ni ángel, ni arcángel y mucho menos querubín, tenía una cabeza rubia, sí, y bien formada, que reposaba sobre un cuerpo de una anchura sorprendente, un cuerpo que parecía reflejado sobre un espejo convexo, de pechos poderosos y caderas de percherón. Pero le sonreía, y él le devolvió la sonrisa.

–¿Y de qué he hablado?

La mujer sacó una libreta de un bolsillo de su delantal blanco.

–De la necesidad de reforzar los sindicatos cristianos y del problema de los universales en la filosofía tomista.

–¿De verdad?

–Y del sentimiento aristocrático en Ortega y Gasset.

–No se ría de un enfermo.

–Y de algunas cosas que no hemos entendido sobre el nominalismo y la cuchilla de Ockham.

Pudiera ser; pudiera ser que al desaparecer el miedo y el dolor justamente resurgiesen los temas que le habían interesado antes de la guerra. Él no habría valido para cura; nunca se interesó por el aprendizaje de los ritos y dogmas; entre los maristas se había sentido a gusto porque tenía la posibilidad de discutir con sus profesores sobre teología y teodicea, sobre la filosofía cristiana y sus enemigos –incluso le permitían leer las obras de Feuerbach y de Unamuno–. Su confesor se lo había advertido: «Nunca llegarás a los altares; y ni siquiera estoy seguro de que llegues al cielo. Hijo mío, tu pecado es la soberbia. Querer saber más que los Santos Padres. Lee a san Agustín; él te enseñará que la fe es más importante que la razón. ¿Por qué amas a tus padres? ¿Porque la razón te incita a ello? ¿No será más bien porque crees que son tus padres y la fe te lleva al amor?».

No se atrevió a responderle que su mayor pecado no era la soberbia, sino uno más inconfesable: nunca había amado a sus padres. Pero de eso hablaremos en otro momento, porque ahora entra en la sala un personaje que, nada más aparecer, transforma la atmósfera del hospital: provoca un júbilo inexplicable en el purgatorio de los dolientes, ese hombre ante el que hasta las enfermeras se cuadran y sin embargo sonríen; él se va acercando a los camastros, bendice a los enfermos con palabras amistosas y algunos, moribundos unos instantes atrás, se levantan como Lázaro de la tumba.

Tal es la expresión de beatitud de varios heridos que no habría resultado extraño que se postrasen de rodillas. Y quizá sea que al abrir la puerta se han diluido algunos efluvios de enfermedad y antisépticos, pero al acercarse a la cama del fascista lo precede una ráfaga de aire fresco. Nada en su aspecto físico podría suscitar el entusiasmo de quienes le rodean: no parece un salvador ni un caudillo, mucho menos un mesías. Ni siquiera parece feliz u optimista: de su rostro escapa la tristeza serena, la resignación de quien no espera nada del mundo, tampoco del más allá, y sin embargo se siente obligado a actuar. Qué carga tan pesada la del escéptico a quien su conciencia obliga a ser bueno.

–¿Cómo se encuentra?

–Bien, don Manuel. Ya estoy bien.

–Me alegro. Me alegro.

–Pero no sé dónde estoy.

La sonrisa de don Manuel es benévola, la de quienes le acompañan forzada. Todos asienten comprensivos.

–En un hospital, cerca de Irún. En la zona leal.

–Anda. Entonces voy a ver el mar, por fin.

–Ya veremos, ya veremos.

Y ahora lo lógico sería que se marchase a consolar a otro enfermo, pero se queda allí parado, asintiendo, con una extraña decisión en el rostro que encaja muy mal con sus cejas caídas y sus mofletes flácidos.

–Yo..., en realidad, no he hecho mal a nadie...

Tiene que ocurrírsele algún tipo de argumento; se estruja el cerebro pensando qué decir, porque una oportunidad así no se presentará jamás, y ese hombre puede librarle del pelotón de fusilamiento, una palabra suya bastaría para salvarlo, pero ¿qué decirle?

–Que lo conduzcan al despacho –dice el presidente sin volverse, asiente una vez más y da la impresión de estar intentando evaluar al enfermo, como alguien que en la tienda contempla un producto que desearía pero de cuya calidad duda.

Desaparece, don Manuel Azaña desaparece, dejando tras de sí unas palabras de esperanza: que lo conduzcan al despacho. Cuando podría haber dicho: que fusilen a este desgraciado.

–Le hemos elegido porque es usted un hombre insignificante. Entiéndame bien: todos somos insignificantes. Pero usted, si me lo permite, es más insignificante aún; y además no tiene patria. Yo también quisiera a veces no tener patria, pero la tengo; incluso pienso que los hombres viviríamos mejor sin patria alguna; yo creo que si un día olvidara el nombre de la mía me sentiría mejor; sería como recuperar la cordura, porque la obsesión por la patria no es distinta de la manía persecutoria o de la fobia a los espacios cerrados; en fin, no es momento para esas reflexiones. Es usted vasco sin serlo del todo, porque es de Álava y no habla vascuence, aunque es verdad que lo mismo les sucede a muchos vascos, no el ser de Álava, sino lo de no hablar vascuence; las únicas palabras en vascuence que conocen son sus apellidos. Usted ni eso porque tiene un apellido andaluz y otro gallego. No es usted ni militar ni civil, es un seminarista...

–Disculpe, pero los seminaristas estudian para sacerdotes y yo...

–Ya lo sé, no me interrumpa –casi gritó don Manuel, pero hizo un esfuerzo por contener su irritación–. Seminarista, hermano marista... ¿Qué más da?, usted se prepara para ser religioso, un religioso dedicado a la enseñanza, ni cura ni monje, pero algo parecido, es usted un cadete del catolicismo, los curas predican a las beatas y usted a los estudiantes, son igualmente parte de un ejército, con su propio uniforme, sus leyes, sus ritos; son civiles pero no se someten al Estado, y para colmo se creen los salvadores de la nación, otra cosa que los une a los militares. Además, es usted un enemigo de la República, y ahora lo es también de los facciosos.

Don Manuel le había lanzado esa andanada de frases desde detrás de un escritorio, mirando al techo de lo que quizá fue la biblioteca de una mansión privada, con paredes recubiertas de oscuras estanterías de roble, ahora desprovistas de libros, vacías como la mente del pobre prisionero, que intentaba comprender sin lograrlo qué querían de él y, sobre todo, cómo podía salvar el pellejo. La ventana abierta, a las espaldas del convaleciente, dejaba entrar una luz algo fría que era absorbida casi de inmediato por la madera teñida y las alfombras pardas. Sólo sobrevivía la luz sobre los cristales de las gafas de don Manuel, que le lanzaban destellos, misteriosos mensajes en morse, desconcentrándole aún más.

—Yo no...

—Ya sé que hay un malentendido: usted no es enemigo de nadie. Usted quisiera encerrarse en una biblioteca y pasar sus días leyendo a Balmes o a Kraus. Me he informado. Usted no desea mal alguno a los milicianos ni a los falangistas; probablemente piensa que son un poco brutos, eso es todo. No obstante, le han arrastrado a esta guerra: y sufre. Y está confuso. Porque es verdad que se encuentra más cerca de sus amigos católicos que de ateos como yo. Pero usted nunca mataría a un ateo. Ni siquiera le metería en la cárcel. Y sin embargo ha matado.

—Que es que yo no...

—No se disculpe. Es una guerra. Y le han arrastrado a ella. Usted estaba tan tranquilo en su casa de formación, se llaman así, ¿verdad?, donde hacen los estudios, ¿lo ve?, hasta sus propias escuelas tienen, son un ejército aparte que recibe una instrucción distinta a los demás, aunque yo habría querido poner fin a eso, en fin, ya no será posible. Decía que estaba usted en su casa de formación de Álava, usted era un joven deseoso de transmitir la fe y la religión, y un día llegan unos soldados y le dicen: ¿está usted con Dios o con el demonio? Y usted dice que con Dios, claro, ¿qué va a decir?, y le ponen un fusil en las manos y lo envían a luchar. Si su sargento ordena: disparen, usted dispara; y aunque apunte usted un poco por encima de las cabezas de sus enemigos, porque no puede imaginarse apretando el gatillo que ponga en marcha el mecanismo que empuje la bala que penetra en la frente de un hombre y acaba con su futuro, y en cierto sentido también con su pasado... ¿por dónde iba?

—Por lo de que he matado.

–Eso es, aunque quizá no lo haya hecho directamente (eso usted lo sabrá) ha cubierto con su fuego a quienes sí han matado a los nuestros. Así que es usted un enemigo para nosotros, y sé que ha estado a punto de ser fusilado por ello. Pero también sé que iba a ser fusilado por los otros por injurias al mamarracho y palabras sediciosas y disolventes, porque es usted un hombre con ideas propias...

–No es eso, es que no era verdad...

–Nada es verdad. Pero tenemos que vivir como si lo fuese, porque de lo contrario nunca nos levantaríamos de la cama. Yo mismo tengo que fingir que estoy pleno de certezas. Escuche mis discursos: no hay más preguntas que las retóricas. La gente no quiere que le preguntes nada, sino que le des respuestas. Y casi nunca las tienes. Es la maldición de los políticos; tenemos que mentir continuamente, no por inclinación, sino porque así se exige de nosotros. Lo mismo se pide a los curas, es cierto, pero ellos juegan con ventaja: no tienen que demostrar nada. La prueba se encuentra en el más allá. Mi caso es distinto; yo no puedo decir a los ciudadanos que cuando se mueran encontrarán un empleo digno o una vivienda sin ratas. Tengo que darles las certezas para mañana, pero el tiempo siempre las desmiente. Porque nada es verdad...

Don Manuel sacudió la cabeza, una pregunta podría estar formándose en su cerebro y aparecer escrita sobre su amplia frente, esa superficie brillante que parece diseñada para esculpir en ella frases históricas. Pero se pasó la mano por delante de los ojos como quien borra una pizarra, y prosiguió.

–Nada es verdad, pero la gente muere. Todos tenemos una responsabilidad, la obligación de evitarlo a toda costa. Y sin certezas tampoco es posible librar una guerra. Eso es precisamente lo que espero de ti, permíteme que te tutee en estas circunstancias. ¿Me entiendes?

–No, don Manuel.

–España se muere, hijo mío. O, para ser más exactos, son los españoles los que se están matando unos a otros. Ya sabes que España, cuando decide entrar en la Historia, donde entra es en la Zoología. Y esto es sólo el principio; llevamos unas pocas semanas de guerra, los dos bandos están haciendo acopio de armas, que nos venden en condiciones de usura nuestros supuestos países amigos; nos estrechan una mano y con la otra nos agarran el pescuezo. Estamos trayendo bombas, aviones, morteros, piezas de artillería, granadas, fusiles, ametralladoras, minas, pistolas, para poder matarnos más y mejor de lo que hemos hecho hasta ahora. Y al final no vencerá nadie, eso es lo tremendo. Uno se hará con el poder, pero no habrá vencido. ¿Me entiendes?

–No, don Manuel.

–Lo que te estoy diciendo es que tenemos la obligación de encontrar un remedio. Esta guerra puede durar aún cinco años. Ahora los fascistas se han hecho con parte de Extremadura, pero nosotros avanzamos en el Ebro y las Baleares. Mañana quizá conquisten Málaga, y nosotros a lo mejor entramos en Sevilla. Vamos a seguir matándonos durante años, y al final el vencedor se encontrará con un país destruido, con un cadáver de barro, con un océano de sangre. ¿Y después? ¿Qué va a hacer el vencedor para evitar que vuelva a empezar la guerra cuando se hayan recuperado los vencidos? ¿Exterminarlos? Eso no es posible; tú puedes matar a un familiar que te dispara desde la trinchera enemiga, pero una vez que todos han regresado a casa no vas a fusilar a tu primo, no vas a dejar que encierren de por vida a tu vecino, no vas a dar un tiro en la nuca a tu tío mientras toma el café en tu casa..., ni siquiera los españoles somos tan bestias. Así que poco a poco volverán a formarse bandos, los vencidos querrán desquitarse, los vencedores se sentirán atacados..., en fin, una guerra civil no termina cuando callan las armas: continúa, solapada, hasta que vuelve a estallar. ¿Me entiendes?

–Un poco, don Manuel.

–¿Lo ves? Pertenecemos a campos opuestos, pero vamos entendiéndonos. Si te digo la verdad, y mira que me confío a ti como si fueses un amigo, pienso que la República va a perder la guerra, e incluso aunque la ganara la habría perdido. ¿Me explico?

–No mucho.

Azaña hizo un gesto de fastidio, empujó de mala manera un cenicero de cobre que había en la mesa, controló su mal humor y volvió al tono profesoral que llevaba empleando desde el principio de la conversación.

–España es una república sin republicanos, más bien, con un puñado de republicanos, pero la mayoría de ellos nos ha abandonado. También los intelectuales republicanos se han largado lavándose las manos, asustados porque una guerra siempre nos mancha, y ellos quieren estar limpios; son tribunos de togas impolutas. Te confieso que a mí lo que de verdad me gustaría es dedicarme a la literatura, que es una forma de vivir sin mancharse más de lo imprescindible: tomas partido, atacas, defiendes, incitas a la lucha, sin tener que salir de casa ni arriesgarte a que te den una pedrada. Pero ya ves: tengo mis responsabilidades. No como otros, que es lo que te estaba diciendo: los intelectuales republicanos nos abandonan para no codearse con la chusma; y al final es la chusma la que defiende una República en la que no cree, de forma que, si la salva, será para cargársela al día siguiente. ¿No es como para volverse loco? Yo, te lo aseguro, me voy a volver loco. Es cuestión de tiempo.

»El caso es que me han informado sobre ti; eres un hombre culto, con sólida formación religiosa, conoces también la filosofía liberal. Eso te convierte en un buen candidato: igual que a él, tu razón te impide ponerte claramente de un solo lado. Aunque también hay cierta arrogancia en esa postura.

–¿Igual que a quién? ¿A quién le impide la razón...?

Don Manuel se quitó las gafas con violencia y chasqueó la lengua con tal irritación por ser interrumpido que el sonido provocó un eco contra las paredes del despacho.

–Y, como decía al principio –continuó, esta vez con cierta inquina–, eres insignificante. ¿Me entiendes ahora?

–Sí, don Manuel. Eso sí lo entiendo.

Azaña dejó de estrujar las gafas como si quisiera sacarles el jugo, se las puso otra vez y se recostó contra el respaldo de la silla de madera tan oscura como todo en aquel cuarto.

–Pues esa insignificancia es fundamental para tu misión. Eso es sobre todo lo que debes entender. Tú puedes pasar desapercibido, atravesar líneas enemigas, no llamarías la atención entre labriegos (aunque culto, tú también eres de pueblo), no despiertas desconfianza. Y hay otra razón: no tienes nada que perder. Si la guerra continúa, acabarás en el paredón; hijo, no sé cómo lo has conseguido, pero todo el mundo quiere fusilarte. Además, pareces un hombre honesto. ¿Me equivoco?

–No sé, don Manuel. Es que no entiendo lo que me dice.

–Porque estás confuso. Porque, aunque inteligente, has dejado de saber quién eres. Matar con razón embrutece, es inevitable, y matar sin razón lo vuelve a uno un fantasma de sí mismo. Pero la cosa está muy clara: el Gobierno de la República, a instancias mías, ha diseñado un plan para acabar con la guerra. Eso es lo que estoy queriendo explicarte.

Confuso sí que estaba. No sabía si porque lo había atontado el estruendo de los obuses, o por todas las noches que había pasado en vela en el frente, o por los ataques de pánico que le entraban de vez en cuando, sobre todo al levantarse por la mañana y ver en sus compañeros esa cara de ser otros, a ver cómo lo digo, tenía la impresión de que aun siendo los mismos, los habitaba un ser, más que maligno, desesperado –no era el diablo, no–, y al verlos le entraban ganas de gritar, porque suponía que a él le había ocurrido lo mismo, que aunque tuviera la identidad de siempre, era otro, y así se sentía: las sensaciones le atosigaban a él, pero su mente ya no le pertenecía, y así no era fácil mirar el mundo con claridad.

–Lo que no entiendo, don Manuel, es qué pinto yo en todo esto. A mí me gustaría ayudar, pero, se lo digo de verdad, soy un inútil.

–Lo sé, hijo, ya te digo que nos hemos informado. Cuando te tocó servir el rancho se te cayó la perola derramando la comida de cincuenta soldados hambrientos, que a punto estuvieron de lincharte. Durante la revisión del armamento te dejaste una bala en la recámara con la que casi vuelas la frente al cabo. En un asalto a posiciones republicanas olvidaste el fusil en la trinchera y sólo a medio camino te diste cuenta de que te dirigías al enemigo con las manos desnudas, e incluso hubo quien sospechó que querías rendirte.

»No te sonrojes. Hay quien está hecho para la guerra, y quien no vale para esto. Francamente, creo que yo tampoco valdría.

–Pero entonces –le costaba mirar a los ojos de quien le relataba todas esas meteduras de pata que habría querido olvidar–, pero entonces, ¿por qué quieren que les ayude?

–Ya te he dicho, porque eres inteligente pero insignificante, y porque aunque torpe, aún estás vivo. No sé cómo te las apañas pero, a pesar de haber hecho varias veces el payaso en el frente, todavía nadie te ha metido una bala entre las cejas. En fin, y también, para qué negártelo, porque perteneces al bando fascista, sabrías moverte entre ellos, eres capaz de recitar latines... y, como te decía, tienes poco que perder. ¿Quieres escuchar el plan?

–Sí, don Manuel. Pero ¿cómo saben tantas cosas sobre mí?

–Nuestros contactos con Cabanellas se han roto.

–¿Con quién?

–Ese es el problema, que es un monigote al que nadie obedece. El general Cabanellas está al mando de los rebeldes. Pero por error.

–¿Cómo se puede mandar por error?

Don Manuel meditó un momento, miró por la ventana, suspiró.

–Los demás generales no se fían de él, porque es republicano y masón. Pero ahí lo tienes. Capitaneando a monárquicos y ultracatólicos. El mundo es un lugar extraño.

–Sí, don Manuel, mucho.

–Y es verdad que él no se siente a gusto entre tanto meapilas. Teníamos contactos. Teníamos un plan. ¿Me sigues?

Asintió, aunque cada vez entendía menos por qué le contaba todo aquello, le hablaba de mundos tan lejanos como los de los cuentos, con sus personajes míticos, irreales, meros nombres acompañados del halo de alguna gesta que nada tenía que ver con la vida del lector. Legendarios e inalcanzables como el propio don Manuel, al que le daban ganas de tocar no tanto para asegurarse de su presencia, obvia, como para llevarse un recuerdo táctil, igual que damos vueltas en nuestras manos a un objeto precioso que sabemos que no vamos a poder comprar.

–Creo que sí, pero yo lo que quiero saber...

–Ortega es un filósofo. Por eso no es un hombre de acción. Los filósofos tienden a despreciar los actos, igual que los héroes tienden a pensar poco. Lo peor que se puede hacer es convertir a un héroe en ministro. Pero a un filósofo sí puedes nombrarlo ministro, porque los ministros no hacen las cosas, tan sólo las explican. Yo he tenido mis más y mis menos con ese pensador, más ocurrente que profundo; además es un pesado, pero un político tiene que dejar de lado las antipatías personales. En realidad, lo que más me gustaría es dar al filósofo una patada en el culo. No desespero de poder hacerlo algún día. Mientras tanto, él es nuestro hombre. Más bien, tu hombre.

–Ahora sí que...

–Cabanellas parecía favorable. Pero hemos perdido el contacto. El general es un rehén. Prisionero de sus propios aliados. Cuentan chistes sobre él. Empiezan a hacer correr el rumor de que está senil. Enfermo, dicen, pero dan a entender que lo que no le funciona es el cerebro. Nunca tuvo mucho, todo hay que decirlo.

Don Manuel hizo una pausa, pero esa vez no la aprovechó para dejar que su mirada vagase por el mundo que quedaba más allá de ese despacho, y que el soldado no podía ver desde su silla, porque para ello habría tenido que volverse ciento ochenta grados y no le parecía correcto dar la espalda al presidente, pero le hubiera gustado asomarse allá fuera y, quizá, aunque sólo fuese a través de dos edificios, ver el mar, o cuando menos las chimeneas de un barco. Don Manuel le estaba mirando fijamente, con expresión apesadumbrada.

–Don Manuel.

–Dime, hijo.

–Estoy perdido.

–Todos lo estamos. España se perdió en el 98, aunque digamos que lo que se perdió fue Cuba.

–Pero mi misión...

–Es restablecer el contacto con Cabanellas. A muchos rebeldes les han entrado dudas: se creían que estaban dando un golpe de Estado y que en dos días se habrían hecho con el poder, y ahora se encuentran con una guerra que puede durar años. Y las salvajadas cometidas por el llamado ejército nacional les están quitando apoyos. A Cabanellas lo han nombrado presidente de la Junta de Defensa Nacional, yo creo que para quitarle el mando de cualquier tropa, por eso de que es republicano y masón. Yo también soy las dos cosas, y lo de la masonería, entre nosotros, me parece una payasada; la solemnidad siempre corre el riesgo de resultar ridícula. Pero hay círculos a los que hay que pertenecer si no quieres quedarte al margen. Lo dicho: tendrás que ir a Burgos, conseguir contactar con él, con discreción, porque seguro que lo tienen muy vigilado; lo mejor es que pretextes algún asunto personal, di que sois parientes lejanos; él ya sabe algo, así que te concederá la audiencia. Y si acepta nuestra oferta, ir a hablar con Ortega. Proponerle la presidencia. Es de los pocos a los que respetan la derecha y la izquierda moderadas. Porque es un tibio, claro. Pero ese es otro asunto. Sólo así se detendrá...

–Pero ¿cómo voy a hablar yo con Ortega?

El soldado se levantó de la silla, aunque no sabía adónde ir ni qué hacer en la nueva posición. Se volvió a sentar.

–No te preocupes. Va a volver a España.

–Ah, ¿pero se ha marchado?

–Dice que está enfermo, pero yo creo que lo que quería era esconderse, aunque le encantaría un regreso triunfal. Ya ha habido contactos con él. Pero exige garantías, piensa que los comunistas quieren matarle. Tú le llevarás una carta mía y otra de Cabanellas, si es que consigues que la escriba.

–Mire, don Manuel, yo admiro mucho al filósofo y querría ayudar, pero insisto en que soy un inútil.

–Ya hemos hablado de eso.

–A quien necesitan es a un espía.

–Dos. Teníamos dos, pero los han matado. A quien necesitamos es a un hombre corriente.

–Insignificante, como yo –don Manuel asintió.

–Eso es. La insignificancia es una virtud en tiempos arrogantes. ¿Aceptas o no aceptas la misión?

El soldado dio un suspiro y al mismo tiempo que exhalaba la habitación se oscureció aún más. Una nube acababa de ocultar el sol como un mal presagio. Se oyó la sirena de un buque, un sonido grave, prolongado, que hizo tintinear los vidrios.

–Sí, don Manuel, pero no estoy seguro de que sepan lo que están haciendo.

–¿No eres católico? Pues ten fe. Y esperanza, nunca está de más la esperanza, aunque a mí a veces me abandone. Evita ponerte en contacto conmigo. Yo, como Cabanellas, también estoy vigilado. El capitán te dará todos los detalles. Ahora debo marcharme. Los rebeldes se dirigen a Madrid y mi lugar está allí. Al menos por ahora. Suerte, mucha suerte. La salvación de España queda en tus manos. No lo olvides.

Obviamente, la conversación había terminado. El rebelde se levantó, hizo varias inclinaciones de cabeza a don Manuel, porque no se atrevió a tenderle la mano, pero tampoco le pareció adecuado saludar militarmente a un civil, jefe de un gobierno enemigo.

–Adiós –dijo, sin oír respuesta, porque la cabeza de don Manuel parecía haber emprendido ya el viaje a la capital, a través de esa ventana abierta de la que, misteriosamente, no llegaba el aroma del mar, o bien el mar no olía a nada, aunque él siempre había pensado que debía de tener un olor especial, un olor a pescadería, y se dejó conducir por el brazo a un nuevo dormitorio, uno con una sola cama. Al parecer, le habían ascendido sin que se hubiera dado cuenta.

En ocasiones el pobre hombre pierde la conciencia de sí mismo. O quizá sería más exacto decir que se vuelve tan consciente de sí mismo que la realidad exterior desaparece. Las imágenes, los sonidos, los movimientos que percibe su cerebro se hacen tan acuciantes que ocultan todo lo demás. No son sólo fantasmas formados por corrientes eléctricas, impresiones creadas por sutiles alteraciones químicas, la proyección intangible de miedos y deseos: lo que piensa se vuelve real, adquiere peso y volumen, sus contornos pueden tocarse y no ceden al tacto. En esos momentos dice y hace cosas de las que luego se arrepiente. Los demás no entienden que no se lo está diciendo a ellos –ellos han dejado de existir– sino que está entablando un diálogo o un combate con seres que otros no pueden ver. El tiempo entonces desaparece, absorbido por un presente que abarca desde la infancia hasta después de la propia muerte.

Ahora no es uno de esos momentos; todo lo contrario. La realidad aparece de una manera tan nítida y a la vez tan distante que los objetos se destacan del fondo como si los iluminasen con un foco desde lo alto. Tiene la agradable sensación de que su cerebro ha dejado de generar palabras, frases, ideas. Sólo sus músculos y sus pulmones parecen estar vivos. Eso es para él la felicidad: no pensar. Porque si piensa, en lugar de ordenarse, el mundo se vuelve confuso, lleno de contradicciones, de ideas tan ciertas como sus contrarias, y a él le entra el vértigo de no saber quién es ni dónde está. Pero ahora respira tranquilo; también es todo presente, pero no porque la confusión lo embargue, sino porque no tiene memoria. Sólo hay cuerpos, sensaciones, materia. El aire es denso, frío, dan ganas de tragarlo en lugar de respirarlo. No se le escapa el olor a coníferas y que, quizá a muchos kilómetros, ha ardido algún bosque o monte bajo. Podría llegar hasta el lugar de la quema husmeando como los perdigueros de su padre.

El capitán al que espera sale del barracón produciendo un sonido de animal en la maleza al frotar una mano contra otra. Aún no ha amanecido y resulta extraña tanta claridad. Hay oscuridad alrededor, pero los objetos son tan visibles como durante el día. Apoya la espalda contra un árbol, se desabrocha y quita una bota: la sacude, seguramente para expulsar una piedrecilla. Se vuelve a calzar, mira a su alrededor, satisfecho, vivificado, como un cazador que se levanta al amanecer y está a punto de ir a soltar los perros.

El motor de un avión hace vibrar la imagen. Las aspas de la hélice cortan el aire con esfuerzo, produciendo un sonido que no es silbante, más bien un traqueteo acompasado con el motor. Debería haber tomado un café pero nadie le ha ofrecido. Dos soldados le han acompañado al lugar en el que se encuentra y le han dicho que espere allí, en ese descampado desde el que se ven las barracas, una ciudad fantasma a esas horas, y, del lado opuesto, el perfil azulado de los montes. El capitán se acerca a él sin mirarle, también embebido en la línea de las montañas, en el cielo que tiene el aspecto de un lago tranquilo, frío, profundo.

–Una mañana cojonuda para volar –dijo el capitán al llegar junto a él.
   –Sí, mi capitán.
   –También sería buena para quedarte en la cama, con tu mujer al lado.
   –Sí, mi capitán.
   –O debajo.
   –Sí, mi capitán.
   –Toma. Tu salvoconducto y tus papeles.
   Le golpeó en el pecho con una pequeña cartera de cuero. Él no sabía si debía abrirla o no y el capitán no le apremió a hacerlo. La guardó en un bolsillo del abrigo.
   –A la orden –dijo, por decir algo.
   –Eso es para los nuestros. Pero ojo, cuando digo los nuestros me refiero a las autoridades de la República o al ejército. Yo no me atrevería a enseñárselo a los milicianos si te paran en un control, sobre todo si son anarquistas; y desde luego no se te ocurra decirles que vas a territorio rebelde porque te fusilan de inmediato. Si te pillan los tuyos, te las ingenias a tu aire. También hay una carta del presidente para que la entregues a quien buscas. Ah, y dinero, más del que gano yo en un año. No te vayas a embarcar para América. Si consigues que los dos hombres se comprometan, regresa a Madrid. Evita el teléfono. Evita los telegramas. A partir de ahora estás solo. Pero no te asustes: todos estamos solos.
   El capitán echó a andar. Sus pasos no eran casuales, mero producto de un pasajero desequilibrio que obliga a buscar la estabilidad en el movimiento. Cualquiera que le viese de lejos habría pensado que el capitán se dirigía a un sitio concreto y con un propósito. A él le habría gustado aprender a caminar así, con ese sentido de la finalidad. Pero, aunque no pudiera verse, era consciente de que en su manera de andar cualquiera habría sabido leer su historia y su carácter, esa incapacidad para tomar

decisiones que le había quedado como a otros les queda un tartamudeo o un tic después de un susto. Mientras caminaba volvió a pensar que algo en el interior de su cabeza se había descolocado con la explosión en la celda. Al moverse escuchaba un ruido de piezas sueltas, percibía el colocarse y reagruparse de cartílagos y huesecillos en el interior de los oídos. No oyó la pregunta del capitán, que se había vuelto hacia él y esperaba casi de perfil, con las cejas levantadas.

–No, mi capitán –respondió como quien echa una moneda al aire.

El capitán reanudó la marcha con la envidiable seguridad de que le seguía.

–Yo tampoco lo haría a tu edad. Para esas cosas siempre hay tiempo. Uno tiene que hacer constantemente zigzags, como cuando atacas una posición enemiga a la carrera. Si avanzas mucho tiempo en línea recta te acaban cazando. ¿Me entiendes?

–Sí, mi capitán.

–O al menos hay que tumbarse de vez en cuando, agazaparte en el terreno hasta que te olviden y no sepan dónde estabas. Es como en la guerra. Así tienes que enfocar... «LA MISIÓN».

–Sí, mi capitán.

Todos se referían desde hacía dos días a la misión haciendo una pausa antes del artículo y después del nombre, era posible ver las dos palabras flotando en el aire, entre comillas y con mayúsculas. Pero nadie le había explicado con detalle cómo cumplir «LA MISIÓN». Que esté preparado. Que recibirá instrucciones. Que va a hacer un viaje. Y al final una pregunta: ¿sabes manejar una Lewis de 7.7 milímetros? Cuando respondió que no, el capitán salió del cuarto, como siempre a grandes zancadas, y en su lugar regresó un cabo. Este chasqueó los dedos como llamando a un perro, desapareció por donde había venido, lo guio hasta el polvorín.

Allí, delante de un cilindro de metal con culata, el cabo dio una clase magistral; señalaba y nombraba las diferentes partes del arma, trazaba cifras sobre una pizarra imaginaria: peso y dimensiones, alcance, número de disparos por minuto –con gran enarcar de cejas y entonación admirativa–, capacidad de los tambores de munición. También le explicó el sistema de recarga accionado por gases y la refrigeración por aire, aunque, aclaró, esta fuera superflua en las ametralladoras de los aviones. Montó y desmontó el arma con movimientos de autómata, una y otra vez puso y quitó el tambor de munición, mostró cómo usar el visor, levantó la ametralladora orgulloso de su ligereza.

–¿Preguntas?

–Sí, una. ¿Y la cinta con las balas?

–¿Tú de dónde sales?

–Las ametralladoras llevan unas cintas con muchas balas para que puedan disparar muy deprisa.

–¿O es una misión suicida?

–Es que si no, no sé cómo voy a disparar.

–¿No te he dicho que los cartuchos van en un tambor? No hay cintas. Tambores de noventa y siete cartuchos, para los aviones, de cuarenta y siete para infantería. ¿Por qué esa diferencia?

–Porque los aviones están más tiempo en combate.

–¿Para quién hablo? ¿He estado hablando solo todo este tiempo? ¿Quién va a la guerra hoy en día? ¿Gente a la que no confiaría llevar un vaso de agua de una habitación a otra?

–Porque como en lo alto hace mucho frío la ametralladora se calienta menos y puede disparar más balas seguidas.

–Y personas así tienen un dedo en el gatillo. O les dan granadas para que las arrojen.

–No lo sé, mi cabo.

–Mira, este es el gatillo, este es el seguro, este el visor. El tambor se pone así. Si alguien te dispara, le disparas tú a él; mejor aún, no esperes a que te disparen: a cualquiera que se os acerque le envías una andanada por si acaso. ¿Esto sí lo has entendido?

–Sí, mi cabo.

–Pues vas que ardes.

Le habían dado un traje de muerto; gris, de algodón, buena calidad. Era, según le dijeron, de un médico al que su hijo había matado de un tiro en la cabeza por no querer sumarse a la rebelión; el traje estaba en perfectas condiciones, salvo por unas manchas resistentes en los hombros y unos agujeros diminutos que no se sabía si eran de metralla o de las polillas. No es que le quedase como para retratarse –le sobraban dos centímetros de largo en las piernas, y esos dos mismos centímetros le faltaban en las mangas–, pero nunca había estado más elegante. También le habían dado una pequeña mochila con comida y un gabán de civil, con etiqueta de un sastre alemán, que no se sabía a quién había pertenecido, aunque desde luego a alguien mucho más grande que él. Aún no refrescaba por las noches, pero lo necesitaría para protegerse del frío de las alturas y si LA MISIÓN se prolongaba al invierno. Aunque el capitán le había insistido en que cada día era fundamental: cuanta más sangre vertida, más difícil es dejar de verterla. Cada día que te retrases, cientos de españoles morirán; imagina a sus viudas, a sus hijos, llorando ante el cadáver. Eso te hará darte prisa, sobreponerte al cansancio o a la desesperación. Piensa en las madres. No te olvides de las novias que esperarán en balde. Mira cómo envejecen, solitarias y tristes. Todo por tu culpa.

Caminaron unos quinientos metros. El capitán monologaba aunque a veces fingiera preguntar algo.

–Yo habría querido ser aviador. Pero no había plaza en la Academia y tuve que conformarme con infantería. Ya ves, qué detalles mezquinos deciden la vida de un hombre.

»A mí el inicio de la guerra no me pilló por sorpresa. ¿Dónde estabas tú cuando empezó la guerra? ¿Qué estabas haciendo cuando te enteraste? –en lugar de aguardar la respuesta prosiguió casi sin pausa–: Yo sé responder a esas preguntas y lo sabré dentro de treinta años si es que aún estoy vivo. ¿Quieres que te lo diga? Me encontraba en el cuarto de baño, es la respuesta a la primera pregunta. Catalina me estaba afeitando, es la respuesta a la segunda. El 18 de julio de 1936 estaba de permiso en San Sebastián, que es donde me habían destinado después de volver de Marruecos. Si te digo la verdad, prefiero a los moros; los moros saben lo que quieren; los vascos sólo saben lo que no quieren, así que no dejan de quejarse. Aunque a lo mejor es que como llevo tan mal la humedad estaba de peor humor en el País Vasco que en Marruecos. Lo único que me compensaba era que tenía un piso que daba a La Concha. Bueno, vivir, vivía en el cuartel, pero para los días de permiso tenía alquilado ese piso, y solía pagar a una prostituta para que pasara el día entero conmigo. Otros se gastan la paga en el casino. Así eran mis permisos: sin salir del piso, con una prostituta, una diferente cada vez para no encariñarme, no porque sea un hombre sin sentimientos, sino justo por lo contrario. Y lo que más me gustaba en el mundo era que me afeitase una mujer desnuda: frente a ti, con la navaja abierta en la mano, tocando a veces tu cara para inclinarla en una u otra dirección, el filo de la hoja rascándote la piel, la mirada concentrada de la mujer, que, quizá, se muerde distraída el labio inferior... ¿Lo has hecho alguna vez? Pues deberías.

»Pero se acabaron los buenos tiempos. Los permisos, las putas, el mar espumeante visto desde mi piso de soltero. Y no es que me cogiera de sorpresa. Había rumores desde hacía semanas, que no sé cómo nadie en Madrid intervino. A lo mejor es que también estaban deseando que esto acabara de estallar por algún sitio. Como te decía, Catalina me estaba afeitando cuando aporrearon a la puerta; era un cabo, al que habían enviado a decirme que Mola se había rebelado: ah, bueno. Es todo lo que dije: ah, bueno. Despedí al cabo, ordené a Catalina que acabara de afeitarme, pero ya con la mente en otro sitio. Me vestí, pagué a la mujer, y me fui a la guerra. Y aquí estamos —el capitán rebuscó sin mucha convicción un paquete de cigarros en los bolsillos. Desde las barracas les llegó el toque de diana. Ambos se volvieron hacia el lugar del que procedía el sonido—. Aquí estamos —repitió— y lo que me pregunto a veces es: dentro de tres meses, ¿cuántos de nosotros estaremos todavía vivos?

Ninguno, mi capitán, fue la respuesta que imaginó, y no dijo, aunque no tenía razones para pensar tal cosa.

En un extremo de una franja desbrozada tartamudeaba el biplano. El piloto estaba limpiando los parabrisas con un paño. Escupió sobre el cristal y frotó con fuerza para quitar una mancha resistente, lo que le recordó un gesto de su madre que a él de niño ya le parecía repugnante: escupía en la gamuza con la que luego limpiaba la mesa del comedor, una mesa barnizada que relucía siempre como recién comprada.

–Es un Breguet 19. No había otra cosa. Y gracias.

El piloto se volvió, no porque hubiese oído la voz del capitán, imposible con el estruendo del aparato, sino porque había terminado su tarea. Bajó de la escalerilla en la que estaba subido y se cuadró.

–A sus órdenes, mi capitán.

–Le decía que no hemos podido conseguir más que un Breguet.

–Mi novia es bastante fea, mi capitán.

–¿Y a mí qué me cuenta?

–Hay otros que tienen mujeres viejas, y tampoco las cambian.

–Les habrán cogido cariño.

–Pues eso digo, que seguro que hay aviones mejores. Si no me acusa de derrotista, diría que cualquier Fiat y cualquier Heinkel son mejores que esto. Y hasta los Dewoitine, que son una carraca, son más rápidos –el piloto pasó la mano por el borde del ala inferior, se agarró a una de las varillas que unían las dos alas superpuestas, le dio un par de tirones amistosos–. Pero hace diez años no había mejor avión en los cielos.

–Hace diez años.

–¿Y qué quiere, mi capitán? Todos envejecemos. Éramos los más rápidos y de pronto cualquier zoquete llega antes que nosotros a la meta, los más fuertes, hasta que comienzan a dolemos las articulaciones. Uno no cambia a su mujer porque le salen arrugas.

–Pero se va de putas. Bueno, este no, que es monaguillo.

–Yo también me montaría en un Fiat.

–Una cana al aire. ¿No es eso?

–Me daría un paseo, haría cabriolas.

–Le daría gusto oírlo ronronear.

–Claro que sí. Pero después...

–De vuelta a casa.

–Es la querencia. Uno no puede evitarlo.

–Lo entiendo. Es usted un hombre profundo.

–He visto mucho desde aquí arriba, mi capitán. Sé poner las cosas en perspectiva, tomar la distancia adecuada. Cam-

biar continuamente no hace feliz. Y, además, yo también enve-
jezco.

–Soldado, sube al avión.

–Me han metido miedo, mi capitán.

–Ya oíste a don Manuel. No tienes nada que perder –respondió desabrochando la pistolera.

–A la orden, mi capitán.

El capitán aguardó a que llegara a lo alto de la escalerilla,
disfrutó unos segundos su perplejidad.

–¿Vas a pilotar tú?

Tras descender dubitativo de la escalerilla, la corrió un metro
más atrás y subió al asiento del artillero. Se sentó entre dos ametralladoras iguales a la que le había mostrado el cabo. Junto a
sus pies había una más, acoplada sobre una trampilla. Sacó un
pasamontañas del bolsillo del gabán y se lo puso. También unas
gafas de plástico con banda de goma que se le clavaron en los
pómulos.

–¿Has volado alguna vez? –gritó el capitán como si se encon-
trasen ya a un kilómetro de altura.

–Nunca, mi capitán.

El capitán dio una carcajada.

–¡Nada como la guerra para conocer mundo!

También el piloto reía mientras subía a su puesto. El avión
comenzó a rodar. Detrás quedaba el capitán sujetándose la gorra
aunque no hacía viento. Rodaron despacio hasta el final de la
pista; allí el avión giró ciento ochenta grados. Entonces aceleró;
traqueteó por la pista coleando y dando brincos de perdiz herida, las ruedas impactaban contra piedras y baches transmitien-
do el choque a la rabadilla y la nuca de los dos hombres. A la
altura del capitán, el avión hizo un intento de elevarse, pero volvió a caer sobre la pista levantando una nube de polvo; corría
hacia el encinar cercano como un toro que, cegado por la sangre, se abalanza contra el burladero.

Curiosamente, no se le ocurrió rezar. Aferrado al borde del
fuselaje, emitiendo un sonido a medias entre el grito y el gemido,
del que no se avergonzó porque estaba seguro de que lo camufla-
ba el estruendo de la hélice, contemplaba cómo los árboles se

acercaban a gran velocidad mientras el avión seguía dando saltos sin conseguir levantar el vuelo. El piloto se volvió hacia él con una sonrisa demente que no tenía nada de tranquilizador. Gritó algo incomprensible.

Y entonces el avión se elevó, hizo un amago de volver a caer, pero continuó su vuelo por encima de las copas de las encinas, espantando avechuchos de sombra.

Primero enfilaron hacia el norte, sobrevolaron el litoral y se adentraron en el Cantábrico. Era la primera vez que veía el mar. Su padre le había dicho que ver el mar te cambia para siempre, que sólo entonces aprendes a respirar. Pero a él se le encogió el corazón: era un mar negro, inmóvil, como un firmamento nocturno sin estrellas ni luna, un pozo inmenso y frío; el cielo encapotado impedía que nada se reflejase en él. Así imaginaba la muerte en los momentos de desesperación, un lugar negro e infinito en el que te falta el aire: nunca acabó de creerse lo del cielo y el infierno, porque pensaba, como los gnósticos, que salvo para unos pocos escogidos el destino del hombre es estar eternamente muerto. Sólo cuando regresaron hacia tierra el mar pareció ablandarse y volverse amistoso por los bordes. Iba y venía sobre la arena, misteriosamente blanco y somero lo que había sido tenebroso y hondo.

El avión giró inclinándose, con las alas casi verticales, para dirigirse otra vez hacia el interior, sobre bosques y montes, aquí y allí una luz, más allá un río, alguna población dormida, y un entramado de senderos claros que dibujaban filigranas en el lienzo verde. Sobre la costra del paisaje se abrían grietas como en las hogazas de pan. En las selvas más densas correteatrían jaurías de lobos. El viento le abofeteaba incansable las mejillas. Qué exaltación. Ver desde lo alto el mundo, hermoso e inocuo, sin pertenecer a él. Por primera vez en meses, sus pensamientos eran un flujo de agua fresca, no un remanso en el que se va pudriendo materia orgánica hasta enturbiarlo. Igual que el avión se deslizaba sobre la costra de la Tierra sin tocarla, él pensaba sobre las cosas sin que le doliesen, al contrario, con la alegría de poder verlas por primera vez como una realidad ajena puesta a sus pies para ser gozadas.

Llevaban ya largo rato en el aire cuando el piloto se volvió y señaló hacia abajo, pinchando el globo de sus apacibles reflexiones. Tres aviones volaban casi a ras de tierra, más rápidos que ellos, aves de presa que planeaban buscando una víctima. El piloto gritó algo que podría haber sido la palabra «tiburones».

–¡¿Amigos?!

–¡Míos no!

–¿Y qué hacemos?

–¡¿Cómo?!

–¡¿Que qué hacemos?!

El piloto giró la cabeza en todas direcciones, también hacia lo alto, como si supiese que había una puerta en algún sitio pero no recordase dónde.

–¡¿Dónde coño se han ido las nubes?!

Uno de los aviones se desvió hacia la izquierda seguido casi inmediatamente de los otros dos. En fila india, trazaron sobre el paisaje un amplio arco que fue cerrándose, para luego, al alcanzar la altura aproximada del Breguet, abrirse en abanico.

–¿Nos han visto?

–Tenemos que regresar a territorio leal. ¡Ahora a ver quién corre más! ¡O a ver quién se cansa antes! ¡A lo mejor no tienen permiso para alejarse mucho de la base!

Pasó un tiempo difícil de calcular. Un momento antes, cuando volaban hacia el sur, las montañas habían ido dando paso a suaves cerros, los prados verdes a campos parduscos, los ríos acogotados por amenazadoras paredes a cursos anchos, perezosos. Pero ahora estaban regresando hacia riscos amarillos de un lado y verdes de otro, salvo que en lo más alto la piedra se retorcía desnuda y erizada de aristas.

El Breguet se dirigía hacia el oeste, a una montaña cónica con un pezón de granito, perseguido por los tres aviones corsarios, que poco a poco iban compensando el terreno perdido durante las maniobras de ascenso y despliegue. Tres puntos oscuros que estaban ya adquiriendo una forma precisa.

–No es lógico que nos sigan aún. ¡Claro, coño, ahora lo entiendo! ¡Traición! ¡Maldita sea!

–¿Qué pasa?

–¿Qué pasa? Que alguien ha revelado nuestra misión. Nos están persiguiendo sobre territorio republicano. Ese riesgo para cazar un solo avión. ¡Saben quién eres! Tendrás que usar las dos ametralladoras.

–¡Hay tres!

Un bache en el aire interrumpió la conversación. El avión cayó de repente varias decenas de metros, frenó en seco al tiempo que se oía un fuerte crujido, la hélice hizo un par de amagos de detenerse, luego el aparato continuó volando aparentemente estabilizado.

–¡Que hay tres! –repitió.

–¡Tú ocúpate de la de cola y de la de abajo!

Pocos minutos más tarde, uno de los tres aviones se había situado a su cola aunque a una distancia considerable.

–¡A estos hijos de puta me los como con patatas!

El piloto dio una carcajada y de pronto se abrió un pozo a los pies del Breguet. Las almas arrojadas al infierno debían de sentir un vértigo similar. El viraje hizo traquetear las alas; una de las varillas que las unían se quebró y un pliegue apareció sobre el borde del ala superior. Primero el mundo estaba abajo, luego arriba, después hubo un girar y frenar, caer y ascender; los aviones enemigos aparecían y desaparecían. Él se agarró a una de las ametralladoras, el hecho de empuñar el arma le daba cierta seguridad. Cuando vislumbró uno de los aviones enemigos comenzó a dispararle con la metralleta de cola, una ráfaga detrás de otra, abejas de fuego que trazaban caminos divergentes; el tableteo se transmitía a sus articulaciones. Siguió disparando ráfagas cada vez más largas, hasta que sintió un puñetazo en un hombro.

–¿¡Pero qué haces, imbécil?! ¡Ese está muy lejos!

Aún el dedo apretaba el gatillo, pero ya no sentía el retroceso ni los estampidos. De pronto era un niño con un juguete roto entre las manos. Varios impactos en el fuselaje les hicieron girar la cabeza en todas las direcciones. Dos balas trazadoras dibujaron paralelas ascendentes, haciéndole pensar en los cohetes de las verbenas.

–¡Abajo! ¡La ametralladora de abajo!

Buceó en la carlinga hasta encontrar la trampilla, abrió, disparó a ciegas, borracho de estruendo y velocidad, atontado por el olor a pólvora y queroseno, al tercer avión, que había aparecido disparando por la derecha. Las alas del Breguet se volvieron ropas de mendigo. También el piloto disparaba, gritando al mismo tiempo tatatatatatá igual que un niño.

Pudo ver al artillero del avión que atacaba desde las profundidades. Lo centró en la mirilla, aunque los vaivenes le sacaban una y otra vez de ella, y soltó una ráfaga. El avión enemigo hizo una cabriola y desapareció de su vista. Seguro que le había alcanzado. Se asomó por el borde de la carlinga, dando gritos de alegría señaló el aparato enemigo: el motor humeaba y el avión se iba alejando, hacia atrás y hacia abajo, de repente exhausto, como el boxeador que arroja la toalla.

Entonces sintió la picadura de un tábano. No fue más que eso. Un escozor repentino en una pantorrilla. Y luego varios chasquidos, esquirlas de metal saltando de la carlinga, nuevos jirones en las alas. La caída era tan violenta y a trompicones, y acompañada de petardeos, chirridos, disparos, maldiciones del piloto, que regresó a la confusión de los últimos tiempos: ya no estaba allí, ya no sabía distinguir el arriba del abajo, el nosotros del ellos. Apretó otra vez el gatillo. Sujetándose a la seguridad que le daba la potencia del arma, acribilló el aire, unos cuantos orificios más aparecieron en las alas del Breguet, se cagó en Dios, él, que no era blasfemo, y a pesar de las gafas de aviador las lágrimas le corrieron por las mejillas, aunque el viento las secó casi inmediatamente. El mundo se aproximaba a una velocidad amenazadora. Un manotazo bestial arrancó un ala de cuajo. Salió disparada hacia lo alto justo antes de que los tragase un desbarajuste de impactos y latigazos. El avión se abrió paso como pudo entre las copas de los árboles, atravesó a ciegas la hostil maraña, rebotó aquí y allá, quedó mutilado de la punta de la otra ala, la hélice desertó de su cometido y desapareció en la espesura, el asiento del piloto se había quedado vacío –¿dónde, cuándo le había dejado solo?–, el olor a queroseno y humo le hizo atragantarse, y por fin llegó el impacto definitivo, ese que había aguardado como una especie de explosión cósmica que lo desmembraría, y que disolvería, tras un dolor insoportable, su conciencia. Y después, el silencio.

El silencio.

Chssssst.

Nada.

No moverse.

No pensar. Disfrutar ese instante de alivio en el que cesan el movimiento, el fragor, la rabia, el miedo. Ese instante justo al morir en el que ya nada importa, en el que faltan las fuerzas para rebelarse o desear. Nada. La decisión está ahora en otras manos. Descansa en paz. Eso es. Descansa en paz.

Pero el tiempo pasaba y las ganas de orinar le hicieron renunciar a su muerte prematura. Se arrastró fuera de la carlinga. Meó contra un árbol, apoyándose en él con las dos manos para dejar la pierna herida en el aire. Un búho aprobó lacónicamente la operación antes de desaparecer haciendo ruidos de hélice averiada. En la corteza de la encina los gusanos horadaban, se retorcían, se ocultaban bajo montoncitos de serrín.

Pasó un par de horas buscando al piloto a la pata coja por los alrededores. Algunos trozos del avión desperdigados entre matojos o atravesados en las ramas. Una alondra suspendida en el aire, sin desplazarse, como ensartada por una aguja invisible. Del piloto tan sólo una bota, abierta la suela, con sangre en los cordones y un trozo de la caña arrancado como de un mordisco. Tú sí, descansa en paz. Encontró una rama acabada en dos puntas que le podía servir de bastón. Apoyó el pie de la pierna herida pero depositó el peso de su cuerpo sobre todo en el pie sano y en la rama.

Rebuscó en el avión algún tipo de provisión, porque el morral que le habían dado con comida también se había evaporado. Oteó en todas direcciones. El sol le quemaba las orejas, lo que le reveló que había perdido el pasamontañas. Echó a caminar hacia el sur. Estaba seguro de que se habían desviado muchos kilómetros de su destino, pero no sabía dónde se encontraba. De todas formas, tenía que llegar a territorio nacional si no estaba ya en él. Hacia el sur, en busca de una ciudad o de una carretera importante. Pero la cabeza no le funcionaba como debiera. Se puso cara al sol para orientarse y le pareció que en el cielo había dos soles, dos luces especulares separadas por un aire que vibraba como un vidrio finísimo. Contempló los dos soles sucesivamente, sacudió la cabeza, abrió y cerró los ojos con fuerza diez, quince veces. En el cielo quedó sólo uno de los soles. Sin mucha convicción, comenzó a caminar hacia él.

¿Y eres tú, cojo, inútil, extraviado, el que va a salvar España?

Tierra, humo, polvo, sombra, nada

Un mundo imaginario se desplegaba ante él, una sucesión de montes pedregosos de los que se habían adueñado las lagartijas y los alacranes. Había pasado tres días abriéndose camino en un paisaje boscoso, flanqueado por riscos amurallados, uno de los cuales parecía el fósil descomunal de un saurio, de cuyo lomo ascendía una sucesión de aletas dorsales petrificadas; engañó al hambre con las bayas que encontraba, hasta que unas pequeñas de color rojo le provocaron retortijones y le obligaron al ayuno. Luego la vegetación fue desmigajándose sobre el relieve, volviéndose rala, y ahora estaba en ese yermo desamparado que le hacía pensar en planetas tan lejanos que ni Dios sería consciente de su existencia.

Tuvo una visión de un grupo de neandertales vagando por aquellos parajes, quizá poblados de arbustos espinosos, de especies ya extintas, pero igual de míseros, de inadecuados para una vida despreocupada o abundante, e imaginó a uno de esos neandertales, de dientes desparejos y gruesos labios, parado justo donde él se encontraba, contemplando con aprensión el paisaje inhóspito e imaginando a su vez un mundo futuro, con seres parecidos a él pero menos miserables, constructores de ciudades y caminos, que habrían domesticado a los animales y llevado el agua a aquel territorio desecado.

Pero también pensó que aquello era una tontería imposible, porque uno sólo tiene visiones de lo que ya conoce.

Había unas lomas a lo lejos, hacia el este, peladas y abruptas, recorridas por veredas terrosas. Por el sur, los riscos parecían menos escarpados, las gargantas menos profundas, el paisaje se volvía algo más plácido, inspiraba la serenidad que él hubiese querido para sí, porque estaba cansado de tanta agitación, de ese ir y venir entre la desolación y el pánico, de su ánimo turbio; el suelo se pegaba a sus botas, las atraía como si la fuerza de gravedad aumentase con cada metro que avanzaba. La pierna herida le dolía, los pies se le trababan como si llevaran grilletes. Le daba igual una u otra dirección, porque no sabía ni dónde estaba ni adónde iba, así que eligió el camino menos empinado.

No tenía agua. Al principio de su caminata sí había encontrado algún arroyo y más de un charco, pero como no llevaba recipientes lo único que pudo hacer fue beber todo lo que dio de sí su estómago, tanto que al andar escuchaba un chapoteo en las tripas. Luego sólo encontró lechos secos y hondonadas en las que en invierno probablemente brotaba una fuente. Desde la última vez que bebió había pasado un día, y el sol calentaba con una mala leche milenaria. Se detuvo antes de comenzar la ascensión por una vereda que conducía hacia el sur y el paisaje se puso a temblar. Pensó que podía ser un terremoto, aunque no había vivido nunca uno. Se cayó de culo. Levantó la vista y descubrió un águila planeando que dibujaba arabescos sobre la hoja inmaculada del cielo. Pensó que estaba escribiendo un mensaje para él en una caligrafía antiquísima. Moviendo los labios –nunca había perdido la costumbre de pronunciar para sí lo que leía– quiso descifrar el mensaje: «Estás perdido, pobre idiota», le decía el águila con su vuelo arrogante. Al intentar levantarse otra vez descubrió que no era el mundo el que temblaba, sino sus piernas. Sacó un par de nueces aún verdes del bolsillo y las comió despacio aunque su amargor le producía arcadas. El águila desapareció por detrás de un cerro y él pensó que le estaba diciendo que le siguiese, que le mostraba el camino a pesar de todo. Se levantó como pudo para reemprender la marcha, arrastrando un poco la pierna mala, cada vez más hinchada y dolorida. La bala le había trazado en la pantorrilla un surco que recordaba la labor de algún parásito.

Cuando hubo alcanzado la mitad de la loma, distinguió una figura tendida sobre la divisoria. Quizá le había visto desde hacía mucho tiempo y lo aguardaba allí, en esa posición que no dejaba claro si pretendía esconderse o mostrarse.

Por si acaso, él levantó una mano y saludó, pero el otro no respondió ni con el gesto ni con la voz. En lugar de continuar por la vereda, subió campo a través para llegar a donde estaba el hombre. Si era hostil, de todas formas no había escapatoria, y si era amigable quizá pudiera orientarle un poco. Cuando debía de estar a unos cincuenta metros volvió a saludar con la mano y dijo:

–Buenas tardes.

Haciendo caso omiso del silencio del otro, continuó en su dirección comentando el calor que estaba haciendo y que no había ni una sombra para protegerse pero qué se le iba a hacer, el veranillo de San Miguel se había adelantado ese año. Y sólo cuando no mediaban más que unos pasos entre los dos se dio cuenta de que estaba dando conversación a un cadáver.

Al anochecer, tuvo que dar un largo rodeo para evitar las cercanías de un grupo de soldados que estaba fortificando la ladera de un monte. Caminó a la luz de una luna que jugaba con él al escondite, hasta que las ampollas y la pierna pocha, que latía como si el corazón le hubiese descendido hasta la herida, le obligaron a dormir en una chopera a orillas de un río, en el que antes bebió con ansia. No le despertaron las llamadas del búho ni el hozar de los jabalíes.

Avanzó toda la mañana sonámbulo hasta casi toparse con un campesino, de piel mucho más rugosa que la de los robles que le rodeaban, sentado en el tocón de un árbol chupeteando un cigarrillo apagado. Callaron juntos un buen rato hasta que se atrevió a preguntar lo que tanto le importaba y el anciano le señaló una dirección, bordeando un arrugado farallón con barbas de pinares, y le reveló la existencia de una pequeña ciudad algo más allá, a medio día de marcha, a la que llegaría si no se separaba mucho del cauce del río y le dijo también, los ojos en su pernera ensangrentada, que si continuaba después caminando unas dos horas hacia el sur se toparía con un pueblo donde, al atardecer, al pie del castillo, no tenía pérdida, un castillo grande y cuadrado, con un torreón en cada esquina, pues allí mismo, un camión recogía a gente, a la gente que tuviese con qué pagarlo, y la llevaba hasta donde le dijeran o donde pudiera, dependiendo de dónde se encontrase el frente en ese momento y cómo anduviese la cosa de los controles.

Y también le dijo que era caro, porque en la España nacional se había prohibido el transporte privado por carretera y por ferrocarril, y si los encontraban era cosa de salir corriendo porque las órdenes eran órdenes, los delitos, delitos, y las penas como para acojonar al más pintado.

Después de tan largo discurso el campesino recuperó su aspecto, entre vegetal y fósil, sin pestañear, sin respirar siquiera. El extraviado se despidió y le dio las gracias sin sacar de él más respuesta que a las piedras y a los árboles; sólo entonces se fijó en que el dorso de sus manos no estaba cubierto de vello, sino de musgo. Cuando se había alejado unos pasos de él, se giró y, como había intuido, ya no lo veía: pensó en esos lagartos que tienen el mismo color que el terreno en el que viven, por lo que si se quedan inmóviles nadie puede encontrarlos.

Caminó todo el día, más de lo que había calculado el anciano, porque no se atrevía a hacerlo por el camino que bordeaba el río, transitado por campesinos, arrieros, mujeres que llevaban el almuerzo a sus hombres; prefería cruzar los encinares, lo que era más trabajoso, y sólo en alguna ocasión, si no había nadie cerca, se decidía a bajar hasta el río a lavar la herida y a beber. Lamentaba no haber aprendido a pescar cangrejos ni a cazar ranas; a pesar del hambre, tampoco se atrevió a dirigirse a los pescadores que, tumbados sobre enormes hatos de espadañas, flotaban sobre el río pescando barbos. Una vez hizo un intento de acercarse a uno de los palomares de adobe que parecían frecuentes en aquella región, pero no necesitó llegar hasta él para percatarse de que un guarda, con la escopeta a medio encarar, vigilaba sus movimientos. Se conformó con las moras que encontraba, con mordisquear alguna hierba que le parecía que no podía ser muy mala, aunque más fiado de la intuición que del conocimiento, y con robar en una viña un puñado de uvas verdes, tan ácidas y ásperas que no fue capaz de comer más que un par de granos. No le iba a quedar más remedio que entrar en la ciudad para comprar alimentos. Procuraría no entablar conversación, diría que era un trabajador sorprendido por la guerra en otro lugar y que regresaba a su lugar de origen. Aunque para ello tenía que averiguar si se encontraba en zona nacional o republicana.

Llegó por fin a una llanura de campos segados y desnudos en la que apenas quedaban unas pocas pajas entre gruesos terrones apelmazados. Y a lo lejos, tal como había prometido el viejo, una ciudad ni muy grande ni muy chica de la que no llegaban ni ladridos, ni mugidos, ni gritos ni olor a humo o a comida. Una ciudad que podría haber estado desierta o ser un espejismo, mentira, todo es mentira, se dijo, apariencias, invenciones, y pensó que esa ciudad, como afirmaba algún filósofo medieval, no existía más que cuando alguien la miraba, y por eso habían sido sus ojos los que la habían extraído de la nada, los que habían edificado muros y empedrado calles, levantado aquella espadaña de campanas mudas, y forjado las mismas campanas, y dispuesto como las escamas de un pez las lajas de pizarra en los tejados. Pensó también que, aunque no viese ni oyese ni a animales ni a personas, probablemente cuando se acercase también los inventarían sus sentidos, y entonces quizá pudiese comprar algo de comer que él mismo habría producido aunque fuese otro el que cortase el pan para él, y crearía un conductor y un camión, y la carretera que lo llevaría a su destino, con los ojos cerrados para no hacer surgir del vacío patrullas ni ejércitos ni control alguno.

Pensando esas tonterías llegó, cuando ya atardecía, a las primeras edificaciones, unos corrales grandes de piedra y mortero, en los que algún animal debía de haber, no porque así lo delatasen gruñidos o balidos, pero sí el olor a excrementos y encierro. Entonces oyó un sonido metálico, un martilleo que podría haber sido de herrero o de mecánico. Como no vio al causante, siguió caminando hacia donde desde lejos le había parecido que podía encontrarse el centro, y durante un buen rato tuvo la impresión de escuchar un eco de sus propios pasos, aunque a veces el eco se independizaba y se adelantaba o se retrasaba más de lo debido; se volvió en varias ocasiones sin tener en realidad la impresión de que lo siguiera nadie; más bien le parecía que debajo de sus pies caminaba una persona, a veces más despacio, a veces más deprisa que él. Contempló con desasosiego el suelo y se detuvo a meditar lo que sucedía, con el temor a que volviese a darle uno de esos ataques de confusión en los que dejaba de saber dónde se encontraba y quién era: porque quizá era lógico asustarse de la propia sombra cuando se sabe uno en peligro, y suponer perseguidores o gente al acecho, pero imaginar un mundo subterráneo y paralelo al de allá arriba se acercaba peligrosamente a la alucinación.

Ya se adentraba en calles que parecían más de ciudad que de aldea, bien empedradas, con aceras y farolas, con árboles y alcorques, cuando volvió a oír los sonidos metálicos que antes le llamaran la atención; llegaban con claridad de algún lugar situado a unos pasos calle adelante, pero nadie había allí que pudiera producirlos: la calle sólo estaba recorrida por un sol ya a punto de desaparecer que empujaba las sombras hasta distancias inmensas, casi hasta el mismísimo horizonte. Era una de esas calles que podrían imaginarse para un sueño, aunque nadie sueñe así: desierta, de sombras deformadas hasta volver irreconocible el objeto al que pertenecen, abierta en ambos extremos a la nada o a un paisaje tan lejano que resulta difícil de distinguir, con contraventanas cerradas, sin voces, sin olores –eso sí sería propio del sueño, porque en los sueños uno ve y oye y siente vértigo o dolor o alegría pero nunca percibe olor alguno–. Justo en el centro del empedrado se abrió un hueco repentino y de él asomó un hombre con gorra de plato que le apuntó con una pistola.

–¿Por qué me sigues? –le preguntó con malos modos–. Ven aquí ahora mismo –el busto que asomaba del suelo tenía la cara tan tiznada que podría haberse pensado en un minero de no haber llevado la gorra y en ella estrellas de capitán. Con la pistola le seguía haciendo gestos de guardia de tráfico para que se acercara más–. Baja.

Y desapareció en el agujero.

Él se asomó como a un pozo, pero en lugar de su propio reflejo vio en el fondo una luz intensa. Se sentó en el borde sin atreverse a saltar, hasta que unas manos le agarraron de la pernera y tiraron de él hacia el interior. La caída, precisamente sobre la pierna mala, le hizo dar un grito de dolor. Se quedó sentado en el interior de lo que no era pozo sino túnel. El capitán se había quitado la gorra y ahora llevaba sujeta a la cabeza una lámpara de carburo, con la que iluminó al caído.

–Creo que me he roto la pierna.

–Pues sí que tienes tú cuento. A ver, ¿quién eres? Grita viva España.

–¡Viva España!

–Saluda a la romana –aunque aún sentado en el suelo, el brazo señaló con la palma extendida hacia la bóveda–. No está mal, un poco más de energía no haría daño, pero no está mal. Bienvenido. Venga, levántate que necesito ayuda. Ah –aunque ya estaba emprendiendo el camino se volvió otra vez para encañonarlo–, ¿por qué me estabas siguiendo? ¿Quién te ha enviado?

–No sabía que estaba ahí. Cómo se me iba a ocurrir que alguien camine no por encima sino por debajo de la calle.

–Bueno, ya me lo aclararás luego. Ahora toma esa caja. Tienes que ir metiendo un cartucho en los huecos que encuentres entre los ladrillos de la pared, y unirlo al siguiente con ese rollo de mecha; hay lo menos quinientos metros.

–¿Y para qué?

–¿Y para qué? –le remedó el capitán–. ¿Para qué crees tú que se usa la dinamita? Para volar algo por los aires, ¿no?

–Sí. Pero ¿para qué quiere volar este túnel? ¿Adónde lleva?

El capitán se limpió con la bocamanga el sudor de la frente, aunque en el túnel hacía un frío húmedo que hacía tiritar a ambos.

–Las alcantarillas; son una maldición.

–¿Esto es una alcantarilla?

–No, hijo, si fuese una alcantarilla olería como el culo de tu padre. Esto es un túnel por el que un día, si no lo evito, discurrirá una cloaca.

–Ya veo.

–No, no ves nada. Nadie ve nada. Todo el mundo está ciego. Por eso tengo que hacer las cosas solo.

–Pero me ha pedido que le ayude.

—No te lo he pedido. Te lo he ordenado. Si me desobedeces te pego un tiro. Aunque no seas soldado, porque aspecto de soldado no tienes. Por cierto, ¿qué eres?

—Soy un hermano marista. Estaba haciendo el tercer año de escolasticado cuando...

—¡Lo que me faltaba, un medio cura! La religión es una plaga; esto no lo puedo decir ahí arriba, pero aquí digo lo que me sale de los cojones. Todos esos buenos sentimientos, y la caridad, y los mansos de espíritu y esas cosas que sólo pueden ocurrírsele a uno llevando sotana. El día que los curas vistan como hombres tendremos una religión de hombres. Que cojas la caja te he dicho.

Los siguientes minutos los pasaron metiendo cartuchos de dinamita en los raros huecos que encontraban en el enladrillado, y donde no había los hacía el capitán con un martillo y un cortafrío.

Trabajaron así un par de horas; aunque aún quedaban cartuchos en la caja, el capitán le indicó que dejara la dinamita en el suelo y se sentara; rebuscó en la caja y del fondo sacó un chorizo y una barra de pan. Se sentó a un par de metros y, con una navaja cabritera, cortó un buen pedazo de cada. Comenzó a comer en silencio de muy buena gana, pero ni siquiera su ruidoso masticar y deglutir podía competir con los quejidos de las tripas del joven.

—¿Qué sucede, que no tienes nada de comer?

—Pues no.

—Pero hambre sí.

—Bastante.

—¿Cómo se puede ser tan imbécil? Tener hambre y no tener para comer. Eso es de tontos. O de blandengues.

El capitán continuó comiendo hasta quedar saciado. Aunque estaba en mangas de camisa, aún el sudor corría por su cara y dibujaba manchas oscuras en el uniforme de faena.

Iba pudiendo más en el joven el cansancio que el hambre, por lo que los ojos se le cerraban, aunque habría preferido esperar a que durmiera el capitán para robarle al menos un trozo de pan. En algún momento de la noche se dio cuenta de que el capitán había apagado la lámpara y estaba hablando en la oscuridad, quizá a él, quizá a un interlocutor imaginario.

–¿Sabes quién tiene la culpa de esta guerra? ¿No? Pues te lo voy a decir yo: la culpa de esta guerra la tiene el sistema moderno de alcantarillado. Sí, sí, sin duda, porque si a la selección natural no le hubiesen puesto trabas, habría acabado con la mayoría de las alimañas rojas. Azaña es un ejemplo típico. Probablemente hubiese muerto de parálisis infantil, pero le salvaron las malditas cloacas. Tenemos que acabar con las cloacas. Pero hay que hacerlo en secreto. Porque si alguien se entera, pueden acabar acusándote de sabotaje. Llevarte al paredón. Sin darse cuenta de que es una tarea imprescindible. Las cloacas y los hospitales. ¡Tú! –gritó de repente–. No te hagas el dormido.

El túnel se iluminó desde la frente del capitán, primero con una llama azulada y débil, después amarillenta y más potente. Por debajo de ella le escrutaban dos ojos alucinados.

–¿Cómo? ¿Qué? Me había quedado dormido.

–Los cojones. No creas que tú a mí me engañas con tus cuentos del seminario. Tú eres un espía y estabas apuntando todo lo que digo para chivarte a tus mandos. Cuando hayamos terminado el trabajo te voy a hacer un juicio sumarísimo, verás como entonces aguantas bien despierto.

–Le juro que no soy un espía; soy un herido de guerra.

–Los heridos, si tuvieran un poco de dignidad, morirían en el campo de batalla; si no, se nos van a llenar las ciudades de tullidos. ¿Va a ser eso la nueva España?

»¿Una caterva de estropeados pasando la gorra? Pues vamos listos, para eso tanto pelear. ¿Conoces al coronel Beorlegui? Porque tú eres vasco también.

–Creo que no lo conozco, mi capitán.

–Está muerto.

–Será por eso que no nos conocemos.

–Un gran hombre, de los que quedan pocos. Paseaba por el frente protegiéndose de los obuses con un paraguas. ¿Te imaginas la rabia que le entraría al enemigo? ¡Sólo un paraguas contra los obuses, con dos cojones!

–Le mató un obús, claro.

–Fue herido en el campo de batalla durante la toma de Irún.

–¿Cuándo han tomado Irún?

–¿Y tú crees que dejó que le llevasen al hospital? No señor, mandó a la mierda a los camilleros y siguió peleando. Murió al día siguiente de gangrena. Un ejemplo a seguir, sí señor. Así que en cuanto acabe de dinamitar cloacas me voy a poner a reventar hospitales. ¡Ese es el futuro! Un país sin hospitales ni cloacas.

–Perdone que le contradiga, mi capitán, pero, si el coronel hubiese ido al hospital, hoy a lo mejor estaría vivo y seguiría luchando para hacer triunfar el alzamiento.

–¡No, hombre! No te enteras de nada. Al campo de batalla se va a morir. ¿O es que quieres vivir eternamente? Lo peor que le puede pasar a un ejército es que los oficiales se mueran de viejos. Cuando la palmas pronto estás haciendo sitio al siguiente en el escalafón, y eso motiva mucho a los que vienen detrás; nadie quiere morir de soldado raso, pero que te maten con unos buenos galones o con estrellas en la bocamanga, eso es otra cosa. El retiro de los verdaderos patriotas es una estatua o el nombre de una plaza.

–Pero si todos mueren en el campo de batalla, no quedarán hombres...

–Que te calles, joder, que te va a caer una buena por insubordinación. Si hay algo que sobran son hombres. La munición escasea, tenemos pocos aviones, nos faltan tanques. Pero ¿hombres? No se acaban nunca, esa es su única ventaja. Si un día nos quedamos sin españoles llamamos a más moros. Y después a los bantúes. La lucha heroica debe continuar. Esta cruzada es eterna.

–Las cruzadas eran contra los moros, pero ahora los moros están de nuestro lado.

–Vaya, un listillo. Las cruzadas son contra los infieles, contra todo tipo de infieles, entérate. ¿Y quién hay más infiel que un comunista? Hombres bautizados que abjuran de su religión. Los musulmanes creían en lo que podían, no habían abjurado de nada, gente primitiva que puede ser útil si se la encamina bien. Pero un rojo es irrecuperable, ha traicionado y eso no se puede borrar ni corregir. Por eso esta es una guerra de exterminio, no hay compromiso posible. Hay que matar, matar, matar.

El capitán apagó la lámpara de repente, pero, incapaz de pasar mucho rato en silencio, comenzó a roncar. Entonces él se levantó con sigilo, le robó el chorizo y el pan sobrantes y, tanteando las paredes, regresó por donde habían venido. Recordaba que el suelo era bastante liso y no habían encontrado desviaciones ni ramificaciones, por lo que fue capaz de rehacer el camino a oscuras. Aunque tardó mucho más de lo que había pensado y comenzaba a desesperar de volver a encontrar la salida, por fin un tenue resplandor le mostró dónde se encontraba el agujero por el que había descendido. Después de dar unos cuantos saltos, que retumbaban en las bóvedas haciéndole temer que el eco acabase por despertar al durmiente, consiguió suficiente impulso como para agarrarse bien al borde y acabar saliendo a la noche. Arriba, justo encima de su cabeza, la luna llena era un negativo borroso del agujero del que acababa de escapar.

Guiado por ella quiso dirigirse hacia donde le había indicado el anciano, pero cuando descubrió unos edificios abandonados detrás de una tapia de ladrillo, dos hangares o almacenes a los que se accedía por un portón que a nadie se le había ocurrido cerrar, decidió esconderse allí a pasar el resto de la noche y también el día, hasta que llegado el siguiente atardecer fuera a buscar el autobús para continuar su camino y quizá así cumplir la misión, LA MISIÓN, salvar a España de sí misma, y acaso de capitanes como el que acababa de conocer. Se volvió a quedar tan profundamente dormido que ni siquiera le despertó un estallido que hizo temblar el suelo y a los gallos cantar mucho antes de su hora.

La mujer estaba sentada en un poyo de piedra esperando al autobús que, aunque sólo lo descubrirían dos horas más tarde, no llegaría nunca. Su abrigo era demasiado elegante para aquel lugar y para aquel momento. Aunque el cuello y los puños fuesen de piel de imitación, resultaban muy sofisticados en esa calle de pueblo flanqueada de casas de barro por un lado y de un castillo de torreones desmoronándose por el otro. Tenía la expresión ausente y un mechón de pelo le atravesaba la cara hasta la barbilla. A veces paseaba la lengua por encima del labio inferior, como si quisiera saborear el aire, y una sonrisa, tan fugaz e imprecisa que podría haber sido un mero amago, le daba ese aspecto soñador, de persona que no está donde está sino en el pasado o en el futuro o en la fantasía. Había cruzado las piernas y eso le prestaba un aire inconfundiblemente urbano. Él nunca había visto a una mujer de verdad cruzar las piernas; sólo en una película con Marlene Dietrich que le había obsesionado durante meses y, como se confesó de los pecados a los que le había empujado la visión de las piernas de la actriz, su afición al cine le costó diez rosarios y barrer treinta días el suelo de las cocinas.

Caminó por delante de ella, dio media vuelta, volvió a interponerse ante su mirada soñadora tan sólo para comprobar que no le veía. Olía a carbonilla y a un algo indefinible en descomposición.

–Perdone, ¿es aquí donde...?

–Ajá. Es aquí donde.

–Gracias.

–Se está retrasando –la punta de la lengua quedó indecisa sobre el labio, el mechón de cabello tembló–. De todas formas..., ¿para qué las prisas, si ni siquiera sabemos si vamos a llegar a algún sitio?

–Eso es verdad.

La mujer sacó del bolso un librillo de papel de fumar y jugueteó un rato con él entre los dedos; al cabo de un tiempo sacó también una tabaquera de cuero con reborde de plata. Él tampoco había visto a una mujer que fumara, aunque había oído que había en algunas capitales mujeres que, además de cruzar las piernas, fumaban, y hacían anillos de humo y se comían a los hombres con los ojos.

–¿Fuma?

Lamentó mucho no tener el hábito; le habría gustado liar un cigarrillo con manos expertas, dárselo a la mujer, encendérselo, para lo que ella pondría las manos alrededor de las suyas, se acercaría tanto a él que le permitiría aspirar su perfume, le miraría de cerca con sus ojos negros y asentiría para darle las gracias, con el cigarrillo aún en los labios. Pero tuvo que decirle que no, que no fumaba, para no encontrarse en la situación ridícula de no saber liar un cigarrillo.

–Es muy bonita.

–Gracias, hacía mucho que no me echaban un piropo.

Se sintió enrojecer tan violentamente que pensó que se desmayaría para no tener que seguir soportándolo. Balbuceó y ella interpretó enseguida su mirada.

–Ah, la tabaquera. Vaya, ahora que me había alegrado la tarde. Era de mi marido. La tabaquera, digo. Me dieron anteayer sus cosas. También el chisquero.

–Lo siento mucho.

Ella se encogió de hombros de forma poco convincente. Encendió el chisquero, golpeando la rueda con el canto de la mano con una naturalidad sorprendente. La brasa iluminó su cara y él olió el humo y, cuando ella lo exhaló, creyó percibir también algo así como el olor del carmín.

–A él también le prendía el mechero. Decía que le gustaba mi gesto tan enérgico. Cosas de hombres. Y de niña se lo encendía a mi padre. Eso, cosas.

–Ah. Vaya.

Las campanas de una iglesia llamaron a misa y después siguieron sonando, de forma desordenada, arrítmica, hasta que alguien gritó desde una ventana:

–¿Te callarás, joputa?

Aunque dejaron de sonar al instante, el sonido se mantuvo en el aire y al hombre le pareció no sólo seguir oyéndolo sino también percibir el sabor del metal.

–El monaguillo, que está loco. Toca las campanas cuando le parece.

–Ah. Vaya.

–Lo suyo no es la conversación, ¿verdad?

Durante los siguientes minutos se estrujó el cerebro para encontrar algún tema que pudiera mejorar la mala imagen causada. Pero no era fácil si al mismo tiempo tenía que ser discreto sobre las razones de su presencia en ese pueblo.

—¿Es usted de aquí? —preguntó cuando no pudo seguir soportando el silencio.

—Lo era. Ya no. En cuanto me monte en el camión seré de otro sitio. Porque no me ata nada. Eso es lo único bueno de que haya muerto. ¿Y usted de dónde viene?

—De lejos.

—¿Y adónde va?

—No sé aún. Lejos, también.

—Entonces podemos ir juntos.

No supo si era una broma o lo proponía en serio.

—Creo que ya llega.

Pero el motor que escuchaban resultó ser el de un avión, que merodeó por el cielo en distintas altitudes, jugó un rato entre las nubes y desapareció dejando tras de sí un zumbido de moscardón.

Los dos habían mantenido la nariz apuntando hacia lo alto —salvo que él a veces contemplaba de reojo el cuello largo y delgado de la mujer— y por eso no se habían percatado del muchacho que los contemplaba con los ojos entrecerrados, probablemente imitando el gesto con el que ellos habían escudriñado el cielo. Era un crío esquelético, en edad de hacerse las primeras pajas, pero con cara de habérselas empezado a hacer muchos años antes.

—Señorita, el coche no va a venir.

—¿Y eso?

—Ha fallecido.

—¿El coche?

El chico dio una carcajada.

—Qué cosas dice. El conductor.

—Habrá otros conductores.

—Es que el coche no está aquí.

—¿Dónde está?

—Uf, ni se sabe.

—Entonces ¿cómo sabes que no va a venir?

–Porque lo dice mi padre. Además, ahora está prohibido el transporte de particulares por carretera, dice mi padre.

–Ya lo sabíamos. Por eso nos cobraban de más.

La mujer descruzó las piernas, se levantó y se guardó en el bolsillo el pañuelo que había tendido sobre el poyo para no manchar el abrigo.

–Dice mi padre que le diga que puede venir a pasar la noche a nuestra casa.

–¿Puede venir también este caballero?

El chico sacudió la cabeza con desdén.

–No, él no. Mi padre me ha dicho que se lo diga sólo a usted.

–¿Y tu madre qué dice?

–Nada.

–¿Es muda?

–Mi padre me ha dicho que se lo diga sólo a la señorita guapa.

–¿Seguro que no va a llegar el camión?

El chico hizo una cruz con el pulgar y el índice, la besó y escupió en el suelo.

–Por estas.

La mujer se quedó dudando, la mirada en la carretera por la que debía haber llegado el vehículo. Oscurecía y los tordos se peleaban en las copas de los árboles por un buen sitio para dormir. Se volvió hacia él, hizo un gesto que no llegó a ser una sonrisa, y algo en su forma de mirar le recordó a los conejos que su padre remataba con un golpe en la nuca, su mezcla de temor y falta absoluta de esperanza. La mujer hizo un movimiento con la barbilla para señalar hacia el sur.

–A lo mejor nos volvemos a ver en el camino.

Él hizo un gesto ambiguo con la cabeza, ni sí ni no.

Se alejaron en silencio. Miró la calle que había señalado la mujer. Se sentó en el poyo del que acababa ella de levantarse y se ató con fuerza los cordones. Echó a andar cojeando, sin ganas ni energía para continuar la búsqueda. ¿Por qué le habían escogido para una tarea tan difícil?

Una piedra rebotó apenas un metro delante de él. La carrera del chico produjo un extraño eco en la calle vacía. Le hubiese gustado tanto viajar con la mujer. Y quedarse dormido con la cabeza apoyada en su hombro mientras atravesaban aquellas tierras que necesitaba dejar atrás cuanto antes.

Pocas horas más tarde encontró una iglesia románica con un pequeño cementerio que, iluminados por la luna, parecían sacados de un grabado de Doré. Buen lugar para que un poeta romántico derramase unas lágrimas por sus amores no correspondidos o se saltara la tapa de los sesos para demostrar al mundo la intensidad de sus pasiones. El prefirió acercarse a comprobar si la puerta estaba cerrada. Aunque algo desprendido de los goznes, el portón de madera carcomida se dejó empujar hacia el interior sacando del suelo chirridos que provocaban dolor de dientes. Abrió lo justo para poder deslizarse dentro de la iglesia. La luz que conseguía entrar por las diminutas troneras era casi absorbida por los espesos muros de granito. Estaba en un espacio de sombras densas e inmóviles. No había santos en las peanas, y también el Cristo que debió de colgar tras el altar había desertado de su posición frente al enemigo. Los relieves de los capiteles mostraban escenas de los evangelios, pero alguien había picado las caras de las figuras y a alguna le habían pintado enormes atributos sexuales: en uno de ellos, el arcángel san Miguel tenía un pene más largo que su espada, y en otro la Virgen María enseñaba dos tetas que parecían dibujadas por un colegial. Sólo el demonio que se revolcaba a los pies de san Miguel y alguna de las figuras más monstruosas –basiliscos, hombres con ojos en el vientre, reptiles de numerosas cabezas, leones con cola de escorpión– se encontraban intactos. La iglesia ya no era un lugar sagrado, un refugio frente a las tormentas desatadas en el mundo exterior por el maligno; había pasado a formar parte del reino de las sombras.

Atravesó la nave central entre las filas de bancos. Le extrañó no oír el eco de sus pasos ni del castañeteo de sus dientes. A falta de mejor alojamiento, decidió pasar la noche en uno de los confesionarios pegados a las paredes de las naves laterales. Echó hacia atrás la cortina morada de uno de ellos. El grito que dio provocó un revoloteo de golondrinas en el artesonado, tintinearon también las lágrimas de un candelabro que colgaba del crucero, un perro rompió a ladrar en el exterior de la iglesia. Reculó tropezando consigo mismo, chocó contra un banco, perdió el equilibrio, quiso aferrarse al respaldo del banco delantero pero sólo consiguió volcarlo, y gritando, ¡no!, ¡no!, ¡no!, se hizo un lío al reincorporarse, golpeó con la pierna herida contra un reclinatorio, y el dolor fue tan violento que el sudor le cubrió el rostro como si le hubiesen estrujado un paño empapado en agua tibia sobre la cabeza, se le nubló la vista y cayó al suelo, provocando el último sonido de la serie al estrellarse su frente contra una laja de piedra.

Cuando volvió en sí, alguien le estaba arrastrando por los pies a lo largo del pasillo, en dirección al altar. Eran dos hombres, cada uno agarrado a uno de sus tobillos. Soltaron sus pies sin muchos miramientos y se asomaron sobre él sin agacharse, como se habrían asomado a una tumba o a un pozo.

–¿Quién coño es este?

–Del pueblo no es.

–¿Y qué vamos a hacer con él?

–Qué pregunta más tonta.

No eran fantasmas, no eran muertos resucitados, no eran demonios que se habían apoderado de la iglesia aprovechando la oscuridad. Eran dos hombres, tan parecidos entre sí que, si hubiesen hablado al mismo tiempo, le habrían llevado a creer que estaba ante una ilusión óptica; los dos iban sin afeitar, llevaban camisa blanca muy sucia y una boina que no se habían quitado a pesar de encontrarse en recinto sagrado. No podía saber a cuál de ellos había visto al descorrer la cortina del confesionario.

–¿Le doy con la pala en la cabeza?

–¿Por qué?

–Por gusto, ¿por qué va a ser?

–Bueno, si quieres…

–¡No, oigan, esperen! Soy uno de los suyos.

Los dos hombres le observaron desde lo alto; detrás de sus cabezas la oscuridad formaba un lóbrego halo; pestañearon varias veces al unísono.

–¿De quién dice que es?

–De los suyos.

–¿De los de quién?

–Yo qué sé.

–Quiero decir, de los vuestros.

–Ah, de los nuestros.

–¿Quiénes son los nuestros?

–No sé. ¿Le doy con la pala o no?

–Espera. Pensándolo bien, no le des.

–Lástima.

–La losa pesa lo menos diez arrobas. A lo mejor nos puede echar una mano.

–¿Este enclenque?

–No se crean; soy más fuerte de lo que parezco.

–¿Por qué sigues ahí tumbado? ¿No tienes frío en la espalda?

Le echaron mano a las muñecas y tiraron con tanta fuerza que habría vuelto a caer de bruces si no le hubieran sujetado. Cuando estuvo de pie a su lado se dio cuenta de que eran de menor estatura que él; parecían bocetos en piedra que el artista se olvidó de terminar: demasiado anchos para su altura, con manazas que le habrían ido mejor a un gigante, y todos sus miembros y sus rasgos tenían algo tosco, apresurado, violento. Quizá había distinguido algo de eso al correr la cortina del confesionario y el susto había sido mayor ante aquella repentina presencia no humana. Eran sin duda dos gnomos que vivían en cuevas o en galerías de minas. Sucios, algo enloquecidos por su vida subterránea, tan bastos y terrosos como las paredes de su domicilio.

Caminó junto a ellos procurando disimular la cojera, no fuesen a considerar que un herido no podía serles de gran ayuda y se diesen el capricho de aplastarle la cabeza con una pala. Y precisamente dos palas sacaron de otro confesionario, un manojo de cuerda, palancas, cortafríos, y dos escopetas de cartuchos.

–Andando.

Se detuvieron bajo el crucero, junto a una lápida de mármol blanco, cuya desgastada inscripción era imposible leer en la semipenumbra de la iglesia. Una rata se acercó a ellos, hociqueó, no debió de gustarle el olor y desapareció por una rendija del altar mayor. Uno de los hermanos se fue también hacia el altar, tomó un velón, arrimó un chisquero al pábilo y sopló mientras daba golpes a la rueda con el canto de la mano. Cuando logró encender la vela, regresó junto a los demás y paseó la luz por el aire como si bendijera la oscuridad. El claroscuro volvía aún más toscos los rasgos de los dos hermanos.

–Me parece que es esta. Tú, ¿sabes leer? ¿Qué pone ahí?

–Aquí yace el obispo...

–Vale. No hace falta más.

–Pone más cosas.

–No importa. Qué más da el nombre del obispo o cuándo lo enterraron. Se murió y ahí están sus huesos. Toma, sujeta tú la vela.

Los dos hermanos se pusieron a golpear el mármol con las palancas de hierro, alternándose con un ritmo acompasado de dúo que ha ensayado muchas veces la misma partitura. Saltaban chispas y esquirlas de piedra y gotas de sudor y blasfemias; las paredes desnudas de la iglesia multiplicaban el estruendo de los metales furibundos, un *crescendo* que se adentraba en los tímpanos y llegaba al fondo de la garganta haciendo vibrar las cuerdas vocales. El mármol había cedido unos cuantos desconchones, pero no mostraba ni una grieta ni una fisura.

–Hostia puta.

–Me cago en el obispo y en su primogénito.

–¿Por qué hacen eso?

Echaron las dos palancas al suelo y tomaron las palas, no para continuar la tarea sino para apoyarse en ellas.

–Hace dos años trabajé en Sevilla.

–Eso es verdad, la idea fue suya. A mí ni se me habría ocurrido.

–En la siega; como no había nada por aquí en verano me marché a ver si allí había trabajo.

–Nada por aquí, no; algo sí había, pero como había estado en la cárcel no le daban empleo.

–Anda, y tú. A ver si soy el único que ha estado en la cárcel.

–Si yo lo digo para que te entienda.

–Y le vas a contar también que maté a mi mujer para que entienda.

–Es que si empiezas a contar las cosas a la mitad no se entera uno. A la gente hay que ponerla en antecedentes.

–Al contrario, si le cuentas cosas que no interesan se lían o se aburren. Hay que ir al grano. A ver, ¿entiendes más ahora que antes?

–No, la verdad es que no.

–¿Lo ves? Porque ha perdido el hilo. Le hablas de cosas que no hacen al caso y ya no sabe qué es importante y qué no. ¿Te acuerdas de los cuentos de tío Remigio junto a la lumbre? Él no se iba por las ramas. Te contaba historias de crímenes y de herencias y de bandoleros y todo el rato estaba pasando algo, sin explicaciones. Eso es lo que le gusta a la gente.

–Yo creo... –dijo, y como no le interrumpieron continuó– que en las historias no tiene que pasar algo todo el tiempo, eso es así en las historias vulgares; en las buenas no sucede mucho, pero están tan bien contadas que uno tiene la impresión de que continuamente ocurren cosas que son importantes para nosotros.

–¿Qué dice este idiota?

–¿Quién le ha dado vela en este entierro?

–O desentierro. Ni caso. ¿Decías?

–Aún no lo había dicho; lo que quería decir es que al tío Remigio su mujer le ponía los cuernos. Y su hijo era marica.

–Ya estamos. ¿Sabía contar cuentos o no? Y qué cambia si su mujer se la daba y su hijo ponía el culo. ¿Hacía los cuentos mejores o peores?

–Pues sí, porque si contaba una historia de adulterios, al escucharla yo sabía que era porque a él le había ido como le había ido. Y le daba más emoción a la cosa.

–O sea, que yo no puedo contar una historia de adulterios.

–No sé. ¿Puedes?

–Yo no sé contar nada. Pero si supiera no marearía la perdiz con detalles innecesarios.

–Pedro llegó a casa. Dio un navajazo a su padre. Luego le remordió la conciencia. Se tiró por un barranco. ¿Es eso una buena historia?

−A mí me gusta.

−¡Habrá que saber quién era Pedro! Y a qué hora llegó a casa. Y de dónde venía. Y por qué le tenía rabia a su padre.

−Te digo que a mí me gusta así. Lo demás es paja.

−Porque eres un borrico y un ignorante. Un lector vulgar, como dice este.

La respuesta fue un empujón que envió al desprevenido contra el primer banco. Se quedó allí sentado maldiciendo por lo bajo. El otro continuó su historia.

−O sea, que me fui a Sevilla, y lo que ganaba lo usaba para alimentarme. Y como el vino es más barato que el pan y no alimenta menos, saciaba el hambre en las bodegas. Pero no fue en una bodega sino en una iglesia donde vi el cuadro: un obispo enterrado con todas sus joyas al que se estaban comiendo los gusanos. Por eso.

−¿Tú te crees que alguien entiende ese galimatías?

−Pues sí. Se entiende perfectamente. Falta decir que uno que era sacristán me contó que a los obispos se los entierra con sus ropas y sus anillos y sus cosos esos que son como un bastón pero con un caracol al final.

−Tu historia es una mierda. Eso es lo que digo.

−Pues cuenta tú una, listo.

−Lo que importa ahora es que ahí dentro hay un obispo que nos quiere regalar sus joyas. Venga, al trabajo.

Con martillos y cortafríos se pusieron a golpear las llagas de cemento que unían la losa al suelo de piedra. Le pidieron que se arrodillase a su lado para iluminarlos mejor, y enseguida se vio que con la nueva técnica avanzarían más deprisa. Los cortafríos se clavaban entre mármol y piedra, iban abriendo brechas por las que más tarde podrían introducir las palancas. Y así lo hicieron: poniéndose ambos del mismo lado, clavaron los hierros en la rendija recién abierta y, pisando sobre el otro extremo, presionaron con todo el peso del cuerpo; la lápida se levantó temblorosa y, cuando la dejaron caer, se rompió en tres pedazos que se hundieron en la huesa, provocando una desbandada de cucarachas y una vaharada de olor a tierra enmohecida. Una vez que sacaron los trozos de mármol, descubrieron que el ataúd era tan corto que sólo podía albergar el cadáver de un niño o de un enano.

–¿Estás seguro de que ponía que era un obispo?

–Decía *episcopus.*

–Pero ¿no habías dicho que era un obispo?

–¿Cómo va a ser lo mismo si se llama diferente?

–Es latín. Pero significa lo mismo.

No muy convencidos, aplicaron las palancas a la madera, las clavaron en las juntas, hicieron saltar astillas por todas partes, en un trabajo ahora desorganizado por la avaricia.

–Acerca esa vela. A ver qué nos regala el obispo.

Polvo gris, algo apelmazado por la humedad, casi hasta los bordes del ataúd, huesos que emergían de lo terroso sin orden alguno: por aquí una tibia, por allá una mandíbula, unos cuantos tarsos y metatarsos desperdigados, placas desportilladas desprendidas del cráneo, costillas que asomaban como los restos de un pecio semienterrados en una playa de arena volcánica. Uno de los hermanos se arrodilló junto a la fosa y, usando las manos como cedazo, se puso a cernir la tierra. Lo que no se escurría entre los dedazos lo iba depositando en un montón a la cabecera de la tumba.

–¡Tres pies! ¡Idiota, has sacado tres pies! –gritó el otro hermano, y en efecto fue señalando con el índice tres pies desprendidos de tibia y peroné a los que faltaban algunos dedos.

–Oye, yo saco lo que hay, a mí no me eches la culpa.

Al borde de la tumba se fue formando un montón de huesos mondos con los que se podrían haber armado tres o cuatro esqueletos, salvo que al parecer sólo había una cabeza a repartir entre todos. Ni oro ni piedras preciosas ni suntuosos ropajes. Huesos, polvo, muerte, nada.

–En nuestro pueblo también nació un gorrino que tenía dos cuerpos y una sola cabeza.

–Ojalá fuesen así todos. Una sola boca pero el doble de chuletas.

–El párroco se lo llevó, decía que para hacerle un exorcismo, porque podía llevar al diablo dentro, pero luego eructaba bien satisfecho.

—A propósito, ¿tú tienes algo de comer?

—Poca cosa.

—Poco es más que nada.

No parecían particularmente decepcionados, como si en realidad nunca hubieran confiado en el éxito de su empresa y la hubieran llevado a cabo tan sólo para salir de dudas. Se limpiaron las manos en la camisa o al revés, y se sentaron en un banco con mirada expectante.

—Venga, deja la vela en el suelo y saca la manduca.

Hizo caso a la petición o exigencia y repartió con ellos el minúsculo trozo de chorizo que le quedaba y unas cortezas de pan con tan poca sustancia como los huesos que acababan de desenterrar.

—Vaya susto que te di en el confesionario —soltó una carcajada mostrando dientes del tamaño de los de un asno pero algo más amarillos—. ¿Qué buscabas ahí dentro? ¿Querías confesarte?

—Un sitio para dormir.

—¿Y qué haces aquí, si puede saberse?

—Me cogió la noche. Voy hacia Burgos. Tengo familia allí.

—Burgos..., allá tuve yo una novia. Una chica muy beata. Mientras lo hacíamos sacaba el rosario y se ponía a rezar. Me explicó que rezaba por mi alma. Anda, le digo, ¿y por qué no por la tuya? Y me dice: es que yo no peco, porque no lo hago por gusto sino para darte gusto a ti, y eso es una obra de caridad, no vicio. Además, mientras rezo no pienso en lo que estoy haciendo, con lo que es como si no lo hiciese. Eso me decía. No es que me importase mucho, pero raro sí que era.

—¿Y de verdad no le daba gusto? —preguntó el hermano.

—Pues yo creo que sí que le daba un poco. Porque cuando empezábamos rezaba como en misa, pero al cabo de un ratito se ponía a cantar en gregoriano.

—Bueno, ¿nos dormimos?

Se tumbaron a oscuras, él en el suelo, los dos hermanos en un banco. Habría querido que alguno de ellos se pusiera a contar un cuento. O que hubiese allí un tío Remigio para narrarles el mundo que no veían. Ya de niño le había gustado escuchar historias, sobre todo así, en la oscuridad, o alrededor de los rescoldos del fogón, de forma que nadie pudiese ver las emociones que reflejaba su rostro; y a veces sonreía, otras lloraba, otras se le ponía gesto soñador y se imaginaba protagonista de la historia, intervenía en ella, actuaba en los momentos decisivos. Nunca le había tocado en suerte ser protagonista de nada; como si su papel en el mundo fuese el de un mirón incapaz de intervenir, el de quien nunca sabe la palabra justa ni el acto atinado. No habría servido ni de personaje secundario a un Homero o a un Virgilio, de comparsa en una obra de Calderón o de Lope, ni siquiera de insulso burgués en una novela de Flaubert, a quien había leído a escondidas. Sospechaba que tampoco la misión cambiaría las cosas; tal como iba saliendo todo, lo más probable era que nadie llegase a enterarse nunca de que en sus manos estuvo el destino de España y del mundo. A los veintiún años le parecía ya que su vida sólo podía ser una continuación del fracaso que hasta ese momento había sido. No un fracaso dramático o memorable, digno de ser narrado, sino la lenta derrota que nadie percibe salvo el derrotado. Meterse en las historias que contaban otros era su único consuelo, la sola forma de acceder a emociones que en la vida real le parecían vedadas. No es que quisiera confundir, como algunos, la ficción con la realidad, que creyese voluntariamente lo que le contaban. Más bien se sentía igual que un niño que dice «vale que yo era un soldado y tú mi prisionera», sin creer que fuese así, pero precisamente porque no era verdad, porque ni era un auténtico soldado ni tenía la suerte de haber capturado a una bella prisionera, podía hacer «como si», jugar a estar en esa situación y así acceder, sin riesgo personal, a las sensaciones que habría tenido de ser un temerario combatiente tras raptar a una hermosa mujer.

Justo cuando estaba pensando en estas cosas percibió un movimiento en las cercanías del altar y un quejido mortecino que expresaba un cansancio infinito. Con el rabillo del ojo, mientras se le erizaban los cabellos y un frío intenso le recorría desde los pies hasta la nuca, vio cómo los huesos que antes habían sido un montón informe se desplazaban y recolocaban, buscaban acomodo unos en otros, se encajaban con un clic clac, iban creando una estructura que crecía en la penumbra, y la estructura echó a andar, algo tambaleante al principio, buscando aún el equilibrio de las distintas partes, acostumbrarse al nuevo peso y a la nueva forma, avanzó por el pasillo central, con sus tres pies en procesión, las manos, al menos cuatro, tanteando el aire –probablemente era ciego–, un collar de clavículas alrededor de la única columna vertebral de que disponía para enarbolar tanta osamenta, y con un trozo de parietal de menos, caminaba, clic, clac, clic, clac, se apoyó en el respaldo de un banco con una mano, con otra le señaló, abrió la mandíbula detrás de la cual sólo había frío y oscuridad, y aunque parecía imposible que pudiera llevar nada escondido en un esqueleto tan mondo, usó otras dos manos para ponerse una máscara de payaso que sacó no se sabe de dónde.

–¿Sabes quién soy? –le preguntó–. ¿Lo sabes?

–No, no lo sé –le respondió con voz temblorosa.

La calavera rechinó los dientes y emitió otra vez ese gemido que parecía llegar del fondo de una catacumba.

–¡¿No sabes quién soy?!

–No..., lo siento.

–¡Pues entonces despierta, idiota!

Así lo hizo, y abandonó sigilosamente la iglesia en la que dormían los dos hermanos; todavía no había comenzado a clarear.

Una línea recta divide la llanura en dos mitades. Va a perderse en el horizonte, entre campos y viñedos. Sobre ella detenido, silencioso y oscuro, un tren con cuatro vagones de carga. Nadie alrededor. Un velo casi transparente de vapor asciende desde la chimenea. Tiene la impresión de no estar viendo el paisaje, más bien de que está viendo el paisaje pero no directamente sino su imagen reflejada en un lago o estanque, y que mientras lo mira y le parece muy frío y doblemente lejano, un objeto cae en el agua, un objeto pequeño, ligero, quizá una hoja o un insecto, y además no ha caído sobre el reflejo del paisaje sino más allá, en un lugar que queda fuera de su campo de visión, y por eso la imagen apenas tiembla, y sin embargo lo hace, se altera de forma casi imperceptible y de inmediato vuelve a la inmovilidad, a estar justo donde había estado un segundo antes.

El aire le trae un olor a carbón y a grasa de taller.

Se acerca con sigilo y se asoma al último vagón: está cubierto por una lona; debajo de ella, costales llenos a rebosar. Palmea uno y se levanta una nube de harina. Se introduce bajo la lona. Un tren ha de llevarle por fuerza a una ciudad importante. Y desde allí podrá reiniciar la búsqueda, orientarse, trazar un plan. Sobre todo, necesita un mapa. Qué más da adónde lleve el tren. Una ciudad, gente a la que preguntar, que le ayuden a llegar rápidamente a Burgos, tiendas para comprar comida, una pensión para dormir de nuevo en una cama. ¿Es mezquino pensar en un colchón cuando debe salvar España?

Aguarda, tumbado boca arriba. Ahora huele a panadería. Crujidos de madera y metal enfriándose en la noche. También el lejano crepitar de los rescoldos. De repente el tren se tambalea. Varias sacudidas antes de arrancar. Se atreve a levantar un pico de la lona: las nubes discurren despacio por encima de él. Si cierra los ojos hasta dejar sólo un mínimo resquicio las estrellas dibujan líneas luminosas. El leve traqueteo le va adormilando. Deja abierto un pico de la lona para que el aire fresco le dé en la cara. Qué gusto que lo lleven a uno así, hacia cualquier sitio, sin preguntas ni exigencias ni decisiones.

No sabe cuánto tiempo ha transcurrido cuando lo despiertan el chirrido de las ruedas y la energía cinética que tira de él hacia delante. Ha empezado a clarear. Ya no se ven estrellas en el cielo. Nubes sí, desperdigadas, grises, un rebaño de corderos sucios.

Oye voces. Arrastrarse de botas contra la gravilla, el metal de las armas al ser depositadas en el suelo, sonidos más sordos quizá de petates o mochilas. No entiende lo que dicen. Órdenes, otra vez ruido de equipo militar. Se desliza como un gato fuera del vagón. A su alrededor, más llanura. Piensa que ese paisaje es infinito, que una vez que entras en él ya no hay salida, pasarás el resto de tu vida con la impresión de que por mucho que camines no puedes dejar de llegar una y otra vez al mismo sitio. Hay varios hombres parados junto a la locomotora. Se arrastra hasta una valla de piedra que no queda muy lejos. Aguarda a que todos hayan montado en el tren y se haya apagado el eco de la locomotora. Entonces sale de su escondrijo y echa a andar siguiendo la vía del tren, que aún divide en dos mitades el mundo.

La luna debía de ser así: cráteres, polvo, oscuridad. Sus pies avanzan perseguidos por nubecillas cenicientas. Una gran matanza. Las bombas han encontrado la carne. Un rebaño de ovejas renegridas; dientes y cráneos al descubierto; no salen las cuentas sumando patas; y el olor, que debería haber dado apetito, es más de pelo chamuscado que de manjar. Una tiene un ojo fijo en él. Se acerca a ella intrigado y el ojo se mueve, un ojo como un periscopio que emerge del fondo de la muerte. Va a pasar la mano por delante de la órbita cuando la oveja pega un brinco repentino, más que un balido lanza un lamento como si se le rasgaran las tripas, y se aleja renqueando entre cadáveres; de su lana se desprenden penachos de humo negro. No sabe dónde se encuentra: del sol ni rastro, y el tronco de los árboles está tan carbonizado que no es posible distinguir de qué lado crece el musgo. El aire es una bayeta empapada en agua sucia. En el cielo no pelean san Miguel y el dragón; son tan sólo cuervos persiguiendo cornejas. Las ramas de las encinas caen a pedazos, una lluvia sólida que amenaza su cabeza. Por eso mira siempre que puede hacia lo alto. En una de las encinas, en la misma copa, se ha enganchado una falda de mujer, floreada, y el viento la hace ondear como la bandera de un país inventado por una niña. Camina entre breñas; la maleza se chamusca y crepita; pero las dos únicas llamas aún encendidas bailotean en las puntas de dos cuernos; una cabeza de cabra, arrancada del cuerpo y en extraño equilibrio sobre un peñasco, pudiera ser Satanás: en sus ojos se refleja un mundo arrasado.

Tiene la garganta tan seca que cuando intenta hablar consigo mismo para consolarse no le sale la voz. Con el rabillo del ojo ha detectado un movimiento impreciso; un bulto saltando de un cráter a otro. Quizá otra oveja, quizá un soldado que se aproxima de abrigo en abrigo para clavarle la bayoneta como les han enseñado en la instrucción: adelantad el pie izquierdo pisando con fuerza al tiempo que echáis el fusil hacia delante; una vez traspasado el cuerpo del enemigo girad los puños ligeramente pero con decisión y, casi al mismo tiempo, poned un pie en el pecho del enemigo, repeledlo con la planta del pie para que no se os caiga encima o se derrumbe haciéndoos soltar el fusil; preparaos inmediatamente para la siguiente acometida.

No consigue volver a verlo. Busca sin girar la cabeza, pero los ojos le lloran por el esfuerzo o por el humo y todo se emborrona. Duda entre huir y acercarse al lugar donde ha detectado el movimiento. ¿Y si se trata de un herido? Pero los heridos no se desplazan dando saltos.

No es valentía, más bien miedo a tener todo el tiempo la impresión de que alguien le sigue, lo que le empuja a aproximarse al lugar. Llama pero sólo le sale un graznido sordo. Cuando se asoma al socavón, una tolva casi perfectamente circular de unos ocho metros de diámetro, una mujer retrocede atemorizada, en cuclillas, apoyándose en los brazos. A pesar de las greñas, de la cara tiznada, de la ropa de color indefinible y rasgada por mil sitios, es de una belleza que le pone un nudo en la garganta. Una aparición; la Virgen de la Carbonita. Sus ojos amansan lo que miran. Ha tapizado el socavón con telas, varias lonas quizá de tienda de campaña y, sujeto con cuatro estacas de no más de un metro, ha levantado un toldo para protegerse del viento y la lluvia y el sol.

Vuelve a recular hasta que su espalda se curva con el terreno cuando él hace ademán de descender.

No te asustes, quiso decirle, pero sólo le salió un carraspeo de tuberculoso. Jjjjjj, jjjj, jjjj. Consiguió extraer de lo más profundo de la tráquea una mezcla de humedad y flemas con sabor a carbón. Escupió. Volvió a intentar la comunicación.

—No te asustes. No te voy a hacer nada —descendió sin mirarla y se sentó en el lado opuesto de la tolva—. ¿Vives aquí? Es peligroso.

—Las bombas nunca caen en el mismo sitio. Así que el lugar más seguro es donde ya ha caído una.

Había orgullo en su manera de decirlo. Debía de llevar mucho tiempo queriendo dar la explicación a alguien.

–¿Estás sola?

–¿A ti qué te importa?

–No, nada.

–Deberías marcharte. Cuando vengan mis amigos no se van a alegrar de verte. Son muy violentos.

–Acabas de inventártelo. No tienes amigos.

–Porque tú lo digas.

–No te voy a hacer nada. No necesitas amigos que te protejan de mí. De verdad.

Ambos levantaron la cara hacia el cielo al mismo tiempo: otra vez el bordoneo de los aviones, ilocalizable, el mismo temblor del aire en todo el firmamento. Aparecieron seis cruces fúnebres atravesando el gris. Entonces oyeron los silbidos y se les quitaron las ganas de seguir escudriñando. Se arrojaron a tierra. Aguardaron, uno, dos, tres, cuatro, cinco segundos y el suelo volvió a estremecerse. ¿Qué demonios estaban bombardeando? Si ya habían acabado con todas las ovejas. ¿Por qué seguían machacando ese monte pelado? No iban a lanzar un ataque aéreo para exterminar a dos miserables.

El pánico regresa y todo lo confunde. Quiere mantener la boca abierta para no quedarse sordo, como le han enseñado, pero no consigue destrabar la mandíbula. Una y otra vez chaparrones de tierra caen sobre su escondrijo. De repente un violento golpe metálico, a sus espaldas, un estruendo que se impone al de las bombas, chirridos de tren descarrilando, el desplazamiento de montones de tierra hacia el centro de la tolva, que los absorbe, como a dos náufragos atraídos por el remolino creado por un buque al hundirse, y ellos comienzan a quedar enterrados dando gritos que poco añaden al estrépito de la piedra y el hierro resquebrajándose. El miedo a morir así, respirando grava, le lleva a bracear a través del derrumbe, tosiendo y emitiendo sonidos que nunca se había escuchado, el pecho prodigando estertores, con la boca tan llena de tierra que ha comenzado a tragársela. Emerge, por fin, y se descubre solo. En el centro de la tolva está clavada casi verticalmente una bomba, de la que sobresalen las aletas y medio cuerpo. Escarba a la izquierda, donde unos segundos antes se agazapaba la mujer, ferozmente, sin preocuparse de cortes, abrasiones, la rotura de cada una de sus uñas, sabe que las lágrimas están trazando churretes terrosos, ha encontrado por fin a una amiga y no la va a dejar desaparecer así, literalmente tragada por la tierra, atraída a las profundidades como si tirasen de sus piernas las cohortes infernales. No encuentra nada más que piedras –cada contacto con el cuarzo le revienta la yema de los dedos– y tierra, pero no se detiene, sin escuchar las bombas, que caen cada vez más lejos, cava ahora de rodillas, las manos son dos palas insensibles; a medio metro de profundidad descubre los primeros cabellos y al poco tiempo la melena extendida parece flotar en el polvo calizo como un alga; en cuanto ha desenterrado la cabeza, la limpia de broza, libera de barro apelmazado sus fosas nasales y la boca, apoya los labios en los de ella y le da su aliento; así debió de sentirse Dios cuando tras modelar a Adán en arcilla le sopló para insuflarle vida. Respira; está viva. Aunque habría tareas más urgentes, le limpia la cara, deslegaña sus párpados, sacude sus cabellos para devolverles el brillo. Y sólo entonces, cuando aquella cabeza hermosa parece la de una estatua de diosa a medio desenterrar por un arqueólogo, vuelve a la tarea de extraer el cuerpo. Aunque ahora, menos aturdido, en lugar de los dedos toma una estaca cercana para horadar con más fuerza. Tarda un cuarto de hora –aunque nunca ha poseído un reloj, las campanas de las iglesias le han hecho asimilar la duración de los cuartos, las medias y las horas– en poder contemplar el cuerpo exento. Tumbado ante él, como esas estatuas de mármol que yacen sobre los sepulcros. Acaricia sus mejillas. Y es entonces cuando ella abre los ojos.

–Me has besado –musita–. No creas que no me he dado cuenta.

–Te estaba reanimando.

–Nunca me había besado un hombre.

–A mí tampoco. Quiero decir que nunca me había besado una mujer.

–Ya te he entendido, pero eres tú quien me ha besado a mí. Y espero que no se repita –dijo, y sonrió por primera vez. Se incorporó con dificultad; ambos se dieron cuenta al mismo tiempo de que, misteriosamente, había perdido la falda y tenía la enagua enrollada sobre los muslos; sus piernas llenas de arañazos y moratones más que seducirlo lo enternecieron. Pero ella tiró hacia abajo de la enagua. Él se sentó a su lado. Se quedaron los dos en silencio –también el cielo hacía tiempo que callaba–, absortos en la imagen de las aletas que asomaban casi perpendicularmente del centro mismo del socavón.

–También es mala suerte –dijo ella.

–Yo creo que es una suerte loca.

–Es casi imposible que dos bombas caigan en el mismo lugar.

–Tampoco es probable que no estallen, y aquí estamos.

–Pero si no hubiese caído aquí, no habríamos necesitado la suerte de que no estallara. Así que en realidad es mala suerte lo que hemos tenido.

–Ahora sí que puedes quedarte aquí. Porque lo que no va a caer es una tercera bomba en el mismo lugar.

–Es como un tiburón sumergiéndose, ¿verdad?

–Nunca he visto un tiburón. Nunca he visto el mar. Bueno, una vez, de lejos. Lo que no entiendo es qué bombardean. ¿Un rebaño de ovejas?

–Detrás de ese cerro –señaló con la barbilla un montículo arrasado a varios cientos de metros de distancia– se encuentra el enemigo.

–¿El enemigo de quién?

–El enemigo de los aviadores.

–Y si el enemigo está allí, ¿por qué sueltan aquí las bombas? ¿Por el viento?

–Yo creo que a los aviadores les da miedo acercarse mucho porque los otros tienen cañones antiaéreos, así que lanzan las bombas antes de llegar, para que parezca que han fallado, y vuelven a la base.

–O a lo mejor es que les da pena y prefieren hacer una escabechina entre borregos a hacerla entre hombres.

–Qué bonito. ¿Tú de dónde te has escapado para creer algo así? Estoy pensando que este socavón ya no es seguro. Porque cualquier impacto aquí cerca podría activar la espoleta.

–¿Cómo sabes que una bomba tiene espoleta?

—Ser mujer no me vuelve idiota. Oye, ¿adónde ibas?
—Hacia el sur.
—¿Puedo ir contigo?
—Claro.
—Pero quítatelo de la cabeza.
—El qué.
—Lo que se te va a ocurrir cuando te veas a solas con una mujer.
—Porque no quieres que te besen, ya me lo has dicho. ¿Vas a poder levantarte?
—Lo que necesito es una falda. Oye, ¿tú tienes nombre?

La pregunta le hizo caer en la cuenta de que hacía semanas que nadie le llamaba por su nombre.

—Fíjese —me dijo muchos años más tarde, tratándome de usted, porque al principio me trataba de usted, sentado tras el mostrador de la pequeña relojería que regentaba en la calle Toledo, donde yo lo conocí, en la que contaba sus historias a cualquiera de los clientes que se quedaban a charlar con él mientras les limpiaba la maquinaria del reloj o les ponía una correa o un cristal nuevos–. Fíjese, hacía semanas que nadie me llamaba por mi nombre. Yo era un «oye tú», o «soldado» o «fascista». Y como no tenía nombre hasta me había olvidado de que tenía una identidad.

Creo que levanté una ceja cuando escuché esa observación, probablemente porque me parecía demasiado filosófica para aquel joven que yo intentaba imaginarme a partir de los rasgos del anciano algo triste que me narraba todo aquello.

Él aplicó un diminuto punzón a las entrañas de mi reloj. Sonrió y, aunque no estoy seguro de que hubiera visto mi gesto de desconfianza, explicó:

—Bueno, eso lo digo ahora de esta manera. Entonces yo tan sólo me sentía... perdido no, no es esa la palabra, pero vivía sin saber adónde iba ni por qué; me sentía como debe de sentirse una procesionaria, que no actúa por voluntad propia sino porque la hilera de orugas idénticas se comporta como un organismo..., es muy difícil explicarse..., estos relojes japoneses son una basura. ¿Por qué no se compra un reloj de verdad? Lo que le decía: fue su pregunta la que me devolvió la conciencia de mí mismo o como quiera llamarlo. Así que la miré a los ojos y respondí.

–Claro. Me llamo Benjamín.

–Como el que interpretaba los sueños.

–Ese era su hermano, José. Un maestro de mi pueblo decía que José fue el primer capitalista: un explotador sin escrúpulos que acapara todo el trigo que puede y, cuando llega la época del hambre, compra las tierras y el ganado a los hambrientos a cambio de un poco de pan. Lo mataron.

–¿A José o a Benjamín?

–Al maestro. Le pasearon por el pueblo mientras le insultaban y le escupían, alguno también le daba puñetazos. Y luego lo fusilaron junto a la valla del cementerio.

–¿Y tú, de qué bando eres?

Tras esperar unos segundos la respuesta y convencerse de que no llegaría, la mujer sacó un cuchillo de entre sus ropas y desenterró a tirones una lona de tienda de campaña. Se llamaba Julia y llevaba una semana viviendo en el socavón; procedía de un pueblo no muy lejano en el que los moros se habían dedicado a cortar orejas, narices y también algún que otro pecho; a sus padres los fusilaron sin muchas averiguaciones. Y todo eso se lo contó mientras iba cortando la lona con el cuchillo hasta tener un rectángulo del que sobresalían dos tiras en lo que debía ser la cintura de la falda. Se enrolló en la lona, que le llegaba hasta por debajo de las rodillas, y ató las dos cintas a la altura de la cadera.

–¿Y cómo has sobrevivido toda una semana?

–Cazando conejos.

–¿Tienes un fusil?

–Tengo un cuchillo.

–No te creo.

–Te lo juro. Míralo.

–Ya lo he visto. Lo que no te creo es que caces los conejos a cuchillo.

—Tengo poderes; como los zahoríes y los videntes.

—Pero tú cazas conejos, esos son tus poderes.

—La supervivencia. Cazar conejos, seguir viva cuando cae una bomba a mi lado, estar enterrada sin asfixiarme. Soy inmortal; aunque eso tiene su lado malo, no te creas. ¿A que creías que estaba muerta?

—Eso sí. Parecías tu estatua.

—Y yo estaba dentro del hoyo, con la boca y la nariz taponadas por la tierra, y me decía: no respires. Basta con que no respires. Si contienes la respiración suficiente tiempo alguien acabará encontrándote. Porque no sabía si tú estabas muerto.

—Cuando te saqué estabas inconsciente.

—Una parte de mí, sí. Otra estaba despierta. Por eso sabía que me habías besado.

—No te besé. Te estaba haciendo la respiración artificial.

—Es lo mismo. ¿Has comido?

—¿Me vas a cazar un conejo?

—Cordero. Pero ya lo han cazado otros. Ven.

Regresaron al lugar donde una bomba había diezmado el rebaño. Julia se acuclilló junto a una oveja chamuscada. Trabajó un buen rato hasta poder separar una pierna con el cuchillo.

—No está muy hecha. Espera.

Atravesó la carne con una rama que tomó del suelo y fue a sentarse junto a un montón de rescoldos, al pie de una encina. Benjamín se sentó junto a ella y la observó mientras la carne acababa de asarse. Cuando Julia quedó satisfecha, cortó un buen pedazo y se lo pasó a Benjamín. Rodeados de ceniza y de cadáveres ovinos, comieron sujetando la carne entre las manos, a mordiscos, una pareja de cromañones devorando la presa. Un chasquido por encima de sus cabezas les hizo levantar la vista. El pastor, tan negro como las ramas que lo mantenían en lo alto, aún humeaba. Aunque los buscaron instintivamente, no encontraron sus ojos.

3

Dejad que los niños

El sol se arrebujaba aún tras los montes, como si le diese pereza levantarse. El aceite humeaba y ensuciaba de rancio los olores del cercano amanecer, mientras el churrero atosigaba la masa, que se iba esponjando, enriquecida con el sudor que caía de la frente e inundaba las manos del trabajador, unas manos hechas para apretujar y estrangular, para abarcar y romper. De vez en cuando el hombre, vestido con camiseta de tirantes de la que rebosaban lorzas de carne pálida como la masa cruda, daba un descanso a sus manazas, se pasaba el dorso de la muñeca por la frente, se quedaba absorto contemplando el aceite humeante en un gran caldero renegrido, se frotaba el pecho despacio, amasando también allí pequeñas bolitas de sudor y mugre, y se las llevaba distraído a la boca. Las chispas flotaban sobre el caldero unos segundos, se apagaban y volvían a caer transformadas en motas de ceniza.

Terminada la faena, sacó una manga de una bolsa de esparto, la aprisionó entre los pliegues de la axila, dibujó dos churros en el aire con la embocadura de la manga y, satisfecho con el entrenamiento de su pericia, la depositó sobre un taburete junto al aceite.

La churrería estaba instalada en un descampado desde el que no se veía edificio alguno. Sólo aquella caseta levantada con cuatro tablas mal clavadas en medio de un pedregal. Julia y Benjamín, que primero habían observado el quehacer del churrero desde cierta distancia, acabaron por acercarse; se acodaron con cuidado sobre un tablero mal desbastado que sobresalía del quiosco y hacía las veces de barra de cafetería.

–¿Vende usted churros?

–No, los alquilo.

Benjamín le rio la gracia. Julia escudriñaba en todas direcciones, como buscando la explicación al misterio, el lugar donde se escondía lo que podía aclarar la presencia de una churrería en un desierto.

–¿Mucha gente por aquí? –preguntó.

–Ya ve. Clientes nunca faltan.

–¿Nos pone dos raciones?

–No. Aún no es hora.

–¿Y a qué hora nos los va a poner?

El churrero volvió a frotarse el pecho; observó las diminutas bolas de sudor y grasa que se formaron entre las yemas de sus dedos y las degustó brevemente.

–Todo está calculado. Para ahorrar leña. El aceite estará en su punto en el momento justo. Quien dirige un negocio tiene que saber cuánto invertir, y sobre todo dónde. ¿A que están de acuerdo? El padre de Henry Ford también era un campesino, como el mío. Y ahí lo tienen: multimillonario. Lo importante es saber lo que necesita la gente, adecuar la oferta a la demanda.

–¿Churros? –preguntó Julia.

–Churros. A estas horas de la mañana ¿quién no quiere churros? Los seres humanos somos muy parecidos, tendremos las narices más grandes o más pequeñas, seremos de derechas o de izquierdas, pero nuestros deseos son casi idénticos. Todo el que se levanta a estas horas del alba necesita una ración de churros y una taza de chocolate. Luego hay que dárselos. Ahí está el negocio, el futuro. Ah, el chocolate sí está listo. ¿Gustan?

Como asintieron, se fue hacia una vasija de latón que se calentaba junto al fuego. Se agachó para meter un cazo en la boca de la vasija, pero de pronto levantó el cazo y se quedó quieto, con los riñones doblados.

–¿Los oyen? –Julia y Benjamín auscultaron el aire inmóvil de una mañana que ya había aclarado sin que se diesen cuenta. El churrero se volvió con una sonrisa que traicionaba la ausencia de dos incisivos–. Ya llegan. Creo que hoy van a ser lo menos cuarenta.

Julia y Benjamín no necesitaron indagar. Sobre el borde de un cerro plano, como desmochado de un tajo, aparecieron varios trazos de sombra, un hormigueo de formas aún indefinibles. Cantaban. Era alegre ese amanecer anunciado por voces masculinas, ciertas de un futuro mejor. Un primer grupo avanzaba a paso militar, enarbolando pendones y entusiasmo. Al fondo, figuras más lentas, dobladas, feas de ver si se comparaban con la fe erecta de los primeros; llegaban los *morituri*, media docena, arrastrando los pies, empujados por cuatro vigilantes de paisano, aguijoneados a collejas y golpes de culata, sin levantar la cabeza, como bueyes que saben que no merece la pena mirar lo que hay al frente, porque al frente no hay nada, o siempre lo mismo, es decir también nada, pues sólo el cambio o la posibilidad de un cambio nos permite sentirnos vivos. El grupo de falangistas y requetés que los precedían se apropiaron inmediatamente del lugar, haciendo que Julia y Benjamín recularan hasta un extremo sin necesidad de pedírselo, y dejando desmoronarse un *Yo tenía un camarada* a medida que abandonaban la pose y se acodaban sobre la barra de la churrería.

Miraron a Benjamín y Julia con desconfianza, pero no dijeron nada. El churrero les sirvió tazas de chocolate caliente a todos y empezó a trazar arabescos en el aire con la punta de la manga. Crepitó la masa, hubo un chisporroteo que distrajo las atenciones. Cuando los aguerridos empezaban a mojar los primeros churros llegó el grupo de los condenados y sus guardianes.

–Dales unos churros a esos; pago yo, qué cojones.

Era un carlista rubio de mirada tan extraña que no podía uno dejar de buscarle los ojos hasta descubrir que uno era azul y el otro negro. A pesar del fresco matinal llevaba, como varios de sus compañeros, una camisa caqui de manga corta. También boina roja y una pistola al cinto.

–¿Con chocolate?

–Pues claro que sí. La nueva España es generosa.

Los cuatro celadores de civil empujaron a sus prisioneros hasta la churrería, uno de los cuales, en lugar de tomar los churros, puso las manos alrededor de la taza humeante, aún con la cabeza baja, con una ternura que hacía pensar que estaba acariciando el rostro de una mujer. Los demás condenados empezaron a comer, con atención, a pequeños mordiscos, sorbiendo de a poquitos y relamiéndose despacio. Nada más terminar su taza, uno se arrodilló para vomitar.

—Joder —se quejó otro requeté que estaba a su lado—. Qué asco dan estos rojos. Luego dicen que no son chusma.

El generoso sacudió la cabeza pensativo y quizá fue confundido ese gesto con el de la piedad, porque otro condenado, el que aún acariciaba el calor de la taza, se atrevió a hablar.

—Yo no he hecho nada malo.

—Y que no se te ocurra.

A Benjamín le temblaban las rodillas, y sin embargo intervino.

—Si no ha hecho nada malo, ¿por qué le van a fusilar?

—¿Y tú quién eres?

—Un herido de guerra. Regreso a casa a ayudar en retaguardia al glorioso alzamiento.

Mientras lo decía lo que alzó fue la pernera. Al propio Benjamín le sorprendió su aspecto; recordaba a algunos cuadros de Renoir vistos muy de cerca. El color que más inquietaba en aquel amasijo era el verde.

—¿Y esa?

—Mi hermana. Vino a buscarme al frente. Porque yo solo..., ya ves, camarada.

El carlista pareció tranquilizarse. Dio un gran trago de la taza de chocolate y dijo con labios marrones:

—Son limpiabotas. El gran error que hemos cometido los franquistas al empezar la guerra civil española ha sido no fusilar de entrada a todos los limpiabotas.

—¿Son mala gente los limpiabotas?

—Un individuo que se arrodilla en el café o en plena calle a limpiarte los zapatos está predestinado a ser comunista. ¿O no? Entonces ¿por qué no matarlo de una vez y librarse de esa amenaza?

—Y cuando acabe la guerra ¿quién os va a lustrar los zapatos? —preguntó Julia.

Sobre ese problema parecía no haber reflexionado mucho el carlista, que cambió el peso de un pie a otro, se comió un churro de dos bocados y se volvió irritado hacia Benjamín.

–¿No serás tú limpiabotas?

–Soy un hermano marista.

–Demuéstralo.

No era el carlista quien expresaba así su desconfianza. Benjamín se volvió hacia la voz que, a sus espaldas, le instaba a probar su identidad. Era un falangista menudo, de no más de veinte años y cara de haber estrenado su hombría con las criadas de papá.

–*Iudica me, Deus, et discerne causam meam de gente non sancta: ab homine iniquo et doloso erue me.*

–No me jodas con latines. Demuestra que luchabas con el alzamiento.

–Hombre, si es un religioso... –terció el carlista heterócromo.

–Vasco. ¿O no le has oído el acento? Religioso vasco, a lo mejor uno de esos hijos de puta que han traicionado la religión y vendido la patria a la hidra roja.

–Participé en el asalto a Irún. Con el coronel Beorlegui y me hiririeron...

–¿Te hiririeron? Popobre. ¿En qué hospital estabas?

–En ninguno. Por eso tentengo la piernaaaaa así. Me me hijeron hicieron una cura rápida y me enviaron a casa.

Le estaban entrando los nervios. Había empezado bien, pero no era capaz de aguantar mucho tiempo una mentira. La lengua parecía haberse independizado del cerebro, iba y venía a su antojo pronunciando sílabas indeseadas.

¿Por qué mentía tan mal? ¿Por qué nunca había sido capaz de resultar convincente como tantos de sus compañeros, que producían lágrimas jurando su inocencia aunque fuesen culpables como Barrabás? ¿Por qué no tenía el descaro del jugador de fútbol que grita no la he tocado, ha sido con el hombro, después de dar un manotazo evidente a la pelota? ¿Por qué era él siempre al que castigaban? Horas de estudio –y eso no era lo peor–, fregar los mismos suelos que pisaban embusteros e hipócritas consumados, hacer las camas de mendaces ajenos a cualquier remordimiento, desollarse las rodillas en un rincón del aula mientras permanecen sentados, tan cómodos, los trapaceros. Así había sido su vida en el internado. Y cuando se quejó a su director espiritual de que a él lo castigaban más porque no mentía, este le impuso como pena rezar tres rosarios seguidos para bajarle la soberbia.

–¿Y si lo fusilamos con los limpiabotas? Está mintiendo. Míralo, si no le salen ni las palabras. Además, si es vasco y estaba en el asalto a Irún, ¿qué está haciendo en Valladolid?

–Mi hermano no ha hecho nada.

–Se fusila a quien yo diga. Además, tenemos que esperar a que llegue el padre para confesar a los prisioneros.

–Ya estamos. Habría que fusilarlos sin confesar. Me da una rabia. O sea, que a unos rojos asquerosos los enviamos al cielo. ¿No? Esta gente que quema iglesias y fornica con sus hermanas –miró de reojo a Julia– al final de su vida se confiesan y se salvan. Les regalamos la gloria eterna. Mientras que tú y yo, que somos cruzados de Cristo, a lo mejor morimos sin confesar.

–Pero ¿tú no eres un buen cristiano? Pues irás al cielo también.

–No. De eso nada. Ojalá fuese así de fácil. ¿Quién está libre de pecado, eh? ¿Quién no cede a la tentación de la carne?

–Pues ya sabes, hasta que termine la guerra nada de meter las manos debajo de la sábana. Y a las prisioneras ni acercarte.

El falangista, dando pisotones al suelo como para matar algún bicho venenoso, siguió protestando con volumen creciente.

–¿Quién me dice a mí que no me troncha la jeta una ráfaga de ametralladora después de haber despellejado a unos cuantos rojos? ¡Yo no sé si me voy a salvar! ¿Y a estos los mandamos gratis al cielo? ¿En pago por vender la patria a Moscú? No vamos a esperar al padre, ¿me oyes? Estos van a hacer compañía a Lenin en el infierno.

–Aquí –el carlista se levantó, clavó sus ojos desconcertantes en la nariz del falangista– decido yo quién es fusilado y cuándo. ¿O es que somos una banda anarquista? Mientras esté yo al mando tenéis que obedecer mis órdenes.

–Lo que pasa es que los carlistas sois beatos sin cojones.

–Y los falangistas sois socialistas disfrazados de pistoleros. O al revés. Cuando se restaure la monarquía...

El falangista dio un empujón a su oponente haciéndole trastabillar varios pasos.

–Como que te crees que vamos a permitir que vuelva a gobernar una de esas sanguijuelas. El Estado fascista no necesita degenerados con corona.

–¿Para eso vertemos nuestra sangre, para que nos mande un patán con galones?

–Pues vamos a ver para qué la viertes –dedicó una sonrisa de galán cinematográfico a los otros falangistas, que se habían agrupado a su alrededor por si había que dar unos puñetazos, les guiñó despacio un ojo, desenfundó la pistola y se la puso al carlista en la sien–. Di viva el fascismo. Di abajo la monarquía.

–Antes muerto.

El estampido sonó más bajo de lo que habría sido de esperar. Al olor de los churros vinieron a mezclarse el de la pólvora y el de la carne chamuscada.

–Vale, pues ya estás muerto. Ahora dilo –le insistió al cadáver el de la camisa azul y, volviéndose hacia los suyos primero, a los atónitos boinas rojas después, anunció–: El siguiente en la cadena de mando soy yo. Así que asumo el de esta tropa. Se acabó eso de comer churros. Fusiladme a estos desgraciados, y también al cojo y a su hermana o lo que sea. Pero ya. ¿A qué coño esperáis?

Y se iba a poner a dar palmas para apremiarlos cuando una bala detuvo el acercarse de las manos, que se quedaron unos momentos paralelas en el aire, como si sujetaran un paquete, antes de ir a apoyarse sobre las rodillas. El falangista parecía un corredor de maratón unos momentos después de atravesar la línea de meta; jadeaba, intentaba levantar la cabeza y recuperar la apostura pero no consiguió más que dar unos pasos aún doblado, ir a chocarse contra el frente del quiosco, meter la mano en una taza de chocolate y derrumbarse. El chocolate comenzó a gotear sobre su pelo rubio.

Un momento después carlistas y falangistas forcejeaban, se golpeaban, mordían, arañaban, pugnando por sacar sus pistolas. Los civiles armados no sabían a quién ayudar, gritaban cosas incomprensibles que no calmaban a ninguna de las facciones, hasta que un falangista consiguió extraer la pistola de la funda, quiso disparar al carlista que se esforzaba en aplastarle la nuez con ambas manos, pero estaba ya tan mareado por la falta de aire que disparó sin saber dónde, arrancando un trozo de mandíbula a uno de los que querían poner paz. Y entonces ya fue todo patearse, maldecirse, acuchillarse, dispararse, unos decían palabrotas, otros expelían jaculatorias, otros se conformaban con despedirse de la vida con un mero lamento. Al cabo de pocos minutos, de los recién llegados no quedaban en pie más que los condenados, salvo uno al que le había atravesado el cuello una bala perdida. Un par de requetés se arrastraban aún, sin mucha confianza en llegar a ningún lado.

–Esto es la ruina –dijo el churrero–. Peor que lo del 29. Luego nos critican a los capitalistas, pero ¿acaso no exponemos más que nadie en nuestros negocios? Quien no tiene nada, no puede perder nada. Pero yo...

Un limpiabotas que no había levantado la vista ni siquiera cuando empezaron a descerrajarse tiros sus captores, se dirigió a uno de los carlistas que todavía gusaneaban cambiando de rumbo a cada dos por tres –al parecer, la sangre le cubría los ojos y le impedía ver el camino– y se acuclilló a su lado; aun con las manos atadas consiguió extraer una pistola que el carlista llevaba al cinto.

El limpiabotas se incorporó y preguntó a los circundantes:

–¿Qué es lo que decía el reaccionario ese? ¿Que más vale prevenir que curar?

Tomándose su tiempo para apuntar, pegó un primer tiro en la nuca al carlista y el segundo a su cadáver. Luego se metió la pistola en el cinturón y, sin preocuparse de deshacer sus ligaduras, echó a andar por donde había venido. Los otros limpiabotas miraron incómodos a su alrededor, unos se encogieron de hombros, otros apuraron sus tazas y todos acabaron siguiendo a su compañero.

–¡Eh! ¿Y a mí quién me paga?

–Pues ¿no había dicho ese que invitaba? –le respondió uno sin volverse.

Apenas habían desaparecido los salvados detrás de una loma, llegó jadeando un hombre al que la sotana estorbaba las grandes zancadas que le hubiera gustado dar.

Se detuvo en seco al llegar a unos metros de la churrería. Se acercó a cada uno de los tirados por los suelos y esbozó el *ego te absolvo*, sin mucha convicción, ante un par de ellos que por lo visto se iban a librar de bajar al infierno.

Luego llegó con gesto atribulado donde estaban Benjamín y Julia.

–¡Qué desastre! ¡Qué carnicería! ¡Qué desgracia! ¡Qué castigo! –pareció sin embargo consolarse muy pronto de la catástrofe. Se acodó en la barra y, dirigiéndose a todos y a ninguno, como desde un púlpito, dijo–: Este es el precio que tenemos que pagar por haber entregado el país a los descreídos. Los mejores hijos de la patria deben sacrificarse y ofrecer su sangre a Dios, que generosamente nos castiga para que podamos redimirnos, porque sin penitencia no hay salvación.

Los forzados feligreses meditaron un momento sobre esas palabras. Cuando acabó de meditar, el churrero se aproximó al sacerdote y, en voz muy baja, como si le estuviese ofreciendo productos de estraperlo, susurró:

–Padre, ¿quiere churros? Están recién hechos.

El sacerdote acentuó su gesto atribulado, sacudió levemente la cabeza y, mirando a Benjamín, respondió:

–Bueno. Ya que he venido hasta aquí... ¿Vosotros no querréis por casualidad que os confiese? Tenéis cara de pecadores.

Julia no se molestó en responder y Benjamín no tenía el ánimo para penitencias.

–No, padre.

El cura suspiró resignado. El churrero recuperó de los platos de los muertos los churros que les habían sobrado y le sirvió una generosa porción.

–Muy ricos, hijo, muy ricos.

El churrero sonrió orgulloso y guiñó un ojo a los dos espectadores de su éxito.

La tarde se deshilachaba ya cuando llegaron a una casona de ventanucos rotos alrededor de la cual revoloteaban torpes aves hechas de papelajos, capaces apenas de levantar el vuelo unos metros, para luego remolinear a rastras hasta engancharse en cualquier matojo o rincón. La casa era de granito ajado; las tejas estaban cubiertas de basuras, como si en lugar de al vertedero la gente lanzase a lo alto sus desperdicios. Al principio pensaron que no había nadie, porque el viento hacía batir las contraventanas contra la fachada, lo que daba al lugar un aire de abandono y olvido. Julia, como para poner algo de orden, trabó un par de ellas con los pestillos oxidados que sobresalían de la pared. El tableteo disminuyó sin desaparecer del todo. Se asomaron por un vano. En el interior, el mismo deterioro: unos pocos pupitres derribados, astillas amenazando el aire, una estufa cilíndrica de hierro volcada y con una pata de menos, mondas y otros manjares para ratas, papeles exangües, una mesa con el espinazo partido.

Rodearon la casa para llegar a la puerta principal y, sentados sobre los peldaños de piedra por los que se accedía a ella, descubrieron a un grupo de chicos de pantalón corto, una docena, quizá más, que los recibieron sin entusiasmo ni hostilidad. Como quien presencia la llegada de un perro o un asno.

–Buenas tardes –dijo Julia y sólo uno de los chicos respondió. En el silencio que siguió tuvieron tiempo de contar diez muchachos, tres de ellos debían de tener unos catorce años, los otros eran más niños.

–Estábamos buscando un lugar para pasar la noche.

–Aquí no vive nadie, ¿verdad?

Uno de los chicos mayores inició una risa de pollino con la que espantó unos gorriones cercanos, a la que tras pocos segundos se sumaron los demás con mayor o menor gana.

Benjamín se acercó a ellos con intención de entrar en la casona, pero ninguno le franqueó el paso. Más bien pareció que sus cuerpos se volvían rígidos, alertas.

–¿Vive o no vive alguien aquí? –insistió Julia.

El coro de los asnos debió de escucharse a kilómetros de distancia. Y sin embargo parecían cansinos; en cuanto dejaban de reír, permitían que la cabeza se humillase varios centímetros y los párpados ocultaran parte de la pupila. Benjamín había imaginado así a los romanos después de una orgía: ahitos, morosos, cansados de la vida.

Una gallina esquelética se asomó por la gatera, inspeccionó con ojo alucinado a los circunstantes y desapareció con un cloqueo. Por fin uno de los chicos se levantó y, escarbándose los dientes con un palo, se alejó unos pasos. Benjamín se atrevió a aprovechar el hueco que había dejado para subir los peldaños y llamar a la puerta.

−Es sordo −comentó el chico aún escarbándose los dientes.

Julia se pegó a la espalda de Benjamín y tocó también a la puerta.

−Más fuerte −dijo otro de los chicos sentados, el que parecía mayor de todos, el iniciador de tanto rebuzno.

Aporrearon ambos, escucharon, volvieron a aporrear. Ahora todos los chicos se levantaron y acometieron la puerta a mamporros, risueños, dentones, con las manos repletas de mataduras. Entonces el muchacho que se había apartado del grupo arrojó el palo al tejado, sacó del bolsillo una llave y, abriéndose camino entre tanto cuerpo, la hizo girar tres veces en la cerradura. Dejó que fuesen Julia y Benjamín quienes empujasen la puerta.

Colgaba de una viga, amoratado, alimentando a las moscas. Se balanceaba despacio, con los pies apenas a unos centímetros del suelo. A poco que se hubiese estirado habría podido ponerse de puntillas. La herida en la frente hacía tiempo que había dejado de sangrar y ya sólo era un costrón que bullía de insectos. En el puente de la nariz llevaba la marca de unas gafas que no se veían por ningún sitio. Pero lo más llamativo en él eran las orejas de burro, cortadas de raíz, que le habían atado a la cabeza con un cordel, aunque, como no habían podido mantenerlas enhiestas, colgaban al lado de sus mofletes.

Uno de los chicos se adelantó, hizo girar el pelele en el aire para mostrar la última vejación: del trasero asomaba la palmeta con la que sin duda había impuesto la disciplina entre aquellas cuatro paredes. Los chicos les inspeccionaron la cara como buscando en ella síntomas de una rara enfermedad.

–La eme con la a, ma –dijo uno.

–Dos por dos, cuatro, dos por tres, seis.

–El Miño nace en Fuenmiña, pasa por Lugo, Orense y Pontevedra.

–Era un buen maestro, el hijo de puta.

Retrocedieron hasta salir de la escuela, conscientes de que los chicos les estaban haciendo un pasillo amenazador. Uno sacó un tirador de un bolsillo trasero, apuntó a Benjamín y soltó las gomas aunque no las había cargado con un proyectil. Julia espantó una mano que le revoloteaba entre las piernas. Otro imitó, esta vez con plena consciencia, un sonoro rebuzno.

–Yo soy el presidente de esta República –dijo el que antes se escarbaba el sarro. Otro, que debía de ser de los más jóvenes, se puso de pronto a llorar, y el que estaba a su lado tomó la mano de Julia, con la misma naturalidad con la que habría tomado la de su madre. Dos de ellos, como si se hubiesen puesto de acuerdo, abrieron al mismo tiempo sus braguetas y comenzaron a orinar en dirección a los recién llegados, con absoluta concentración y seriedad, hasta salpicarles los pies.

A través de la puerta vieron cómo cuatro que se habían quedado dentro se habían dispuesto alrededor del ahorcado y lo empujaban como un columpio para ver quién conseguía hacerle alcanzar más altura.

–¡Eh!

El grito de Julia no detuvo la diversión. Al contrario, los empujones al péndulo se hicieron aún más violentos. Los chicos apretaban los dientes, dejando escapar un estertor de esfuerzo cada vez que pegaban un empujón.

Y de repente el maestro emprendió el vuelo hacia el fondo de la escuela, arrastrando tras de sí la soga con la que lo habían ahorcado. Cayó sobre la mesa partida con un estruendo que retumbó contra los muros, y quedó tendido sobre la fractura de la tabla, de manera que cualquiera que lo viese pensaría que fue él quien rompió la mesa al caer sobre ella. Todos contemplaban la escena con los hombros ligeramente alzados, como si esperasen otro estampido. Remolinos de polvo flotaron en el aire, se fueron enroscando entre los últimos rayos de sol que aún entraban por un ventanuco, y comenzaron a posarse mientras se desvanecía de las memorias el eco del porrazo. El niño que antes lloraba y se había quedado callado del susto retomó el llanto con más vehemencia. El presidente sorbió una buena cantidad de mocos y gritó:

—¡Idiotas! ¡¿Y ahora con qué jugamos?!

También pareció ensayado que todos se volviesen casi a la vez hacia Julia y Benjamín.

Lo oscuro, de nuevo. Recuerdos del calabozo y del hambre y del amontonamiento de cuerpos. Pero no es así esta vez. La tiniebla parece vacía, albergar en sí misma un eco del inicio del universo. La nada comprimida y densa.

Huele a polvo y a maderas viejas. La carcoma hace su trabajo; los gusanos también. El olor a cadáver probablemente se lo inventa Benjamín. Es demasiado pronto para eso.

No muy lejos debe de yacer acurrucada Julia. Cuando los empujaron al interior de la escuela y trancaron la puerta pareció desinflarse, envejecer veinte años, rendirse. La superviviente entregada; la inmortal desfallecida. Había ido a tumbarse justo en el centro de la sala devastada, las rodillas contra el pecho, el rostro escondido entre los brazos. Luego los chicos fueron cerrando los ventanucos uno a uno, entre gritos y mofas. Y aún andan por allí afuera, golpean de vez en cuando contra la madera de las contraventanas para no ser olvidados, patean las paredes, ríen a lo tonto. Habían tapiado con arena y piedras todos los ventanucos —no podía verlo pero así le pareció por el ruido que hacían—, quizá para quitarles cualquier rendija de luz.

A veces cae un objeto sobre el tejado; primero Benjamín pensó que era un animal, una rata o una garduña o un ave. Pero luego se dio cuenta de que nada recorría las tejas, sino que caía, se escurría unos metros y quedaba quieto.

¿De qué vivirían esos chicos? ¿Saquearían las huertas cercanas? ¿Robarían animales en los pueblos? ¿Tumbarían tórtolas con los tiradores?

Benjamín siente como si se asomase a un pozo muy hondo. Quisiera rezar para vencer la náusea pero no se acuerda de ninguna oración, borradas todas por el miedo. Los salvoconductos no le sirven para nada en esa situación.

Esto no está ocurriendo, musita, pero la tiniebla no se deshace. Afuera crepitan leños o matojos; casi enseguida comienza a oler a humo. Benjamín olisquea inquieto. Quieren quemarlos, prender fuego a la casa con ellos dentro es quizá la última diversión que se les ha ocurrido. Serán ceniza, piensa, y de repente recuerda cómo continúa el poema; con una extraña alegría dice contra la oscuridad:

–Serán ceniza, mas tendrá sentido; polvo serán, mas polvo enamorado.

Gatea buscando el cuerpo de Julia. Cuando la encuentra, se sienta a su lado. Para que no haya malentendidos, tan sólo le toca brevemente un brazo; Julia no rebulle ni protesta, aunque puede imaginarla con los ojos abiertos a lo oscuro, temerosa de que tras la primera caricia lleguen otras.

–Bendita sea tu pureza –susurra Benjamín, pero enseguida interrumpe la oración y aprovecha la oscuridad para confesarse con la mujer–. Julia, yo tengo una misión. No puedo decirte muchos detalles, sólo que tengo que llegar a Burgos para salvar España. Pero no sé dónde estoy, ¿y cómo vas a ningún lugar si no sabes dónde te encuentras? Necesito que me acompañes, porque yo me pierdo si me quedo solo. Ah, y después de Burgos debo ir a buscar a un gran filósofo, una eminencia, un hombre sabio...

Un golpe contra la puerta le hace sobresaltarse. Han lanzado contra ella un objeto pesado. La oscuridad tiembla aún con el eco; siguen unos crujidos como si todo el edificio se reacomodase tras el impacto. Si querían entrar a por ellos no tenían que derribar nada, podían utilizar la llave. Luego el silencio. No ha sido más que una nueva broma, un nuevo «seguimos aquí, no os olvidamos; no nos olvidéis».

Él tiene que salvar España. Se lo había dicho don Manuel, pero llevaba semanas dando vueltas sin llegar a ningún sitio. España era un laberinto del que no había salida posible. Él era un minotauro sin doncellas. Una bestia torpe y ciega, un cuerpo de hombre con el confuso cerebro de un toro.

–Julia.

Busca su cuerpo con la mano para zarandearla suavemente. Está convencido de que sin ella no va a llegar a ningún sitio. Sin ella Benjamín continuaría su vida de bruto sin proyecto ni destino. Toca uno de sus hombros; no se atreve a más, y sin embargo la cercanía de su pecho le hace estremecerse; piensa en fingir que su mano se extravía en la oscuridad y por error roza esa carne deseable, deseada. Pero ella no creería el error. Imagina cómo sería besar sus labios, o aunque sólo fuera su mejilla, sentir ese consuelo, ese cobijo que sin duda le daría la carne de una mujer... ¡por eso! ¡Por eso la maldecían así sus profesores! ¡Porque la mujer ofrece un reparo que haría innecesaria la protección de la religión! Le habían tenido engañado: lo que él buscaba no era a Dios.

–Julia –dice y vuelve a dar un suave empujón a su brazo.

–Benjamín.

La voz ha sonado a sus espaldas, a varios metros de distancia, y primero piensa en un raro fenómeno de eco, como cuando se grita en una cueva y es difícil saber dónde rebota y adónde va a perderse el sonido. Pero no es eso. Benjamín, aún sentado junto al cadáver, tiene de todas maneras que asegurarse, palpar las manos peludas, la pana áspera, el rostro pegajoso, antes de salir corriendo a ciegas, tropezar con objetos, caer, levantarse, lanzarse contra la puerta, a la que ataca con todo su cuerpo. Pero la puerta no cede, la oscuridad y el pavor tampoco.

Amanece, por fin. Delgadas láminas de luz se cuelan por el tejado, iluminan como focos de teatro nidos de golondrina abandonados, telarañas, la podredumbre en las vigas, las manchas de humedad. Benjamín hace rato que despertó pero no se ha movido un centímetro. Ni siquiera ha abierto los ojos salvo para cerciorarse de dónde se encuentra, aunque la tibieza que desprende Julia no podría engañarle. Está tumbado en el suelo de tierra apisonada y le duelen los huesos por el frío y la mala postura; su cabeza yace sobre el regazo de Julia, con el rostro tan cerca de su vientre que a poco que se moviese podría besarlo; el olor corporal de ella es el aura que lo protege del mundo; a veces Julia lo mece un poco, apenas tres o cuatro movimientos, y se detiene. Está sentada con la espalda contra la puerta. Murmura o bisbisea una canción.

Del exterior llegan algunos trinos. Nada más. Los chicos estarán durmiendo, hartos de su juego bárbaro. Reponiendo fuerzas para el nuevo día, y así, dormidos, abandonados, con las bocas abiertas y los rostros relajados, parecerán chicos amables, frágiles, quizá felices o que podrían serlo.

–Sé que te estás haciendo el dormido.

–Acabo de despertarme.

–Mentiroso. Anda, quítate de ahí, que me tienes entumecida.

Benjamín se incorporó. Del otro lado de la puerta se escuchaba un escarbar de gallinas o pequeños roedores. Se asomó por el ojo de la cerradura: una loma, dos encinas, una nube, el aire limpio de la mañana. Cantó un gallo con cierto retraso. También, a lo lejos, repicaron al trote los cascos de un caballo. Todo tan normal que a Benjamín le entraron ganas de tomar un tazón de leche y sintió nostalgia del olor a chimenea. Le habría gustado desperezarse, abrir la puerta, acercarse a una fuente y lavarse con agua fría, en la distancia los ruidos habituales de la vida que se despierta.

–¿Tú crees que se habrán marchado?

Julia no respondió. Recorría la escuela como si buscara algo. Levantó del suelo un mapa de España chamuscado y lo volvió a soltar. En su ir y venir atravesaba los finos rayos de luz que entraban por el tejado, se desvanecía en la penumbra al fondo de la escuela y reaparecía ligera, concentrada, atenta: como un ángel transitando entre el mundo inmaterial y este. Se detuvo junto al cadáver.

–¿Qué habrán hecho con sus gafas?

–¿Para qué las quieres?

–Para nada. Curiosidad –rebuscó en los bolsillos del muerto, pero ya debían de haber hecho lo mismo los chicos–. ¿Nos vamos?

94

Tomó una pata de la mesa del maestro y golpeó con una furia inesperada contra uno de los ventanucos. Bastó un impacto para reventarlo. Luego siguió golpeando y empujando para derribar los cascotes que los chicos habían amontonado en el alféizar. Después fue haciendo saltar el marco para ensanchar la abertura. Benjamín, entretanto, se había acercado y observaba la obra con admiración y bochorno.

–¿Y si están fuera?

Julia sacó el cuchillo de entre sus faldas.

–Ayúdame, pasmarote.

Benjamín hizo un estribo con las dos manos, en el que ella se impulsó para encaramarse al vano; primero asomó la cabeza, buscó a un lado y a otro y, trabajosamente porque la abertura seguía siendo muy angosta, reptó hacia el exterior pataleando en el aire.

–Deja de mirarme las bragas.

Que era lo que Benjamín estaba haciendo, aprovechar ese momento en el que Julia tenía medio cuerpo fuera y las piernas dentro, aunque sólo se podía ver un rebujo de ropas. Julia cayó de cabeza hacia el exterior.

Benjamín acercó un banco para encaramarse él también y asomó la cabeza por el ventanuco: Julia le sonreía orgullosa con los brazos en jarras; guardó el cuchillo y le sujetó por las axilas para evitarle la caída.

–Estarán durmiendo en casa, los cabroncillos.

Sin discutir otras posibilidades, tomaron un camino distinto de aquel por el que habían llegado, espantando lagartijas que ya se asomaban a ver el sol; primero subieron una larga cuesta entre frescos álamos, y después se adentraron en una vereda que les llevó en pendiente hasta la orilla de un río poco profundo pero de corriente tan fuerte que no sólo empujaba ramas y hojas sino que también hacía tambalearse y rodar los pedernales. Como no tenían ninguna gana de volver, decidieron atravesarlo, pero antes Benjamín se quitó la camisa, se metió en el agua y salpicó esa carne que parecía adormecida por lo oscuro y por los temores. Se empapó los brazos, la cara, el pecho con alegres manotazos. Un oso que sale de la hibernación debía de sentir el mismo placer.

Benjamín saludó la vida con un rugido y la risa de Julia le hizo un eco esperanzador.

Caminaban juntos, desde hacía días, de la mañana a la noche, sin que ella cuestionase ese absurdo deambular, ese recorrer prados y bosques, cruzar ríos, ocultarse de la vista de otros, temerosos de un nuevo encuentro como el de la escuela o el de la churrería; y mientras caminaban era ella la que hablaba todo el rato, y él escuchaba el sonido de la voz, sus distintas inflexiones, se sobresaltaba cuando de pronto ella elevaba el volumen, sonreía cuando sonreía ella, no sabía que se pudiese ser tan feliz oyendo una sucesión de sílabas, palabras, frases, en las que no le importaba tanto lo que le decía como el hecho de que se lo estuviese diciendo, hablando con él, contándole verdades o mentiras pero pensadas sólo para él.

–No me escuchas –le dijo Julia y él se escandalizó, ¿cómo podía suponer eso si no hacía otra cosa que escucharla?

–Claro que sí.

–A ver, ¿qué he dicho?

–No sé, no tengo ni idea, pero te estoy escuchando todo el tiempo, te lo juro.

A ella no pareció importarle, continuó la historia que le estaba contando allí donde la había dejado, una historia de unos vecinos suyos que habían encontrado un tesoro, una maleta llena de billetes debajo de un montón de heno, en la cámara que tenían encima de la casa para secar el grano, y nunca se explicaron cómo pudo llegar la maleta allí, ni de quién sería, y cuando fueron a un banco a depositar el dinero descubrieron que no tenía ningún valor, que eran pesetas de la Primera República, no de la Segunda, pero de todas maneras ellos siguieron contando que habían encontrado un tesoro y no desesperaban de que algún día las pesetas volviesen a valer, igual que algunos cuadros nadie los quiere y cien años más tarde la gente paga sumas fabulosas por ellos.

Se detuvieron ante una encrucijada: hacia el noreste, un camino tan irregular que podría también ser el cauce seco de un río, hacia el norte, una senda atravesaba un brezal y desaparecía tras una cuesta.

–¿Y ahora?

Benjamín se encogió de hombros.

–No sé, ¿tú cuál prefieres?

Así andaban, un poco al azar, evitando la carretera principal, muy transitada por contingentes armados, y manteniendo tan sólo un rumbo aproximado hacia su destino, pues Benjamín prefería perderse a tener que preguntar, convencido de que una inteligencia ultraterrena guiaba sus pasos; era imposible que la salvación de España hubiese quedado a merced de la sabiduría de sus propias decisiones; algo tan elevado tenía que estar conectado con un orden superior del que él sólo era una herramienta, un peón que quizá habría que sacrificar para conseguir un jaque mate.

Hicieron un alto para dejar pasar, a lo lejos, en una vaguada flanqueada por árboles mochos, a un pastor con un gran rebaño de ovejas, e imaginó cómo aquel y otros pastores trashumantes iban realizando itinerarios por toda la península, trazando sobre ella un dibujo complicadísimo con sus trayectos. En ese momento Benjamín tuvo una sensación muy intensa, como suponía las que tendrían los santos cuando caían en éxtasis o recibían una revelación: fue como si lo absorbieran desde un planeta lejano, no desde una nube, desde más lejos, permitiéndole ver desde lo alto todo el país. Vio el mapa de España, más que el mapa, la Tierra misma, una enorme pella de barro aplanada y rodeada de un mar tan oscuro como el que había descubierto desde el avión, y sobre ella una filigrana de rayas y puntos que la recorrían; no eran, como pensó al principio, las líneas que separan una comarca de otra, las provincias, las regiones; eran cagarrutas de ovejas las que trazaban esa compleja geometría, se cruzaban un sinnúmero de veces creando un mensaje en morse que Benjamín quiso escuchar, y pegó –desde miles de kilómetros de distancia– el oído al territorio. Haciendo caso omiso del retumbar sordo, de torrente subterráneo que producía el tiempo al transcurrir veloz como un planeta, oyó las botas de los franceses marchando rítmicamente desde el norte, atravesando el país que conquistaban sin resistencia, y oyó también las carreras de los moriscos que se apresuraban a llegar a puertos desde los que huir de la codicia disfrazada de razón de Estado que amenazaba con poner fin a sus días, y los pasos cansados de los judíos abandonando un país que habían creído también el suyo, arrastrando los pies desesperanzados, como el prisionero que no se dirige hacia la libertad sino que es trasladado a otra celda, y oyó un galope de caballos y no sólo oyó, pudo ver hordas de germanos descendiendo unas montañas muy elevadas, famélicos, con el cabello sucio de grasa, los dedos de las manos y los pies quemados por el frío, algunos sin orejas ni narices, y sin embargo en sus ojos había un brillo que podía ser de esperanza o de locura, y también oyó pasos, sí, y gruñidos, y rascarse, y rugir, y las huellas en el barro de pies desnudos, de los pies toscos de los neandertales que erraban, como él, como ellos dos, sin saber adónde iban, sin ir en realidad a ningún sitio, más ignorantes que perplejos, absolutamente ajenos al hecho de estar en un país rodeado de agua, con una historia y, sobre todo, con un futuro de guerras, invasiones, exterminio, ondear de banderas, y de que sus hijos, nietos, bisnietos, tataranietos no sólo conocerían el fuego sino que empuñarían antorchas y quemarían pajares, viviendas, seres humanos.

Una náusea, el vértigo de regresar a gran velocidad desde una altura inmensa, de haber visto el pasado y el futuro, juntos, igual que puedes ver al mismo tiempo varias paredes de la misma habitación, y sin embargo no había entendido nada, no regresaba más sabio sino con una sensación de mareo que le llevó a poner la mano sobre el hombro de Julia.

–¿Qué te pasa?

–Acabo de tener una visión, he visto España entera desde lo alto, desde los Pirineos hasta Cádiz.

–¿Has visto España o la península entera?

–¿Cómo?

–Que cuando dices que has visto España, si en tu visión estaba también Portugal o lo habías recortado de la imagen.

Benjamín rememoró la visión algo confundido.

–No, lo que he visto es toda la península.

–O sea, que has visto España y Portugal, pero para ti todo es España. Eso les molesta mucho a los portugueses; yo tenía un amigo de Olivenza al que daban ataques de rabia por esas cosas. Decía que si a un niño español le pides que dibuje España incluye también Portugal, como si fuese una provincia más. Mi amigo se enfadaba tanto que se tiraba al suelo pataleando y echando espuma por la boca.

Benjamín nunca lo había pensado. Continuaron su camino discutiendo de esos y otros asuntos, y así se olvidó del vértigo y de la aterradora visión. Ya anochecía cuando descubrieron que, a unos cien metros del camino, detrás de una valla de madera, había una casa de aspecto deteriorado, de cuya chimenea resquebrajada salía humo. Entonces también vieron un cartelón clavado a la puerta que, con grandes letras verdes de caligrafía titubeante, decía: TABERNA.

–Mejor seguimos, ¿no? Yo no me atrevo a entrar.

–¿Seguir? Escucha –de la casa llegaba una música alegre que invitaba a hacer un alto, a disfrutar de la vida, a olvidar los pesares–. Ven, que te voy a enseñar a bailar.

Bastaron esas palabras para que Benjamín olvidase cualquier recelo y su corazón palpitase más deprisa. «Ven, que te voy a enseñar a bailar.» Eso debían de decir las huríes a los soldados sarracenos cuando llegaban al edén.

Empujó la puerta de la taberna y entró seguido de la mujer a un lugar aún más oscuro que la noche de la que llegaban.

–¿Vais armados?

Se volvieron hacia la derecha, de donde provenía la voz.

–No. Somos civiles.

–Precisamente. Esta es una guerra civil.

Un chisporroteo atravesó verticalmente la negrura como una bala trazadora. El hombre que había encendido la cerilla tras frotarla varias veces contra la pared acercó la llama primero a la cara de la mujer, luego a la de su acompañante, después prendió con ella una vela. Había dos hombres, cada uno a un lado de la estancia, un asno y un perro acostados en el suelo. El burro avanzó el hocico como si quisiese soplar la llama. Los rostros flotaban en lo negro, asomados de la oscuridad como entre las cortinas de un teatro. Le recordaban un cuadro antiguo que había visto en un libro, en el que se representaba el pesebre a la luz de una vela.

–¿Por qué estáis a oscuras? –preguntó Julia.

–Levantad las manos y acercaos –al avanzar hacia ellos, Benjamín descubrió el pistolón con el que les encañonaba el centinela, un arma más de bandolero serrano que de soldado–. Porque el que entra no nos ve, pero nosotros sí le vemos a él –después de cachear a Benjamín la palpó a ella de arriba abajo, sin remilgos, tocándole los muslos, las caderas, los pechos, pero también sin lujuria, con la misma ecuanimidad con la que habría puesto los arreos a un caballo–. Y si no nos gusta el recién llegado, le metemos cuatro tiros. A propósito, ¿tenéis dinero?

Los dos respondieron que sí.

Satisfecho con la inspección y con la respuesta, hizo un gesto con la cabeza, al que su compañero respondió abriendo otra puerta, que dio paso al mismo tiempo a:

Música de pianola.

Voces de hombres y una de mujer.

Un golpeteo rítmico.

Los siguientes olores: vino agrio, sudor, humo, madera húmeda, sebo de cuero cabelludo, ajo, lejía, uniformes poco oreados, sarro y carne asada (había otros olores, pero más difíciles de distinguir).

Una luz tan turbia que parecía llegar de detrás de un cristal cubierto de polvo.

Un llanto, más bien un gemido que no se sabía si era de persona o de animal.

–Entrad.

Nadie se volvió a examinar a los recién llegados. ¿Era un efecto de la luz mortecina o tenían todos el aspecto de estatuas de barro? Unos estaban inmóviles y los otros se movían muy despacio, como si los miembros les pesaran indebidamente o estuviesen petrificándose, un bosque de figuras pardas, de rostros macilentos; las manos de aquél, sentado rechinando los dientes, como las del David de Miguel Ángel, los ojos de aquel otro tan vacíos como los de los emperadores romanos que aparecen en los libros, las greñas del hombre parado con la cara vuelta hacia un rincón, espesas e hirsutas, amasadas con cal.

Tomaron asiento junto a un anciano que clavaba una y otra vez un bastón, como un niño que hurga con un palo en un hormiguero, en un bulto cubierto por lo que parecía una lona negra, del que escapaban gemidos.

—¿Por qué no le deja en paz? —le dijo Julia, pero el viejo ni siquiera la miró.

El tabernero se les acercó en ese momento con una jarra de vino, un trozo de pan y un plato de huesos.

—No hay tenedores. Me los confiscaron anoche. Así de jodida está la República. Como no tienen suficientes bayonetas van a atar los tenedores al cañón de los fusiles.

Otro hombre, que hasta ese momento había estado dormitando en una mesa vecina, levantó la cabeza, se frotó la barbilla, masticó un par de veces el aire y dijo:

—Qué bestia eres. Se han llevado los cubiertos para fundirlos y fabricar armas.

—Pues lo mismo digo, si tenemos que comer con las manos es que la República se va a la mierda.

—Perdone —dijo Benjamín al tabernero—, ¿estamos en zona nacional o republicana?

—En Suiza. Estáis en Suiza. Esta fonda es territorio neutral.

—¿Por qué le hace daño a ese hombre?

—No se meta en lo que no entiende, señora. De todas formas este hijo de puta no pasa de mañana —respondió el tabernero.

Como en una pieza teatral, en la que un personaje se mantiene en segundo plano durante la conversación de otros personajes pero en cuanto esta acaba avanza al proscenio para pronunciar un monólogo, el bulto se removió, de la lona asomó una cara sin afeitar, apareció un hombre vestido con sotana que se incorporó sin hacer caso a los nuevos golpes que le dio el anciano con el extremo del bastón, levantó unos centímetros el borde de la sotana para ver dónde ponía los pies, se subió a una silla y de allí a una mesa. Miró uno por uno a los presentes, que le contemplaban en silencio. Santiguó el aire. En ese momento entró por la ventana un rayo de luna, yendo a reflejarse sobre la frente sudorosa del sacerdote. Sólo entonces pudieron ver su palidez extrema, y que las ojeras se le extendían hasta medio pómulo, dándole el aspecto de un cadáver en descomposición.

–Quien esté libre de pecado... –dijo mientras apartaba de una patada unas mondas de fruta resecas que había sobre la mesa, y no terminó la frase–. Aunque ya me hayáis condenado y entregado al suplicio, escuchad mi confesión antes de ejecutarme.

»Es cierto que he amado a los niños; les he dado ternura, les he enseñado lo que no sabían, he cuidado de sus almas. ¿Y qué les he pedido a cambio? Habría sido cruel pedirles dinero, porque no lo tenían. Habría sido soberbio pedirles admiración o sumisión, porque yo mismo soy un siervo indigno. Tan sólo les he pedido lo que les sobraba: cariño. Y al dármelo y ver que me regocijaba se han sentido ellos mismos útiles, valiosos, quizá por primera vez en su vida.

–Cerdo –comentó alguien entre dientes–, cerdo, cochino, puerco, marrano, verraco.

–¿Por qué no matamos ya al hijo de puta? –preguntó el tabernero, pero no obtuvo respuesta. El sacerdote le señaló con el dedo.

–He pecado, tabernero, es verdad. Y si tu mano es para ti ocasión de pecado, córtatela. Más te vale entrar manco en la vida eterna que ir con las dos manos al fuego que no se apaga.

De debajo de la sotana sacó una navaja, la abrió con cierto esfuerzo, apoyó la punta sobre la muñeca izquierda y dio un tajo rápido. Brotó la sangre con tres o cuatro borbotones. El sacerdote no hizo ni una mueca de dolor; mostró en derredor la mano empapada manteniéndola en alto, lo que sirvió para restañar un poco el flujo, y continuó su alocución.

–He pecado, pero menos de lo que creéis. Dejadme que os lo explique. La lujuria no es pecado mortal, a pesar de lo que digan. En todo caso, es un exceso; la manifestación de un amor exagerado por la obra de Dios; odiar esta sí es pecado, porque la hizo el Señor; mientras que amarla es amarlo a Él, y es precisamente a Él a quien buscamos en el cuerpo de la mujer; el éxtasis y el orgasmo son cosas parecidas: perdernos en la inmensidad de la creación, trascender el aquí y el ahora para llegar a Dios. Los únicos pecados mortales son los actos provocados por la avaricia: esos son los que destruyen el mundo. Esos los que merecen el infierno, porque no están provocados por el amor a las cosas, como podría parecer, sino por el amor al poder que las cosas nos dan y, así, por el deseo de enfrentarse a Dios.

»Hay, sin embargo, quien dice que el peor crimen es la lujuria cometida con niños: peor que con una mujer, que con un hombre, que con un animal. Pero dejadme que os explique que os equivocáis. El pecado menor, menor incluso que la masturbación, es yacer con un niño.

Una zapatilla le restalló en la cara; el sacerdote se quedó un momento confuso, como si hubiese olvidado lo que quería decir, pero no se dejó perturbar más de unos segundos por la interrupción. Aún con la mano en alto, se giró hacia Julia, la bendijo, sacó otra vez la navaja, volvió a abrirla, y empuñándola proclamó:

—Más te vale entrar cojo en la vida eterna que ser arrojado al fuego con los dos pies.

Al clavarse la hoja en el muslo derecho, perdió el equilibrio; pareció que iba a gritar pero la boca abierta no emitió más que un suave jadeo, los ojos se enrojecieron repentinamente, las lágrimas podrían haber sido de sangre, pero fluyeron transparentes, lentas, y se secaron con rapidez. El cura cojeó unos pasos sobre la mesa, aunque probó a enderezarse acabó por caer de rodillas, la mano ensangrentada en alto, la navaja apuntando a sus interlocutores.

—Para un sacerdote —dijo, se secó el sudor con el dorso de la mano herida manchándose la frente de sangre— es preferible yacer con un niño que con una niña, porque a un hombre le resulta cien veces más difícil enamorarse de un varón que de una hembra, luego es menos probable que por enamoramiento del niño, que es sólo la fuente del pecado, acabe amando al pecado mismo, lo que sería una traición a Dios. Amar la creación es humano, pecar también lo es, pero enamorarse del pecado es infernal.

»Ítem más: la Santa Madre Iglesia prohíbe el matrimonio a los sacerdotes; y sin embargo, el sacerdote que ama a una mujer, engatusado por esta, puede acabar colgando las sagradas órdenes para llevar una vida mundana e impura. El mismo riesgo corre amando a una niña, salvo que tendrá que esperar a que la niña crezca para desposarla. Sin embargo, las relaciones sexuales con un niño varón impiden cualquier posibilidad de quebrantar tal norma, ya que no es legal el matrimonio y ni siquiera el concubinato con un niño; esa situación de ilegalidad empujará al sacerdote a reflexionar sobre su situación, a volver al camino recto, a no descuidar los deberes pastorales.

»Escuchad, hijos queridos, otro argumento que quizá os ilumine. Si un cura convive con una mujer, dará lugar a escándalo y habladurías; ¿y acaso no es más grave provocar el escándalo, con o sin razón, que el pecado de lujuria en el que todo ser que respire ha caído alguna vez? El Señor condenó el escándalo con los términos más duros que puedan encontrarse en el Evangelio. Sin embargo, raro será que la convivencia con un niño varón emponzoñe las ideas de los vecinos, creando en sus mentes imágenes lúbricas que los empujen también a ellos al pecado.

El sacerdote detuvo su discurso, cerró los ojos como quien intenta recordar algo largamente olvidado, dejó escapar un par de ayes, se mordió los labios.

La voz que regresó de su garganta era ronca y confusa, como si en esa pausa la boca se le hubiese llenado de arena.

—Más te vale entrar con un solo ojo en el reino de Dios... —calló de nuevo, tomó la navaja, que se había caído de su mano mientras hablaba, y la mostró al público como un torero las dos orejas al respetable.

—¡No lo haga! ¡Qué bestia! —dijo alguien sin identificar desde un rincón de la taberna.

—Déjale —dijo el tabernero—, si al final no se corta las pelotas le hago yo el servicio.

—¡Ya basta! —Julia hizo ademán de arrebatar la navaja al cura, que reculó, ágil como un animal de madriguera, hasta casi caer de la mesa, y gritó, las palabras tan distorsionadas que sólo las entendieron quienes ya las habían oído antes:

−¡... que ser arrojado con los dos ojos donde el gusano no muere y el fuego no se apaga!

Y como quien corta con sumo cuidado un pastel que ha de repartir entre hambrientos, tan lentamente que apenas si pudieron ver el movimiento de la mano, el adentrarse el cuchillo en la blanda córnea, introdujo la punta de la navaja entre los párpados, dejó que escurriese por la hoja primero un líquido blanquecino, después rosado, y la extrajo de lo que ya sólo era una mancha oscura y movediza.

−Permitidme, queridos feligreses, que os exponga, ajjj, ajjj, el último argumento que no me exime de culpa pero quizá me procure vuestra clemencia: porque ni siquiera en medio del pecado me he olvidado de los corderos que Dios confió a mi cuidado:

»Saciados, ajjjj, los bajos instintos del niño en una relación con alguien −jadeó, buscó las palabras, se dobló sobre sí mismo, buscó en derredor con el ojo sano− que desea lo mejor para él, no irá a satisfacer la lujuria con niñas y niños de su edad, no se ensuciará con cualquiera por las calles y lejos de la confesión, no quedará prisionero del pecado por culpa de su fruto ilícito. Igual que el matrimonio es una ayuda contra la concupiscencia de los cónyuges, santificada esta por el objetivo de culminar en la procreación, querida por Dios, la relación con el discípulo, ajjj, ajjj, establece también vínculos que refuerzan el afecto de este por el maestro, el deseo de complacerle y de imitarle, con lo que el niño aprenderá las virtudes por emulación y se convertirá en un servidor de Dios para satisfacer al maestro, quien además podrá confesarle nada más haber pecado, reduciendo así el riesgo de que vaya al infierno la infeliz criatura. ¡¿No es entonces bueno que el niño, puesto que pecar, ha de pecar, lo haga con un sacerdote que lo absolverá inmediatamente?! Nada de esto sería necesario si fuésemos perfectos, pero, al no serlo, los deseos y actos impuros del niño, en lugar de llevarlo al fuego eterno, lo llevarán a la salvación. ¿No os parece que...?

El sacerdote se derrumbó sobre la mesa, dejando caer la navaja en el suelo. Nadie se acercó a él. Nadie quiso escuchar su última frase. Cada uno se fue a su jergón, se arropó con su manta si la tenía, con un rebujo de manteles quien pudo hacerse con ellos, con otros cuerpos si alguno se prestó a tanta cercanía, e intentaron dormirse a pesar de los gemidos del sacerdote, que pasó la noche malhilvanando retales de oraciones, balbuceos, llantos y ayes, hasta que le venció la debilidad, o la sangre se le había marchado del cuerpo.

Benjamín despertó cuando aún era de noche. Poco después, ya estaba amaneciendo, lo hizo el mozo de la venta, quien se estiró y bostezó hasta que le chascaron las mandíbulas y las coyunturas de los brazos, miró con curiosidad el bulto sobre la mesa, se acercó a él, le dio un par de empujones y dijo en voz baja:

—Te jodes, mamón.

Cuando también despertó el tabernero, tomaron el cuerpo, uno por las manos, el otro por los pies, y lo sacaron al prado hasta decidir qué harían con él. Pero antes que nada fueron a preparar unas migas para los huéspedes.

Benjamín había vuelto a ver las máscaras mientras dormía. Era un sueño que le acompañaba desde que entró en el internado. Se le aproximaban máscaras de desconocidos casi siempre enrabietados, o de personajes vistos en los libros, que flotaban en el aire y le decían cosas; lo malo es que nunca entendía lo que esperaban de él, y sabía que detrás de ellas había seres que le castigarían atrozmente por no obedecer sus órdenes. Tampoco esa noche había comprendido sus exigencias y se despertó con el corazón acelerado.

—Tú eres de otra época —me dijo una vez que conseguí sacarlo de su relojería para que se tomara un café conmigo en el barucho contiguo—. Antes teníamos miedo de casi todo: del infierno, del demonio, de las brujas..., pero hoy sólo os queda el miedo a la muerte que, al fin y al cabo, también lo tienen los animales.

—No creo que los animales tengan miedo a la muerte, más bien al dolor físico, que es lo que conocen. La muerte es algo demasiado abstracto para un perro o para un loro. ¿Te imaginas a una tortuga con ataques de pánico porque sabe que un día morirá?

Benjamín rio sin emitir un sonido, dio un sorbo a su café, sacudió la cabeza.

—El mundo antiguo, y España pertenecía a él hasta hace muy poco, estaba plagado de presencias tan amenazantes como invisibles que se abalanzaban...

Sonó mi móvil y Benjamín dejó su frase en el aire. Respondí contrariado a la llamada; era un asunto no importante pero sí urgente, que no merece la pena reseñar ahora. Me fui hacia la puerta para no incomodar al relojero con una conversación que no le incumbía. Logré colgar cuando sólo habían transcurrido dos minutos. Regresé a la barra, donde habíamos estado tomando el café. Benjamín había desaparecido así que supuse que estaba en el servicio. Dejé de suponerlo cuando pasó un cuarto de hora sin que regresara. No podía haberse marchado porque yo había estado telefoneando junto a la única puerta del local, que no era más que un estrecho pasillo paralelo a la barra que se abarcaba de un solo vistazo. Me dirigí a los servicios; apestaban de tal manera que nadie podría haber resistido en ellos tanto tiempo. Benjamín no estaba allí.

—Oiga, ¿sabe dónde se ha metido el hombre que estaba aquí conmigo?

La camarera, una rubia de cara plana como una tortilla y con el cutis de una poco hecha, contempló un instante la banqueta vacía a mi lado.

—Ahí no hay nadie —me dijo con acento extranjero.

—Ya lo veo. Le pregunto si sabe adónde ha ido.

Miró hacia los dos extremos del bar sin mucha convicción.

—Pero usted lo ha visto, hace un momento estaba conmigo.

Chasqueó la lengua y frunció los labios, nada más. Me asomé, sintiéndome algo ridículo, detrás del mostrador. Lógicamente, no estaba allí agazapado. Me rendí ante lo inexplicable. Lo único que me tranquilizaba era que delante de mí había dos tazas vacías.

Julia seguía dormida a su lado; de entre sus labios fluía un chorrito de saliva. Le pareció muy joven, casi una niña. Benjamín se incorporó: aún había otros hombres durmiendo, algunos tumbados por el suelo, arrebujados en todo tipo de trapos, otros sentados, volcados sobre las mesas como borrachos. El frío le arrancó un tiritón. Las ventanas estaban cubiertas de vaho, de forma que el mundo allá afuera era borroso, como visto a través de una nube. Se levantó, y entonces descubrió que, en una esquina de la taberna, dos hombres estaban sentados ya a una mesa, frente a frente, vestidos con uniformes tan limpios y bien planchados como si se los acabasen de poner para un desfile. Uno, el más bajo, llevaba la camisa azul de los falangistas, cubierta de medallas e insignias. El otro, uniforme de teniente de la República. El tabernero se acercó a ellos, puso una baraja entre los dos y se alejó unos pasos.

El falangista separó un montón de la baraja y mostró el caballo de oros. El republicano también levantó al azar una carta que no llegó a ver Benjamín. Ambos devolvieron las cartas al montón. La bofetada que dio el falangista al otro hizo que varios durmientes se despertaran sobresaltados. Retirando para ello el culo del asiento, el falangista arrancó una insignia del hombro del republicano. Ninguno de los dos había pronunciado palabra.

Fue el turno del republicano de levantar carta primero. Cuatro de copas. El falangista sacó otra carta del montón: cinco de espadas. La bofetada hizo que la cabeza del republicano saliese despedida hacia un lado con tanta violencia que pareció que iba a desprenderse del tronco. El falangista arrancó la insignia del otro lado. La siguiente carta que levantó el falangista fue la sota de bastos; el republicano mostró un rey de oros, y por primera vez se le escapó una sonrisa. Aunque levantaba las cartas con la derecha, el bofetón lo arreó con la izquierda; arrancó el yugo y las flechas de la pechera del contrincante, lo examinó como examinaría uno la mugre bajo las propias uñas y lo arrojó a sus espaldas. Las tres siguientes bofetadas aterrizaron en la mejilla derecha del falangista, y de su pecho desaparecieron tres medallas, dos de ellas para acabar pisoteadas por el republicano.

Entretanto, hombres silenciosos de cuya cara había desaparecido cualquier vestigio de sueño se arracimaban a la mesa de los contrincantes. Benjamín no se había dado cuenta de que también Julia estaba despierta hasta que la oyó susurrarle en la oreja:

–¿Qué hacen?

El aliento le olía como si hubiera desayunado hierbabuena. Él no quiso volverse hacia ella temiendo que el suyo no tuviera el mismo aroma.

–No sé. Un duelo, o algo así.

La conversación fue interrumpida por una bofetada tan tremenda que levantó al republicano de la silla. Cuando volvió a sentarse tenía los dientes manchados de sangre. Como ya no le quedaban más galones ni insignias, el falangista le quitó la gorra, escupió en ella y la tiró a un rincón. Levantaron otra vez sendas cartas, y la siguiente bofetada cogió al falangista desprevenido: la esperaba desde la derecha, pero le llegó desde la izquierda derribándole al suelo. Cuando le tuvo otra vez frente a sí, el republicano le arrancó, haciendo un desgarrón en la camisa, una insignia de bronce que parecía alemana.

–Tengo café de bellotas –anunció el tabernero–. ¿Quiere alguien?

Benjamín se aproximó a él.

–¿Por qué hacen eso?

Es un juego.

–Se van a matar.

–Ya quisieran. En esta taberna están prohibidas las peleas. Aquí viene gente de los dos bandos. Beben, juegan al tute o a los dados, apuestan. Pero nada más.

–Pero esos dos...

–Están jugando a la carta más alta. ¿Quieres café o no?

Tomó un tazón para Julia y otro para sí. Cuando regresó a la mesa, los dos hombres conservaban tan sólo los pantalones y los zapatos. Al republicano le colgaba una baba sangrienta de la barbilla y tenía una mejilla en carne viva. Al falangista se le había amoratado un ojo y, del otro lado, le manaba sangre de la oreja.

–Julia, deberíamos irnos.

–¿Por qué?

–No sé.

–Bueno.

Mientras Julia y Benjamín apuraban los dos tazones el falangista acabó sin calzoncillos; el republicano no los había perdido aún, tampoco un calcetín. Algunos querían ya cobrar las apuestas que habían cruzado sobre quién se daría primero por vencido. Los dos hombres tenían la expresión del boxeador tambaleante incapaz de ver al rival: la boca abierta, los ojos queriendo cerrarse, la cabeza a punto de caer sobre el pecho.

–¿Y ahora? Ya no te queda nada, falangista de mierda. Ni una puta insignia. Ni ropa tienes para apostar.

–Los dedos.

–¿De qué mano?

–Primero de la izquierda. Después de la derecha. Tú juegas con ventaja porque eres ambidiestro, pero me da igual. Y si los pierdo todos seguimos con los de los pies. Y después con los cojones. Pero eres tú quien va a perder los huevos; y luego se los voy a dar al tabernero para que los fría. Invitaré a los presentes, si es que tus huevos dan para tanto –levantó una carta y la mostró al público. El siete de espadas–. ¿Hecho?

–Hecho.

Benjamín pagó al tabernero y ambos salieron del local. Los dos vigilantes estaban dormidos a la puerta, apoyados en sus trabucos. El sol empezaba a dorar el perfil de los montes. Echaron a caminar hacia el noreste, evitando mirar el cadáver del cura derrengado sobre un montón de leña a la puerta del establo.

4

Los peregrinos

–¿Y vosotros adónde vais, tórtolos?

Acababan de vadear un río que no llevaba mucha agua pero de corriente fuerte y, mientras hacían equilibrios sobre los cantos rodados, no se habían dado cuenta de que en la otra orilla les estaba aguardando una tropa de hombres armados.

Uno de ellos les tendía el cañón del fusil para que se agarrasen a él. Cuando los tuvo ante sí, se llevó un puño a la sien.

–¡Salud!

Ambos respondieron de la misma manera.

Debían de ser treinta o cuarenta hombres, más tres vacas, que los contemplaban con idéntica expectación. Vestían una especie de uniforme agrario, con pantalones de pana, zamarras de pastor, boinas, abarcas; varios iban armados con escopetas de caza, otros con pistolas de diferentes nacionalidades, más de uno llevaba al cinto un cuchillo de matarife y un miliciano muy joven tan sólo estaba armado con unas grandes tenazas que blandía mientras conversaba con sus compañeros.

Un miliciano se separó del grupo, se detuvo al lado de Benjamín, escupió al río, levantó la cabeza hacia el cielo como quien se pregunta si va a hacer buen tiempo. Parecía haberse afeitado con una navaja de pedernal, tan irregular era el corte y tantas las excoriaciones en sus mejillas y cuello. Bajo una ancha ceja que cruzaba la frente de lado a lado brillaban, mansos, dos ojos marrones, casi redondos, de rumiante. En la solapa de una camisa de franela llevaba la insignia de la CNT.

–A ver, ¿quiénes sois, de dónde venís, adónde vais? Pruebas.

Como eran milicianos y no soldados, Benjamín siguió los consejos que le había dado el capitán y les ocultó que se dirigía a Burgos.

–No somos combatientes. La guerra nos sorprendió en Valladolid; hemos estado escondidos muchos días. Cuando pudimos nos escapamos y ahora nos dirigíamos a zona republicana.

El anarquista ni siquiera fingió escucharle. Golpeándose la puntera de una bota con la culata del fusil, dijo:

–A mí, si eres un desertor, me da igual. Pero si has empuñado un arma te jodiste. Y esa –señaló a Julia–, pues lo mismo, por ir contigo. Quítate la chaqueta y la camisa.

–¿Yo? –preguntó Julia.

–No, tú no, que mis hombres se ponen burros enseguida. Él.

–¿Qué es eso de mis hombres? –dijo otro de los milicianos destacándose del grupo. Más pequeño pero más ancho que el anarquista, tenía unas manos enormes y unos dedazos con los que podría haber arado un campo. Sobre la solapa de una zamarra de piel de oveja llevaba también una insignia, no la rojinegra de la CNT sino una hoz y un martillo–. Querrás decir nuestros hombres.

El anarquista no respondió; examinó de cerca los hombros de Benjamín y le hizo un gesto para que volviera a vestirse.

–¿Qué es lo que ha mirado? –preguntó Julia.

–Muy curiosa eres tú.

–Ha mirado –dijo el comunista– si tu amigo tiene cardenales en los hombros, del retroceso del fusil. Si llega a tenerlos, matarile.

–Ha tenido suerte. Tiene la piel tan blanca como una gallega que fue novia mía, una pelirroja de ojos verdes y piel que parecía transparente. Era tan hermosa que me jodió la vida. Uno debería enamorarse sólo de las feas, pero los hombres somos idiotas y perseguimos a las guapas, que son las que nos van a tener sin dormir por las noches.

–Ya nos hablarás en otra ocasión de tus amores –dijo el comunista–. En marcha. Vosotros nos acompañáis. Nosotros también estamos intentando llegar a terreno republicano, pero no vamos hacia el norte, sino hacia el sur. A Madrid. No os importa, ¿verdad?

Julia y Benjamín negaron con la cabeza. No quedaba claro si eran sus invitados o sus prisioneros.

Apenas habían dado unos pasos, entraron en un bosque de abedules, donde, casi en la misma linde, estaba tendido un grupo de cadáveres que habían caído en fila, como fichas de dominó. A pesar de que todos tenían sangre en el pecho, la expresión era aún de gente viva, dormida quizá, pero sin las marcas que deja el tiempo sobre la carne inerte. Julia y Benjamín se miraron preocupados. El anarquista chasqueó la lengua y, sin volverse hacia ellos, pero obviamente tomándolos por oyentes, dijo:

—Que hagamos juicios justos, dicen en Madrid. ¿Qué os parece? —ninguno respondió—. Que no fusilemos nosotros mismos.

»¿Y qué hago, los llevo conmigo, voy como un perro pastor recogiendo a los descarriados? ¿Los alimento? ¿Curo sus heridas? ¿Los entrego piadosamente al final del trayecto? ¿Acaso soy yo el guardián de mi hermano?

»O les doy una reprimenda, les explico las virtudes del anarquismo, y ellos agachan la cabeza y dicen: no lo volveré a hacer. Y los dejo en mi retaguardia. Luego, en cuanto me doy la vuelta, me clavan una bayoneta en el culo. ¿Es eso lo que quieren en Madrid? ¿Verme con una bayoneta bien dentro del culo? Probablemente. Ahora que lo pienso nada les gustaría más que eso.

»Pero lo que yo digo es que habría que fusilarlos a todos. Eso es lo que digo. Hombres, mujeres, niños. Sin dejar uno. Porque si dejas uno luego vuelve todo a empezar. De la semilla nace la espiga. Y de una espiga salen cien granos, y de cien granos salen cien espigas y de cien espigas diez mil granos. Y con diez mil granos se puede cultivar un campo. El mundo está hecho para multiplicarse. Yo empecé con cuatro ovejas. Al cabo de unos años tenía ochenta. Dicen que Dios lo pensó todo para que se multiplicara: las espigas, las ovejas, los hombres. Yo oigo la radio: por las noches, porque no puedo dormir. Antes me las pasaba mirando el rescoldo en el hogar, hoy tenemos una radio. Bendita electricidad. No todos tienen esa suerte. Como estamos entre Madrid y Bilbao los postes pasan cerca del pueblo. Y el alcalde dijo: alguien que entienda de esto, que tire un cable para acá. Y no recuerdo quién fue el que entendía, pero tiraron un cable. Y alguien fue a la capital a comprar bombillas. Desde entonces hay luz eléctrica en el pueblo. Y no sé si os acordáis de aquel que encontraron muerto en el arroyo. No, claro, cómo os vais a acordar si no sois de mi pueblo. Da igual. Yo lo vi primero, pero no se lo dije a nadie. Bueno, primero lo vieron quienes lo mataron. Le habían robado todo. El hombre estaba casi en pelota. Le habían cortado el cuello de un tajo. Dos bocas, una encima de la otra. Pero una cosa no se habían llevado: la radio que guardaba en una caja de cartón. No sabrían qué hacer con ella, pobres ignorantes. O se dijeron que si tenían que justificar dónde la habían encontrado les colgarían el muerto. O iban sin caballerías y se les hizo demasiado pesada. Yo la encontré y me la llevé. No pregunté a nadie. No había nadie a quien preguntar. Si alguien está muerto ya no le pertenece nada. A mí, cuando me muera, igual me dejarán en pelota. Los ángeles creo que también están desnudos. Si voy al cielo va a ser la hostia. Todo lleno de ángeles con sus vergüenzas al aire. La radio, decía. Luego dijeron que era un vendedor forastero, de aquí desde luego no era; jabones, cuerdas, herramientas llevaba. Y una radio grande como un baúl. Pero nadie le pagó por la mercancía. Yo tampoco. Por las noches, cuando no me podía dormir, escuchaba lo que dice toda esa gente: allá afuera se pasan la vida hablando o cantando. No tienen otra cosa que hacer. Hablar y cantar. Yo, salvo ahora, y porque estoy en tan buena compañía, no hablo casi nunca. ¿Con quién, con las ovejas? ¿Con mi mujer? Y cantar es de maricones. A veces silbo. Aprendí a silbar muy pronto, para llamar a los perros, para espantar la soledad. Porque yo de muy chico ya me iba solo al monte con el ganado. Con el poco ganado que teníamos entonces. De cuatro a ochenta. Pero se me murieron de moquillo. Si no, a lo mejor hoy era un burgués. Pero aunque no lo sea, por las noches escucho la radio, como los señoritos de la capital. Me cantan gratis. Me cuentan lo que pasa por ahí. Y por eso digo que habría que fusilarlos a todos: sin dejar uno. Hombres, mujeres, niños, todos al paredón. Porque si no las guerras no terminarán nunca. El hijo del hijo de

Fulano empuñará un fusil para vengar a su padre. El tataranieto de Mengano saldrá a la calle a defender las ideas de sus antepasados. Sangre y fuego. Como en la Biblia; Dios no dejó uno vivo en Sodoma y Gomorra; eligió a los suyos, y a todos los demás, desde los recién nacidos a los ancianos decrépitos, los cubrió de lava candente. Eso no lo he aprendido en la radio; antes de que empezase la guerra a veces iba a misa. Sólo en fiestas. Porque si te juntas mucho con los curas también te vuelves maricón. Sodoma y Gomorra. No quedó uno, y eso que dicen que Dios es misericordioso. Nosotros, peor aún. Degollar a los recién nacidos. Herodes tenía razón, pero se le escapó uno: y todo vuelve a comenzar. Así que ni uno. Y así habrá paz de una puta vez en este puto país y podremos trabajar y cumplir nuestras obligaciones. Es lo que yo digo, ¿no os parece?

Y, como si lo hubiese medido al segundo, en el momento de terminar su discurso llegaron al claro en el que se levantaban unas chozas de paja y madera alrededor de un hogar de pedernales.

–Ahí está. Ese es nuestro campamento hasta mañana. Y ahora os toca a vosotros contarnos una historia.

Alguien encendió la lumbre, pusieron a hervir unas cazuelas de alubias con cortezas de tocino, y se sentaron a la hoguera, masticando, deglutiendo, emitiendo sonidos poco articulados, todos mirándoles a los ojos, espectros que las sombras luchaban por absorber, repelidas una y otra vez por el brillo de las llamas.

–Tú –dijo un miliciano enjuto, de ojos grandes asentados sobre dos mejillas enrojecidas, y señaló a Benjamín con un tenedor de madera–. Empieza tú.

Benjamín no tuvo que pensar mucho para saber qué historia quería contar. Masticó deprisa un par de bocados de pan, se limpió los labios, aclaró la voz, y comenzó a narrar.

–Yo, en lugar de ir a la escuela, fui a un internado de hermanos maristas, porque un cura convenció a mis padres de que, como era un chico aplicado, me pagarían los estudios, y mis padres, que no eran muy ricos ni muy listos, dijeron que bueno. Y me llevaron a un centro pequeño, en la provincia de Álava, donde nos enseñaban Latín y Matemáticas y todo lo que nos haría falta para un día ser nosotros mismos maestros e incluso, los mejores y los más dóciles, para llegar a profesores universitarios. También nos enseñaban a rezar y más aún a mentir como bellacos.

—Entonces, ¿cómo sabemos que estás diciendo la verdad? Si te enseñaron a mentir, lo mismo ni siquiera es cierto que estudiaste con los maristas esos –dijo un soldado.

—Pero si no lo hizo, no le enseñaron a mentir, con lo que es verdad que estudió con los maristas –dijo otro.

—Pero si es verdad que estudió con los maristas y le enseñaron a mentir, no estudió con ellos, porque lo que dice es mentira –insistió el primero.

—¡Callaros, coño! –gritó el anarquista–. Mientras lo está contando es todo verdad. Es como con los libros; sólo después de terminarlos puedes preguntarte si es verdad o no lo que dicen.

—Eso no lo he entendido –dijo el miliciano escéptico.

—Ni falta. Con escuchar tienes bastante. Tú, continúa.

—En el internado había un postulante que levitaba. Extendía los brazos como si lo hubieran crucificado en el aire con clavos invisibles, esbozaba una sonrisa de gustirrinín y sus pies se separaban unos centímetros, no muchos, del suelo. Yo lo he visto, no me digan que eso son inventos de curas, porque lo he visto. Se levantaba en medio de la clase o de la comida o incluso del rosario, ponía los ojos en blanco y entraba en un éxtasis que lo volvía ligero como una hoja seca. Es verdad lo que digo; una vez que le dio por extasiarse en el huerto, como soplaba un poco de viento, lo vimos balancearse de acá para allá perseguido por un remolino de hojarasca.

»Era un chico muy joven que venía de un caserío de Vizcaya; normalmente hablaba un castellano muy tosco; las raras veces que hablaba usaba unas pocas palabras, pegadas unas a otras sin conjunciones ni preposiciones, y nunca le oí usar un tiempo verbal que no fuese el presente. Así, decía, por ejemplo: "Yo huerta trabajo mañana, pues" o "Comida rica, gusanos no". Una vez que te acostumbrabas, no resultaba difícil entenderle. Cuando no le entendíamos lo más mínimo era si entraba en trance; entonces hablaba una lengua extraña, cantarina y a la vez algo rústica, que parecía provenir de tiempos remotos en los que no había trenes ni altos hornos ni luz eléctrica. Unos decían que eso era vascuence, pero allí teníamos a varios chicos de aldea que lo chapurreaban, y todos ellos afirmaban que lo que hablaba el otro era distinto; sonaba a vascuence y siempre tenían la impresión de que estaban a punto de comprenderle, pero les resultaba imposible averiguar lo que decía. Aunque es verdad que cuando ellos hablaban entre sí les sucedía lo mismo, y acababan a veces a las tortas sobre si tal cosa se decía así o asá.

»El hermano que nos enseñaba Religión nos dijo que el chico era un santo y que lo que hablaba era la lengua de Adán y Eva, la que hablaban los seres humanos antes de que Babel mandase todo a tomar viento. Mientras que el hermano profesor de Latín juraba que eso no podía ser, porque Adán y Eva hablaban un latín arcaico, una lengua dulcísima que sonaba como si un gallego recitase poemas de Ovidio, razón por la que Adán no pudo resistirse a la tentación cuando Eva le ofreció la manzana en lengua tan seductora; si le hubiera tentado en otro idioma menos hermoso Adán habría respondido a su esposa con las dos bofetadas que merecía.

»Sin embargo, el director de la casa de formación en la que estudiábamos, un hombre con una mala leche que le rebosaba en forma de escupitajos cada vez que se dirigía a nosotros, afirmó que lo que hablaba aquel desgraciado era la lengua empleada por Lucifer y sus secuaces cuando se dirigían a los condenados en el infierno; de ahí su parecido con el vascuence, que para el director era un idioma de bárbaros que preferían ayuntarse con sus burras a hacerlo con sus mujeres y hasta conseguían procrear con las bestias, lo que explicaba para él la cara de algunos vascos. Y nos apremiaba a no entender el acto de levitación como milagro ni como reflejo de virtud o de comunión con Cristo, sino como burla de Satanás, que se había metido en el cuerpo del chico, razón por la que le afloraba aquella sonrisa concupiscente al elevarse por los aires.

—Oye, chaval. ¿En esta historia no salen mujeres?

—A mí si no hay amor no me interesa.

—O al menos algún asesinato. ¿Matan a alguien?

–Eso es, ¿matan a la chica y el bueno la venga?

Benjamín tuvo que interrumpir su relato debido a las sucesivas intervenciones de los milicianos que, sentados en círculo, escuchaban la historia.

–No, todo ocurre en el internado marista. Allí no había mujeres. Ni crímenes.

–Pues ya me dirás tú a quién le va a interesar una historia así.

–En el internado también habría traiciones, y venganzas, incluso amoríos, digo yo.

–Dejad al chico que continúe, ignorantes –intervino el anarquista–. El arte, cuanto más se aleje de las emociones humanas, más arte es.

–Pero es que yo aún no he entendido quién es el bueno de esta historia.

–¿Cómo va a haber buenos, gañán, si son todos medio curas?

–¡Coño! ¿Le queréis dejar o no?

Después de unos cuantos gruñidos y protestas, de buscar posiciones más cómodas o recolocarse las ropas, los soldados volvieron a callar, por lo que Benjamín continuó su historia.

–Y fue la opinión del director la que prevaleció, así que se mandó llamar a un párroco de una aldea cercana que sabía de posesiones y exorcismos. Yo no vi cómo fueron expulsados los demonios, porque el párroco y el levitador se encerraron en una celda y no salieron de ella en tres días. Sólo puedo decir que durante los tres días escuchamos bramidos y exabruptos en aquella lengua infernal y que el párroco, un hombre obeso y sonrosado cuando entró, abandonó la celda esquelético y demacrado como un tísico.

»No sé lo que harían allí dentro, pero lo cierto es que el muchacho casi cesó por completo de elevarse hacia el cielo y de hablar en lenguas; sólo muy raramente repetía el prodigio; yo fui testigo en las cocinas una vez que le dio el ataque de ingravidez mientras pelaba patatas, aunque ya no parecía sentir el mismo placer que antes: se le ponía cara de estreñimiento y durante unos segundos susurraba sonidos apenas audibles pero que debían de ser los de ese idioma pecaminoso, e incluso conseguía separarse del suelo muy brevemente, regresando a él poco después con gesto compungido, como si añorase la felicidad de aquellas prolongadas ascensiones que le habían extirpado junto con los demonios.

»Incluso esa habilidad acabó por abandonarle un día que el director le descubrió esforzándose por despegar de la tierra y le dio a traición tal golpe en la cabeza que le quitó para siempre las ganas de imitar a los santos y hasta le trastocó el lenguaje, porque desde entonces el chico comenzó a hablar un castellano de lo más barroco, como si no hubiese hecho otra cosa desde la infancia que leer a Góngora, para gran satisfacción del director, que desde entonces solía repetir que si Salomón era capaz de hablar con las bestias, fue a base de tundirlas a golpes, pedagogía capaz de enseñar idiomas hasta a las piedras.

–¿Y nunca más volvió a hablar vascuence el muchacho? –preguntó un soldado.

–Nunca más es mucho decir, porque un compañero me contó más tarde que cuando se rebelaron los fascistas y vinieron al internado a alistar religiosos –yo por suerte estaba disfrutando de los veinte días de vacaciones que nos daban todos los años y por eso no me obligaron a alistarme–, él huyó, no sin antes haber machacado el cráneo del director con un cáliz que robó de la sacristía, y a quienes se unió fue a los gudaris. Es lo último que supe de él, y si vive o no vive y en qué lengua sueña, maldice o levita, es algo que tendría que inventar para acabar bien la historia, pero la vida no acaba con un punto y aparte, sino así, en cualquier sitio. En la realidad, todas nuestras historias acaban con puntos suspensivos. ¿No creéis?

Permanecieron en silencio los milicianos, dándole vueltas al cuento o ya habiéndose olvidado de él, quizá también entregados a esa nostalgia que le queda a uno por saber más tras escuchar una buena historia, real o inventada, que nos hace desear entender plenamente las vidas de los personajes, como si en ellos se encontrase la clave de la propia o al menos una efigie en la que quemar nuestras desgracias o sentir en otro aquellas vivencias que podrían haber sido nuestras de no haber ido descartándonos de ellas como quien se libra de un naipe que no puede utilizar en un momento del juego pero que tan bien vendría en una circunstancia ulterior.

Aún no tenía sueño la tropa, o al menos ninguno hizo ademán de acostarse para dormir; los que estaban tumbados tenían los ojos abiertos y contemplaban las estrellas. Uno extendió el brazo hacia lo alto y rompió el silencio nombrando los astros y constelaciones que iba señalando: El Perro Rabioso, La Cerda Preñada, Dafne Orinando, Los Amantes Separados. Y lo decía con tanta convicción y sinceridad en la voz que más de uno quiso reconocer en el cielo las figuras que enumeraba, mientras su brazo iba descendiendo desde el cenit al horizonte; tras nombrar la constelación de Los Gemelos Asesinados, el índice abandonó la órbita celeste para detenerse en el rostro de Julia.

–Ahora te toca a ti. Pero en esta historia tiene que haber también mujeres, y crímenes, y pasiones. Y buenos y malos. Y tiene que haber un personaje con el que podamos identificarnos. Y desde luego tiene que conmovernos. Tiene que llevar al borde de las lágrimas a hombres hechos y derechos como nosotros. ¿Te sientes capaz?

Julia asintió y, tras buscar una postura más cómoda sobre el duro suelo, echó el cuerpo un poco hacia delante y contó lo siguiente:

–Vengo de Salamanca, de una pequeña ciudad aburrida y conservadora, no muy grande, dominada por comerciantes y pequeños propietarios que recibieron la rebelión militar abriendo botellas de champán y haciendo donativos a los partidos de derechas; mi padre era el director de un periódico socialista local, que regalaba por las calles para educar a la gente, aunque luego yo sé que casi nadie lo leía: usaban sus páginas para tapar los cajones de patatas, para envolver las vísceras durante la matanza y para otros menesteres que no hace falta que señale. Mi madre estaba en el sindicato agrícola, y se había significado en más de una ocupación de tierras, aunque tengo que decir que luego no había quien cultivase nada en aquellos peñascales que sólo servían para que triscasen las cabras y para recoger leña.

»El caso es que cuando entraron los nacionales en el pueblo, después de ir a buscar a un par de concejales de izquierdas y a unos cuantos líderes sindicales, se dirigieron a nuestra casa. No les voy a contar cómo mataron a mis padres, porque aunque son ustedes personas que habrán presenciado más de una salvajada, tampoco hay por qué recrearse en la sangre y las escenas de carnicería, como esos malos novelistas que, incapaces de contar una buena historia, muestran un cadáver tras otro, esperando así mantener la atención del lector. Sí les cuento que yo lo vi todo, desde una rendija que dejaban las tablas del granero. Conseguí no hacer ni un ruido durante la escabechina, aunque la madera del suelo estaba empapada con mis lágrimas. Si incluso quien tiene unos padres desalmados suele sentir afecto por ellos y los cuida en la vejez, yo, que no tengo otra queja de los míos que su pena porque fuese mujer en lugar de varón, les tenía todo el afecto que se puede sentir por los progenitores.

»Yo me sentía muy segura en el desván, ya que la trampilla por la que se accedía a él estaba tan bien disimulada que nadie que no supiera de su existencia habría podido sospechar ese espacio de poca altura en el que guardábamos pilas de periódicos viejos que mi padre no había logrado repartir. Pero ya digo que no había parado de llorar durante la tortura y el asesinato de mis padres, que duraron mucho tiempo, no por saña espontánea de los moros, sino porque quien mandaba la tropa, no me preguntéis qué grado tenía, debía de ser un hombre muy religioso, así que instruyó a sus hombres diciéndoles que la penitencia es la única forma de redimir los pecados y que, siendo mis padres grandes pecadores, no había mayor favor para ellos que prolongar al máximo su sufrimiento; y los moros, aunque de otra religión, pusieron todo su empeño en que mis padres ganaran el cielo.

»A mí me descubrieron por culpa de mis lágrimas. Aunque no hice el menor ruido, el líquido que salía de mis ojos fue primero absorbido por la madera del suelo, pero poco a poco se abrió camino hacia una pequeña rendija, formó un reguero aunque diminuto suficiente para que las primeras gotas comenzasen a caer al piso inferior, con tan mala suerte que el mando vino a detenerse en tal lugar que mis lágrimas gotearon sobre sus narices. Hoy me digo que si el hombre hubiese llevado una gorra de plato o tenido unas narices más pequeñas no me habría sucedido lo que me sucedió.

»Resumiré los acontecimientos siguientes diciendo que no permitió que los moros me tocasen un pelo después de sacarme de mi escondite, contra lo cual me resistí, sin éxito, a patadas, arañazos y mordiscos. Mandó a buscar a un grupo de legionarios que al parecer también estaban bajo sus órdenes, envió a los moros a patrullar el pueblo, y cerró la puerta de mi casa con el tranco que para ello descansaba junto al portón, aunque no recuerdo que se hubiera echado nunca.

»Entonces se plantó ante mí, mientras los legionarios me sujetaban tumbada en el suelo, y me dijo lo siguiente: "Perra, hija de comunistas y ateos, estos valientes legionarios te van a enseñar lo que son los hombres de verdad y no unos milicianos maricas. No te vas a librar por mucho que forcejees y patalees. ¿Acaso vosotras, comunistas y anarquistas, no predicáis el amor libre? Pues bien, al menos por una vez vas a ser montada por hombres de verdad. Ábrete de piernas y aprende".

»Así dijo, y así hicieron. Y cuando me dejaron, no sé si dándome por muerta o debido a esa desgana que les entra a los hombres después de yacer con una mujer, yo me quedé allí tirada, hasta que una vecina me recogió, lavó y desinfectó las heridas.

»A la noche siguiente, temiendo que volviesen a por más, o que decidiesen dejar mis sobras a los moros, y a pesar de que casi no podía tenerme en pie, prendí fuego a mi casa, para lo que fue muy útil el mucho papel que almacenábamos, escapé monte arriba, y desde entonces camino sola y nunca volví a hablar con persona alguna hasta que encontré a Benjamín hace unos días en el socavón producido por una bomba.

»Esta, compañeros, es mi historia. La única que puedo contaros, porque todas las demás las he olvidado.

Aunque no hubo aplausos, los cabeceos apreciativos de los milicianos señalaron que la historia había conseguido conmoverles como deseaban. Como ya se había hecho muy tarde, el comunista estableció el turno de guardias, dio instrucciones para que ataran el ganado y dio ejemplo echándose a dormir sin una palabra más.

Los dos días siguientes fueron prácticamente idénticos salvo por ligeros cambios en el paisaje: se levantaban temprano, caminaban, acompañados de las tres vacas a las que llevaban del ronzal por turnos, haciendo pausas breves para comer o mientras aguardaban a que una avanzadilla de dos o tres hombres reconociera el terreno; si se encontraban con un campesino le extendían un documento en el que certificaban que la tierra que trabajaba era suya para que cuando fuese sometida la rebelión pudiera reclamarla ante el Gobierno o, mejor aún, si después de la victoria no había Gobierno porque triunfaría la revolución, para que pudiese aportar esa tierra a la comuna agraria a la que se adscribiese. La mayoría de los campesinos acogían con mucho agradecimiento el regalo y prometían sumarse a la revolución en cuanto hubiesen terminado las faenas del campo. De esos encuentros salían los hombres siempre optimistas y exaltados. El comunista, aunque desaprobaba todo aquello, no se atrevía a impedirlo: se limitaba a observar la concesión de tierras desde cierta distancia. En todo ese tiempo no se habían topado con ninguna fuerza enemiga.

A Benjamín la pierna le había empezado a hormiguear, lo que no sabía si era buena o mala señal. Al menos, podía seguir el paso de los otros sin rezagarse mucho. Al tercer día, a media mañana, vieron en la falda de una sierra que se levantaba al sur movimiento de gente armada. Llevaban sólo armamento ligero, por lo que o bien se trataba de la avanzadilla de una compañía que aún no veían, o de una columna de falangistas haciendo la guerra por su cuenta. Los hombres se agazaparon entre unos alcornoques y estudiaron a sus enemigos.

–Yo creo que deberíamos atacar. Parece que son una columna autónoma –dijo el anarquista.

–Y yo creo que deberíamos esperar –dijo el comunista–. Detrás de esos montes podría haber una división entera.

–No hemos oído aviones.

–¿Y qué?

–Que una división no avanza sin reconocimiento aéreo.

–Ya nos salió el estratega. Sabrás tú mucho de divisiones ni de multiplicaciones.

–Pues más que tú, que sin permiso de Moscú no te atreves ni a mear. Yo digo que debemos atacar en cuanto estén abajo, en descubierto.

–Y yo digo que no. Si abres los ojos verás que llevan el mismo camino que nosotros. Se dirigen hacia aquella vaguada porque también van a Madrid; y seguro que no van solos.

–Pues yo digo que lo echamos a suertes.

–De eso nada. Se vota.

–A pares o nones. Es más fácil. Pares.

–Y yo digo que hay que votar.

–Pues echamos a pares o nones si votamos o echamos a suertes.

–Hay que ser consecuente. Lo que tenemos que hacer es votar si queremos votar como hombres o jugar como niños.

–Ya estás manipulando, típico de un comunista.

–Y tú te crees que las cosas se pueden hacer sin pensar, típico de un anarquista.

–Se están acercando –dijo uno que se había puesto a liar un cigarrillo sentado a horcajadas en una rama gruesa de un alcornoque.

–No irás a fumar, ¿no? –dijo el comunista.

–¿Y quién me lo prohíbe, el Komintern?

–La anarquía va a acabar con la República.

–Somos revolucionarios. Si hacemos la revolución es para ser libres –dijo otro dejando en el suelo el fusil para liar también él un cigarrillo. Una de las vacas se puso a mugir.

–¡Que se calle esa vaca! –ordenó el comunista.

–Así es la Unión Soviética; hasta las vacas están amordazadas.

–Pero ¿no veis que nos va a descubrir el enemigo?

El miliciano que llevaba del ronzal a la vaca indisciplinada se echó a reír.

–El enemigo no dispara contra las vacas. Ojalá.

–¿Y el humo no lo ve tampoco? Como fuese yo el comandante de esta tropa...

–Ya quisieras –dijo el anarquista–. A los comunistas sólo os gusta mandar y obedecer. Es una filosofía de siervos. Y todo para llegar un día al paraíso.

–Del proletariado.

–De lo que sea, parecéis curas.

–Compañeros –intervino un miliciano desde el final de la columna–, tenemos que decidir si atacamos o no, porque los fascistas se acercan.

–Yo digo que hay que atacar.

–Eso ya lo has dicho antes. A ver: ¿quién vota por esperar? –todos los hombres menos el que estaba sentado en el alcornoque se acercaron al comunista. Unos cuantos levantaron la mano. El comunista contó en voz alta hasta diecisiete–. Muy bien, ¿quién vota por atacar a ciegas sin saber si detrás de esos pocos viene una compañía que podría acabar con todos nosotros y hacer de nuestras vidas un sacrificio inútil propiciando la victoria de los fascistas?

–¿Lo ves como no podéis hacer nada sin intrigar?

–Uno, dos, tres, cuatro... tú, el del árbol, ¿también?, cinco, seis... –siguió contando y terminó triunfante–... ¡Diecisiete también! Como no podemos tomar una decisión, no nos movemos de aquí.

–Y si es un empate, ¿por qué tenemos que hacer lo que tú digas?

–Podemos repetir la votación si quieres.

–A ver, vosotros dos no habéis votado. ¿Estáis a favor de atacar o de esperar?

Todas las miradas convergieron en Benjamín y Julia, que al unísono respondieron:

–Yo me abstengo.

–Liberales, seguro; ni carne ni pescado.

Sonó un disparo. El que estaba subido a las ramas hizo un ruido con la boca como si fuera a vomitar. Cayó rompiendo ramas y provocando un revoloteo de hojas. Cuando tocó el suelo ya estaba muerto porque no emitió ni una queja.

Los fascistas se estaban desplegando hacia la llanura que mediaba entre ellos y la sierra, y avanzaban en su dirección.

–A ver, votemos otra vez, ahora somos impares y no puede haber empate –dijo el comunista.

–No hace falta. Ese chico había votado por atacar, así que ganamos los que queríamos esperar –dijo un miliciano, justo antes de que un nuevo disparo le dejase sin habla para siempre.

—Empate otra vez, maldita sea —dijo el comunista—, ¿y ahora qué hacemos? No podemos ponernos a disparar hasta haber resuelto el dilema —dijo, protegiéndose de nuevos disparos tras unas rocas.

—Sí que podemos disparar, ya que no estaríamos atacando, sino defendiéndonos, porque ellos han empezado a disparar primero. Y nadie estaba en contra de que nos defendamos —dijo otro desde detrás de unos arbustos.

—¿Vota alguien en contra de que nos defendamos? —preguntó el anarquista. Nadie respondió—. ¿Abstenciones? —una ráfaga de ametralladora hizo saltar tierra y hierba por los aires—. Pues entonces nos defendemos. Vosotros dos, quedaos con las vacas. Los demás, seguidme.

—Pero para defendernos tenemos que quedarnos quietos, no podemos correr hacia delante. ¿O sí?

Nadie hizo caso al comunista. Agachados, corrían ladera abajo buscando un buen lugar desde el que disparar. Benjamín y Julia ataron a las tres vacas a un árbol y contemplaron la contienda escondidos tras unas rocas.

El combate duró hasta media tarde. Fue una refriega de pocos disparos y mucho desplazamiento, como si en ninguno de los dos bandos sobrasen la puntería ni los cartuchos. Poco a poco, sin embargo, los cuerpos inmóviles, manchas oscuras sobre el terreno pajizo, iban ilustrando el desarrollo del enfrentamiento. Desde su puesto de observación, Benjamín contó más de una docena, la mayoría del bando nacional, aunque dos de ellos parecían moverse aún, si no era una ilusión óptica provocada por las breves ráfagas de viento que agitaban sus ropas. Julia tenía los ojos cerrados. Las vacas rumiaban tan tranquilas. Debían de estar ya acostumbradas a los disparos. La temperatura era agradable.

Los nacionales acabaron por retirarse; eran menos que los milicianos y al parecer estaban incluso peor armados que estos. Al cabo de un tiempo fueron regresando los supervivientes. El comunista no estaba entre ellos. Parecían cinco años más viejos que unas horas antes. Se dejaban caer en el suelo, sin soltar el arma, la boca entreabierta, la respiración pesada. No hubo ni himnos ni celebraciones. Sus ojos reflejaban que se habían asomado a la muerte. Y Benjamín, al ver el reflejo del otro mundo en todas esas pupilas apagadas, también tuvo una fugaz premonición de su propia muerte, que imaginó sobre un terreno baldío: él, Benjamín, flácido y derrumbado sobre cardos, con un hilo de sangre saliéndole de la boca. Resignado. Olvidado. Solo.

Tras hacer el recuento de los vivos se dieron cuenta de que una de las vacas había sido alcanzada por un disparo: la bala había entrado por un ojo y salido por la nuca. La descuartizaron dos milicianos con los cuchillos de matarife. Acabaron empapados de sangre hasta los codos. Hicieron paquetes con la carne y cubrieron como pudieron el montón de huesos y de vísceras con la piel del animal. Cenaron allí mismo, a pesar de los moscardones a los que enseguida atrajeron los despojos, incapaces de continuar el camino y de ocuparse de los cadáveres. Esa noche nadie contó ninguna historia.

Al día siguiente un intenso movimiento de tropas enemigas les obligó a desviarse hacia el oeste, impidiéndoles dirigirse a Madrid por la ruta más corta. Sin ser conscientes de ello, habían llegado al frente. Un frente aún estable, casi pacífico, en el que se iban agrupando las armas y los contingentes para lanzarse al choque que todos querían definitivo, una batalla de Armagedón en la que cada bando se creía el ejército del bien.

Comenzaron a desplazarse por la noche, porque la región que atravesaban no era pródiga en abrigos. Aun así, tuvieron que continuar la deriva hacia el oeste, incapaces de sortear los campamentos que habían instalado los fascistas a los pies de la sierra. Tres noches más tarde, cuando habían conseguido por fin entrar en terreno montañoso, se volvieron a atrever a encender un fuego, hartos de carne cruda y leche. Y sólo entonces, como si la lumbre fuese una condición indispensable para los cuentos, recuperaron la costumbre de narrarse sus historias por la noche.

—Julián, el Lagartija, fue un hombre sin suerte, os lo digo yo. Y si me dejáis primero que hinque el diente a este trozo de carrillera os cuento su historia, que no sé si es muy instructiva, pero nos hará pasar el rato y olvidar la mierda en la que andamos metidos.

Después de disponer de la carne en dos bocados y rebañarse la barbilla con un trozo de pan, el miliciano, un hombre canoso y que sonreía todo el tiempo sin que pareciera realmente divertido, echó un puñado de paja al fuego y esperó a que decreciera el chisporroteo para comenzar a narrar.

—Yo lo conocí allá por Málaga, poco después de la insurrección, y lo conocí de la manera más tonta. Nos habíamos juntado un grupo de milicianos de distintas procedencias que queríamos ir a Sevilla a ver si podíamos ayudar a echar a los facciosos de la ciudad. No sé de dónde venía él, pero se notaba que era del norte, aunque esto no hace al caso, porque viniese de donde viniese habría terminado igual.

»Habíamos formado una columna de cuarenta o cincuenta voluntarios, armados con fusiles y pistolas que habían robado los de la CNT meses atrás en un cuartel de carabineros; los fusiles, más bien mosquetones, eran máuser, y entre las pistolas había varias Astra, y unas cuantas Star de 6.35, que matan menos que un tirachinas; los anarquistas las tenían guardadas para estrenarlas el día que llegase la revolución, pero como se nos habían adelantado los africanos, las sacaron de una imprenta donde las escondían y se las entregaron a los más dispuestos. Os doy todos estos detalles no porque tengan ningún interés, sino para que veáis que lo que os cuento es verdad.

»Pues decía que él y yo estábamos en esa columna, aunque no traté con él hasta después de lo que voy a contar. Pudimos hacer una parte del trayecto en unos camiones que requisamos para la expedición, pero cuando nos acercábamos a Sevilla nos pareció más seguro y discreto hacer el camino a pie.

»Y no llevábamos ni dos horas caminando cuando empezaron a dispararnos de una pequeña loma. Unos nos echamos a tierra y otros se parapetaron tras algún árbol; los que íbamos armados con mosquetones comenzamos a devolver el fuego.

Como era muy difícil saber a cuántos teníamos enfrente, no nos atrevíamos a salir, y tampoco conocíamos el terreno como para imaginar por dónde intentar rodearlos. Llevábamos un buen rato así, tumbados entre cardos y disparando un poco al azar, cuando oímos el ruido de aviones. Venían de nuestras espaldas, por lo que corríamos el riesgo de quedar entre dos fuegos. Dijimos a los que se habían quedado de pie tras un árbol que se echasen también a tierra, y así lo hicieron, menos dos idiotas que dijeron que a ellos un puñado de fascistas no les hacían tirarse al suelo y que no teníamos cojones. Yo, la verdad, tengo cojones como el que más, pero los toros también y mirad cómo acaban: arrastrados por dos mulas y manchando de sangre la arena. Puestos a elegir, prefiero los cojones del torero, que además tiene una espada y cuando ataca el toro se quita de en medio y espera su momento.

Ahí el narrador hizo una pausa quizá para dejar que los oyentes asimilasen la sabiduría de sus palabras, o tan sólo porque había perdido el hilo y tuvo que hacer memoria para reencontrarlo.

–Decía que casi todos nos habíamos echado a tierra y buscábamos en el cielo los aviones suponiendo que eran enemigos. Pero lo que vimos fue dos avionetas pequeñas; al no llevar colores de nadie ni saber ninguno de nosotros si eran italianas, francesas o españolas, dudábamos entre disparar y esperar a que pasaran. Hicimos lo segundo porque volaban muy bajo y vimos que eran dos avionetas de recreo, de esas de los ricos. De hecho, uno de los que estaban en pie parapetados contra un árbol se puso a saludar, que yo creo que si perdemos esta guerra es porque algunos están en ella como si jugasen a algo.

»Al principio ni siquiera entendimos lo que pasaba. Vimos, eso sí, que de las avionetas comenzaban a caer algo parecido a balones, y uno gritó: ¡nos tiran bombas!, pero cuando los proyectiles tocaban el suelo, se oía un chasquido y ninguna explosión. De todas maneras el mismo que había saludado antes a los aviadores se puso a gritar: "¡Le han herido! ¡Han dado a Marcial!". Y es verdad que cuando miramos al otro pánfilo descubrimos que estaba salpicado de rojo de arriba abajo, aunque él no se retorcía ni se quejaba, sino que se examinaba la ropa y las carnes como queriendo entender por qué no estaba muerto. Pero cuando pasó el segundo avión, y también él soltó sus proyectiles, descubrimos a nuestro pesar lo que sucedía. Uno de los compañeros, que había echado rodilla a tierra para disparar al avión, recibió un impacto en la cabeza, y nos pareció que era precisamente su cabeza la que estallaba. Pero otro, al que le había caído en la boca parte de las salpicaduras, se puso a gritar: ¡sandías! ¡Nos están bombardeando con sandías! A varios nos entró la risa, a mí entre ellos, hasta que nos dimos cuenta de que el que había sido alcanzado por el sandiazo no se movía. Y cuando cayó una nueva andanada, esta vez desde mucho más cerca, y varios de los nuestros fueron aplastados por las sandías y melones con los que nos bombardeaban, tuvimos que aceptar que un melonazo, tirado con la suficiente fuerza, también mata.

»Quedaron muertos dos de los nuestros, uno de los que habían aguantado en pie la acometida de las avionetas, al que el impacto de un melón le rompió la columna, y ese al que le estalló una sandía en la cabeza; también tuvimos seis o siete tan mal heridos que no podían continuar el camino por su propio pie. Cuando se alejó el ruido de las avionetas oímos las risas de los fascistas que teníamos enfrente. Si os digo que nos retiramos habiendo tenido tan pocas bajas se os hará raro, pero yo creo que estábamos tan avergonzados de haber sido derrotados a melonazos en nuestra primera contienda que a ninguno le quedaron ganas de seguir combatiendo. No hizo falta discutir mucho para decidir que regresábamos a nuestras casas. Y eso hicimos, nos alejamos a rastras, llevándonos a los heridos, y no nos levantamos hasta estar bien lejos; los fascistas, que debían de ser un puñado, prefirieron no perseguirnos. Y fue precisamente Julián el que, mirándose la camisa y viendo los manchurrones de sandía y melón, y todas las pepitas que llevaba pegadas, dijo: "Cómo se va a poner mi mujer cuando vea cómo llevo la camisa".

El narrador dio una risotada y lanzó al fuego un gargajo que crepitó en medio del silencio de los circundantes.

–Qué risa nos entró –dio una nueva carcajada en la que nadie le acompañó–. ¿Qué pasa, que no os hace gracia? Bueno, pues a ver si os gusta más la continuación.

»Yo a Julián lo perdí de vista porque en lugar de regresar a Málaga, donde las cosas empezaban también a ponerse mal, salimos en desbandada, unos hacia Madrid, otros a sus pueblos. Y la verdad es que no volvimos a encontrarnos, porque el pobre murió a los pocos días, en circunstancias poco gloriosas. Por lo visto, y esto me lo contó un amigo suyo que es periodista y toma vinos con corresponsales extranjeros, Julián fue a Badajoz, justo antes de que entrase Yagüe y organizase una carnicería. Como a él nadie lo conocía allá, porque sólo estaba de paso visitando a su novia, pensó que podía esconderse hasta que pasase lo peor y abandonar la ciudad cualquier noche. La novia le dijo que le ayudaba, y le metieron en un cuartito al que sólo se accedía por una puertecilla que estaba en una pared del salón, detrás de un armario. Allí se ocultó el Lagartija pensando que estaba tan seguro. Pero alguien se debió de ir de la lengua y avisar a un sargento rebelde de que había alguien escondido en esa casa, en la que sólo vivían una señora mayor y su hija, o sea, la novia del Lagartija. Así que hicieron un registro, que no asustó mucho a la chica, porque la puertecilla estaba bien disimulada tras el armario, que era de roble y pesaba un quintal. Y sin embargo descubrieron el escondite. ¿Sabéis por qué?

Nadie le respondió. Benjamín habría jurado además que al anarquista se le había ido poniendo una expresión torva según escuchaba la historia. El narrador se rascó la barba con aire de decepción y continuó contando.

–Porque al pobre Lagartija le había sentado mal la comida que le daban en esa casa y tenía unos flatos que le hacían tirarse pedos continuamente. Y un legionario con buena nariz, que se había quedado solo en el salón mientras los demás registraban los dormitorios, se paró delante del armario, olisqueó hasta convencerse de que aquel olor sólo podía tener procedencia humana y gritó: «¡Mi sargento, aquí dentro hay alguien!». En fin, que inspeccionaron el armario sin encontrar a nadie, pero como había tal peste, también retiraron el mueble de la pared, descubrieron la entrada al cuarto, abrieron la puertecilla con mucho regocijo, sacaron de allí al Lagartija con la violencia que podéis imaginar, y esa misma tarde lo fusilaron. Fijaos, lo fusilaron por tirarse pedos, ja, ja, ja.

—¡Yo a este hijo de puta lo mato! —el anarquista se había levantado de un salto y antes de terminar la frase ya estaba encima del narrador, al que echó las manos al cuello. Los dos rodaron por el suelo sin que nadie interviniese—. ¿Así que te da risa que maten a un camarada? ¡Pues vas a ver cómo me río yo!

El narrador se intentaba defender dando puñetazos en el costado a su atacante y, con una voz que le salió como un pitido entre los dedazos del otro, dijo:

—¡Pero la comedia siempre se ríe del dolor ajeno! ¡No es culpa mía! —aprovechando que el otro parecía haber aflojado la presa para escucharle le dio un empujón sin lograr quitárselo de encima—. En el cine yo me muero de risa cuando a uno le dan con un tablón en la cabeza.

—¡Porque no es de verdad! ¡Porque eso le está pasando a un actor que luego se va a su casa tan campante!

—Ajjj —volvió a golpear a su agresor en un costado. Y, cada vez con menos voz, añadió—: Pero también te da la risa si ves a uno en la calle que se da contra un poste.

—Eso no es comedia, eso es mala leche como la que tú tienes.

—Para ser comedia tiene que acabar bien —dijo aristotélico un miliciano que se había acercado a los contendientes sin intención de separarlos.

—No sé —añadió otro que había escuchado toda la historia tumbado con los ojos cerrados, y ni siquiera los había abierto con el ruido de la pelea—, en mi pueblo pusieron una de Lope, que decían comedia, y acaba con que el hijo mata a la madre que está enrollada en una alfombra, y el padre hace matar al hijo.

—Esa la he visto, y es comedia porque acaba bien para el padre —intervino otro entre bostezos.

—O sea, que las desgracias pueden darles risa a unos y apenar a otros —respondió el aristotélico.

Con la muerte por estrangulación como alternativa, el narrador siguió forcejeando y empujando hasta conseguir que ambos echasen a rodar por una pendiente. Casi todos los siguieron corriendo. Los dos contendientes acabaron en un vado, pero ahora al narrador la suerte lo había dejado cabalgando a su comandante y le daba puñetazos sin mucho tino, mientras este había tenido que soltarle el cuello para cubrirse la cara.

–Nuestros compañeros –acertó a decir bajo la tunda de golpes– mueren heroicamente por la República ¿y tú te ríes?

–¿Así que para poder reírme de la desgracia tiene que ser inventada? Entonces (toma, cabrón) –celebró un puñetazo que burló la defensa–, si te digo que me lo he inventado todo, ¿sí te divierte? ¿Sólo te hace gracia lo que no ha sucedido? (¡Toma otra!) Pero ¿a que te duelen más estos golpes reales que si fuesen fingidos? Pues también causa más risa lo que ha sucedido que lo que tan sólo es imaginado. ¿Tengo, grumpf, razón o no?

–¡Sofista de mierda!

–¿Ah, sí?

El narrador tanteó el terreno buscando una piedra con la que acabar a su rival, pero sólo encontró guijarros de tamaño insuficiente. El otro aprovechó que raleasen los golpes para extraer de un bolsillo de su chaqueta una navaja que abrió con un golpe de muñeca.

El navajazo detuvo la búsqueda de su jinete, que se quedó un momento como indeciso, quiso decir algo, quizá un nuevo argumento a favor de su teoría de lo cómico, pero sólo emitió un borboteo. Se empeñó sin embargo en hablar, abrió mucho los ojos, también la boca, de la que sólo escapó un eructo, provocando algunas risitas en el público.

–¡Al que se ría lo fusilo! –gritó el anarquista desde debajo del moribundo, se lo quitó de encima, se incorporó, sacudió la hojarasca de sus ropas, tomó la pistola de uno de los milicianos, apuntó para dar el tiro de gracia, pero se lo pensó mejor–. Llevadlo para arriba. ¡El médico! ¿Dónde coño está el médico? ¡Dejad de mirarme con la boca abierta! ¡Esto es la realidad, maldita sea! ¿O ya no sabéis distinguir lo real de la ficción?

Los tres tiros que descargó para desahogarse contra el tronco de un árbol hicieron eco en las breñas, donde resonaron como chasquidos de ramas tronchándose. Benjamín tomó la mano de Julia y se sumaron cabizbajos al silencioso grupo de regreso al campamento. Esa noche se fueron a dormir sin que les arrullase la voz de narrador alguno. Benjamín se adormeció contando estrellas.

Al despertar, Benjamín constató que en el rebujo de mantas que yacía a su lado no dormía nadie. Las palpó como si pensara que Julia podría haberse escondido entre los pliegues, pero únicamente empuñó el paño basto, humedecido por el relente. El lucero de la mañana se iba fundiendo con la primera claridad. Un mirlo escuchaba atentamente los sonidos de la tierra: parecía un médico auscultando a un tuberculoso. Dio unos saltitos, levantó la hojarasca a picotazos, se zambulló en el humus, reemergió con una lombriz en el pico. A Benjamín siempre le había maravillado esa expresión de indiferencia de los pájaros: aunque les retuerzas el pescuezo no cambia. Quizá por eso era más fácil torturar a una gallina que a un perro.

Ya se oían los bostezos, el rascar, el roce de materiales ásperos; se iban despertando los primeros milicianos. Benjamín se levantó y buscó en derredor.

–¿Y tu compañera? –le preguntó uno cuya cara no recordaba haber visto todavía.

–Ha desaparecido.

–Eso es imposible.

–No es imposible. Mi mujer desapareció –se inmiscuyó otro limpiándose las legañas.

–Uno va de un sitio a otro, pero no desaparece.

–Una mañana los cacharros sucios se apilaban en la cocina.

–Quizá está ordeñando las vacas, o meando en el bosquecillo. Pero no se desaparece, sin más.

–A mí me parece posible. Te digo que mi mujer se esfumó.

–Ni siquiera en las novelas se desaparece. ¿Te imaginas que te estén contando una historia y de pronto no se hable más del personaje, que no te digan si ha muerto o se ha mudado de ciudad o se ha escondido debajo de la cama? La gente se traslada o se muere, no desaparece.

–Pues Julia ha desaparecido. Antes estaba y ahora no está.

–Como mi mujer. Todas las mañanas me asomaba a la cocina, pero seguían allí los cacharros sucios.

Julia llegó caminando por una vereda, en una mano un conejo y en la otra el cuchillo ensangrentado.

–Hostias, yo quiero también una mujer así, que te caza y te cocina –dijo el que había perdido a su esposa.

Julia echó el conejo junto a su manta, limpió el cuchillo con unas hojas y se sentó indiferente a tanta expectación.

Antes de ponerse en camino, decidieron asar el conejo; como tocaban a muy poco y de la vaca caída en combate no quedaba ya ni rastro, lo acompañaron de un pan negruzco con más salvado que harina.

Las nubes comenzaron a ronronear y las quijadas hicieron un alto en su tarea. Cuando se volvió a hacer el silencio en el cielo, continuaron los ruidos del masticar y deglutir.

–Dicen que Hitler les está regalando aviones. Pero Rusia ni pestañea. Lo del puño cerrado va a ser porque no sueltan la mosca –dijo el anarquista.

–La Unión Soviética, quieres decir –le espetó una voz desde debajo de una gorra.

–La madre que los parió, quiero decir.

–¿Tú cuándo te hiciste de la CNT?

–¿Y a ti qué te importa?

El anarquista se levantó, se rascó el cogote con saña, hizo un gesto con la cabeza y todos comenzaron a enrollar las mantas y recoger los fusiles.

No habían caminado más de dos o tres horas cuando, en una encrucijada en la que se habían detenido para intentar decidir qué camino tomar, se les acercó un hombre a todo correr, se detuvo en seco al llegar a su altura y abrazó a los primeros de la fila como lo haría un náufrago con los marinos que lo izan a bordo. Llevaba pantalón corto, unas botas de militar impecables y el tronco descubierto; su pecho estaba tan desprovisto de pelo como sus brazos y su cabeza, lo que le daba un extraño aspecto de embrión envejecido.

–Satanás ha sido soltado de su prisión –dijo, con un tono de voz con el que también podría haber comentado que le dolía ligeramente la cabeza–, y ha salido a extraviar a las naciones que moran en los cuatro ángulos de la Tierra, a Gog y a Magog, y reunirlos para la guerra, cuyo ejército será como las arenas del mar.

–Vaya; también es mala suerte –dijo el anarquista. Los milicianos se rieron sin muchas ganas.

–Subirán sobre la anchura de la Tierra y cercarán el campamento de los santos y la ciudad amada.

–Ajá. ¿Y sabes hablar también como las personas?

–Sí, claro; que esos hijos de puta africanos estarán en tres o cuatro días en Toledo, que han conquistado Talavera y Maqueda, y que si nadie los para se van a comer primero Toledo y después Madrid. Y no lo he dicho antes, pero añado que la carretera entre Toledo y Madrid ya la han cortado.

–¿Y también sabrías decirnos dónde estamos?

–Atended, llamad a las plañideras, que vengan; buscad a las más hábiles en su oficio; que se apresuren, que vengan y hagan sobre vosotros sus lamentaciones; caiga de vuestros ojos el llanto y manen lágrimas vuestros párpados. ¡Qué desolación! ¡Qué vergüenza! Nos echan de nuestras tierras, nos arrojan de nuestras casas.

–¿Tan mal están las cosas?

–Tan mal, pero ese camino lleva a Talavera, aunque no os lo recomiendo, y ese otro a Toledo.

El calvo hizo entonces una leve reverencia, un movimiento casi imperceptible del tronco hacia delante que acentuó dirigiendo la mirada a los pies de su interlocutor, y continuó sin más palabras su camino, con tantas prisas como las que le habían llevado hasta allí.

–¡Espera! ¿A cuántos kilómetros?

El calvo no se volvió, tan sólo hizo un gesto con la mano como cortando el aire con el canto, que podría haber sido una forma personal de despedida o una conminación a apresurarse.

El anarquista escudriñó hacia donde se perdían los dos caminos, uno en dirección a una hondonada no muy profunda, el otro a través de una llanura de ramajos despeluchados. Los milicianos aguardaron respetuosamente a que tomara una decisión. Desde que murió el comunista le habían otorgado de forma tácita el rango de comandante, con el que el anarquista no parecía muy feliz. Sus ojos mansos se enrojecieron de tanto mirar en una y otra dirección. Suspiró o se aclaró la garganta.

–Nosotros nos vamos a Talavera, a matar moros.

–Y legionarios –dijo otro.

–Y a quien lleve bigote –añadió el aristotélico.

–Pero vosotros es mejor que vayáis a Toledo. Allí encontraréis a alguien que os dé refugio o que os pueda llevar a zona más segura. Tomad, para entretener el hambre. Preservativos no tenemos.

Les entregó una pequeña mochila de pellejo con una hogaza y una bota con vino. El aristotélico les dio dos mantas.

–Podéis quedároslas.

–Gracias. Muchas gracias.

–De nada, es que ahora nos sobran, de los muertos.

Benjamín se llevó el puño a la sien y mantuvo el saludo hasta que desaparecieron los milicianos, no porque los tapara una elevación del terreno, pues habían tomado el camino llano, sino porque el polvo que levantaban con las botas fue difuminando sus contornos, convirtiéndolos en bultos primero y luego haciéndolos desaparecer, poco a poco, como un espejismo del que, una vez que se ha esfumado, queda la duda de que haya existido tan sólo en la imaginación. Tardaron más en apagarse las voces y el ruido de los pasos cansinos. Julia se había puesto a orinar sobre un hormiguero, y con voz de pito exclamaba «mamá, mamá, me lleva el agua», «hija, hija», «me ahogo, me ahogo», «oh, oh». Julia hizo un puchero, dejó caer las últimas gotas y, después de incorporarse, el faldón. Puso los brazos en jarras.

–¿Y ahora?

–Vamos a Toledo. Allí seguro que hay militares republicanos. Tengo que hablar con alguno, para que me ayuden a regresar hacia Burgos.

–¿Con esa pierna pocha?

–Qué remedio.

–Cada vez cojeas más. No te creas que no me he fijado. A que te duele mucho.

–Mi misión lo exige.

–Qué tontos podéis llegar a ser los hombres.

5

Las hormigas

Aquello era un ir y venir de gente; unos se marchaban y otros llegaban enseguida a ocupar el sitio recién liberado. Era domingo y hacía sol pero no un calor excesivo. De la capital arribaban coches y camiones tocando el claxon. Algunos hombres iban vestidos de domingo, con chaqueta oscura y camisa blanca; las mujeres llevaban falda casi todas, incluso las milicianas habían dejado en casa el mono o los pantalones y mostraban sus piernas; también se habían puesto blusas y un poco de carmín. Olía a pólvora, a gasoil y a tortilla de patatas, de vez en cuando también a la colonia de las chicas. Había un ambiente de feria y de alegre despreocupación.

Venían de la capital para pasar un buen rato pegando tiros. Se acercaban a una barricada, elegían una ventana como diana, pim, pam, pum, y regresaban alegres a tomar un trago y comer algo de tortilla con pan de hogaza. Las botas de vino circulaban sin hacer distinciones entre amigos y extraños. Las chicas tendían manteles en el suelo, reían y mataban hormigas. Sólo se quedaban quietas si una mariposa iba a posarse sobre el brazo o la pierna de una de ellas. Entonces permanecían inmóviles, sonrientes, y susurraban: ¿no es bonita? Y siempre era un hombre el que para hacer la gracia fingía querer cazar la mariposa como si fuese una mosca y entonces las mujeres gritaban: ¡bruto!, pero no dejaban de reír.

A veces también ellas se levantaban, tomaban un rifle o una escopeta, daban un par de tiros y regresaban tan contentas. Los hombres procuraban acompañarlas, alguno se atrevía a explicar cómo encarar, cómo apoyar la culata, se ponían detrás, las abrazaban por la espalda con la excusa de mostrarles la manera de asir el arma, no, la mano izquierda un poco más adelante, así, y juntaban sus cabezas mirando en la misma dirección. Pim, pam, pum.

Eran de una alegría contagiosa. Si no bailaban era porque no había música, pero el humor era de baile y de barraca de feria y de comer manzanas bañadas en caramelo. Pero la tortilla también estaba buena. Ni siquiera insultaban a los que estaban atrincherados allá adentro.

—Yo creo que le he dado a uno. ¿Te parece que le he dado? —dijo una chica de cabello ondulado y boca pequeña que regresaba de la mano de un hombre—. A que sí, a que he acertado. Y tú que decías que no sé apuntar. Pura envidia —el hombre aprovechó para darle un cachete en una nalga.

—No le has acertado. Pero seguro que se ha muerto de miedo.

El único que parecía no disfrutar del ambiente festivo era un coronel que había llegado de Madrid a poner orden y que se desesperaba en aquel batiburrillo de gente. Unos milicianos sentados cerca de Benjamín y Julia habían comentado que venía del Ministerio de la Guerra y que lo que él dijese iba a misa porque era el mandamás de intendencia. Y por eso se le acercaban continuamente otros soldados y milicianos para pedirle armamento u ofrecer una manera novedosa y cien por cien segura de tomar el Alcázar. Julia y Benjamín se habían acomodado en las cercanías en un poyo de piedra. No tenían nada mejor que hacer y, aunque no estaban muy a cubierto de posibles tiros desde el Alcázar, como hacía horas que nadie disparaba desde el cuartelón —corrían rumores de que estaban todos escondidos en los sótanos para protegerse de posibles bombardeos—, se entretenían escuchando las conversaciones de los combatientes domingueros.

—A ver, poneros en fila aquí. Un poco de disciplina, coño. Que esto no es una kermés.

Los primeros de la fila eran los responsables de diversas unidades de milicianos; exigían que se les entregasen pistolas, fusiles, munición. El coronel tomaba nota pacientemente y, tras repetir que había gran escasez, acababa prometiendo que pasaría el pedido.

Las solicitudes se interrumpieron y todos quedaron en silencio, incluso las mujeres y los caballos, cuando por una calle pasó muy despacio un coche blanco que relucía como una aparición mariana. Apenas se oía el motor.

–Es un Rolls-Royce.

–Venga ya. ¿Qué va a hacer aquí un Rolls?

–Lo que yo te diga.

Los dos hombres que comentaban la marca del vehículo se dirigieron hacia él y otros mirones se les sumaron; primero caminando y después a la carrera, lo persiguieron con alboroto de chiquillos hasta que desistieron de darle alcance.

–Mi coronel.

–¿Tú qué necesitas?

–Yo, quinientos pitos.

–¿Seguro que no quieres pistolas ni ametralladoras ni morteros?

–Pitos, mi coronel.

–¿Y para qué quieres quinientos pitos?

–Es una estrategia.

–¿Qué estrategia es tocar el pito?

–Cuando esté con mi batallón ante el enemigo, daré la orden para que se alcen de repente, todos a la vez, tocando el pito. El enemigo quedará paralizado psicológicamente. Antes de que tengan tiempo de reaccionar nos lanzaremos al ataque y haremos gran mortandad entre ellos.

–Una idea increíble. Se te habrá ocurrido a ti solo, claro. Haz una petición en toda regla al ministerio. Cuando regrese me encargo de tus pitos.

–Eso se llama factor sorpresa, ¿verdad, mi coronel?

–Sí, muchacho. Los rebeldes se van a quedar de piedra. El siguiente.

–Yo, mi coronel, quería pedir permiso para intentar sacar a los de ahí dentro. Necesitaría que me cubriese una unidad de tiradores mientras rocío de gasolina los bajos del edificio. Entonces le prendemos fuego y los rebeldes no tendrán más remedio que salir.

–Lo siento. No eres el primero en tener la idea. Incluso la han puesto a prueba.

–¿Y?

–Y nada. El edificio es de piedra, coño. ¿Cómo queréis prender fuego a un edificio de piedra? El siguiente.

–¿Es aquí donde dan los números para la rifa?

–¿Qué rifa?

–Me han dicho que estás rifando un jamón.

–Un jamón, mi coronel.

–Yo no soy coronel.

–¡Lo soy yo, coño! Y no, no rifo jamones.

–Ah, bueno. No te pongas así, camarada. Además, en el ejército revolucionario todos somos iguales. ¡Salud!

Benjamín se volvió al escuchar un ruido de motor, pero no era el Rolls que regresaba. Por una de las calles más empinadas avanzaba un camión. En la superficie de carga llevaba atado un bulto rectangular enorme cubierto con mantas. Benjamín pensó que podía tratarse de un cuadro de gran tamaño, aunque no se le ocurría para qué podía llevar nadie una pintura al asedio del Alcázar. La fila de peticionarios se desbandó para rodear el vehículo, dejando al coronel a solas y maldiciendo por lo bajo.

También Benjamín y Julia se acercaron al camión, e incluso el coronel acabó yéndose para allá a descubrir en qué consistía la nueva atracción.

Del asiento del copiloto descendió un hombre de uniforme con rango de teniente. Se cuadró ante el coronel y le pidió permiso para desempacar una nueva arma con la que iba a terminar con la resistencia de los rebeldes del Alcázar.

La multitud prorrumpió en aplausos como si acabasen de anunciarles el inicio de un número de circo y el coronel gruñó su asentimiento. Con la ayuda de dos espontáneos fueron liberando el ingenio bélico de las cuerdas y las mantas con las que venía envuelto.

Hubo aaaahs y oooohs, y también un me cago en la madre que me parió, esto procedente del coronel, al parecer el único que entendía lo que era aquel artefacto.

–¿Me explica qué coño pretende, teniente?

–¿Sabe usted quién fue Arquímedes, mi coronel?

–No me joda.

—Arquímedes fue un sabio griego que durante el asalto a Siracusa...

—No me diga que de verdad pretende lo que yo pienso.

—Le garantizo que todo está perfectamente calculado, mi coronel. Soy licenciado en óptica.

—Me cago en la madre que me parió.

—¿Mi coronel?

El coronel se subió a la trasera del camión para inspeccionar el invento. A los pocos curiosos que quisieron hacer lo mismo los echó hacia atrás con malos modos.

—¿Por qué no se van todos al carajo, por qué no se van a morir en una trinchera y dejan de pensar? —preguntó sin dirigirse a nadie en concreto.

—Es un espejo parabólico, mi coronel.

—No me lo explico.

—Si quiere se lo explico yo, mi coronel.

—Lo que no me explico es que todos los chiflados de este país se empeñen en tocarme los cojones. Aquí nunca ha querido nadie pensar y se tienen que poner a hacerlo precisamente ahora que lo que toca es actuar.

—Está fabricado en París. Es una maravilla de la técnica óptica. Se lo ha regalado a la República una asociación de científicos a la que tengo el honor de pertenecer.

—¿Para qué dicen que sirve? —preguntó impaciente un miliciano y los demás le jalearon. Miraban los espectadores el ingenio con los dientes asomados al aire y las narices algo encogidas, en un gesto de extrañeza que empezaba a volverse escepticismo.

—Es un espejo de la risa. Te miras en él y estás así de gordo —comentó uno hinchando los carrillos y abarcando con los brazos el volumen que tendría su reflejo deformado.

—No, hombre: ese es de los que te hacen parecer así de flaco —respondió otro metiendo tripa y aspirando los mofletes hacia el interior de la boca.

La pantomima fue premiada con risas y aplausos.

—¿Da usted su permiso para hacer una demostración, mi coronel?

El coronel descendió del vehículo ensuciando otra vez por lo bajo a su propia madre e hizo un gesto con la mano que podría haber significado tanto «váyase a hacer puñetas» como «haga lo que le dé la gana». El teniente interpretó que significaba lo segundo.

Dio órdenes al conductor para que avanzase unos metros hasta quedar situado de manera que desde el camión se viera una de las fachadas del Alcázar. Se subió a la superficie de carga, escrutó el cielo, dijo «tú y tú» a dos mirones conminándoles a subir con él y les indicó dónde debían situarse. Eran dos campesinos tan abrumados por la consciencia de estar participando en un acontecimiento histórico que cuando quisieron llevarse el puño a la sien lo que hicieron fue llevar la sien a buscar la mano que no acertaba a saludar, con una reverencia lateral que despertó gran hilaridad.

Desde su podio sobre ruedas, con tono y ademanes de vendedor ambulante de remedios contra la caspa, el teniente se dirigió a los curiosos:

–¡Camaradas! ¡Esto que veis aquí es un arma cuya capacidad de destrucción nadie imaginaría! Un espejo, me diréis, un simple espejo. Y lo mismo pensarían los romanos que asediaron Siracusa por mar ha ya muchos siglos al descubrir que numerosos espejos adornaban sus murallas. Y sólo cayeron en su error cuando las primeras naves empezaron a arder y los soldados a arrojarse al mar presa del pánico –(aplausos, algún bravo, un «que se jodan los romanos»)–. Este espejo parabólico que tenéis ante vosotros, resultado de los últimos adelantos de las ciencias ópticas realizados en París, es capaz de concentrar los rayos del sol y dirigirlos hacia donde se desee por medio de estas dos manivelas..., vosotros, girad las manivelas –así lo hicieron sus ayudantes y el espejo giró hacia la derecha y hacia la izquierda y basculó hacia arriba y hacia abajo. (Nuevos aplausos, aunque no muy convencidos)–. Habréis comprendido, camaradas, que si puedo dirigir y concentrar así los rayos del sol, tengo en mis manos un arma con gran capacidad de destrucción –(murmullos, carraspeos)–, un arma capaz de aterrorizar a un ejército entero –(más murmullos, algunos aplausos)–. Para que lo entendáis, camaradas, dejadme que os diga que el rayo que puede emitir este espejo, tras concentrar en un punto de su superficie cóncava la luz solar y proyectarlo allí donde lo dirijamos, es capaz no ya de quemar la madera, que sería poca cosa, también de poner al rojo los metales, de fundir algunos de ellos y por supuesto de matar a todo el que se exponga suficiente tiempo a su letal energía –(aplausos, vítores, un «¡romanos, fascistas!»)–. ¿Cuál es su utilización práctica? Imaginad que se acerca un tanque con intenciones aviesas, un tanque de los insurrectos. Dirigiremos el rayo térmico sobre el vehículo provocando tal calor en su interior que los tripulantes tendrán que huir en desbandada so pena de derretirse como el blindaje que antes los protegía. Pero aquí no hay tanques, me diréis. En efecto. Y por eso es mi intención dirigir el rayo hacia la techumbre del Alcázar para que este oprobioso edificio arda sobre las cabezas de los renegados –(aplausos entusiastas, varios de los espectadores se subieron al camión sin que nadie pudiera detenerlos, lanzaron vivas a la República, a la revolución, al teniente y al espejo)–. ¡Camaradas, acabemos de una vez con la resistencia cobarde de los rebeldes! ¡Camaradas, saquemos a esas ratas de sus madrigueras! Y si no salen, ¡mi rayo vengador les perseguirá allí donde se escondan! Tú, comienza a girar la manivela hasta que te diga.

Así lo hizo el ayudante interpelado y el espejo basculó, refulgiendo con un brillo insoportable que hizo a todos desviar la mirada o protegerse los ojos con la mano. El rayo destructor ascendía despacio por la fachada del cuartel.

–¡Basta! –ordenó el teniente cuando el rayo alcanzó la techumbre–. Tú, hazlo girar un poco hacia la derecha –con la nueva orientación, el rayo de sol pareció volverse aún más intenso. Se hizo un silencio expectante. Todos esperaban ver un primer penacho de humo salir de allí donde incidía el rayo. Algunos empezaban a murmurar: mira, mira, comienza a arder, aunque no era cierto.

Sonó un disparo.

Después sonó el tintineo de los miles de añicos en los que se rompió el espejo, y todos los que estaban en las cercanías sintieron sobre sus cabezas una lluvia de esquirlas. Entonces se escucharon risotadas provenientes del Alcázar.

Nadie dijo nada durante un rato. Nadie pensó en ponerse a cubierto. Contemplaban todos el desnudo bastidor que había engarzado el espejo como si aguardasen que fuese a recomponerse, a reaparecer ante sus ojos entero e intacto como la chica que sale de la caja del prestidigitador que acaba de serrarla en dos. Cuando se convencieron de que el arma milagrosa había sido destruida para siempre, fueron descendiendo del camión y alejándose sin comentarios. El teniente se quedó solo, aún contemplando el bastidor, incapaz de creerse que la función había terminado.

Por fin, se apeó del vehículo, se pasó la mano por la frente, volvió la vista hacia el Alcázar, hacia aquel punto que según sus cálculos debería estar en llamas, y se marchó a pie, conteniendo las lágrimas, sin responder a los gritos del conductor, que le preguntaba:

–¡Mi teniente! ¿Qué hago ahora con este trasto, adónde lo llevo?

Y de pronto la huida. Nadie había dado la orden o al menos Benjamín no la había escuchado. Tampoco era una huida planificada, un desplazamiento ordenado con un objetivo o un destino. Un niño hurgaba con un palo en la boca de un hormiguero y las hormigas salían corriendo en todas direcciones. Mejor: un niño echaba agua hirviendo en la boca de un hormiguero y las hormigas, sin siquiera pensar en la posible defensa, sin enviar a sus soldados a averiguar el origen de la amenaza, se desperdigaban poniendo a salvo las larvas, una estampida de patitas minúsculas, un corretear impotente, un pánico que se multiplicaba en las antenas.

Corrían. Con hatos de trapos unos, otros empujando carretillas atestadas de las posesiones, a veces miserables, que se negaban a dejar atrás. Los más con las manos y las miradas vacías, incapaces de pensar en conservar otra cosa que la vida. Se habían puesto en marcha, ocupaban todos los caminos que salían de Toledo hacia zonas todavía seguras. Las noticias eran confusas. Sólo había una cosa clara: estaban llegando. Como una maldición bíblica, inexorable y despiadada. En el aire flotaba el olor de la pólvora y de la mierda. Unos fugitivos se echaron al río en barcazas, quizá con la intención de llegar a Portugal. Desde un puente, quien se detuvo lo bastante pudo asistir al naufragio de una de las barcazas, al agitarse en el agua de cuerpos y enseres, que la corriente arrastraba hasta que desaparecían a lo lejos o en lo hondo.

Están llegando, se oía. Están ya a las puertas, y era verdad que los disparos y los cañonazos sonaban tan cerca que a nadie le hubiese extrañado que empezaran a caer obuses sobre ellos.

Julia y Benjamín también se pusieron en marcha, sin saber hacia dónde, sumándose a uno de los grupos de fugitivos, dejándose absorber por la fuerza de atracción que parecía emanar de aquel conjunto de cuerpos en movimiento. Había un ansia, una desesperación en el aire que daba a cada paso una urgencia que hacía multiplicar los tropezones y las caídas. Pero el pánico, el verdadero, el que nubla por completo el sentido, el que convirtió a aquellos hombres y mujeres en un rebaño ciego, sólo llegó cuando los aviones comenzaron a bombardear los caminos y, en vuelo rasante, a ametrallar a quienes no habían conseguido ponerse a cubierto. Entonces sí olvidaron sus posesiones, abandonaron a su suerte las muñecas y los retratos del abuelo, perdieron el interés por el baúl antiguo y por la caja de música de caoba y por la máquina de coser, condenaron a muerte a caballos y perros, que corrían desamparados hasta que un avión, quizá por pura diversión de los artilleros, ponía fin a sus carreras.

Un galgo reventado pero aún con vida se arrastró más de cien metros con las tripas colgando, fue hasta Benjamín, que se había tumbado en la cuneta, y le lamió la cara antes de morir. A un caballo se le doblaron las patas y cayó junto a Julia, a punto de aplastarla, un caballo al que faltaba parte del morro y toda la quijada inferior; sin embargo movía las patas e intentaba ponerse en pie. Julia le dio un tajo preciso en el cuello, y primero salió un chorro de sangre, luego el caballo golpeó con lo que le quedaba de cabeza contra la tierra, pero enseguida dejó de esforzarse, de luchar, de estar vivo.

Así ocurrió en varias ocasiones: tumbarse, aguardar aterrorizados, soportar las bombas y las ráfagas, volverse a levantar con esa alegría mezquina que da saber que son otros los muertos. Los grupos fueron desperdigándose por los montes. Ni Julia ni Benjamín habrían sabido describir a las cinco o seis personas con las que se adentraron entre unos collados que parecían menos desnudos de vegetación que otros, donde esperaban poder esconderse hasta que anocheciera. Ni habrían sabido decir si eran hombres o mujeres sus acompañantes. Benjamín luego contaría que recordaba que había un niño, o una niña, entre ellos, eso era lo curioso, que no sabía su sexo, y que en un momento dado desapareció, muerto o porque había emprendido un camino distinto.

Llegaron a un edificio que parecía una fábrica o un almacén. Una bomba había reventado el techo y arrancado una esquina, por la que entraban y salían hombres dando risotadas. Los que salían llevaban algún objeto escondido bajo la ropa, que sujetaban presionándolo con el brazo. Se acercaron los dos al boquete y se asomaron a un revoltijo de mesas, máquinas, y a lo que parecía un laboratorio hecho añicos. Los hombres que revolvían cajones y armarios pisoteaban los vidrios de las vasijas rotas.

–¿Qué hacen? ¿Qué buscan? ¿Qué hay ahí dentro?

Varias veces tuvo que repetir Benjamín las preguntas antes de que uno de los hombres se detuviese a explicárselo.

–Condones. Era una fábrica de condones, aunque eso era una tapadera. Lo que fabricaban en realidad eran caretas antigás; están en el sótano. Pero lo primero es lo primero –les mostró un manojo de preservativos aún sin envolver y sucios de polvo. Se alejó con una mueca feliz, mientras decía–: Apresúrate, que no quedan muchos.

Del boquete salió un ser extraño; lo primero que emergió del humo y el polvo y la muchedumbre fue una cabeza como la de una mosca vista a través de un cristal de aumento a la que siguió un cuerpo larguirucho que también tenía algo de insecto. La aparición dijo algo que se perdió en la goma de la máscara de gas, y se alejó tambaleante, monstruo imposible escapado de una película de horror.

Fueron a descansar un poco al refugio de unas rocas apartadas del camino, pero no había descanso posible en aquel bullir de búsquedas y huidas; era como pretender encontrar la paz en la cercanía de un enjambre que un chico acaba de derribar con una piedra.

–Eh, vosotros.

Cuando se giraron se encontraron de frente con un cañón de fusil que les apuntaba, más a Benjamín que a Julia.

–No vamos armados.

–Tanto mejor. Venid aquí.

No pudieron hacer otra cosa que seguirle detrás de unos matorrales hacia los que caminó de lado. Benjamín vio por el rabillo del ojo que Julia sacaba el cuchillo de entre sus faldas y lo empujaba al interior de una manga.

El hombre señaló con el fusil el zurrón de Benjamín. No hicieron falta palabras. Benjamín se lo entregó y el hombre sacó media hogaza de pan. Los corruscos que llevaban no parecieron interesarle; tampoco el embutido.

Era un hombre tirando a bajo, algo menos que Benjamín, que les miraba tan asustado como si el fusil lo empuñaran ellos y no él.

–A ver cómo lo hacemos –dijo–. Tú, chica, ven a mi lado.

–Es virgen, no le haga nada –dijo Benjamín atropelladamente.

–Con lo que me gustan a mí las vírgenes; pero no tengo tiempo ahora para esas cosas. Tú te quedas ahí delante; y tú coges el pan, eso es, y te arrodillas detrás de mí –con la mano que le acababa de quedar libre sacó de la cintura una pistola; apuntó con ella a Benjamín y entregó a Julia el fusil, que tardó en cogerlo porque no acababa de entender–. Quiero que pongas el pan contra una de mis pantorrillas. Y después apoyas la punta del cañón en la hogaza y disparas a través de ella. ¿Lo entiendes?

–¿Qué pantorrilla, la derecha o la izquierda?

–¡Y qué coño importa eso! ¡La que más rabia te dé! Pero ten en cuenta que estoy apuntando a tu compañero. Si haces algo raro me lo cargo.

–¿Y por qué hace una cosa tan complicada?

El hombre sonrió a Julia con suficiencia.

–Para no ir al frente. Pero necesito que me disparen por detrás y que el disparo no deje huellas de pólvora en la herida, para que no se den cuenta de que me lo he hecho yo. Por eso el pan; buena idea, ¿no? Venga, que es para hoy.

Julia eligió la pantorrilla derecha; sujetó el pan con una mano, con la otra apoyó sobre la corteza el extremo del cañón.

–¿Seguro?

–O disparas o me cargo a tu compañero.

Sonó un estampido tan fuerte que Benjamín pensó que había reventado el cañón del fusil. El hombre salió disparado hacia delante, cayó al suelo de bruces, y con los dientes arañando en la tierra, gritó:

–¡Cojones, qué dolor!

–Te jodes –dijo Julia con frialdad. En lugar de devolverle el fusil apuntó con él al hombre que se retorcía en el suelo, pálido y sudoroso. Dio una patada a la pistola para alejarla de su alcance–. Vámonos. Ah, un momento –recogió el pan del suelo; de un lado tenía un agujero con los bordes chamuscados y toda la corteza se había ennegrecido ligeramente; el otro lado era un estropicio de miga, sangre, trozos de tela y pellejos.

–¿No pretenderás comértelo?

Julia hizo un mohín que significaba ¿por qué no?, pero ante el gesto de asco de Benjamín lo volvió a dejar en el suelo.

–Mi fusil, mi fusil –mascullaba el hombre intentando incorporarse, pero sin conseguirlo porque al mismo tiempo quería agarrar la pierna herida, quizá para restañar la sangre que empapaba la pernera del pantalón y goteaba sobre la tierra, y no es nada fácil levantarse cuando está uno tumbado boca abajo e intentando agarrarse una pierna.

–¿No querías librarte del frente? ¿Para qué quieres entonces un arma?

Cuando se alejaron unos metros, Julia rompió el fusil golpeando la culata contra una piedra. Arrojó los restos detrás de unos matorrales.

–Podría habernos venido bien para defendernos.

–Nuestra mejor defensa es que nos consideren civiles.

–Entonces, ¿por qué no se lo has dejado a él?

–Como castigo. Por haberte apuntado.

Benjamín cayó en la cuenta de que hacía días que no sonreía.

La segunda noche de huida Benjamín cogió una fiebre que le impidió seguir caminando. Julia consiguió arrastrarlo hasta una pequeña granja de piedra que había sido explotación caballar antes de que fueran requisados todos los animales. Así se lo dijo un hombre que estaba, igual que otra docena de refugiados, aguardando en las cuadras a que pasase la guerra sin ser descubiertos. Un grupo famélico que masticaba la paja con la esperanza de que hubiese quedado en ella algún grano de avena. Julia daba a Benjamín a escondidas, cuando se hacía de noche, la poca comida que les quedaba: pan duro que tenían que dejar ablandarse en la boca para que los demás no les oyesen masticar, y unas lonchas de cecina que les provocaban una sed atroz.

Dos noches más tarde, cuando Benjamín ya se sentía bien y dormía por una vez sin pesadillas ni temblores, le despertó una voz cercana. Aunque le llegaba con gran claridad, no se entendía nada.

–*Le vampire est là, le grand vampire est arrivé, celui qui ne meurt jamais mais qui n'est pas vivant non plus.*

Benjamín se sentó para escuchar; en la penumbra del establo se dio cuenta de que un hombre estaba sentado a su lado también escuchando.

–¿Qué dice? –preguntó Benjamín–. ¿Usted lo entiende?

–Es un espía; un tipo curioso, con cara de ratón. Yo en cuanto lo vi me dije: este tío es un espía. Llevo observándolo varios días. Pero como no sé de qué lado está ni para quién espía aún no le he roto la crisma. Cuestión de tiempo.

–Pero ¿qué está diciendo?

–Por el día habla un español como de Calatayud, pero por las noches sueña en francés. Tú me dirás si no es para sospechar.

–¿Seguro que es francés?

–Claro que sí; yo de niño viví en Bruselas, porque mi padre era un exiliado político. ¿Sabes que me salieron hongos detrás de las orejas? Cuando lo cuento la gente se cree que es una broma, pero no lo es. Hongos. También en las ingles, pero eso no lo digo cuando hay mujeres delante.

–*Le vampire...*

–Entonces ¿lo entiende?

–Todas las noches la misma matraca. Bueno, la misma no. De vampiros no había hablado nunca, eso hay que reconocerlo. Ha dicho: «Ahí está el vampiro, el gran vampiro ha llegado, el que no muere nunca pero tampoco está vivo».

–¿De verdad que entiende usted francés?

–Que te digo que sí, coño. Espera, que vuelve a hablar: el vampiro ha dejado... un rastro de cabezas cortadas... hombres empalados... collares hechos con orejas... el que no muere... montado en su caballo blanco..., joder qué galimatías, eso no lo ha dicho él, lo digo yo, y chupa la sangre de quienes se le acercan..., ahora es el general de todos los vampiros... los demás generales vampiros se retiran a sus cuevas... quiere un baño de sangre... Para mí que va a ser Franco, eso lo digo yo también. Claro, qué listo soy, coño. Está hablando de Franco. No todo el mundo se habría dado cuenta.

Calló el supuesto espía, se volvieron a oír los ronquidos, el rebullir en la paja de aquellos cuerpos malolientes, algún rascarse y algún quejido quizá también pronunciado en sueños. El hombre que había traducido para Benjamín se volvió a tumbar, pero a Benjamín le había entrado una inquietud que estaba seguro que no le iba a permitir dormir, aunque no habría sabido decir la razón precisa.

–¿Por qué Franco? Podría referirse a cualquier otro.

–Joder, está clarísimo. En África sus legionarios cortaban las cabezas de los moros y luego las empalaban, y lo de los collares con orejas también lo he oído. Además se dice de él que es invulnerable; ha estado varias veces a punto de morir, pero resucita una y otra vez, Y lo comparan con el apóstol Santiago por eso el caballo blanco. ¿Te convence? Y hace poco ha dicho que está dispuesto a exterminar a todos los españoles que no le apoyen; si eso no es un baño de sangre que baje Dios y lo vea.

–No es el general de todos los vampiros, hay otros...

–Los había, chavalete, los había. Acaban de nombrarlo Generalísimo, mando supremo de todos los ejércitos.

–Pero Cabanellas...

–Cabanellas es un viejo chocho. Y ahora cállate, coño, que entre el espía y tú no hay quien pegue un ojo.

Quien no pegó un ojo en toda la noche fue Benjamín. ¿Significaban los nuevos acontecimientos el fin de la misión? Las circunstancias justificaban más que nunca que estableciese contacto con don Manuel. Él sabría qué hacer. Si merecía la pena continuar. Si se podía aún salvar España. Si él, Benjamín, era todavía el mensajero de los dioses o tan sólo un vagabundo idiota extraviado en un inmenso campo de batalla.

6

Bienvenidos al infierno

No le costó trabajo convencer a Julia de que tenían que reanudar la marcha. Estaba tan harta como él de aquella cuadra llena de piojos y de chinches. Julia quiso lavarse con el agua de un abrevadero pero decidió que olía peor que ella. Cuando fueron a ponerse en marcha descubrieron que alguien les había robado los últimos restos de comida.

Caminaron toda la mañana sin que sucediera nada digno de anotar, salvo por algunas señales que los augures se hubiesen apresurado a desentrañar: dos aviones se perseguían en el cielo al mismo tiempo que un águila cazaba una paloma en pleno vuelo; al borde del camino, un perro clavaba los dientes en una herida que tenía en el costado, como un animal mitológico que devorara sus propias entrañas; a la salida de un pueblo, una bandada de gallinas se comía a picotazos el cadáver despanzurrado de una cigüeña.

Julia y Benjamín no prestaron mucha atención a signos que de todas maneras no habrían sabido interpretar. Eludían siempre que les era posible encontrarse con otras personas, cansados como estaban de aventuras, porque las aventuras consistían sobre todo en ver morir a alguien o en estar a punto de morir ellos mismos; así que si oían voces se agazapaban tras cualquier carrasco o peña que estuviese a mano, daban un rodeo para no entrar en las poblaciones, salvo para comprar pan y latas de conservas, y si el terreno no era muy escarpado o intransitable, abandonaban el camino para andar campo a través, aunque perdiesen tiempo y se llevasen el arañazo de más de un cardo.

Y fue así que, viendo venir lo que de lejos parecía una tropa que se interponía en su rumbo, decidieron buscar refugio en la falda de unos montes que quedaban a la izquierda del camino. Pero como la tropa se acercaba y se encontraban en un terreno muy desnudo, tuvieron que alejarse aún más, trepando a toda prisa por unos riscos con el miedo a ser descubiertos mientras se escabullían. Julia trepaba mejor que una cabra montés, como si no hubiese hecho otra cosa en su vida que habitar escarpes y precipicios; la única respiración que se escuchaba era la de Benjamín.

La tropa se detuvo justo donde ellos se habían apartado del camino, y no por casualidad; los miraban desde allí abajo, señalaban, apuntaban sus fusiles. Se oyeron un par de detonaciones, pero estaban tan lejos que las balas ni silbaron. No obstante, Julia y Benjamín aceleraron la marcha, aunque él tenía las manos desolladas de tanto buscar apoyo en la piedra y las piernas se le iban ablandando. Abajo, la tropa había elegido un terreno llano para descansar, salvo seis o siete hombres que, tras desgajarse del grupo, hormigueaban hacia ellos.

Pero los dos fugitivos no habrían podido seguir ascendiendo mucho tiempo; la ladera se iba volviendo acantilado y para continuar habrían necesitado cuerdas y saber cómo usarlas. Tampoco parecía fácil bordear la elevación, salvo descendiendo otra vez varios cientos de metros, con el riesgo de llegar allí al tiempo que sus perseguidores. La única vía de escape era una grieta angosta en la roca, por la que podía entrar una persona poco voluminosa, pero no sabían si les llevaría muy lejos o si se encontrarían a los pocos pasos en el fondo de una cueva.

Uno de los perseguidores les apuntó desde lo que debían de ser más de quinientos metros, pero prefirió no desperdiciar la bala y continuó la ascensión. Julia encendió el mechero, sopló para avivar la brasa y se escurrió como una anguila por la grieta. Llamó desde lo oscuro.

–Vamos. ¿A qué esperas?

–No puedo. Los sitios estrechos me dan angustia.

Julia reapareció. Ambos contemplaron a los perseguidores, que subían despacio, quizá porque sabían arrinconadas a sus presas. Les daban grandes voces que el viento distorsionaba hasta hacer incomprensibles, pero estaba claro que celebraban la situación. Uno volvió a apuntar con cuidado. Un metro por encima de Benjamín y Julia saltaron esquirlas de la roca.

–Ven, sígueme.

–De verdad que no puedo.

–Cierra los ojos.

Julia tomó una mano de Benjamín. Se la llevó, escarbando por debajo de la ropa, a uno de sus pechos, frío y suave, de mármol y sin embargo vivo. Benjamín cerró los ojos y se dejó arrastrar –en las yemas de sus dedos latido y temblor– hacia la grieta. A pesar de lo angosto, ella no le soltaba. Tuvieron que ponerse de lado para avanzar. Julia tiraba de él poco a poco hacia el interior, aprisionando la mano entre la suya y el pecho. De vez en cuando se oía el soplido con el que avivaba el débil resplandor de la mecha. La montaña los iba abrazando cada vez más estrechamente. A Benjamín la cercanía de la piedra le dificultaba respirar. Tenía ganas de echar a correr dando gritos.

–No puedo. Te juro que no puedo. Yo me vuelvo.

Julia sacó la mano de Benjamín de su cómodo escondrijo y se la llevó a los labios. Besó los dedos uno por uno, los lamió, los chupó como caramelos. Y mientras lo hacía jalaba de él hacia el fondo de la cueva, centímetro a centímetro, haciéndole casi olvidar que su rostro rozaba la roca.

–Ahora viene lo más difícil –Benjamín le respondió con un graznido–. Vamos a tener que arrastrarnos. Pero el hueco es bastante grande.

–No sabes adónde va. Podemos acabar en un pozo.

–Sale aire fresco. Mucho. Y al fondo hay algo de luz. Mira, abre los ojos.

Un disparo se multiplicó sobre las paredes de piedra recordándoles a sus perseguidores. Luego otro.

–¿Estáis ahí, cabrones? ¿Es ahí donde os habéis escondido?

–Que no, coño, que por ahí no cabe nadie. Mira, si yo soy menudo y no entro.

–¿Y dónde están, eh? ¿Dónde? ¿Cómo han desaparecido?

Otros dos disparos: las balas rebotaban pero no podían alcanzarlos.

–¿Y si hacemos un fuego para asfixiarlos?

157

–Qué pena no tener un buen perro.

–Yo a los conejos los saco de la madriguera con un hurón. Unos dientes como alfileres tiene.

–Que os digo que no están ahí, joder.

–Pues no pueden estar en otro sitio. Maldita sea, no quepo. ¿Cómo coño han entrado?

Las balas atravesaban la gruta, rebotaban en las paredes produciendo un sonido tan agudo que provocaba dolor de dientes.

–¡Os vais a pudrir ahí dentro, maricas!

–¡Ojalá os caigáis en un pozo!

Sus perseguidores acabaron cansándose de maldecir y disparar. Julia dejó de chupar un momento los dedos de Benjamín para decir:

–Nos han llamado maricas. Se creen que soy un hombre –dijo riendo por lo bajo.

Entonces se agachó de repente, inspeccionó un agujero que se abría a sus pies y, como una culebra, entró en la roca. Benjamín se puso a rezar un credo.

–Pst. Déjate de rezos y sígueme. Seguro que hay una salida al otro lado.

Benjamín se tumbó en el suelo, se le empaparon las ropas al atravesar un charco que se le antojó maloliente, reptó desesperado golpeándose la cabeza contra los salientes de la roca, se quedó trabado. Empujaba pero cuanta más fuerza hacía más se atoraba en la estrechez del conducto, y de pronto le pareció que este se abría a sus pies, y él caía, se deslizaba por un pozo mientras oía un grito que quizá era el suyo, porque allí están, aguardándole, como tantas veces ha temido, en medio de un fulgor que destroza la oscuridad.

Belcebú rodeado de moscas, batiendo sus alas de murciélago mientras defeca a un desgraciado y mastica a un par de desnudos cuyas piernas asoman de la boca monstruosa, debatiéndose como patitas de insectos; y a su izquierda Astaroth, el enclenque coronado, en cuyos rasgos cree reconocer a Alfonso XIII, riéndose a lomos de un dragón, mientras enarbola una serpiente en su mano izquierda y con la otra eviscera a una mujer. Ve a otro demonio convocándole con un gesto de la mano a su presencia infernal, al que reconoce inmediatamente como Baal, el de las tres cabezas, una de gato, otra de sapo, pero es la del centro, tocada con una corona de madera, la que se dirige a él y le espeta: no has cumplido la misión que te encomendé, desgraciado, con la voz y la cara de don Manuel, y el gato maúlla mientras el sapo lanza una y otra vez su lengua pegajosa intentando comerse las moscas que rodean a Belcebú; a la izquierda de Baal se encuentran Aamon, Pruslas y Barbatos, que, para divertirse, se han transformado en jabalíes con manos de dragón y culos de niño; armados de largos tenedores azuzan a un grupo de condenados y les obligan a devorar los excrementos que caen sobre ellos desde una cascada sin principio ni fin; y encima de este grupo reina el cruel Cimeries, señor maligno de las tierras africanas, tocado de una ridícula gorra de barco con una borla roja que se balancea con violencia mientras él, con el rostro descompuesto en muecas obscenas, acuchilla a desgraciados con turbante, les corta las yugulares, los empala, los descuartiza con su única mano, a la vez que grita: ¡viva la muerte, cojones!, hilvanando escatologías como esos locos que encuentran alivio en proferir palabrotas, denominar excrementos e inmundicias, enumerar sinónimos genitales; por encima de su cabeza cabalga Abigor sobre un caballo blanco, lanza en ristre, el único demonio hermoso y de ojos soñadores que habita las tinieblas, el demonio de largos párpados y frente despejada, elegante y varonil en una impoluta camisa azul, alinea a sus setenta legiones preparándolas ya para el ataque; mientras al otro lado, en la zona occidental, Berith, el alquimista del averno, el transmutador, está sentado a una mesa junto con varios comensales humanos, de entre los que sólo le resulta familiar un banquero y contrabandista con cara de lechuza que solía salir en los periódicos; Berith ríe a carcajadas y se palmea los muslos mientras los comensales se pelean por llevarse a la boca los manjares que les van sirviendo tres demonios diminutos, pues los avariciosos son los mejor tratados en el infierno, ya que ellos son la fuente de la corrupción de los políticos, de la traición a los ideales, de la mayoría de los asesinatos y las delaciones, de las guerras y muchas hambrunas, y por eso los demonios les están agradecidos y los alimentan, siendo su única tortura tener que comer la carne cruda y nutrida de gusanos. Ve también a un demonio cuyo nombre ignora, un demonio vanidoso con el pecho cubierto de medallas y distinciones y bandas azules y rojas, que se está mirando al espejo, y en realidad tiene dos grandes cuernos retorcidos de chivo, y dientes de lobo, y orejas de caballo, pero la cara que le devuelve la mirada desde el reflejo es la de Largo Caballero, que no es diablo sino un condenado, prisionero en ese espejo desde el que deberá contemplar al demonio durante toda la eternidad, y ambos, el diablo y su reflejo, llevan marcados a fuego el escudo borbónico en una mejilla y una hoz y un martillo en la otra; y mientras el demonio bizquea y saca la lengua y finge escupir a su reflejo terrenal, este ruega a grandes voces, ¡perdonadme, perdonadme, no sabía lo que hacía! Y ve que los gritos no molestan lo más mínimo al rijoso Brulefer, el cual yace muy a su gusto con varias mujeres a la vez y las está gozando con sus numerosos penes terminados en uña de alacrán; y poco más hacia el oeste el melifluo Dantalian, el que cambia de rostro a voluntad, hace amago de mostrar a Benjamín una caja abierta preguntándole con voz que a veces es de hombre y a veces de mujer: ¿no quieres ver quién podrías haber sido, cuál podría haber sido tu futuro?, yo puedo mostrártelo. Y también ve, lo que le pone el cabello de punta, al mismísimo Lucifer, la Estrella del Atardecer, el Príncipe del Ultramundo, quien tiende una mano hasta tocarle el rostro, un contacto sin duda venenoso, porque enseguida la piel empieza a arderle, y él se sacude y retuerce para apagar el fuego, pero lo más horroroso viene después, cuando Lucifer saca la mano que ocultaba tras la espalda, y resulta que en ella lleva cogida a Julia por una pierna, y del vientre del demonio ha salido una serpiente que se retuerce embutiendo la cabeza en el regazo de Julia, que grita y grita, y le llama a él para que la socorra, ¡Benjamín! ¡Benjamín!

–¡Benjamín! Maldita sea. Continúa. Te digo que hay una salida.

La visión se esfumó, dejándole jadeante, sudoroso, extenuado; ah, de modo que era así el infierno, así la inmensa tiniebla, rota sólo por el fuego que producen las almas al quemarse.

Pero la claridad tenue que llegaba ahora hasta él no tenía nada de infernal. Una luz blanda, fría, una luz que recordaba el reflejo en un manantial transparente; sin expulsar del todo la oscuridad, era suficiente para permitirle ver las piernas de Julia, a pocos metros, reculando para ir a buscarle. Reptó hacia ella tan rápido como pudo, sin atorarse pero haciéndose chichones a cada momento, poniéndose en carne viva las rodillas, qué más daba, lo importante era salir de ese pozo del averno, regresar al mundo y a sus penas llevaderas, efímeras, volver a Julia, viva, hermosa, triunfante al otro lado del túnel, que repetía:

–¿Lo ves como hay una salida? ¿Lo ves?

En lo alto de la amplia cueva a la que llegó ahogándose de ansia se abría una claraboya que permitía vislumbrar el cielo más azul que Benjamín hubiese visto en toda su vida.

Y hacia él comenzaron a trepar por un talud de cascotes.

El hombre tenía las manos huesudas y los ojos tan entusiastas que Benjamín pensó que deliraba por un ataque de fiebre. Parecía haberlos esperado desde el inicio de los tiempos a la salida de la cueva. Estaba desnudo, salvo por un taparrabos de piel de conejo, pero sobre todo llamaba la atención su cara mineral: agrietada, seca, angulosa. La frente no se abombaba antes de alcanzar el nacimiento del cabello, sino que se alzaba ligeramente diagonal al plano aparente del cielo, acantilado en cuya cima crecía una espesa vegetación.

–Bienvenidos. Sed bienvenidos. Entrad, entrad –les dijo, haciendo un gesto con la mano como quien franquea a una visita el paso al salón. Pero el territorio que se abría detrás de esa mano era una extensión yerma, una vasta pedrera rodeada de un círculo de paredes escarpadas. Quizá se hallaban en el antiguo cono de un volcán o en una cubeta producida por un enorme glaciar. El fondo de la cubeta era blanquecino tirando a amarillento, y los farallones de un azul grisáceo.

–¡Qué paisaje más triste! –exclamó Julia.

–No, señorita –corrigió el hombre con amabilidad y voz deteriorada–, es su propia tristeza la que usted proyecta sobre la orografía. Ni los paisajes son tristes ni los amaneceres alegres, ni los pájaros trinan felices, ni el búho tiene una voz lúgubre. Esas son cosas que dicen los poetas, gente ensimismada incapaz de distinguir entre el mundo y ellos mismos, usted ya me entiende.

Julia descendió unos pasos para acabar de llegar hasta donde se encontraba el hombre, miró en derredor: piedra, grava, polvo.

—Pero no hay ninguna planta.

—Aquí, todo el que llega viene huyendo de la vida. Nadie se arrastra por un túnel como ustedes han hecho, nadie se adentra en lo angosto y lo oscuro si no es para huir de su vida anterior y renacer en una nueva. Enhorabuena, lo han conseguido. Pero no se queden ahí.

Y volviendo a hacer un gesto de anfitrión que muestra el camino hacia el café y las pastas echó a andar tambaleante —sus piernas hacían pensar en una cigüeña con artritis—, girando la cabeza y sonriendo amablemente, o quizá la amabilidad era también una proyección de Benjamín y Julia, y los dientes del hombre asomaban al exterior tan sólo porque tenía unos labios tan delgados y tensos que no podía juntarlos sin hacer un esfuerzo.

Benjamín se decidió a desencaramarse del repecho en el que terminaba la cueva, llegó hasta Julia, intercambiaron un gesto perplejo y siguieron al desconocido, a quien habían supuesto eremita hasta que al rodear un peñasco descubrieron a una docena de personas tan flacas y desnudas como él, igualmente resquebrajados sus pellejos, que a duras penas resistían la presión de los huesos.

—Recibid a los nuevos hermanos —propuso el hombre, y del grupo escapó un murmullo que podría haber sido tanto aprobación como repudio.

—Oye —susurró Benjamín al oído de Julia—. ¿Tú crees que serán caníbales?

—No hay ningún niño.

—Porque se los comen. Vámonos.

—Ahora tenemos que ir a trabajar. Habíamos interrumpido la jornada para recibiros.

—¿Cómo sabía que íbamos a venir? –le preguntó Benjamín.

—Tuve una visión. Un ángel me anunció que estabais en camino y me ordenó que fuese a daros la bienvenida. Tomad, una raedera cada uno. Así os vais acostumbrando.

Julia acercó los labios al oído de Benjamín.

—Seguro que oyó los disparos.

—¿Y qué quiere decir eso de que nos vayamos acostumbrando? –dejó escapar Benjamín entre dientes que simulaban una sonrisa.

—En realidad, ya no hay mucho que hacer. Esto antes era un vergel, no pueden imaginarse. Un lugar horrible lleno de arbustos y árboles. Con tanta agua es lógico.

El grupo caminó en silencio hasta llegar a un vado que se adentraba en un desfiladero no muy alto, en cuyo fondo discurría un arroyo. El grupo se detuvo y se puso a rascar con las raederas el musgo que se formaba en la piedra.

También su guía se entregó a la misma labor y les conminó con los ojos a imitarle. Julia y Benjamín obedecieron de mala gana.

—Un vergel, os digo. En esa hondonada que habéis visto más atrás crecían enebros. En la falda del escarpe había ílex y algún que otro pino. Y los alrededores del riachuelo los mancillaba una selva de juncos. Pero nada es más fuerte que la voluntad humana. No sólo las plantas, también los animales, claro.

—No entiendo de qué habla.

El hombre volvió hacia Benjamín dos ojos que ahora parecían almacenar un cansancio de siglos, dos pupilas opacas, hartas de ver. El movimiento de su mano cesó, y también los demás dejaron de arañar la piedra.

—Aguardad. Nuestros nuevos hermanos no entienden. Hay que explicarles. Siempre hay que explicar a los recién llegados, porque todavía no pueden comprender. Sus ojos no están abiertos y sus oídos se encuentran taponados por el ruido del mundo. ¿Quién quiere hacerlo?

Un joven de labios temblorosos se destacó del grupo y consultó a su líder por el procedimiento de mirarlo muy fijamente. Debió de haber algún tipo de asentimiento, porque todos los demás se sentaron a su alrededor. Julia y Benjamín les imitaron.

–Todo esto que veis era una tierra de pecado. Las hierbas cubrían el suelo invitando a la holganza y la lujuria. La sombra de los árboles era como el canto de las sirenas, capaz de desviar a un hombre de su camino. Los conejos se reproducían incansables, multiplicando el espanto de este mundo imperfecto; los jabalíes gruñían y hozaban; el zumbido de las abejas adormecía el espíritu vigilante; las ardillas correteaban tan ligeras como triviales, distrayendo al hombre de lo que importa.

Los dos recién llegados escuchaban boquiabiertos tanto disparate, pero los demás parecían por primera vez felices, incluso orgullosos al oír el recuento de lo que hubo y ya no había.

–Cuéntales lo que hicimos, hermano –le animó el líder.

–Entonces llegamos algunos de nosotros, guiados por el Instructor, que había tenido una visión. Un ángel con una espada de fuego le mostró la entrada del camino secreto y le susurró al oído las órdenes divinas. Al principio éramos sólo cinco, pero poco a poco fueron llegando más, atraídos por la radiancia de nuestra obra. Primero talamos los árboles para no poder sentarnos a su sombra y para que las aves no se posaran en ellos y cesaran de entretenernos con sus trinos; sabed que las aves canoras no son obra de Dios, como se suele pensar, sino de Satanás. Después arrancamos retamas, cardos, juncos, gramas. Exterminamos a los jabalíes; perseguimos a los conejos en sus galerías; a los murciélagos en sus cuevas; cavamos una y otra vez el terreno con las manos para extirpar las raíces y desenterrar las orugas y las larvas de lo que horada y se revuelve. Todo lo vegetal y lo animal era entregado a la alegría de las llamas. A los pocos meses nos rodeaba una tierra sin pecado, exterminada la lujuria y la multiplicación insensata de lo deforme. Aún el demonio envía sus semillas en los excrementos de las aves que nos sobrevuelan sin atreverse a posarse. Pero todo lo que brota lo destruimos y ya sólo el musgo se nos resiste. Los insectos no regresaron, sólo cuando más apretaba el verano llegamos a ver algún mosquito. Quizá no hemos conseguido aniquilar las arañas zancudas que habitan la cueva. El agua, es verdad, sigue ahí, para que no nos entreguemos a la desidia olvidando nuestra misión.

»Sabed que adoramos lo seco y aborrecemos lo húmedo. Que el polvo es mejor que la roca. Sabed también que lo que crece y cambia se opone a lo eterno, que es inmutable. Lo que se reproduce y muere atenta contra la perfección, puesto que es podredumbre en potencia. Por eso los varones, aunque fuertes de voluntad, preferimos la castración a cometer el atroz pecado de engendrar, y eso que no es frecuente entre nosotros la lujuria, alentadora de lo húmedo y lo perecedero.

»Sed bienvenidos al lugar más perfecto del universo.

Del grupo salió un murmullo. Lo húmedo se deslizaba de todas maneras por sus mejillas al escuchar el recuento de sus obras. El que acababa de hablar miró temeroso al Instructor; este asintió complacido.

—Dentro de diez días hará tres años que estamos aquí –dijo el Instructor y, recogiendo hacia la nuca los cabellos de un parietal, les mostró una oreja que parecía un gurruño de trapos viejos–. El aliento del ángel la quemó, y yo entendí que lo mismo debía hacer con todo lo que crece y se corrompe.

—¿Y de qué se alimentan?

—Muchacho, quien desea algo con todas sus fuerzas lo consigue. Tú podrías levitar y desplazarte a otros continentes en cuestión de segundos, arrojarte a una hoguera y salir de ella tan campante.

—¿Quiere decir que no comen?

El estómago de Benjamín reaccionó ante la terrible posibilidad recolocándose sonoramente.

—Tan sólo lamemos la roca y una vez al día, al atardecer, bebemos del manantial. El agua y el aire son los dos únicos elementos que el ser humano necesita de verdad para sobrevivir. Dios nos volvió glotones para castigarnos por nuestra impiedad. Adán y Eva no tenían saliva, porque en el paraíso no necesitaban alimento ni agua ni aire, igual que los ángeles. Pero la mujer comió de la manzana y nos condenó al hambre y al deseo. Un día, cuando seamos lo suficientemente fuertes, también sabremos renunciar a las sales y a los minerales, quizá al agua y al aire. Entonces habremos regresado al mundo de los primeros días, antes del mal llamado paraíso donde se fraguó nuestra desdicha, volveremos a esa época santa en la que no había arbusto aún en el campo, ni germinaba la tierra hierbas, como dice el Génesis.

»Y ahora, volvamos a nuestra tarea. Tú, mujer, hasta que el trabajo y la renuncia no te hayan despojado de las formas seductoras del mundo, dormirás y trabajarás vestida. Desde este instante ya no tienes nombre. Si un varón se te acerca con intenciones lujuriosas es tu deber arrancarle los ojos con tus propias uñas. Tú, hombre, te retirarás a la boca de la cueva hasta mañana, cuando renegarás del pecado y te mutilarás el apéndice procreador. Antes no te queremos cerca de las mujeres, por tu propio bien. Dios os ha enviado para ayudarnos a purificar el mundo. Vuestra voluntad ya no os pertenece, sino que está al servicio de la Suya.

–Pero yo no quiero, es decir, yo nunca he..., y no puedo...

No era fácil explicarles. Él habría querido ser santo, parecerse a esos niños mártires que, en el libro que tenían en el colegio, rezaban con la vista elevada a un Dios Padre sonriente mientras eran torturados por malvados paganos. También cuando su propio padre le golpeaba con una vara fina que guardaba siempre junto a su sillón, precisamente para darle ese uso pedagógico, se imaginaba que era un niño mártir y que un ángel bajaba del cielo para detener la mano del progenitor, como detuvo la de Abraham cuando iba a sacrificar a Isaac. Pero nunca descendió el ángel, ni siquiera después del castigo para curarle las heridas y alabar su fe. Ya de adolescente, escarmentado y seguro de que no habría milagros ni prodigios en su vida, se fue con los maristas aprovechando que en la escuela lo tenían por un chico muy listo, poco espabilado, pero con cabeza; a él le parecía bien alejarse de su casa, escapando a un futuro de tendero a las órdenes del padre, y convertirse en maestro, quizá en algún país africano, aunque tuviera que pasar años encerrado entre hombres y muchachos. Porque desde muy pronto le gustaron las chicas; el problema era que él no les gustaba a ellas. Por eso le resultaba tan difícil aceptar ahora perder toda posibilidad de saber cómo era el pecado de la carne; la propia sí la conocía, pero ir al purgatorio o al infierno sólo por eso le parecía una gran injusticia, pues condenarse por una mujer sería, aunque triste, grandioso, mientras que ir para toda la eternidad al infierno por unas pocas pajas no era más que ridículo.

—Yo era como tú —le dijo el Instructor después de escuchar otros cuantos balbuceos con los que Benjamín pretendía alejar la inmolación de sus genitales—. Correteaba detrás de las mujeres como esos perros que van olisqueando el culo a las perras. Hasta que me abrasó el aliento del ángel. Entonces distinguí la verdad de la insidia, el camino recto del extraviado. Dios te ha enviado aquí y no seré yo quien permita que su voluntad sea desdeñada. Reza todo lo que puedas esta noche, y verás como la oración aniquila tu carne antes de que lo haga el filo. Te prometo que vas a sentir más alivio que dolor.

—¿Y con qué...?

El Instructor le mostró la raedera de pedernal con la que antes había estado raspando el musgo de la piedra.

Justo cuando Benjamín se iba a levantar para salir corriendo, Julia lo abrazó con tal fuerza que no consiguió desasirse de ella.

—Regocíjate, hermano. Nuestros pasos nos han traído a la salvación. Estábamos ciegos y ahora veremos la luz. Vivíamos en la podre y pronto habitaremos un mundo limpio.

Sus ojos de iluminada acabaron de quitar a Benjamín la energía que habría necesitado para resistirse. Si incluso Julia lo abandonaba, ¿adónde iba a ir él? Pero entonces ¿qué sería de su misión de salvar España? Caerían sobre su conciencia los miles de muertos, el dolor de las viudas y de las novias, el llanto de las madres y de los hijos, las represalias y venganzas, la pena de los vencidos, la mezquindad de los vencedores.

Iba a protestar nuevamente, pero la mano de Julia lo impidió. Sus ojos ya no eran de alegría, sino amenazantes: dos pupilas diminutas que se le clavaron en el ánimo.

Como ya anochecía, y como ni había cena ni al parecer nadie la deseaba, lo condujeron a la entrada de la cueva, acompañado de un vigilante cuya misión no expresada era sin duda impedir que Benjamín escapase a la santidad. No intercambiaron palabra, porque el otro no respondió a las que Benjamín le dirigía con la esperanza de ganarse su confianza para luego abusar de ella. El hombre se sentó en el interior de la cueva y Benjamín se tumbó a la entrada, buscando aprovechar pequeñas hondonadas que se acomodasen a la forma de su esqueleto.

Era verdad que no había aves nocturnas, que ningún roedor escarbaba la tierra, que no revoloteaban ni las luciérnagas ni los mosquitos. El mundo estaba muerto; hasta el viento había desertado de aquel lugar inhóspito. Parecía mentira que pudiera haber luna llena en aquel páramo ajeno a la vida, y sin duda, de haber podido, el Instructor habría detenido la marcha de los astros y el paso de las estaciones.

Benjamín lloriqueó pensando en lo que le aguardaba. Las mujeres son volubles, le habían advertido siempre en el seminario. La serpiente no eligió por casualidad a Eva para tentarla. Julia se plegaba a pertenecer a aquella banda de fanáticos y le condenaba a él a la castidad. Pero Benjamín no quería ser santo antes de haber pecado. Necesitaba saber cómo era; ¿y si no le gustaba? ¿No sería más fácil después renunciar a la tentación? Porque sin haberlos practicado, no podía estar seguro de que le complacieran los juegos del sexo. Ah, Julia. Cuánto habría deseado yacer con ella, con la única mujer que le había tomado la mano para llevarla hasta su pecho, que le había chupado los dedos uno a uno para espantar sus temores.

Con ella soñó esa noche, sucediéndole aquello que él siempre había ansiado de adolescente: fornicar en sueños, única manera no pecaminosa de experimentar el placer carnal. Fue, una vez más, la voz de Julia la que lo despertó.

—Ya sé que estabas pasándolo bien, pero tenemos que irnos. ¿Soñabas conmigo?

Benjamín balbuceó una negativa mientras intentaba ocultar una erección a la que los rayos de la luna daban un marcado relieve.

—Yo creía que tú...

—Estás tonto, chico.

En cuanto se incorporó descubrió el cuerpo de su custodio tendido, con la cabeza y el tórax en el exterior de la cueva. El cabello parecía pringoso alrededor de la nuca.

–¿Está muerto?

–Tómale el pulso si quieres averiguarlo.

–¿Cómo lo has hecho?

–Tengo visión nocturna. Los linces y yo cazamos de noche.

–Yo creo que nunca he matado a nadie. Aunque una vez derribé un avión. Pero no sé si murió el piloto. Espero que no.

–Te recuerdo que tus seres más queridos están aún en peligro.

–¿Mis...?

Julia le señaló la entrepierna.

–Esos.

Pero lo que contempló Benjamín fue el cuerpo tendido ante él, iluminado por el foco helado de la luna. La locura se había desvanecido de los rasgos del hombre, en los que sólo quedaba un desmadejamiento, un abandono de persona feliz, en paz consigo y con el mundo.

Tuvieron que arrastrarlo afuera de la cueva para poder entrar ellos. Benjamín quiso creer que había sentido un flujo dentro del hombre, un rumor de algo vivo. Descendieron por el terraplén; en la boca de la estrecha galería ya todo era oscuridad y los temores volvieron a apoderarse de Benjamín.

–No puedo –dijo reculando.

–Vuelvo a recordarte lo que te espera si te quedas.

–Aun así, no puedo.

–¿Quieres volver a tocarme el pecho?

–Sí.

–¿Y que te chupe los dedos?

–Por favor.

A pesar de la oscuridad, Benjamín estaba seguro de que Julia sonreía. Y él también lo estaba haciendo. Tomó aire como si fuese a zambullirse bajo el agua y, de la mano, siguió a Julia hacia el fondo de la caverna. La habría seguido a cualquier parte, incluso de vuelta al infierno.

Lo primero que pensó al despertar en la mañana siguiente fue que después de cumplir su misión, incluso aunque no la cumpliese, después de las aventuras que había vivido, ya nunca volvería a ser el mismo. Lo segundo que pensó fue que era una perogrullada, porque uno nunca es el mismo aunque los demás así lo consideren. Como tienes un nombre y una cara, como habitas un lugar y eres resultado de una historia, te miran y dicen «es Fulano», como si ser Fulano fuese un acto inacabable, continuo, siempre idéntico. Pero cada vez que se levanta uno por la mañana ya es otro; los acontecimientos del día anterior, incluso los sueños, lo han transformado en un ser diferente, en un recién llegado que lo ha suplantado mientras dormía.

Se volvió hacia Julia; cuando ella abriese los ojos probablemente también sería otra, pero él seguiría igual de enamorado, como si ella no pudiese cambiar y él tampoco, como si cada movimiento nuevo, cada gesto que descubriese en ella, cada retal que le revelara de su historia no fuese la invención de un nuevo personaje, sino una propiedad más de un fósil, de una reliquia, de una santa de madera a la que adorar precisamente porque su constancia lo ancla al mundo, ah, en ese momento entendió todo el asunto: es la continuidad de los otros la que nos permite vivir sin que el suelo desaparezca a cada rato de debajo de nuestros pies: son los demás quienes, al parecer que son los mismos y creer que nosotros lo somos, evitan que todos esos seres que nos habitan salgan corriendo cada uno por su lado.

No se apresuró a despertar a Julia. Tenía los ojos entreabiertos, como si lo vigilara, aunque él sabía que dormía. Deseó que estuviese soñando con él y que, aunque sólo fuera en sueños, lo admirara. Quizá porque no le parecía posible que pudiera quererlo había decidido conformarse con que lo admirase un poco. Y si un día ella le confesaba su admiración, él sonreiría con modestia y le quitaría importancia.

Había comenzado a caer una lluvia persistente, no muy fría pero que poco a poco había ido calándolos y poniéndolos a tiritar; no se veían en las inmediaciones grandes árboles bajo los que protegerse, apenas unos arbustos mordisqueados por las cabras, así que cuando encontraron una casa al borde de una cañada, se acercaron a ella aunque sólo fuese para resguardarse bajo el alero; la casa parecía dibujada por un niño: cuadrada, blanca, con tejado a dos aguas, una chimenea, y con un caminito de tierra que la rodeaba y se desvanecía en unos pastos amarillentos. Lo único extraño en ella era que en lugar de dos ventanas y una puerta, como habría pintado un niño, tenía una ventana y dos puertas, cada una con un escalón delante, aunque cuando se acercaron para asegurarse de que no había nadie descubrieron que la casa constaba de una sola habitación. De la chimenea no salía humo. Julia le indicó que, delante de los escalones, las pocas hierbas que crecían no habían sido pisoteadas. La impresión que producía era la de un lugar muy cuidado y sin embargo deshabitado. No había señales de abandono: tejas o vidrios rotos, basura, plantas o hierbajos nacidos en las grietas..., de hecho, no había grietas en la fachada. Aun así flotaba en derredor una especie de vacío, de ausencia, que quizá podrían haber atribuido a la mañana gris, propicia a la melancolía. Julia empujó una de las puertas, que se abrió sin un chirrido.

En el interior encontraron una cama hecha, sin una arruga en las mantas ni en la almohada, un fogón con cacharros limpios apilados en una esquina, una mesa con cuatro sillas, la mesa con mantel, cuatro platos, cuatro vasos, los correspondientes cuchillos y tenedores flanqueando los platos, perfectamente paralelos. Benjamín pensó en la casa de los enanos del cuento de Blancanieves. Levantó uno de los cuchillos revelando su huella perfecta sobre la delgada capa de polvo que cubría la mesa. Julia, más práctica, rebuscó en la despensa y sacó de ella un paquete de azúcar, tres latas de sardinas y un pan que resultó estar mohoso. No había aperos de labranza ni herramientas. En una de las paredes colgaba una fotografía hecha en estudio, de una pareja joven; él llevaba traje y chaleco, ella un vestido negro hasta los pies y un aspecto decimonónico, debido quizá al peinado que le recordaba al de alguna reina del siglo anterior. Desde luego ambos parecían gente de ciudad más que de campo, ni pana ni boina, ni pañuelo ni alpargatas, ni las arrugas de quien ha trabajado al sol.

Benjamín sentía una vaga nostalgia; la casa le hacía pensar en tiempos pasados, brevemente felices, en ilusiones fugaces, en proyectos olvidados. Pensó que algún día alguien, quizá un desconocido, miraría una foto de él, o entraría en su vivienda, si es que llegaba a poseer una, y también ese desconocido sentiría nostalgia, un leve pesar por tanto sueño roto, por tanta promesa incumplida, por ese joven que fue olvidándose de sus deseos y pasiones, que fue resignándose, quizá amargándose, desde luego renunciando a buena parte de lo que había deseado. Él, cuando veía a un adolescente, a veces intentaba imaginárselo de viejo, poniéndole arrugas y derrotas, sumándole traiciones y desengaños, también victorias y éxitos, por qué no, pero el resultado era siempre una figura rígida, alguien que respiraba con menos entusiasmo, que se reía más bajo, cuya sonrisa ya no expresaba alegría sino costumbre, cuyas creencias no despertaban en él ganas de hacer cosas, de levantarse y actuar, tan sólo generaban discursos, razones, justificaciones que sonaban a repetidas, a ensayadas.

Dieron un respingo cuando se abrió la puerta que no habían usado ellos. El hombre que entró llevaba una túnica, más larga por detrás que por delante, hecha con sacos cosidos. No era un enano de Blancanieves, aunque sí era rechoncho y tenía una barba blanca; con una corona habría parecido un Rey Mago. Un Rey Mago enloquecido o dado a la bebida. Cuando se agitaba salían de los sacos nubecillas de harina. No había en él nada de bonachón ni de solemne; su gesto era hosco, huraño; el de quien ha sufrido un gran agravio que no es capaz de olvidar. Lo que más llamó la atención a Benjamín fue que las ropas del hombre estuviesen secas.

–¡Silencio! –ordenó, con voz más marcial de la que sugería su aspecto descuidado. Nadie había dicho una palabra.

Apartó la cortinilla de la ventana, que se rompió en pedazos como si hubiese estado confeccionada con tela de araña, y escudriñó el exterior. Luego se fue hacia la puerta por la que había entrado, la reabrió unos centímetros y asomó la nariz al aire fresco de la mañana.

–No están –dijo.

–¿No están quiénes? –preguntó Julia, se chupó un dedo, lo introdujo en el paquete de azúcar y volvió a chupar el dedo.

–Ellos.

–¿Ellos?

Benjamín tenía la impresión de que hacía semanas que no se encontraba con nadie en su sano juicio. Ni siquiera del de Julia estaba muy seguro. Mucho menos del propio.

El mendigo o lo que fuese se apoyó con una mano contra la pared, ligeramente doblado por la cintura, como si le hubiera dado un mareo o se dispusiese a vomitar.

–¿Habéis tenido alguna vez la solitaria? Pues es lo mismo. Tú no sabes que la tienes dentro pero allí está, invisible y silenciosa; te alimentas sin darte cuenta de que todo lo que comes es para ella. Comes y comes, vives normalmente, cumples con tus obligaciones, pero cada vez estás más débil, te fallan las fuerzas y los que te rodean piensan que son cosas de la edad, que ya no eres el de antes, que los años no perdonan. Y te van arrinconando, dejan de consultarte, toman sus decisiones sin interesarse por tu opinión. De pronto te has convertido en una carga, aún fingen que te respetan, pero en realidad sólo les produces fastidio, y sobre todo les irrita que no te hayas muerto y que sigas rondando por ahí con cara de fantasma. Todo por culpa de la solitaria que se come todo lo que le echas.

–¿Está usted enfermo? –preguntó Benjamín para intentar encauzar el soliloquio del barbudo.

–¿Yo enfermo? –el hombre abandonó su postura y se puso a caminar por la cabaña, de pared a pared y vuelta, con las manos enlazadas a la espalda. Podría haber estado pasando revista a una tropa invisible–. ¡Ja! Mi única enfermedad es haber alimentado al parásito. Sin darme cuenta lo he ido haciendo crecer, y es insaciable. Si se creen que voy a ser yo la única víctima van listos. Algunos ya se han percatado y les empiezan a temblar las piernas. Ahora lamentan no haberme apoyado en su momento. Pero aún estamos a tiempo. Se puede amputar el miembro infectado y sanar el resto del organismo.

–Nosotros vamos a tener que irnos –dijo Benjamín, harto de jeroglíficos–. Nos queda mucho camino por delante.

–La mitad del camino puedes ahorrártela, mentecato. ¿Por qué crees que estoy aquí?

Julia tomó a Benjamín de un brazo.

–Yo a usted lo he visto en los periódicos. Me suena que llevaba un sable, o al menos uniforme.

–Vaya, la señorita me ha visto en los periódicos. Los periódicos son una mierda. Y los periodistas son como cacatúas, repiten sin pensar lo que oyen, una y otra vez, porque se creen que hacen gracia. Yo, si un día fuese presidente de la República, expulsaría a todos los periodistas. Platón pensaba lo mismo que yo.

–¿Platón quería expulsar a los periodistas?

–No seas burro, muchacho; él quería expulsar a los poetas, o al menos prohibirles escribir lo que perjudicara a la República: criticar a los dioses, mostrar las debilidades de los héroes, mentir para crear un efecto o provocar una emoción, regodearse en la miseria y en la tragedia. La prensa corrompe a la juventud porque busca siempre lo triste, lo mezquino, el fracaso, lo corrupto. Igual que los poetas. Arrugan el ánimo. Te empujan a quedarte en casa con las persianas bajadas llorando la gloria o la juventud perdidas. Por culpa de la prensa y de los poetas hemos perdido África, maldita sea. Pero no perdamos también el tiempo –rebuscó debajo de la túnica y acabó sacando un sobre lacrado–. Toma, esta carta es para quien tú sabes.

Benjamín lo tomó, y aunque en el sobre no había nada escrito, balbuceó:

–General...

–Que te calles, insensato. ¿Tú crees que me disfrazo de mamarracho y me paseo con este olor de panadería para que reveles mi nombre?

–Pero si estamos solos.

Se detuvo delante de la puerta y volvió a asomarse al exterior.

–Eso no podemos saberlo. La tenia ha puesto millones de huevos. Se está multiplicando por todo el país. Y pensar que estuvo a mis órdenes. Hay que hacer algo, muchachos. Yo sólo quería dar fin a la anarquía, reencauzar, poner orden..., ah, qué error. Por suerte hay otros que piensan como yo. No os detengáis. Si consigue otra gran victoria ya no habrá manera de exterminar la plaga. Como entre en Madrid nos hundiremos en una época tenebrosa. Pero ¿qué hacéis aquí todavía? Yo tengo que regresar a mi puesto, inspector general me ha nombrado el maldito piojo para aislarme. Corred os digo, tenemos que llegar a un acuerdo para detener a ese necio.

Benjamín se cuadró y saludó militarmente. El anciano respondió al saludo. Y en esa postura solemne y marcial podrían haberse quedado hasta el final de los tiempos, tan henchidos de la importancia histórica de su misión que se habían transformado prematuramente en estatuas. Julia rompió el hechizo dando un empujón a Benjamín.

–Vamos. Que no tenemos todo el día.

El general se apartó para franquearles el paso.

Había dejado de llover y un viento racheado les soplaba en la cara. Escucharon disparos lejanos sin hacerles mucho caso. Mientras andaban, Julia iba guardando en el zurrón de Benjamín las latas y el azúcar, que hasta entonces había llevado envueltas en un pico de su camisa. A los pocos minutos ya habían perdido de vista la cabaña.

–¿Te has dado cuenta? Cuando entró no estaba mojado, con lo que llovía. ¿Cómo lo habrá hecho?

–A mí me sorprende más que te haya encontrado. ¿Cómo sabía que estabas ahí?

–Es verdad, eso también es sorprendente. Ahora sí que tenemos que ir a Madrid. Tengo que averiguar dónde está el filósofo. ¿Te imaginas? ¿Te imaginas que pongamos tú y yo fin a la guerra? Lo más difícil ya lo hemos hecho.

Benjamín dio una larga zancada, de pura alegría, como un colegial que salta por encima de un charco porque no sabe qué hacer con tanta energía, con tantas ganas de que sucedan cosas emocionantes. Pero al posar la pierna lastimada con más violencia de la habitual se le dobló la rodilla y se le escapó un quejido.

–Hay que hacer algo con esa herida.

–Ya. Cuando lleguemos a Madrid.

–No, en cuanto veamos un pueblo. Aunque estés un poco canijo no tengo ganas de llevarte a cuestas.

–Bueno, cuando lleguemos a un pueblo.
–¿Como aquél?

El dedo, con la uña rota, de Julia señalaba hacia un pueblo más bien grande, que emergía de la bruma igual que un cuerpo sumergido aflora a la superficie. Primero distinguieron varias iglesias, todas ellas parecidas: grandes paralelepípedos grises, casi sin ventanas, cada uno con una torre cuadrada, tosca, con dos o tres hileras de campanas. Después aparecieron los tejados húmedos de las casas, luego las paredes y las calles, como si alguien fuese dibujando los edificios a medida que ellos se acercaban.

No tuvieron que preguntar a nadie para encontrar la botica, situada en un costado de una plaza empedrada con guijarros que formaban una complicada figura geométrica en cuyo centro había una fuente de piedra con cuatro caños. Entraron en la botica. Un hombre con bata de médico se apoyaba sobre un mostrador de madera oscura. Tras él, una pared cubierta de hileras de pequeñas gavetas, cada una con la misma inscripción en latín: *ipericum*. De este lado de la barra, dos hombres negaban con la cabeza y uno asentía enfático.

–Buenas tardes.

Nadie hizo caso a su saludo.

–Os digo que sí –insistió el asentidor. Levantó una mano y señaló hacia el rincón del fondo–. Allí estará –anunció, y todas las cabezas giraron para descubrir el *menetekel*–. Llevo años trabajando en ello, y os aseguro que me encuentro muy cerca. Va a ser el invento del siglo. Más importante que el submarino, más que la penicilina, infinitamente más que los polímeros.

–Pues vaya mierda de invento, el plumero.

–Po-lí-me-ro.

–¿Qué es un polímero? ¿Se come? –preguntó uno de los oyentes, un hombre de aspecto tan corriente que si pestañeabas se te olvidaban sus rasgos.

–Animal.

–¿De pluma o de pezuña?

–Digo que eres un animal.

El inventor tenía el cutis de patata hervida y los ojos de esos iluminados que anuncian el fin del mundo como si se alegraran. En una mano empuñaba un lapicero, la otra la guardaba bien hondo en el bolsillo, creando la expectativa de que iba a sacar de un momento a otro la piedra filosofal o al menos alguna maravilla de feria. Llevaba un elegante traje de algodón gris que combinaba mal con sus patillas de bandolero.

–¿De qué habla este? –preguntó el otro hombre, que llevaba un morral de pastor–. Otro que se ha vuelto loco. En este país todos se están volviendo locos.

El farmacéutico dejó escapar un petardeo entre los labios que nadie supo interpretar.

–Un día no estaremos hablando como lo hacemos aquí –dijo el inventor.

–Cago en Dios –dijo el pastor.

–Estaremos todos embobados mirando una caja.

Julia se acercó al mostrador sin conseguir aún atención alguna. Tampoco la obtuvo cuando comenzó a hacer girar una moneda de canto sobre el mostrador.

–Necesitaríamos unas vendas, y mercromina.

–Y la caja será una ventana por la que veremos el mundo.

–No quedan vendas. No queda mercromina. Alcohol de quemar.

–Para eso sirven todas las ventanas, digo yo: para ver el mundo.

–No me entiendes, Jeremías. No estoy hablando de tus ovejas ni del pajar ni de las encinas, eso es lo que puedes ver desde una ventana. Hablo del mundo.

–¿Madrid?

–Igual que la radio, pero viendo. ¿Me seguís?

–¿Qué le pasa, una herida? Algodón tampoco tengo. Use un paño limpio.

Benjamín se sentó en una banqueta, remangó la pernera y examinó la herida infectada. Burbujas como de hervor cristalizado, churretes irisados, un cráter amarillento. Julia tomó el frasco que le tendió el farmacéutico y vertió sin dudar un chorro sobre la herida. El farmacéutico salió de detrás del mostrador, se acercó e inspeccionó la herida.

—Va a haber que amputar.

Benjamín notó que se le nublaba la vista y un vacío se instaló detrás de sus ojos. El farmacéutico le dio una palmada en el hombro.

—Que es broma, chico. Si hubiese que amputar por una herida así estaríamos todos cojos o mancos. Nadie tendría ya ni brazos ni piernas. Lo que, bien pensado, no le vendría mal al país. Aunque seguro que seguían matándose a mordiscos.

El farmacéutico se quedó pensativo; a juzgar por su expresión, que pasó de la perplejidad al espanto, imaginaba un barullo de cuerpos mutilados, sacos humanos rodando por el suelo y buscando con los dientes la yugular del otro.

—¿Me escucháis o no me escucháis? Os estoy hablando del mayor invento del siglo.

Fue como el chasquido de los dedos de un hipnotizador. El farmacéutico se sobresaltó y regresó al tono burlón, continuando el movimiento para agacharse junto a Benjamín justo allí donde lo había suspendido.

—Pues si es del siglo, tiempo habrá para que nos lo cuentes. Primero hay que curar al moribundo. ¿No tiene un trapo limpio, señorita? Un trozo de enagua iría bien. De la cintura mejor que del bajo.

Julia arrancó con esfuerzo una tira de tela de la enagua. Se la dio al farmacéutico, quien la olisqueó antes de empaparla en alcohol y de limpiar con ella la herida. Al terminar indicó a Julia con un gesto que vertiese otro chorro.

—Escuece, ¿verdad? Mejor. Lo que no duele no cura.

—¿No hay médico en el pueblo?

El pastor soltó una carcajada.

—Ese no le va a curar ya a usted ni a nadie.

—Os digo que podremos ver lo que pasa a cientos de kilómetros. Y películas de Charlot. Y el presidente podrá hablar con cada uno de nosotros, preguntarnos cómo nos va. Será como si lo tuviésemos en nuestras casas.

El pastor amenazó al aire con el cayado.

–En la mía no entra un político. Por mis muertos.

–Y las cupletistas cantarán y bailarán a dos metros de nuestras narices.

–¿Se podrán tocar?

–Sí, hombre, y subirles la falda, no te jode. Sólo veremos la imagen: como ahora ves una foto, pero que habla y está viva. Es decir, igual que si fueran fantasmas: están, pero no están. ¿No habéis ido nunca al cine?

–Yo no –respondió el pastor.

–Igual, pero mejor. Porque no es sólo para películas; aprietas un botón y puedes ver lo que quieras, porque habrá cámaras instaladas en todo el mundo, hasta en los retretes de las casas.

–¿Y para qué quiero yo ver a alguien cagando? –preguntó el farmacéutico–. ¿Para eso sirve tu invento?

–Bueno, bueno. Yo me voy a ir que me espera el ganado.

El pastor se dirigió a la puerta pero en lugar de salir se quedó mirando hacia el cielo a través del cristal.

–Os estaba dando un ejemplo, pero no me escucháis. Lo que digo es que la gente ya no viajará, ni jugará a las cartas y un día los chicos no tendrán que ir al colegio, porque podrán verlo todo desde casa. Imaginaos lo fácil que será aprenderse los ríos con sus afluentes cuando puedan verlos.

Y dices que el invento casi está. Sujete aquí con el dedo; vendamos con este trozo de enagua aún limpio y listo.

–Sí, pero a mí no me va a pasar como a Peral. Cuando esté terminado no se lo ofreceré a las autoridades españolas. Me iré a Estados Unidos. Allí sí saben apreciar el ingenio.

–Los americanos son una civilización decadente –apuntó el otro oyente, recordándoles que existía.

–Te equivocas. América cree en el progreso. Ellos seguro que se interesan por mi aparato. Porque saben que el futuro no es de las artes y las letras, sino de la tecnología. A ellos les enseñas un cuadro y gruñen como los cerdos. Pero si les enseñas un aparato nuevo sacan la billetera.

–Habrás conocido tú a muchos americanos –apuntó el farmacéutico.

—Os digo que los americanos han tocado techo. El futuro es de los alemanes. Ellos tienen una visión. La filosofía salvará al mundo, no los cachivaches. Sólo el que cree puede transformar la realidad.

—Eso decía don Manuel.

—¿Qué don Manuel? ¿Le duele?

—No. Nada, un amigo.

—Y yo os digo que el poder está en las máquinas, no en las cabezas. Cuando termine este invento...

—Pero los alemanes tienen máquinas y cabeza.

El pastor, que había entreabierto la puerta sin decidirse a marcharse, retrocedió a trompicones mascullando blasfemias. Oyeron un largo silbido y todos hicieron un gesto de tortuga asustada. La explosión sacó crujidos de las gavetas, tintineos de los frascos, más de un lamento de las gargantas.

—Eso ha sido la iglesia —dijo el pastor estirando nuevamente el cuello.

—¿Cómo lo sabes? —preguntó el farmacéutico.

—Porque después de estallar la bomba ha sonado como si se quebrase una campana.

Atravesaron los cuatro hombres, con Julia y Benjamín a la zaga, varias calles flanqueadas de casas encaladas. Una columna de humo iba emborronando el cielo a medida que se acercaban al lugar del impacto. De la iglesia no quedaba más que una pared que habían mantenido en pie unos sólidos contrafuertes, y unas cuantas vigas de madera asomadas al vacío. El resto se apilaba en montones de escombros. De uno de ellos asomaba la mano de un santo que señalaba hacia el cielo acusando al culpable.

—Ah, qué dolor.

Al mismo tiempo que ellos llegaba a la iglesia un soldado con un máuser al hombro.

—¿Está usted herido? —le preguntó el farmacéutico.

—No, señor. A mí no me ha pasado nada. Yo iba camino abajo...

—Entonces ¿por qué se queja?

—Yo no me he quejado.

–Ah, no puedo resistirlo.

La voz flotaba entre las cenizas y el polvo. Un pilar que aún estaba en pie se derrumbó; de entre unas piedras salió una llama.

También fueron a sumarse al grupo un campesino que se sujetaba la boina con una mano como si temiera que se la robara una ráfaga de viento y un miliciano con un brazo en cabestrillo y un subfusil colgado del otro. Era de baja estatura, pecoso, y tenía el aire de desconfianza de quien teme que estén a punto de jugarle una mala pasada.

–¿Quién coño habla? –preguntó.

–¿No podría alguien...? No, es inútil. Es extremadamente doloroso. Les juro que este peso...

El soldado golpeó con la culata del fusil un gran bloque de piedra.

–¿Está usted ahí?

–Sí, aquí debajo. Atrapado entre estas piedras.

Los presentes rodearon un montón casi circular formado por pesados bloques de granito desprendidos de la bóveda, que habían elevado una especie de túmulo prehistórico pero en lugar de hacerlo sobre un muerto se apilaban sobre alguien lo suficientemente vivo como para lamentarse.

–De hecho, queridos amigos, me estoy muriendo.

–No desespere. Han ido a buscar un camión para arrastrar las piedras mintió el pastor.

–Gracias, gracias.

La voz salía por las numerosas rendijas que dejaban los sillares encabalgados; habría sido difícil decir en qué punto exacto se encontraba el hombre. A juzgar por el volumen y la sonoridad no debía de estar a más de un metro, quizá habrían podido tocarlo extendiendo un brazo si no hubiese sido por los bloques de piedra que se interponían entre el atrapado y los circundantes. El soldado se puso a arañar con el mango de una cuchara allí donde pensaba que podría haber sólo mortero y arena, pero apenas horadaba unos centímetros se volvía a encontrar con el granito.

–Grandes constructores nuestros antepasados –opinó el enterrado–, eso hay que reconocerlo. Levantaban los edificios pensando no en la generación que los veía multiplicarse sobre la Tierra, ni en la siguiente, sino como quien escribe un libro cuyas palabras deben atravesar los siglos. Qué pena morir ahora, con el pecho aplastado por un dintel.

—Pues no debería hablar tanto —dijo el inventor—. Mejor ahorre fuerzas.

—Al contrario, si no les hablase ya me habría desmayado. No se imaginan el dolor que me produce este dintel apoyado sobre el pecho. Claro, oyen mi voz clara y sonora y no pueden suponer que en realidad me falta el aliento. También cuando me resfriaba y me dolía la garganta hacía mi deber hablar con los clientes como si nada. La voz es el mejor instrumento del que disponemos: la política no sería posible entre hombres mudos, por letrados que fuesen; el amor, sin la palabra, no sería más que una pasión animal, cuerpos copulando entre gruñidos; las masas van de un lado a otro no empujados por ideas, sino por voces, un perro incapaz de ladrar nunca juntaría el rebaño; yo habría querido ser locutor de radio, aunque sería desagradecido arrepentirme de una vida que tantas satisfacciones me ha dado.

»Les diré que yo era vendedor ambulante de artículos de mercería. Y si la muerte me sorprende en este lugar cuyo nombre ignoro, es porque mientras hacía una pausa en el camino y al oír aproximarse los aviones fascistas, corrí a refugiarme tras los muros de la iglesia, creyendo que su solidez, más que su santidad, me procuraría refugio. He recorrido cientos de aldeas, llevando de puerta en puerta festones, bordados, agujas, acericos, dedales, tijeras, horquillas, hilo de algodón y de seda, medias, cintas de lentejuelas, cuentas para collares, alguna que otra prenda interior y, lo confieso con un rubor que no pueden presenciar, preservativos para socorrer a tantas mujeres incapaces de sustraerse a los placeres de la carne, pero también temerosas de quedar deshonradas o de traer más niños a este mundo enloquecido.

»Yo no sé leer ni escribir, es verdad, pero sé hablar, y eso es algo que no se aprende: es un don. No crean que presumo si les digo que nunca una mujer me cerró la puerta en las narices. Me dirán que las mujeres se dejan seducir fácilmente por los colores de los hilos, por el brillo de las cuentas y las lentejuelas, por el tacto sedoso de enaguas y bragas. Pero se equivocan: la base de mi actividad no era el producto sino la palabra; antes de abrir la maleta de mercancías, se las ensalzaba con un tono tan convincente y seductor que muchas sacaban el dinero incluso sin haber visto lo que se disponían a comprar. Me invitaban a entrar en sus casas sólo por el gusto de escucharme. Y confesaré, sepan que soy soltero, que en más de una ocasión fui el primero en admirar sobre la carne de la compradora las bragas y los sostenes que acababa de adquirir, y también que algún preservativo vendido por mí acabó reportándome el doble beneficio de la venta y del usufructo.

»Ah, pero es demasiado doloroso, amigos; las fuerzas me abandonan. Mi voz se agrieta al tiempo que mis huesos. Eso es lo que peor llevo: no me importa saber que los gusanos consumirán mis carnes dejando mi cuerpo en esqueleto mondo. Pero que también mi voz, lo que digo y por tanto lo que pienso y por tanto lo que creo y lo que sueño, que mi espíritu se quede sin eco, ah, qué duro es saber que nadie nos escucha ni nos cree, que nadie nos oye, que lo que hemos dicho desaparece para siempre. Podríamos escribirlo, pero no es lo mismo; sería como decir a una bailarina que en lugar de hacer piruetas las dibujase, a un actor que en lugar de mesarse los cabellos o lanzarse a los pies de la amada, en lugar de poner ojos de loco, se limitase a informarnos: sufro, amo, desvarío. Ah, me callo, porque ya la voz se me va agotando como un manantial en agosto.

—No calle usted, por favor —dijo el pastor—. Siga hablándonos hasta que vengan a rescatarlo. Mire que la gente se muere cuando ya no tiene nada que decir.

—Cuéntenos una historia —añadió el campesino—. Viajando tanto habrá vivido usted muchas historias interesantes. Yo nunca salí del pueblo salvo para ir a las eras y me gustaría oír una historia de lejos.

De entre los escombros salieron algunos suspiros, algunos ayes, una tos amortiguada.

—¿Hay mujeres entre ustedes?

Todos miraron a Julia, y ella negó con la cabeza.

–Ninguna, señor. Todo hombres –dijo el miliciano y guiñó el ojo sonriendo como si hubiese cometido una travesura muy ocurrente. De hecho, la estatura y las pecas le hacían parecer un crío; o quizá lo era.

El moribundo se aclaró la voz, liberándose al parecer de algunas flemas, y continuó con voz sonora.

–Sabed, amigos (y permitidme que os tutee en este momento de intimidad, pues nada hay más íntimo que la agonía), que mi primera provisión al llegar a una aldea siempre ha sido dirigirme a la iglesia, no porque sea yo hombre de fe, ya que, aunque poco letrado, sé lo suficiente sobre el mundo para no dejarme engatusar por las paparruchas de los curas, sino para enterarme de las defunciones ocurridas en los últimos meses y en particular, so pretexto de llevar un surtido de prendas de duelo, de los fallecimientos de varones casados. Porque sabed, y puede que este conocimiento os resulte útil más adelante, que no hay mujer más dispuesta al gasto que la viuda hastiada del luto. Para no desperdiciar mi tiempo, no me personaba en los domicilios de las mujeres que habían perdido al marido los últimos días o semanas, todavía demasiado dolientes o avergonzadas de no serlo, pero si sabía de una a la que el hombre faltaba ya más de tres meses y preferiblemente más de medio año, me dirigía a su casa, le daba el pésame, le indicaba un par de pañucos negros que llevaba siempre, más como coartada que como reclamo, para que pudieran ellas con buena conciencia abrirme las puertas, y luego extraía, como si buscara con empeño alguna cosa extraviada en el fondo de la maleta, las cintas de raso, los botones de nácar, los ligueros de puntilla; porque esas pobres mujeres no podían adornarse el pelo ni ponerse mantillas bordadas ni gastar en camisas de holanda, pero eso las hacía aún más codiciosas de brillos, satenes y otras suavidades que, bajo los vestidos negros, les bastarían para saberse hermosas aunque los demás no pudieran ni debieran verlo; y por supuesto que primero me compraban hilos negros y grises, pañuelos oscuros, velos para ocultar el rostro, pero luego tomaban entre sus dedos algún género más vistoso y sensual, lo rechazaban refiriéndose a su situación, y a poco que yo insistiese en que llegarían días más alegres, en que el mundo no se terminaba aún para ellas, en que no es bueno recrearse en el dolor, levantaban hacia mí sus ojos inundados de modestia, ¿usted cree?, preguntaban lánguidas, suspiraban, rechazaban una vez más pero a la postre acababan eligiendo cuentas de colores, corchetes dorados, ligueros. Y de notar yo que el apetito de hombre les volvía al pensar que podrían un día salir del encierro de las ropas que las envolvían como tinieblas, o si percibía que les daba un escalofrío al imaginarse consumiéndose en la viudez y en la soledad de la carne, les mostraba tímidamente unas bragas de satén o seda, las invitaba a palparlas sin soltarlas yo de mi mano, y si una acariciaba la tela y a la vez mis dedos a través de ella, ya sabía yo que esa noche la viudita querría escapar entre mis brazos a la tumba prematura que es la castidad.

»Ah, pero se me nubla la vista. Y no es por el dolor que siento al recordar tiempos felices, sino porque la sangre cada vez fluye más despacio; tengo un hormigueo en la cabeza como si se me hubiese entumido el cerebro. No podríais hacerme llegar un poco de agua, ¿verdad? Lo que daría yo por humedecer los labios.

–Siga usted, que eso es sólo de la mala postura que tendrá ahí metido –dijo el soldado.

–Cuando llegue el camión –insistió el pastor– podremos mover los sillares y verá como entonces bebe y respira otra vez.

–Enterrado en vida estoy, amigos, e igual se sentían aquellas viudas obligadas a guardar silencio, a ser discretas, a aparecer llorosas, a olvidar la risa y el deseo. Y, como yo ahora, ardían de ganas de humedecer sus labios, de gozar el cuerpo, de respirar hondo.

»Pues bien, en un pueblo que no os diré, no sea que tengáis allí conocidos, después de visitar la iglesia como era mi práctica comercial, me dirigí a la casa de una joven viuda; el marido había muerto en Marruecos y, según me contaron después, cuando llegó su cadáver de vuelta al pueblo, lo hizo sólo del cuello a los pies, ya que los moros usaron en él el mismo procedimiento con que Franquito imponía disciplina en el Rif. Ocho meses llevaba muerto el marido, y todos los domingos se ofrecía una misa por el alma del finado –aunque tengo para mí que ningún militar español que haya servido en África habrá pasado de allí al purgatorio, por no hablar del cielo–, pues la mujer había quedado sin hombre pero no sin posibles, ya que el difunto había amasado una buena fortuna, por lo visto con acciones del ferrocarril..., pero me desvío de lo esencial.

»Piadosa y fiel a la memoria de su marido, la viuda se me presentaba como un desafío. ¿Lograría venderle algo más que algún velo o crespón? ¿Me abriría las puertas de su casa y de sus entrañas?

»Vivía la mujer en un caserón con techo a cuatro aguas... pero qué más da: ahorrémonos las descripciones. Me abrió una criada, cuyo aspecto tampoco les relato porque pinta bien poco en la historia: no hagamos como los escritores que describen sin ton ni son todo lo que sus personajes ven o imaginan, y que recuerdan a esos pintores de bodegones que en nada se cuidan de la composición con tal de meter en el cuadro cuantas más verduras y cuanta más caza puedan, y pintan flores y cubiertos y manteles, y al final de tanta vianda como muestran resultan indigestos de sólo mirarlos. Una criada cualquiera, un pasillo, una estancia, y yo que, repentinamente inspirado, en lugar de presentarme de inmediato como vendedor de prendas finas y mercería, me he quitado respetuosamente el sombrero y anunciado a la estupefacta que deseaba presentar mis respetos a su señora.

»Me recibió en el salón, donde todo era penumbra salvo sus ojos, sus manos blancas descansaban sobre el regazo como palomas exhaustas, sus labios hacían pensar en una rosa sorprendida por la nieve; a ella sí podría describirla durante horas si no estuviese tan, tan cansado. Desfallezco, esa es la verdad. Os diré solamente que conversamos –su voz era una música lejana, nunca estridente, nunca estentórea–, que al cabo el rato me pidió que le mostrara ese género que ni había intentado venderle, aunque indicando que no me compraría nada, pero al menos, si no me molestaba perder mi tiempo con ella, aliviaría un poco la monotonía del luto; sus manos se posaban sobre nácares y festones, acariciaban holandas, sedas y terciopelos, entre medias sonreía como quien recuerda con agrado algo ya inalcanzable. No preguntó precios ni hizo ademán de quedarse con nada. Yo tampoco ofrecí ni insistí. Cuando terminó el examen, saqué de mi mostrador un alfiletero de alpaca con incrustaciones de rubí.

»–Ha sido un honor que me haya permitido acompañarla un rato, señora. Le ruego que a cambio acepte este alfiletero.

»Ella me miró con cierta burla, desconfiando de mis palabras, sabedora sin duda de que debe uno fiarse tan poco de los regalos de un buhonero como de las promesas de un político. Me levanté, me incliné, y tras dejar el alfiletero sobre una mesita baja, tomé mi sombrero.

»–Adiós, señora.

»–Estoy demasiado cansada para pensar en compras. Le ruego que me disculpe.

»–Insisto en que he sido muy bien pagado con su presencia.

»Pensaréis que todo esto es una cursilada y que ninguna mujer puede escuchar tales palabras sin soltar una carcajada. Pues bien, os aseguro que me miró muy seriamente, que a la nieve de su rostro asomó un atisbo de rubor y, con algo menos de aplomo de lo que había mostrado hasta entonces, añadió, con volumen conspirador:

»–Hágame el favor de regresar mañana, a las cuatro; quizá mi ánimo haya mejorado y pueda volver a mostrarme su mercancía.

»–Puede usted mirarla cuantas veces quiera y rechazarla otras tantas. Saber que merece su atención ya es premio suficiente.

»Y sí, amigos, regresé la tarde siguiente. Tal como intuí, no fue la criada quien me abrió, sino la señora misma. Y, ahora que no es momento de presumir, pues la muerte se acerca y para qué sirve la presunción a quien habrá dejado de existir en unos minutos, puedo deciros que esa tarde revivieron las carnes de la viuda, la cual, vestida sólo con unas cintas que más que ocultar enmarcaban, pasó buena parte de la tarde en mi regazo. En fin, se enamoró perdidamente de mí y yo decidí quedarme un tiempo más en el pueblo.

»¿Y ese camión? ¿No llega?

Nadie se atrevió a decirle que en el pueblo no hubo nunca más camiones que alguno de paso hacia la capital, ni que los únicos motores que se escuchaban desde hacía días pertenecían a los Fiat y los Moscas, a los Katiuskas y los Heinkel. Y los caballos, muías y asnos habían sido requisados un mes atrás.

—Se me olvidaba decir que esa mujer maravillosa, la llamaré Ana callando su verdadero nombre, no sólo era viuda sino también hija de militar; su padre era un generalote de esos que mascullan contra todo lo que no sea cuartel, instrucción y obediencia ciega, y reniegan de los políticos, los jóvenes, el escalafón, los periódicos, la mala educación, la falta de disciplina, la disolución de las costumbres, etcétera, y con tal desprecio por el mundo justifican pasarse los últimos años de carrera empinando el codo en el casino o en el bar de oficiales.

»Y no sé cómo, aunque sospecho de la criada, que siempre me abría la puerta cejijunta y taciturna, llegó a oídos de ese castrón castrense que su hija se aliviaba el luto probándose lencería delante de un lechuguino de la capital (así se refirió a mí cuando nos encontramos en el casino), lo que le hizo enloquecer de ira. Era uno de esos padres, en fin, que prefieren que los gusanos se coman la carne de sus hijas a que la rocen los labios de un hombre.

»Lo encontré en el casino, como decía, una tarde en la que había acudido allí a reponerme de las cabriolas con Ana. Se acercó a la mesa en la que degustaba yo un aguardiente que habría servido para desatascar tuberías, se plantó ante mí con una pose de estatua en plaza pública, la mirada dirigida a varias leguas, como si en lugar de hablar conmigo se estuviese dirigiendo a futuras generaciones, y dijo:

»—Sepa que un lechuguino de la capital no va a manchar la honra de mi familia. Si mañana está aún en la ciudad se quedará aquí para siempre.

»—¿Está ofreciéndome la mano de su hija?

»—Lo que le estoy diciendo es que me voy a almorzar sus sesos.

»Y se marchó.

»He aprendido mucho durante esta vida, que ahora termina, de recorrer caminos, aldeas, ciudades, salones y alcobas. No soy un hombre sabio, pero sí experimentado, estado de quienes hemos vivido bastante y reflexionado poco, y por ello sé que nunca debe uno creer a un militar –¡mirad al hijo de puta de Mola!–, salvo cuando amenaza. Así que me tomé muy en serio las palabras del general. Y mientras esa tarde saboreaba alternativamente un muslo de pollo y los pechos de mi amada, concebí un plan, arriesgado, es verdad, pero que con suerte me permitiría seguir acogiéndome a sagrado en el dormitorio de Ana, y no caer bajo las balas de algún imbécil a sueldo del general.

»–Mañana por la tarde no me esperes, mi amor –dije a mi generosa amante, interrumpiendo sus suspiros.

»–¿Ya me abandonas? ¿Ya te cansaste de mí? Oh, traidor, ah, tunante.

»–Tengo un negocio importante que resolver.

»–¿Vas a enseñar el género a otra viuda desconsolada? No te dejaré salir de este cuarto.

»Le di una bofetada porque con tanto teatro no me dejaba pensar. Mientras ella lloriqueaba a mi lado acabé de pergeñar mi plan. Para cuando pasó del llanto a los mimitos y de ahí a las caricias yo sabía perfectamente lo que debía hacer.

»La tarde siguiente, lo suficientemente temprano como para que el general aún no se hubiera marchado a beber anís al casino, me dirigí a la casa del ofendido. En un bolsillo llevaba una pequeña Beretta que había decomisado a otra viudita durante un ataque de celos que estuvo a punto de costarme una oreja. Estaba convencido de que el general no me creería capaz de asumir tal riesgo –para los militares todos los civiles somos medio maricones– y de que contaba por ello con el factor sorpresa.

»Amigos, las cosas no salieron exactamente como esperaba. A veces es la casualidad, a veces una estrategia poco flexible la que nos mete en situaciones en las que desearíamos no encontrarnos, a veces nuestros designios se ven obstaculizados por acontecimientos imprevisibles. Verdaderamente, creía que iba a sorprender, y el sorprendido fui yo. Entenderéis en unos momentos que ninguna disposición habría podido prepararme para lo que iba a encontrar tras la puerta ante la que ya me hallaba.

»Es verdad que escuché sonidos extraños, unos susurros de los que parecía hacerse eco el portalón y que me produjeron un escalofrío. Empuñé la pistola en el bolsillo con tanta fuerza que empezó a dolerme la mano. Entonces sonó un grito. Más bien, lo que sonó fue un chillido tan cargado de horror que a punto estuve de salir corriendo. Nunca había oído nada tan terrorífico: ese grito no podía haberlo dado una garganta humana; mejor dicho, ese grito sólo podía haberlo dado una garganta que fue humana y ya no lo era. Después hubo un estruendo provocado por sólidos cayendo o chocando entre sí. Cuando toqué la campana se hizo un silencio absoluto, tanto que podía escuchar la vibración del metal. Enmudecieron los alaridos, los objetos parecieron regresar a su equilibrio normal. Transcurrieron unos segundos en los que estuve tentado de salir corriendo, temeroso de la espeluznante escena, de la segura tragedia que estaba teniendo lugar tras aquellos muros. Entonces la puerta se abrió, se abrió, amigos, y lo que vi..., lo que vi..., ¡ah, compañeros, ah!

Entre los escombros de la iglesia se instaló un silencio total. Los oyentes aguardaron sobrecogidos y reverentes a que el narrador se recuperase de la emoción que le producían sus recuerdos. El pastor frotó inquieto las suelas contra la tierra; el campesino se levantó con más ímpetu del que prometía su edad y paseó junto al montón de piedras como si lo midiera a zancadas. Julia auscultó uno de los bloques de granito.

—Oiga —dijo por fin el farmacéutico formando una bocina con las manos—. ¿Se encuentra bien?

El inventor se quitó las gafas y se las volvió a poner.

—A ver si le ha pasado algo.

—Pssst —Julia mantuvo el oído pegado al granito, un dedo en alto señalando hacia un cielo recién lavado—. Se ha muerto.

El soldado la miró escandalizado.

—Pero ¿qué dice? ¿Cómo se va a haber muerto? Aún no ha terminado su historia.

—Si hay algo que no soporto es a esos que dejan las historias sin acabar. Si pudiera, daría de puñetazos a Chejov —dijo el farmacéutico.

El miliciano se puso en pie de un salto.

—Cuidado con lo que dice. Nuestros camaradas soviéticos son los amigos de la República.

–Porque es muy fácil empezar una historia, eso lo puede hacer cualquiera. Pero ¿terminarla? Ahí está lo difícil.

–Hombre, que a lo mejor se ha muerto –terció el pastor.

–Pues que no hubiese empezado a contar. Ahora nunca sabremos lo que sucedió. ¿Qué horribles acontecimientos estaban pasando dentro de esa casa? ¿Mató al general? ¿Qué fue de la viudita? Todas las historias tienen que tener un final.

–Pero la vida no es así. Uno no sabe cómo terminan muchas cosas, ni sabe siquiera si terminan.

–¡Y qué tiene que ver la vida con la literatura, follacabras! ¿Para qué leer libros si va a ser igual que escuchar lo que te cuenta el vecino?

–Este pobre hombre se ha muerto. Lo demás da igual –respondió el pastor sin ofenderse.

–¿Cómo acababa la historia, cabrón?

El farmacéutico sacó una navaja de un bolsillo y se puso a rascar frenéticamente con ella el montón de piedras, al que sólo consiguió arrancar unas cuantas chispas.

–Ya nunca lo sabremos –concedió el soldado.

–Al menos no tendremos que enterrar a este hijo de puta.

–Eso es verdad.

–Hablando de verdad: ¿será cierto lo que nos ha contado? –preguntó el inventor.

–¿Y eso qué importa? –dijo el farmacéutico.

–Claro que importa. Una historia es mejor cuanta más verdad contiene.

–Al contrario: una historia vale más cuanto más mentira es. ¿Qué mérito hay en contar lo que se tiene delante de la berza? ¿Van a ser las novelas como un inventario de almacén? –hizo como que chupaba la punta de un lápiz y anotaba en un papel–: Tres sacos de patatas, dos cajas de alubias, cinco ristras de ajos.

–Es que –intervino el soldado sonrojando y mirándose la punta agrietada de las botas reglamentarias– las cosas no son así de sencillas: los detalles de una novela pueden ser ciertos, pero el conjunto falso: miren si no todas esas novelas históricas que lo agobian a uno con fechas, reinados, nombres sacados de los anales, genealogías y batallas históricas pero que no son más que un montón de paparruchas. Y miren, por el contrario, esas otras novelas llenas de invención y engaño pero que a la vez contienen más verdad que un tratado de anatomía. Si leen *El diablo cojuelo* o *El barón de Münchhausen*...

—¿Qué sabe un soldado de literatura?

—Es que —su piel se sonrojó aún más— además de soldado soy escritor.

El pastor se quitó la boina admirado.

—Coño, como Cervantes.

Mientras decaía la discusión, el sol se fue escondiendo tras el pinar hasta desaparecer. Una franja lila decoró unos instantes el horizonte y pareció que la temperatura disminuía. Todos se abrazaron a sí mismos encerrados con sus pensamientos. Ya caía la noche y debían regresar a sus casas o a sus búsquedas. Y nunca sabrían lo que había sucedido a los personajes de la historia, como no sabían lo que sería de ellos mismos, si serían capaces de vivir su propia vida para poder contarla y qué parte de su trama íntima quedaría condenada a tener un maldito final abierto.

—Venid; sí, vosotros dos, venid conmigo. No podéis pasar la noche aquí al relente.

El inventor había sido el primero en ponerse en pie y el primero en romper el silencio. El pastor apoyaba la barbilla sobre las manos y los codos en las rodillas, el soldado dormía sentado con la boca abierta, los otros tres hombres seguían con los ojos clavados en el montón de escombros como si aún no se hubieran resignado a que nunca volverían a oír la voz del narrador.

Julia y Benjamín siguieron al inventor, quien les condujo por las calles del pueblo más silencioso que hubieran visitado nunca: una sucesión de casas de dos pisos, grises, de ventanas diminutas; parecían deshabitadas como conchas de moluscos que, expuestos al sol, se hubieran ido deshidratando, disminuyendo de tamaño sus tejidos cada vez más secos, vaciándose sus órganos, convirtiéndose en células muertas, en polvo, en nada.

–Yo vivo al otro lado del pueblo, en las afueras, en un antiguo establo que ahora es mi laboratorio. Huele un poco a cerdo, pero allí estoy tranquilo.

–¿Es verdad que ha inventado usted el aparato del que hablaba? –preguntó Julia.

–En este pueblo son todos unos ignorantes. El farmacéutico también, aunque se da aires de entendido. Les dices que has inventado un motor que se alimenta del aire y te preguntan si no podrías inventar algo para que las vacas den más leche; es lo único que les importa, sus vacas, sus muías, en todo caso sus mujeres.

–¿También ha inventado eso?

–No, lo que he inventado es un motor de hidrógeno, usa agua como combustible, pero cuando se lo diga a mis vecinos me contestarán que aquí los ríos se secan en verano y que cómo van a circular los coches entonces. Salvajes. Bestias. Y en Madrid no son más listos. Por eso me voy a ir a América; sólo quería esperar a tener los dos inventos a punto. «Televisión», ¿qué os parece como nombre?

–Está bien –concedió Benjamín.

–Sí, está muy bien. Pero ya existe. Acaban de inventarlo, los americanos, claro; es una chapuza. Las imágenes son muy poco nítidas, parece que están a punto de disolverse o de perderse en una niebla muy densa. Mi invento se va a llamar «televida», porque va a ser como si uno viviese con las criaturas que aparezcan en el receptor, que serán en tres dimensiones, las tendrás dentro de tu casa, los hombres se enamorarán de las chicas que salgan allí y no necesitarán casarse.

–¿Y cómo van a...?

–No sea usted bruto. Para eso sí que se seguirán necesitando mujeres, pero para qué quieres tenerlas en casa si puedes ver todos los días a chicas diferentes, que hablan contigo y te preguntan cómo te ha ido. Las mujeres tampoco querrán tener a un hombre en casa que no hace más que dar órdenes y beber vino si pueden conseguir a los que quieran, guapos y bien educados, que no eructan ni se rascan los huevos. ¿O me equivoco, señorita?

–¿Nos puede hacer una demostración?

–No, aún no. Todavía está casi todo en mi cabeza. Pero en unos días voy a dibujar unos planos detallados y entonces, lo dicho, a Estados Unidos. Imaginaos, un español festejado allí como un gran inventor. Descorcharán botellas de champaña y anunciarán mi nombre en todo el mundo. Por una vez será un español el primero en llegar a la meta, y no como en los juegos olímpicos de este año, que no nos hemos llevado ni una medalla.

–Es que España no ha participado, creo.

–¿Y por qué no ha participado? Porque no iban a ganar ni una medalla, por eso. Yo sí: yo voy a por el oro. Muchos ni siquiera podrán creerlo: el motor de agua y la televida. Increíble, ¿verdad? Bueno, bueno; allí está mi casa, detrás de esos chopos. Hoy descansan aquí y mañana podrán seguir su camino.

Primero vieron el resplandor. Después escucharon el estampido. Y, por último, un gruñido del inventor, a quien la sangre le corría por la mano que se había llevado a la cara. Dio cuatro pasos hacia atrás, quedó sentado sobre el camino y quiso abarcar aún el mundo con unos ojos nublados de terror.

–No, ahora no –rogó.

Al retirar la mano descubrió un pómulo reventado, un hueso de color rosado asomando hecho astillas por debajo del ojo izquierdo, un surco que atravesaba la sien y continuaba más allá de la oreja mutilada.

–Ah, la gloria –dijo. Emitió un ronquido; la boca se le quedó abierta; no tenía ni energías para elevar la mandíbula. Se le saltaban las lágrimas del esfuerzo que estaba realizando para volver a hablar–. Laaaa gloriaaaa... –repitió; las dos palabras sonaron como un balido. Julia y Benjamín no acabaron de entender que el hombre había muerto, porque se había quedado sentado, con una mano apoyada en el suelo como si fuese a darse impulso y levantarse en cualquier momento. Ni siquiera entendieron que otro disparo podría alcanzarlos a ellos, que aquello no era un accidente ni un castigo divino a la ambición desmedida, no era un rayo que había fulminado al inventor, sino un disparo de alguien apostado en el monte.

Tuvieron suerte. El francotirador no estaba interesado en nuevas víctimas o había corrido a esconderse. Cuando se convencieron de que el hombre no volvería a decir ni a inventar nada, Julia y Benjamín dudaron si forzar la puerta de la casa para pasar al menos una noche en un colchón de verdad, pero, por miedo a que alguien pudiese relacionarlos con su muerte, continuaron caminando por una vereda que parecía conducir directamente hasta la Osa Mayor.

Sentados al borde de un camino, en lo alto de un monte pedregoso y feo. Agotados, polvorientos, desesperanzados. Ya no tenían comida y Julia se negaba a cazar. Decía estar tan cansada que no podría haber atrapado ni a una oveja coja. Benjamín se quitó la venda para contemplar el desaguisado. Estaba mejor, al menos sobre parte de la herida se iba formando una costra que podía ser señal de que empezaba a sanar, aunque por debajo escapara todavía algún churrete de pus.

Julia no hablaba desde hacía horas. La última vez que lo hizo fue para quejarse; dijo que estaba harta de la misión y que de todas maneras no iban a conseguir nada, porque para cuando ellos llegasen a Madrid Franco ya habría conquistado la ciudad y entonces la carta del viejito barbudo no tendría el menor valor y su famoso filósofo ya estaría pronunciando discursos de bienvenida a los vencedores. La salvación de España le parecía tan lejana como el Juicio Final.

Ninguna de las explicaciones de Benjamín consiguió desenfurruñarla. Debía de tener la regla. No es que Benjamín entendiese mucho de esas cosas pero cuando su madre estaba de mal humor el padre siempre decía que era por la regla, y que la regla no era una maldición para las mujeres sino para los hombres. Entonces la madre se ponía a llorar y el padre decía triunfante: ¿lo ves?

Los remolinos que el viento levantaba olían sobre todo a tierra de pobres, seca, sin otra sustancia orgánica que las cagarrutas de ovejas desnutridas. Desde allí examinaban un pueblo del que Benjamín se acordaría siempre que, años más tarde, viese en la televisión o en el NO-DO imágenes en blanco y negro sobre ciudades destruidas por un bombardeo aéreo. Eso me dijo durante una de nuestras muchas conversaciones, cada uno a un lado del diminuto y no muy limpio mostrador de su relojería, yo fumando, porque en esa época aún no lo había dejado, él masticando el extremo de una pipa de plástico rellena de mentol, y también me dijo que ya entonces él vio la imagen en blanco y negro, y que en ese momento había tenido que reconocer que el mundo podía presentarse tan sólo en toda la gama de los grises.

Siguieron un camino de tierra apelmazada que llevaba a un primer grupo de casas, todas ellas sin tejado y con las paredes levantándose absurdas hacia la nada, salpicadas de agujeros y desconchones, con los bordes irregulares como la dentadura de un anciano, rodeadas de montones de tierra y bloques de ladrillo, cal y paja, objetos retorcidos e irreconocibles en su mayoría, aunque asomaban aquí y allá la mano de una muñeca, la pata de una mesa, el marco astillado de un cuadro, una perola desfondada. En aquel momento Benjamín pensó en civilizaciones enterradas por las arenas del desierto, en aldeas arrasadas por los mongoles que, siglos más tarde, alguien excavaría para recuperar toda aquella vida desaparecida y averiguar cómo estaba organizada, en torno a qué ritos, jerarquías, sueños.

De los escombros escapaban fumarolas blancas y amarillentas, diminutas nubes de polvo que el viento soplaba entre las rendijas de la destrucción. No había fuegos ni rescoldos humeantes, así que la batalla debía de haber tenido lugar hacía tiempo. Mientras paseaban entre las ruinas no encontraron casquillos de proyectiles; no parecía que el pueblo se hubiese defendido frente al enemigo que lo aniquiló. Tampoco encontraron cadáveres. Quizá se habían marchado todos antes de la llegada de los bárbaros, huido con los pocos pertrechos que pudiesen llevar, como los pueblos centroeuropeos que, ante las hordas de Atila, dejaban sus campos y sus casas y emigraban a zonas supuestamente más seguras.

Se estaba levantando una ventisca que les impulsó a entrar en una de las casas semiderruidas, una con portón de madera reventado por un cañonazo, con un zaguán en el que se amontonaban los cascotes, para llegar a un dormitorio –la cama, sin patas y casi enterrada por tejas y ladrillos, aún estaba en el centro del cuarto– que les protegería del viento si no del frío de ese atardecer desabrido: no quedaba techo más que sobre una de las esquinas, tan estropeado que prefirieron no sentarse debajo, no fuera a derrumbarse sobre sus cabezas.

–¿Aquí?

–¿Qué más da aquí que en otro sitio?

–Sí da. Este parece más acogedor.

–¿Acogedor?

Benjamín miró perplejo el rincón cubierto de escombros elegido por Julia, pero ella sacó de su hato un pañuelo y lo extendió sobre un montón de tierra como para volver habitable la ruina con ese gesto delicado. Se sentó sobre él, dejando la mitad libre.

–Ven, siéntate aquí a mi lado.

Benjamín se preguntó si también ella se estaría volviendo loca: sus andrajos salpicados de sangre, manchas de grasa y de hierba, los churretes en la cara demacrada, las uñas negras y resquebrajadas, los gestos demasiado dulces o demasiado nerviosos, hacían que empezara a parecerlo. Fue sin embargo a sentarse junto a ella sobre el pañuelo como si tampoco él quisiera ensuciarse, feliz porque volvía a dirigirle la palabra.

–Gracias.

Julia hurgó entonces en la mochila de Benjamín, sacó una bolsa de garbanzos tostados y se puso a masticar ruidosamente.

–¿Quieres que encienda un fuego? –preguntó Benjamín.

–Te encanta encender fuegos.

–Para la noche, digo.

–¿Para espantar a las fieras?

Un perro, de color rata y no mucho más grande, entró en ese momento en el cuarto sacudiendo el rabo, entusiasmado con la compañía. Se llegó a lamerlos y cabriolear a su alrededor, invitándoles a jugar y no quedarse meditabundos en aquel rincón polvoriento.

–Anda, vamos a buscar leña –dijo Benjamín al perro, que le siguió de buena gana. Exploraron los demás cuartos, de los que Benjamín iba llevándose tablas y patas de muebles, algún cajón, unos tebeos con los que pretendía iniciar la lumbre. El perro todo lo olisqueaba y a todo le daba su beneplácito, salvo al asiento roto de una silla sobre el que prefirió mearse.

Benjamín encendió el fuego, y los tres se quedaron sentados, cada uno a solas con sus pensamientos. Julia se echó por encima de la cabeza un paño que la cubría hasta la cintura. Las llamas y las sombras se perseguían sobre su rostro y en las pupilas se reflejaban escenas que Benjamín no era capaz de identificar, como si estuviese asomada a un mundo diferente. Al cabo de un rato, el perro buscó consuelo en el regazo de Julia, y ella lo acunó.

—Nos faltan la mula y el buey –dijo Julia.

—¿Cómo?

—Que parecemos la Sagrada Familia.

El perro bostezó y se arrebujó un poco más en el santo regazo.

—¿Sabías que la Virgen era virgen también después de parir?

—¿Y eso quién lo dice?

—La Iglesia.

—La Iglesia que diga misa.

—En serio.

—O sea, que no sangró, ni se rompió la placenta, ni le dolió.

—En lo del dolor no se ponen de acuerdo los teólogos.

—No me extraña.

—Unos dicen que sí tuvo que dolerle porque, aunque madre de Dios, era humana. Pero algunos teólogos consideran que fue un parto indoloro y sin sangre, porque el nacimiento divino no pudo tener lugar provocando sufrimiento a su madre.

—Oye, ¿en serio tú te crees esas cosas?

—Es que el Niño era como un rayo de luz; la luz cuando atraviesa un vidrio tampoco lo rompe.

—¿De verdad te lo crees? Lo del Espíritu Santo, lo de caminar por las aguas, la resurrección...

—Si no lo pienso mucho, sí que me lo creo.

—¿Y qué dice tu filósofo del himen de la Virgen?

—Yo creo que nada.

—Al final va a ser una persona sensata. Oye, ¿por qué no me cuentas algo de cuando eras niño? Una historia bonita, de algún rato que fueses feliz.

—Yo no quiero ser feliz.

—Yo sí; todo el rato.

—Pero es que eso no es posible, ¿no lo entiendes? –el claroscuro pintado por la noche y las llamas exageró la angustia en la cara de Benjamín, pero no la inventó–. La felicidad, por intensa que sea, siempre está amenazada de desaparecer. Estás tan contento porque te han regalado una bicicleta y de pronto te la roban o se rompe; eres feliz porque tu padre te lleva de paseo y, como saltas de alegría, te caes, te ensucias y él se pone a regañarte y te lleva de regreso a casa. Te enamoras de una mujer y bailas de lo feliz que eres y dos días después te enteras de que te engaña con un vecino.

—¿Por eso decidiste hacerte monje o cura o lo que fueses a ser? ¿Para no llevarte decepciones?

—No te enteras. Te he dicho no sé cuántas veces que no iba para cura ni para monje. Había hecho votos temporales con los maristas. Yo quería una vida dedicada al estudio y a la enseñanza. Aunque, en realidad, no me hubiese importado ser monje. Cura no quería ser. Lo de decir misa y estar en un confesionario escuchando pecados que forzosamente se parecerían a los míos no me atraía. Pero sí me habría parecido bonito vivir en una comunidad, levantarme por la mañana temprano, entonar cantos protegido por un hábito y una capucha, trabajar en la huerta, el silencio del claustro, los rayos de sol que apenas consiguen atravesar las contraventanas teñidas de oscuro, el fresco de la celda, todas esas horas del día que dedicaría a rezar o a meditar sin que nadie me molestara... ¿Tú qué querías ser de mayor?

—A las mujeres no se nos prepara para querer ser algo, sino para serlo. El futuro no tiene nada que ver con tus deseos; si te atreves a desear algo no es un futuro distinto, sino alterar alguno de los detalles de ese futuro. Que tu marido no te pegue cuando vuelva borracho de la taberna, que sea discreto con sus amantes, que te deje viuda antes de hacerte vieja. Y si acabas no siendo lo que ibas a ser es porque entretanto ha sucedido una catástrofe.

—Como la muerte de tus padres.

—La muerte de mis padres, vista así, ha sido un golpe de fortuna. Ahora, a lo mejor, resulta que un día sí soy feliz.

—Yo no quiero ser feliz para no tener miedo todo el rato. A mí la sensación que más me gusta es la nostalgia, porque nunca te abandona. En todo caso, puedes olvidarla un momento, pero siempre regresa, estés feliz o triste; la nostalgia es el único sentimiento fiel.

—Bueno, pues cuéntame algo de lo que sientas nostalgia.

—Te puedo contar del día que decidí irme al internado.

—De lo que tú quieras, aunque no me parece como para sentir nostalgia. Eres más raro... Mira, yo me arrebujo a tu lado y, mientras hablas, me puedes rascar la cabeza.

Y así quedaron los tres, junto al fuego a medio apagar: el chucho con la cabeza apoyada en el vientre de Julia, que le acariciaba el lomo; Julia con la cabeza sobre las piernas de Benjamín, que se la rascaba obedientemente mientras contaba su historia, y él apoyado contra la pared, sin nadie que le rascase ni acariciase el lomo. Casi sin apartar la vista de los rescoldos que enrojecían y oscurecían según los caprichos del viento, contó la siguiente historia:

—A mí, lo que más me gustaba cuando tenía diez u once años era levantarme antes del amanecer...

—¿Lo ves como eres raro?

—... y salir con los perros de caza. En realidad no iba a cazar nada, pero si le hubiese dicho a mi padre que salía a pasear o porque a esas horas el aire tiene un olor muy especial, o porque me gustaba sentarme en algún risco a ver salir el sol, me habría dado un coscorrón y le habría dicho a mi madre: tenemos un hijo idiota. ¿Qué he hecho yo para tener un hijo idiota? Pero con la excusa de la caza, aunque luego siempre llegase con las manos vacías, mi padre al menos tenía la impresión de que me esforzaba. Vivíamos a pocos kilómetros al norte de Vitoria porque a mi padre no le gustaba vivir en la ciudad.

—¿Tenías hermanos?

—Mi padre decía que hay familias numerosas en las que un hijo sale tonto, y que a él le había tocado el tonto pero no los demás.

—¿Y tu madre?

—Se pasaba el día en misa, siempre de luto; me acuerdo de ella sobre todo con un velo negro y un devocionario en la mano, yendo a la iglesia o regresando de ella. Supongo que había más, pero se me ha olvidado. ¿Por dónde iba?

—Que salías a cazar. Da mucho gustito cómo me rascas la cabeza. ¿Has tenido alguna vez un loro? Luego te cuento de mi loro.

—También decía que me iba de caza porque así podía llevarme los perros. Salir con perros es una manera de estar solo pero sin estarlo del todo. O sea, estás solo, pero bajo la mirada de otros, que no te critican y que se alegran de cualquier cosa que les das o les dices.

»Solía pasar fuera de casa una hora, un poco más a veces. Luego regresaba, ataba los perros, dejaba el arma, mi padre contaba los cartuchos y me daba un capón o un tirón de las patillas, y me iba a la escuela. Pero ese día que aún me produce nostalgia, en el que pienso cuando estoy triste o cuando estoy alegre, sí cacé.

»Después de pasar un rato caminando por las lindes de unos campos de maíz, vi una tórtola casi blanca posada en una rama baja de un olmo. Los perros correteaban entre los maizales, porque yo no les obligaba a seguirme, y ellos sabían tan bien como mi padre que no tenían que recuperar ninguna pieza cuando salían conmigo. Así que nada había que la pudiese espantar, salvo yo. El aire era muy fresco y olía a hierba húmeda, como si estuviese cerca de un arroyo, pero creo que eran los maizales mojados los que olían así. Comencé a levantar la escopeta muy despacio.

—¿Por qué?

—¿Por qué levanté la escopeta?

—Si no habías salido a cazar.

—Porque la llevaba. Por costumbre, por el placer que causa el gesto de apuntar, tan viril, ¿o no te lo parece?, y por esa excitación contenida mientras tienes al animal en el punto de mira y te preguntas si acertarás o escapará volando. Tú también cazas conejos.

—Porque me los como. Si no tuviese que comérmelos, ¿para qué los iba a matar?

—Bueno, da igual. Tú eres mujer y no entiendes de estas cosas. Conseguí encarar la escopeta sin que la tórtola hubiese echado a volar. Apunté. Disparé. La tórtola ya no se encontraba sobre la rama. Había desaparecido. Tan acostumbrado estaba a mis fracasos que busqué en el cielo para ver hacia dónde había volado, por si se posaba cerca y podía dispararle otra vez. No la encontré. Me acerqué al olmo, dos plumas gris claro flotaban a pocos centímetros del suelo, junto a un matojo. Allí estaba la tórtola, con las alas desplegadas y con el cuello abierto en una herida negruzca.

—Y eso te produce nostalgia.

—Apoyé la escopeta contra el árbol y cogí el animal. Abrió el pico; aún le latía el corazón. Me la llevé a la mejilla y así me quedé un buen rato. Cuando volví a mirarla ya estaba muerta. Los perros seguían jugando entre el maíz. Eran tres perdigueros de lo más vivaracho. No los llamé, aunque era hora de regresar. El sol aún no había salido, pero los montes ya no eran meras sombras, sino que se veían las huertas, los caminos, alguna que otra casa de labradores. El maíz se había quedado inmóvil. El mundo era una fotografía en colores. ¿Tú crees que algún día las fotografías tendrán colores sin que las retoquen con el pincel? Con la puntera de la bota empecé a cavar un agujero en el barro; pero en cuanto ahondé un poco tuve que ayudarme con las manos. A pocos centímetros de la superficie había más piedra que barro. Recuerdo con placer el dolor que sentía en los dedos, el orgullo al verlos ensangrentados y las uñas rotas y negruzcas. Cuando el hoyo fue suficientemente profundo, metí en él la tórtola y la enterré. Luego eché a andar, silbando para que los perros me siguieran y no fueran a escarbar la humilde tumba.

»Cuando llegué a casa, mi padre ya estaba levantado y a punto de irse a la tienda, no sé si te he dicho que era dueño de una pequeña quincallería. Me quitó la canana de las manos, como de costumbre, y contó los cartuchos. Faltaba uno, pero de todas formas me dio un capón: el día que caces tú algo, me lo como crudo, dijo. ¿Qué he hecho yo para tener un hijo tan inútil? ¡Mujer! ¿Tú estás segura de que este cretino es mi hijo? Pero ¿tú por qué sonríes, so memo, te divierte ser la desgracia que eres?

»Por una vez ni me sonrojé ni me dio rabia. Me fui silbando tan contento a buscar a mi madre para decirle que había tomado la decisión de entrar con los maristas, como ella quería. Ese día no fui a la escuela. Y los siguientes, por la mañana, iba a donde la tórtola, sin perros y sin escopeta. ¿Ya para qué? Me daba mucha paz quedarme sentado junto al olmo, mirando el paisaje, sabiendo que la tórtola estaba ahí. Y que la había matado yo. A veces, hablaba con ella.

Julia respiraba tranquila, relajada, dormida. En cuanto se calló Benjamín, el chucho, como si hubiese estado aguardando para no perderse el final de la historia, se levantó, olisqueó un pilar que había quedado en pie, aunque no sujetaba ya peso alguno, y orinó contra él. Benjamín le tiró una china sin mucha convicción y menos tino, pero el perro escapó con el rabo entre las piernas dando chillidos como si lo estuviesen desollando vivo.

–¿Qué le has hecho?

–Nada.

Julia le dio un codazo.

–Si no le has hecho nada, ¿por qué chilla así?

–Ni idea. Estará loco.

–Sólo las personas enloquecen.

–Y si las personas se vuelven locas, ¿por qué no van a hacerlo los animales?

–Lo que nos faltaba. Que también los animales se vuelvan locos en este país. Gatos deprimidos, vacas histéricas, conejos psicópatas.

Sólo entonces descubrieron que quizá el perro no había escapado por algo que hubiera hecho Benjamín. De no muy lejos, al parecer del zaguán, llegaba el sonido amortiguado de pasos, un rozar de ropas, comentarios hechos en voz muy baja, algún ruido metálico de hebillas o de armas.

Desde luego, estaban armados: fueron asomando uno a uno hasta sumar cinco, con las caras pintadas de tizne y verde, ramas y hojarasca entretejidas en las redecillas que cubrían sus cascos y entremetidas en correajes, ojales y presillas, uniformes con incontables y abultados bolsillos, granadas bamboleándose en pechos, perneras y cinturas, fusiles apuntados hacia la pareja, más boquiabierta que asustada. Se quedaron en el quicio de lo que una vez fue una puerta de doble hoja. Su aspecto era feroz pero el gesto reverente. El único movimiento durante un rato fue el de las pestañas. Cinco estatuas vegetales; las Ménades convertidas por Liceo en árboles, pero en macho.

—¿Son los Reyes Magos? —preguntó Julia a Benjamín al oído.

—Los Reyes Magos eran tres, uno de ellos negro.

—Dos pueden ser pajes, y como vienen pintados no se distingue bien el color.

Los cinco se fueron adentrando a pasos breves, con tanta parsimonia que de verdad parecía que se iban a arrodillar y adorar a la pareja.

—¡Qué mina más hermosa! —exclamó uno.

—¿Por qué dice que esto es una mina? —susurró Julia.

—Otro loco, como el perro.

—O es ruso, porque habla raro.

—¿Son de verdad? ¿Puedo tocar? —preguntó un segundo tiznado acercándose a palpar los cabellos de Julia.

—Aguas; pueden estar armados —dijo un tercero.

—¿Qué es eso de aguas? Hablá español. Además, qué van a estar armados. ¿Viste la cara de pelotudo de este? ¿Y la cara de ángel de ella?

—Como me siga manoseando le pego una cuchillada —volvió a susurrar Julia.

—Somos amigos —dijo Benjamín.

—Si fuesen enemigos no estarían tan juntos —respondió el cuarto soldado.

—Perdonen a este boludo —dijo el primero—, es que es chileno.

—Bueno, pero ¿quiénes son estos dos? —preguntó el único que llevaba bigote y que recordaba vagamente al daguerrotipo de un revolucionario.

—Yo soy Benjamín, ella Julia.

—Pues mucho gusto, mi cuate, pero si no me dices algo más te saco el mole a plomazos.

—Estate tranquilo, que ellos lo están. Estos no son combatientes, son población civil. Vengan, siéntense —dijo el que parecía el comandante porque todos se dirigían a él y él a todos, aunque no llevaba galones ni insignias de mando.

Vistos de cerca, los recién llegados no parecían tan bien pertrechados como en el momento de su aparición. Los cascos eran de minero, forrados con redecillas de mujer. Los uniformes, monos de mecánico teñidos de verde. Y las caras pintadas, con los colores corridos por el sudor, daban más lástima que miedo. Se quitaron cascos y correajes y dejaron sus armas en el suelo.

–Ustedes no son españoles –dijo Benjamín.

–Mejor, porque son los españoles los que están requetejodiendo su país –dijo el que había tocado el pelo a Julia.

–Somos el Comité Antiimperialista Revolucionario Latinoamericano –dijo el del bigote.

–¿Ustedes solos?

–¿Y para qué más? Yo soy argentino –dijo el que había hablado en primer lugar–. Aunque ellos no.

–Yo soy mexicano.

–Yo chileno.

–Yo colombiano.

El quinto no hizo intención de abrir la boca. Se estaba quitando las botas sin prestar atención a la conversación. El argentino le dio una palmada en la espalda.

–¡Che, nos estamos presentando! Perdónenlo. Es mudo. Y paraguayo. Las desgracias nunca vienen solas.

–¿Y puede un mudo ir a la guerra? –se asombró Julia.

–Si fuera sordo o ciego, no, pero a quién le molesta que sea mudo –explicó el chileno.

–Además –dijo el argentino–, ¿a quién le importa lo que diga un paraguayo? Ser paraguayo es como ser belga. Los belgas participaron en la Gran Guerra, ¿y se enteró alguien? Un paraguayo mudo es una tautología, porque aunque no lo esté nadie lo escucha.

–¿Y qué hacen en esta guerra? –preguntó Julia.

Todos interrumpieron un momento lo que estaban haciendo porque a sus espaldas había sonado un ruido.

–Ese debe de ser el cubano. Se nos perdió hace un rato. Se pierde tres veces por día –explicó el argentino.

Al cabo de unos momentos entró en la habitación otro hombre, con uniforme similar al de sus compañeros, negro sin necesidad de pinturas, que llegaba arrastrando un fusil por la correa.

–¿Dónde ustedes se habían metido? Coño, media hora los llevo buscando –y se dejó caer derrotado contra un trozo de colchón. Entonces descubrió a Julia y Benjamín; consultó a sus compañeros con la mirada.

–Dos gachupines –dijo el mexicano.

–Dos gallegos –explicó el argentino.

–Yo soy vasco.

–Por eso es que sos gallego.

–Les preguntaba qué hacen en esta guerra.

El paraguayo echó unos trozos de madera al fuego y se puso a soplar para avivarlo. Los demás intercambiaron miradas como quienes comparten un secreto que no se deciden a revelar. Fue el mexicano quien tomó la palabra:

–Yo recién estuve en París. No chinguen, eso sí que es una capital. Y Londres, híjole, Londres es de poca madre.

Los seis hispanoamericanos se volvieron hacia Julia y Benjamín; parecían querer descubrir en ellos el efecto de esas palabras, pero ambos estaban esperando la continuación de la historia.

–Las culturas indígenas –dijo el colombiano– también estaban en decadencia cuando llegaron los conquistadores.

–Un puñao de gallegos muertos de hambre –dijo el cubano.

–Les voy a decir la verdad, yo me embarqué en Buenos Aires porque quería ayudar a los republicanos; en el barco me encontré con todos estos, y bueno, las noches a bordo son largas, uno bebe, habla pavadas.

–Bueno, el que hablaba era él, ya saben cómo son los argentinos –dijo el chileno.

–No seás boludo, ahí hablábamos todos menos el paraguayo. Discutimos si lo que realmente necesita este país es que triunfe la República. Claro, ya sé lo que me van a decir, mejor la República que los fascistas, eso es verdad, pero ya digo, no teníamos nada que hacer, y nos pusimos a discutir si no había otras posibilidades, nada mejor para resolver el conflicto, que no es nuevo, che, que lo llevan arrastrando más de un siglo.

–Y llegamos a la conclusión –dijo el mexicano, que llevaba rato queriendo meter baza– de que a España se la está llevando la chingada. Miren París, miren Londres, y comparen con Madrid o Barcelona. Acá hay que hacer algo, pero algo radical, no es nada más que ganen unos u otros. Hay que ir más lejos.

–Otros que quieren salvar España. ¿Por qué todo el mundo quiere salvar España?

–No, señorita –dijo el colombiano–, no hemos venido a salvarla, sino a conquistarla.

–Eso es lo que les estaba platicando –dijo el mexicano–. Que vinimos a conquistar España.

–Vosotros seis solos –dijo Benjamín.

–¿Y cuántos eran los conquistadores cuando cruzaron el Atlántico? Comparada con América, España es una cancha de fútbol –dijo el colombiano.

–Yo seré el presidente provisorio. Hasta que redactemos una constitución –dijo el argentino.

–Nos aprovecharemos de las luchas internas; esa fue la estrategia de Cortés con los aztecas y le fue bien.

–Modernizaremos el país, igual que hicieron los españoles allá. Porque está que se cae de viejo, basta verles las caras. Miren a sus políticos, que parecen conservados en naftalina.

–Ahora ya está todo dicho. Hemos quemado las naves.

–Los seis de la fama, somos

–Órale, y vamos a crear un nuevo imperio. ¿Cómo la ven?

Se habían puesto a hablar tan deprisa, sin esperar siquiera a que el anterior hubiera terminado la frase, que parecía que habían ensayado aquel discurso coral para aturdirlos, y tanto lo consiguieron que Julia y Benjamín casi ni sabían quién decía qué, esforzándose en digerir cada nuevo mensaje, en asimilar esa decadencia y ese retraso del que hablaban los libertadores, incapaces de insistir en sus objeciones o dudas. Sólo después de esa última pregunta se quedaron los recién llegados un momento en silencio, esperando la respuesta, sus miradas oscilando de Benjamín a Julia.

–Pero no es lo mismo. España es un país civilizado –dijo Benjamín–. Un país civilizado no se conquista así como así.

Todos sacudieron la cabeza simultáneamente. Parecían haber dado por descontado que escucharían una respuesta equivocada.

–Tierra de indios.

–Las catedrales son sus pirámides; allí hacen sacrificios y hablan con los dioses, pero se los está comiendo la jungla.

–¿Ya fueron por los pueblos de acá? Jíbaros y lacandones. Les falta no más el taparrabos.

–Civilizados, dice. Y duermen con las ovejas y los chanchos.

–Y se los comen los piojos.

–Se creen que no hay selva porque no ven los árboles, pero es lo mismo. Este país es una selva en barbecho.

–Idólatras que sacan al santo en procesión para que llueva.

–Y se sangran a fuetazos porque creen que eso es lo que le gusta a su dios.

–Civilizados, pero están a los tiros desde hace más de cien años.

–Puros pendejos, no se matan más porque son bien güeyes; si supiesen hacerlo mejor ya no quedaría ni uno vivo.

–Este país lo que necesita es sangre nueva. Gente que mire hacia delante y no hacia atrás, que deje de pensar en el Cid y en los Reyes Católicos y en la puta madre que parió a don Pelayo.

–Y esos somos nosotros. Vinimos a sacarlos del atraso.

–Dentro de poco en los pueblos nos recibirán con reverencias.

–Nos traerán los frutos de la tierra para agasajarnos.

–Nos ofrecerán a sus hijas para que las desfloremos.

–Bien hermosas son las minas de acá, eso hay que reconocerlo.

–Nos saludarán como a libertadores, porque eso es lo que somos, libertadores, igualito que Bolívar. Vamos a conseguir la independencia de este país.

Por fin pudo intervenir Benjamín en el magnífico coro de las empresas futuras.

–¡Pero España ya es independiente!

Los latinoamericanos sonrieron condescendientes. El argentino puso en el hombro de Benjamín una mano paternal. Su voz sonó cargada de comprensión, apaciguadora, lenitiva.

–¿Cómo va a ser independiente si lleva siglos ocupada por los españoles? Está igual que estábamos nosotros hace poco más de un siglo.

–No entiendo...

–Claro, pibe, a nosotros también nos llevó mucho tiempo darnos cuenta de que llevábamos el yugo al cuello. Porque cuando nacés en un país oprimido te parece que la vida es así y tiene que ser así, pero un día te levantas y te preguntas: ¿pero por qué tengo que aguantar yo esta mierda? ¿Por qué no echo al mar a estos chupasangres?

–Y si conseguimos expulsarlos de toda América también podremos echarlos de España.

–Imaginate, qué gran país sería este si lo liberamos de los españoles. Mirá Argentina cómo se puso a crecer en cuanto se fueron. Aquello era pasto y pura indiada y fíjate ahora, un país moderno, que progresa, que cambia. ¿Me explico?

–Nnnn, nnnn, nnnn.

–A ver, que el paraguayo quiere decir algo.

–Bueno, ya lo dirá mañana, que se nos está haciendo tarde y tenemos por delante un trayecto muy largo. Acuérdense de que este fin de semana nos toca conquistar Cuenca –dijo el argentino–. A ver, el turno de guardias: paraguayo, vos las dos primeras horas; las dos siguientes el cubano; luego voy yo; las últimas para vos, chileno. El mexicano y el colombiano hoy se salvan.

Aunque todos habían ido poniendo mala cara según les anunciaba su turno, nadie rechistó. Mientras los demás se acomodaban para dormir, el argentino sacó un mapa y se puso a examinarlo a la luz ya mortecina de la lumbre. La pintura seguía derritiéndose sobre su cara y dibujaba también allí un mapa, este de un territorio imaginario, del imperio informe de sus sueños.

A Benjamín se le cerraron enseguida los ojos; cuando los volvió a abrir escuchó un sonido que le transportó de regreso a las noches en el dormitorio colectivo del internado. Comprobó con alivio que Julia estaba dormida. Pero él no pudo volver a dormirse hasta que el colombiano emitió un gemido y dejó de agitarse la manta bajo la que yacía.

Debía de haber amanecido apenas hacía unos minutos cuando les despertó, casi a un tiempo, un ruido de motores. También el chileno se desperezaba con aire ausente.

—Te voy a cagar a golpes, hijo de puta —dijo el argentino—. ¿No estabas vos de guardia?

Corrieron todos a empuñar sus armas, se calzaron los cascos, adecentaron los vegetales que los adornaban, se colgaron granadas y puñales y desaparecieron en fila hacia el zaguán, dejando a Julia y Benjamín sin saber muy bien qué hacer ni dónde meterse. Tras sonar unos pocos disparos, regresaron los seis soldados con más ímpetu del que llevaban al salir.

—Nos descubrieron. Tenemos que hacer un plan de ataque. A ver: el cubano y el colombiano. Ustedes salgan por detrás. Mexicano, andate a la entrada de la casa y los mantenés a raya con la ametralladora.

—Ahoritita mismo les doy en la madre a esos pinches culeros —dijo el mexicano, y parecía contento.

—Chileno, acompáñalo. Paraguayo, vos te subís al techo.

—Nnnn, nnnn, nnnn.

—La puta que te parió, como si estuviésemos ahora para jeroglíficos. Andate, te digo. Desde allá arriba los fusilás. ¿Quién me falta?

—Che, faltás vos —dijo el chileno.

—No me imités, ni me faltés el respeto.

—Con todo el respeto, sos el único que no tiene misión.

—¡Yo tengo que pensar por todos! ¿O van los generales a la vanguardia de la tropa? Yo organizo, carajo.

—Nnnn, nnnn, nnnn.

—Te callás, paraguayo, o te pego un tiro.

—No ha dicho nada —le defendió el chileno.

—Pero ¿no lo ves, que no hace más que joder? Así no se funda un imperio. Con Cortés y Pizarro no pasaban estas cosas. Figurate Almagro dando explicaciones a la tropa de por qué no va en primera línea. ¡Pero salgan ya, remierda, nos van a freír!

–¡Nnnn, nnnn, nnnn!

Entonces se dieron cuenta de que el paraguayo además de emitir sonidos gangosos estaba señalando hacia la entrada del cuarto, donde un miliciano observaba la escena boquiabierto.

–¡Entonces decilo, paraguayo, decí que llegaron los indios en lugar de molestar!

El argentino disparó al miliciano, que dejó caer el fusil, se miró primero el estómago, luego la mano ensangrentada con la que lo había acariciado y, mientras se derrumbaba, preguntó inconcluso:

–Pero ¿de qué lado...? ¿Quiénes...?

–Lo chingaste al olmeca este.

–Y chingaré a la madre de todo el que no salga a pelear.

El paraguayo trepó por la pared como un gato y se apostó en lo alto apuntando hacia afuera. El mexicano y el chileno se perdieron hacia el zaguán. El colombiano y el cubano corrieron en dirección opuesta.

–Ustedes son mis prisioneros. Vénganse acá que los ate al caño.

Sentados en el suelo y atadas sus manos a una tubería de plomo con lo que probablemente había sido la correa del perro, aguantaron el estrépito de los disparos, la metralla de ladrillo y cal que caía sobre ellos cuando un proyectil impactaba sobre sus cabezas, imaginando la pelea que se estaba librando allá afuera, y en la que el paraguayo, aún apostado sobre el muro, participaba disparando a diestro y siniestro y emitiendo sonidos guturales que podían ser tanto maldición como celebración de un acierto. No debían de ser muchos los atacantes, y desde luego desprovistos de armamento pesado, porque la pelea se prolongó durante horas, repitiéndose breves tiroteos que daban lugar a pausas en las que los combatientes probablemente se desplazaban en busca de un mejor abrigo o de una posición que mejorase la eficacia de sus disparos. Fue después de una de esas interrupciones, una tan prolongada que podría haberse entendido como retirada de los atacantes, cuando sonó un tiro aislado, lejano, más sonido de petardo que de arma de fuego, y el paraguayo emitió otro de sus ruidos indescifrables, pero aun así se adivinaba esa vez una urgencia, una intensidad que hizo a Julia y Benjamín levantar la cabeza justo a tiempo de verlo soltar el fusil, que cayó hacia el exterior, escurrirse unos centímetros, estrellar la cabeza contra el borde de su parapeto y precipitarse encima de ellos, machacando con la nuca una rodilla a Benjamín y dando una involuntaria bofetada a Julia, con lo que parecía querer irse de este mundo vengándose de su mala suerte. La bala había atravesado el cuello del paraguayo, quien intentó por última vez en su vida decir algo, quizá deseando como tantos grandes hombres legar a la Historia unas últimas palabras por las que ser recordado. Boqueaba el paraguayo ante la mirada expectante de los prisioneros, se arqueaba su cuerpo con ese último esfuerzo, y Julia y Benjamín reconocieron la pena que se siente ante el sacrificio inútil, ante tanta energía derrochada por causas vanas.

–Quién mierda me mandó venir aquí –dijo el paraguayo, efímeramente sanado de su mudez por una bala milagrosa, y se vio en sus ojos la sorpresa de haberse escuchado, de haber distinguido por primera vez entre el estruendo del mundo esa voz que hasta entonces sólo había resonado en su cerebro. Entonces cerró la boca, sonrió satisfecho y quedó muerto con la cabeza apoyada sobre las piernas de Benjamín.

No tuvieron tiempo de intercambiar sus asombros, porque el chileno apareció dando trompicones y respirando trabajosamente, con una granada en la mano, que contemplaba estupefacto y reverente como si empuñase el mismísimo Santo Grial; se arrodilló, quiso como el paraguayo decir sus últimas palabras pero únicamente consiguió soltar una voluta de aire, y se volcó hacia delante. Antes de que clavara el rostro en los escombros, la granada cayó de la palma abierta, rodó medio metro y fue a detenerse a los pies de los dos blancos atados al poste del tormento.

Ninguno de los dos quiso ser testigo de la explosión. Cerraron los ojos, apretaron los dientes, contuvieron la respiración. Cuando ya se estaban asfixiando decidieron volver a respirar y se atrevieron a abrir los ojos. Allí seguía la granada, intacta, inofensiva, absurda.

–Van dos milagros.

–Ya te dije que lo mío es la supervivencia.

–¡Jijos! Ahora sí ya me quebraron estos ojetes... –exclamó el mexicano desde el zaguán y se oyó el ruido inconfundible de un cuerpo al derrumbarse.

Arreciaron en ese momento los disparos, hubo incluso alguna explosión aislada, y finalmente varias ráfagas que parecían indicar que habían llegado refuerzos a los atacantes.

–Intenta desatarme –dijo Julia.

–Mejor no.

–Tenemos que huir de aquí. A estos se los van a cargar a todos.

–Por eso. Es preferible seguir atados.

El argentino hizo su aparición, sin casco, sin armas, con el mono verde hecho jirones y la cara aún más tiznada que antes del combate. Le sangraban las manos y también la ropa aparecía encharcada en las perneras y en el vientre.

–Los indios –dijo–, nos emboscaron los indios, igual que a Orellana –un disparo que le entró por un costado lo lanzó contra la pared, pero no lo derribó. Se quedó apoyado con una mano que iba tiñendo el yeso de rojo–. ¿No era una gran idea? Liberar España de sí misma. Puta, qué cagada morirse así.

Un nuevo impacto lo aplastó contra la pared y se habría caído enseguida de no haberlo mantenido en pie varias ráfagas, que produjeron durante unos segundos la ficción de que el argentino todavía estaba vivo. Cuando se desplomó, entraron en el cuarto dos milicianos apuntando hacia el interior los subfusiles con los que habían convertido al argentino en marioneta.

Uno de ellos se aproximó a la granada con la misma precaución con la que tocaría alguien una serpiente de la que no sabe si está muerta. La examinó, buscó en derredor, abrió la mano del chileno y mostró la anilla que empuñaba.

–Italiana, claro –dijo el otro–. Con esas mierdas se creen que van a ganar la guerra. Y vosotros, camaradas, ¿quiénes sois?

Por primera vez desde que había empezado su aventura, Benjamín tenía la impresión de haber hecho algo inteligente. Atados como estaban, los milicianos les habían considerado amigos. Si se los hubiesen encontrado en un pasillo o queriendo huir probablemente les habrían acribillado sin preguntarles sus simpatías políticas ni examinar sus documentos. Deseó que Julia se hubiese dado cuenta de su previsión. ¿Habría tenido razón don Manuel? ¿Estaría, después de todo, él, el inútil, el confuso, el perdido, el cobarde, en condiciones de cumplir la misión que le habían encomendado?

7

Serán ceniza

Los dos milicianos los habían liberado, les habían dado agua, se presentaron con nombres apostólicos: Santiago y Mateo. Santiago era mayor, ya algo canoso, y quizá por eso Mateo se dirigía a él como si fuese el jefe. Ambos iban vestidos con un mono azul y un jersey grueso agujereado.

Los acompañaron a las afueras del pueblo, hacia donde confluían otros milicianos.

–Vosotros no os mováis de aquí. La compañía está por llegar; nosotros somos una avanzadilla y tenemos que seguir nuestro camino.

Se fueron. Los dejaron solos otra vez. Esperando sin saber para qué.

–Sé lo que estás pensando.

–Pues sí, aquí no pintamos nada.

–Yo les pediría ayuda. Tú solo no vas a saber llegar o vas a tardar otro siglo.

–No estoy solo.

A Julia le halagó visiblemente el comentario.

–De todas formas. Que te ayuden a llegar a Madrid para recibir nuevas instrucciones y, si es necesario, que luego te vuelvan a montar en avión para ir a buscar a tu filósofo.

–Pero ¿y si los que vienen no son soldados? Lo mismo son anarquistas y no puedo enseñarles las órdenes de don Manuel.

–Te digo que no vas a llegar a ningún sitio. No vamos a llegar, quiero decir.

–¿Vas a seguir conmigo?

–Hasta que la muerte nos separe. Pero como yo no me voy

a morir nunca, tienes que tener cuidado. Me voy a ver si cazo un conejo.

Julia sacó el cuchillo y se fue por el camino hasta perderse tras una curva.

Hacía sol y frío a la vez. El tiempo pasaba. Un moscardón intentaba despegar del suelo sin conseguirlo. Aleteaba emitiendo un intenso zumbido pero sólo conseguía arrastrarse en círculos. Un ratón de campo se acercó a ver el espectáculo. Volvió a esconderse en su agujero. Una nube pequeña se fue descomponiendo hasta desaparecer. El tiempo seguía pasando.

Llegó a sus oídos el sonido de un motor y los chirridos de los amortiguadores de un vehículo zarandeado por los baches del camino. Se incorporó Benjamín esperando avistar un camión de soldados; oteó, escuchó, se subió a un mojón, inquieto por la ausencia de Julia. No estaba dispuesto a dejarla atrás.

No fue un camión ni un coche, sino un tanque el que asomó de un repecho, primero el cañón, luego la torreta y por fin la bestia al completo, un saurio jurásico cuyas articulaciones chirriaban estruendosamente, bufando con el motor de explosión; un escandaloso entrechocar de cadenas se sumaba a la amenazante presencia del cachivache. Detrás aparecieron los esclavos de la bestia, en mono azul y pañuelo rojo al cuello varios de ellos, otros con el uniforme del ejército de la República; era una brigada mixta. Un soldado tiraba de las riendas de un asno rechoncho, sobre el que cabalgaba Julia, también con pañuelo rojo que en ella parecía más coquetería que enseña.

–¡Viva la República! ¡Viva Rusia! –entonaron a coro milicianos y soldados.

–¡Viva! –repuso Benjamín sin especificar cuál.

A pesar de tanto acuerdo, un miliciano y un soldado se acercaron sin echarse al hombro el fusil con el que le apuntaban y le pidieron la documentación. Cuando les enseñó el salvoconducto y la carta de don Manuel, el miliciano que los acababa de leer musitó un muy sentido «coño» y se rascó indeciso la barba de varios días produciendo el mismo sonido que un fósforo al ser frotado contra el raspador. En lo alto del tanque, que se había detenido expulsando por la trasera nubes de gas negro que hacían llorar los ojos de todos, se abrió la escotilla y de ella asomó un hombre con galones de capitán, pasamontañas y gafas de motorista, quien se apeó con paso de beodo, se acercó temblequeante, tomó la carta sin ser capaz de leerla con tanta tiritona, y les gritó como si estuviesen a kilómetros de distancia.

−¡¿Qué dice la carta?!

−¡Que les demos escolta! −le respondió el otro haciendo bocina con las manos.

−¡¿Adónde?!

−¡A donde quieran!

−¡Hay que fusilarlos!

−¿Cómo los vamos a fusilar, si nos dice este papel que los llevemos a donde nos pidan?

−¡Por eso mismo! −gritó el tanquista, que debía de tener algún tipo de mando sobre esa tropa.

−¿Por qué gritan así? −susurró Benjamín al soldado, que presenciaba la conversación como en un partido de ping-pong.

−¡Buena lógica es esa! ¡En lugar de cumplir órdenes, nos cargamos a los que debemos proteger!

−¡¿Qué?!

−¡Que no es lógico!

Entretanto Julia se había apeado del burro y acercado a los cuatro hombres. También ella preguntó, pero a Benjamín:

−¿Por qué gritan tanto?

−No sé. Creo que el del tanque es sordo.

−¡Claro que es lógico! ¡Si los matamos no tenemos que llevarlos a ningún sitio y podemos seguir nuestro camino para detener a los fascistas en Pozuelo!

El tanquista se quitó las gafas, que entre el polvo y el vaho ya no le permitirían ver gran cosa. Los bordes habían grabado un antifaz rojo sobre la carne. También se quitó el pasamontañas, lo sacudió contra un muslo. El miliciano volvió a indagar en el papel como para contrastar la interpretación que le daba su compañero.

−¡Aquí dice...!

−¡Que diga lo que quiera! ¡Lo que yo digo es que es más importante proteger Madrid por el oeste que hacer de niñeras, eso es lo que digo!

–¡Hombre, sí, pero matarlos…!

–¡No podemos desobedecer órdenes! ¡Somos un ejército disciplinado, no una banda de forajidos! Mientras estén vivos, debemos llevarlos a donde nos ordenen. Pero nada dice en las órdenes de que tengamos que dar escolta a dos cadáveres. Así que debemos matarlos para poder seguir nuestro camino y ayudar en la heroica defensa de Madrid.

–Oigan, que yo pienso que a lo mejor hay una solución más fácil. Nosotros continuamos la ruta, y ustedes hacen como si no hubiesen leído la orden –intervino Benjamín.

–¡Imposible, camarada! –gritó el tanquista–. ¡Engañar a nuestros superiores supondría un acto de traición! ¡Una vez transmitidas, las órdenes deben ser acatadas!

–¿Echamos a correr? –susurró Julia.

–¡Pero matarlos para cumplir con nuestro deber es un poco duro!

–¡Lenin dice que el fin justifica los medios!

–¡Ah! ¡Si lo dice Lenin!…

Y dado que tanto el miliciano como el soldado tiraron del cerrojo de sus fusiles, Benjamín se apresuró a gritar:

–¡Les ordeno que nos lleven a Pozuelo!

Ambos se consultaron con la mirada sin encontrar una buena respuesta. Se volvieron hacia el tanquista.

–¡¿Qué diría Lenin de eso?! ¡Porque si no nos desvían del deber más importante, no sería justo matar a dos camaradas! –dijo el soldado–. Lo lógico es que los llevemos a donde nos pidan si lo que nos piden no nos estorba en nuestra misión. Yo creo que Lenin estaría de acuerdo.

–¡Así es, camaradas!

–Entonces, ¿los llevamos con nosotros?

En el rostro del comunista se dibujó un gesto de dolor. Se agarró la pechera como si la mano perteneciese a otra persona que lo quisiese zarandear.

–¡Confieso públicamente haber dado órdenes contrarias a los fines del partido! ¡El socialista convencido valora sobre todo la disciplina! ¡Vuestro deber es fusilarme por haber propuesto la eliminación de dos camaradas!

–¡Hombre, porque creías que nos iban a desviar...!

–¡Estaba equivocado! –dijo, y pareció arrugarse como un globo que pierde el aire–. ¡Los errores deben castigarse severamente para disuadir a los demás revolucionarios de tomar decisiones que puedan perjudicar al partido! ¡Si nos equivocamos es porque nuestra mentalidad pequeñoburguesa nos impide identificarnos plenamente con los preclaros fines del socialismo!

–¡Pero reflexiona, no me obligues a hacerlo, por mi madre! Esto es una burrada.

El tanquista se enderezó y, adoptando una expresión solemne, avanzó a pasos decididos hasta situarse debajo de un algarrobo, levantó el puño izquierdo y declamó, sin que quedase claro si se le acababa de ocurrir o si estaba citando a alguien:

–¡Los hombres mueren, desaparecen, el partido queda por encima de los hombres, de las personas y de los personajes! ¡Viva la República! ¡Viva Stalin! ¡Viva el proletariado!

–¡Venga, no exageres! ¡Hay que ser comprensivos!...

–¡La comprensión es contrarrevolucionaria! ¡Sólo cuenta la disciplina! ¡Disparad de una vez, aprended cómo muere un auténtico comunista!

–Estos estalinistas son la hostia, ¿no? –comentó el miliciano. El tanquista seguía firme ante el árbol con la mirada perdida en la lejanía, como viendo ya asomar por el horizonte el paraíso del proletariado, así que, tras maldecir por lo bajo uno de ellos y dar una patada a un guijarro el otro, apuntaron cuidadosamente y, a la orden de fuego del propio tanquista, dispararon sus armas. El tanquista brincó de repente hacia atrás, quedó apoyado unos segundos en el tronco del algarrobo, movió los labios como para dar otro viva, agitó la cabeza, pero igual que un rabo de lagartija sigue moviéndose después de cortado, porque aún no se ha enterado de que es ya cosa muerta. El tanquista se derrumbó y quedó despatarrado entre la maleza.

Tras comprobar que ya no tenía pulso y sentarlo contra el algarrobo como si en esa posición su muerte resultase más digna que dejándolo tirado entre los cardos, regresaron los dos ejecutores junto a Julia y Benjamín, que habían presenciado descorazonados el fusilamiento.

–¿Así que a Pozuelo queréis ir? –preguntó el miliciano.

–Sí, cuanto antes.

–Bueno, pues así se hará. Ya lo decía el camarada; esto es un ejército disciplinado, no una banda de tunantes.

Devolvió los papeles a Benjamín, se echó el fusil al hombro, hizo un gesto con la mano al resto de la tropa para que reanudaran la marcha, se quedó un momento confuso, maldijo por lo bajo, y preguntó a Benjamín:

–¿Tú sabes conducir un tanque? –como Benjamín negó con la cabeza, añadió–: Cagüendiós.

Era una ciudad habitada por viejas. Una sombra enlutada se asomaba de repente a una calle, salida de no se sabía dónde, la recorría a pasos breves y más rápidos de lo que podía hacer pensar su cuerpo doblado y desaparecía tras una esquina o por una puerta que luego se cerraba ruidosamente. En aquella ciudad de amazonas octogenarias no se veían más hombres que los de la compañía que marchaba cansinamente por sus calles. Llamaron a más de una puerta y ninguna se abrió. Uno propuso echarlas abajo pero el miliciano que había quedado al mando tras la muerte del tanquista afirmó que no eran un ejército de ocupación. Se sentaron en la plaza del pueblo, bajo las arcadas de piedra unos cuantos, otros soleándose para quitarse de encima el frío de un Día de Difuntos que hacía crujir las hojas que pisaban como láminas de vidrio.

Habían tenido que dejar el tanque atrás, por lo que el nuevo comandante blasfemaba cada vez que le volvía a la memoria. Un tanque ruso nuevecito, decía. Con eso sí que habríamos acojonado a los rebeldes.

Habían decidido parar allí a descansar no más de una hora. Bebieron de la fuente, aunque el agua helada les hacía daño en las encías y en la garganta. Algunos iban ya quedándose dormidos, pero se despertaron al oírse un tintineo metálico. Al poco se le sumaron una trompeta y un tambor, y la melodía, más bien irregular y no del todo afinada al principio, se fue concretando en el aire con el ritmo de un pasodoble.

–Una feria ambulante –dijo uno recién despierto y se le iluminó el rostro como a un niño que ve salir a los payasos a la pista del circo.

Se levantó de un salto y enlazó por el talle a un compañero; dio unos pasos de baile sobre el empedrado de la plaza. Otro imitó la trompeta llevándose el puño a la boca y acompañó a la orquesta que cada vez se escuchaba más cerca. Varios milicianos se animaron a sumarse al baile; en pocos instantes la plaza parecía una verbena; al menos diez parejas de hombres bailaban con mucho sentimiento. El comandante se reía con la boca abierta y hasta parecía haberse olvidado de la pérdida del tanque. Julia tendió una mano a Benjamín invitándole a salir a la pista.

–¿Ahora?

–¿Cuándo, si no ahora?

En ese momento llegaron los músicos a la plaza y al instante callaron sus instrumentos. Las parejas dieron aún unos pasos acompañados por el imitador de la trompeta, pero también este acabó por callarse. No entendieron enseguida que quienes habían entrado en la plaza no eran una tropa de titiriteros disfrazados: no los acompañaba un mono con pantalones de seda roja y la única cabra que quizá llevaban no era la que hacía equilibrios sobre una banqueta, sino la de la Legión.

Para cuando se incorporaron, ya estaban disparando sobre ellos los primeros legionarios y moros que, más rápidos de entendederas o más preparados para una emboscada, apenas habían tardado unos segundos en echarse los fusiles a la cara.

Benjamín iba a salir corriendo, pero Julia lo agarró y lo arrastró detrás de una columna. Varios milicianos buscaron refugios similares; unos cuantos se atrincheraron tras el pretil de la fuente. Pronto aparecieron nuevos atacantes que se habían desplegado por otras calles, de forma que los disparos llegaban desde distintas direcciones. También hubo enseguida regulares y legionarios apostados en los tejados. Algunos milicianos murieron por impactos directos y otros por las balas que rebotaban en las paredes de piedra; los atacantes parecían haberlo entendido y seguían disparando aunque ningún miliciano asomase la cabeza. Benjamín se puso a la espalda de Julia, cubriéndola de posibles carambolas, y sintió una felicidad que no había sentido nunca.

Los acorralados intentaron aún cambiar la situación arrojando granadas de mano que explotaron inofensivas a varios metros del objetivo. Quisieron también montar una ametralladora, con tan mala suerte que las balas se atoraron en el tambor y no consiguieron dar ni un tiro. Media hora más tarde sólo quedaban en pie una docena de hombres y Julia.

Fue ella quien hizo un gesto al comandante, aún vivo aunque herido en un hombro, mostrándole un pico de su camisa blanca y él asintió, con la expresión tan ida que no podía asegurarse que hubiese entendido. Ella, de todas formas, rasgó un trozo de la camisa y lo agitó sin asomar más que la mano.

Los legionarios y regulares siguieron disparando un rato, y por la cercanía de los disparos parecía que habían apostado a quién atinaba a la mano que agitaba la bandera blanca. Luego se escucharon órdenes. Cesaron los tiros. Las arcadas se habían llenado de humo. El olor a pólvora daba ganas de estornudar.

Una voz les conminó a arrojar las armas. Así lo hicieron los vencidos. Luego se les ordenó salir de sus parapetos. Benjamín retuvo con un gesto a Julia para que no fuesen de los primeros en asomarse, pero nadie disparó contra los que salían con las manos sobre la cabeza. Se dirigieron hacia los vencedores, muchos de los cuales aún encaraban el arma. Cuando llegaron hasta donde se encontraban nadie supo qué decir hasta que llegó un capitán de los rebeldes, dio unos cuantos puñetazos a los primeros que encontró y ordenó que los llevasen a la prisión provisional. De pronto se dio cuenta de que había una mujer que no llevaba uniforme ni ropas de miliciana. Se acercó a ella, le dio un empujón no muy violento y le preguntó:

–¿Tú quién eres? ¿Qué coño estás haciendo con esta gentuza?

–Nos llevaban detenidos, a mi hermano y a mí –dijo, señalando a Benjamín.

–Eso lo veremos más tarde. Andando. En fila todos.

–Los heridos... –dijo el comandante.

–No hay heridos. Ni uno.

Tuvieron que caminar sólo unos minutos hasta las afueras de la pequeña ciudad o pueblo grande adonde estaba llegando otra compañía de regulares con más prisioneros. La prisión provisional era, al parecer, una escuela en la que habían arriado la bandera republicana y la habían sustituido por la roja y amarilla de los alzados. Los dejaron en un patio embarrado en el que, acuclillados la mayoría para no empaparse, aguardaba ya un buen número de milicianos prisioneros.

—*Lasciate ogni speranza* —musitó Benjamín.

—Ya veremos —dijo Julia y Benjamín se preguntó si le habría entendido.

—Yo, en realidad, tendría que estar muerto y, a veces, cuando abro los ojos por la mañana, me pregunto si este estado en el que aún hablo y como y hago mis necesidades, pero sin sentir miedo ni tristeza ni esperanza y mucho menos alegría, no será la antesala del Juicio Final, lo que significaría que también vosotros sois cadáveres a la espera de la segunda venida, aunque lo que a mí no me ha sabido explicar ningún sacerdote es, puesto que al morir vamos al infierno o al cielo o al purgatorio directamente, a qué viene el Juicio Final, qué es lo que va a juzgarse si a muchos ya los están sometiendo a un tormento que se supone eterno, es como si después de que te ejecuten tras un juicio sumarísimo al presidente del tribunal le entran dudas y pide la repetición del proceso con las debidas garantías para el cadáver.

El artesano hizo una pausa para recuperar el hilo del discurso y colocar mejor las vendas que le hacían de calzado. Benjamín aprovechó para intervenir.

—Lo que sucede en el Juicio Final es que los muertos resucitan y su alma, que había ido al infierno o al cielo, se une al cuerpo, con lo que el gozo o el tormento que antes era sólo espiritual se vuelve también físico.

—Va a ser eso, que mi alma está ya donde le corresponda y esto que veis es sólo mi cuerpo.

—Aunque Orígenes afirmaba que las penas del infierno no son eternas, cosa que le parecía demasiado cruel para venir de un

Dios misericordioso, y en el Juicio Final sí había una revisión de las condenas. En realidad, él pensaba que todos iremos al cielo a la larga, incluso Satanás, porque todos nos arrepentiremos de nuestros pecados.

—Benjamín, anda, cállate y déjale continuar su historia.

—¿Tú qué eres, un cura? —preguntó un hombre que hasta ese momento había parecido dormitar sentado contra la pared, con la cabeza colgando, que ahora había levantado, y las piernas recogidas; era pelirrojo y pecoso, y los pies desnudos que asomaban de la manta de campaña tenían un color entre blanco, rosa y azulado. Hablaba con acento extranjero, muy suave, pero perceptible—. Y si eres un cura, ¿por qué te van a fusilar estos, que son de los tuyos?

—A mí no me van a fusilar.

—Eso pensaba yo —dijo el artesano—, que no podían fusilarme por tan poca cosa. Darme un par de tortas, meterme en un calabozo unos días, emplumarme, algo así, pero no pensé que me pudiesen llevar ante un pelotón por un acto tan inocente. Yo desde luego me puse a hacerlo pensando en los banderines y en los ceniceros y los platos con el escudo o la fotografía de los equipos de fútbol...

—Maldito sea el fútbol —dijo el pelirrojo incorporándose furiosamente—, yo estoy aquí por su culpa. Si en lugar de interesarme por el fútbol hubiese sido aficionado al boxeo no me encontraría en esta situación. Pero mi padre me llevaba a los partidos desde niño...

—Oye, ¿cuentas tú tu historia o cuento yo la mía? Porque si seguimos mezclándolas, al final estos amigos no se van a enterar de ninguna de las dos.

El pelirrojo hizo un gesto con la mano como para expresar su desinterés y lo subrayó recostándose otra vez contra la pared y embozándose con la manta.

—Siga usted —pidió Julia—, que con tanta introducción y tanto divagar no me estoy enterando de nada.

—Decía, señorita, y por cierto, ¿sabe usted que se parece mucho a una tía mía, que se marchó de joven con un forastero...?

—Continúe con la historia, que parece esto una de esas novelas modernas en las que acabas por no saber quién es el protagonista ni cuál es la trama principal.

—Es que la realidad es mucho más complicada de lo que pensamos, y las cosas no suceden como en las novelas de detectives, en las que los protagonistas sólo viven para resolver un caso y sólo piensan cosas adecuadas a la situación, y no se ponen a pensar, como me pasa a mí, en cualquier tontería que no viene a cuento. Y además, fíjese que, si lo medita, las cosas importantes están relacionadas con nimiedades, y lo que le sucedió a la tía de la que yo le hablaba me dio mucho que reflexionar, y yo no sería el hombre que soy sin la experiencia de aquella tía, y quizá ni siquiera me habría hecho artesano, sino que también habría sido un trotamundos, pero escarmenté en cabeza ajena y esto que entonces me pareció una ventaja y una gran lección, hoy me lleva a preguntarme si no habría sido mejor buscar suerte en América, porque lo mismo hoy era un rico hacendado...

—Perdone, pero le van a fusilar a usted mañana. O se deja de filosofar o nos quedamos sin escuchar su historia.

—¡Julia!

—¡Es que es verdad! Este hombre habla como si tuviese la eternidad por delante.

—Todos hablamos y vivimos como si tuviésemos la eternidad por delante, señorita, y más yo, que, como le decía, ya vivo en una especie de limbo en el que todo me da igual, y quizá por eso, porque la historia de mi vida está concluida, me preocupa tan poco acabar de narrarla; uno narra la propia vida para añadirle algo más, una nueva interpretación, o para conseguir la admiración de los otros, o para vengarse de los enemigos. No es mi caso. Yo ya estoy muerto, y un cadáver no puede ni justificarse ni vengarse y la admiración le es indiferente. Pero ya que me lo pide con tanta amabilidad, y por consideración a su interés, retomaré lo que estaba contando y procuraré no desviarme hacia cuestiones que a ustedes puedan parecerles menores aunque yo las sepa fundamentales. Al grano, entonces.

»Yo pensaba, y todavía pienso, que en una guerra civil, como en un partido de fútbol, habría seguidores de uno y otro equipo y que, sin duda, querrían mostrar sus preferencias y su apoyo a uno de los dos bandos con esos pequeños objetos con los que uno decora su casa, pero además, una vez elegido el bando, también la gente querría contar con la imagen de su jugador o general favorito; incluso en cosas más serias que el deporte y la guerra, como lo es la religión, muchos se buscan un personaje al que admirar y adorar; unos tienen una imagen de la Virgen de Guadalupe y otros de la de Montserrat. Así que supuse que algunos se harían devotos de Mola, otros de Franco, otros de Azaña, otros de Largo Caballero. Con ayuda de un amigo ceramista y mediante un proceso técnico de mi invención, para el que por desgracia no he tenido tiempo de solicitar la patente, lo que es una pena, porque me iría de este mundo seguro de que mi mujer y mis hijos tendrían de comer el resto de sus días, pues sepan que mi mujer, por un problema de hígado, no puede trabajar..., sí, sí, al grano: decía que, con este sistema de reproducción en *offset* desarrollado por mí, adorné numerosos objetos con las imágenes de Durruti, Queipo, Líster, Yagüe, Franco y otros, si me permiten llamarlos así, primeros espadas de nuestra contienda.

»No conseguí, sin embargo, embarcarme en el negocio que me había propuesto y que a mí me parecía inocuo a la vez que potencialmente lucrativo, porque un aprendiz, al que yo había despedido hacía tiempo debido a que en lugar de entretener sus manos con cosas de mejor provecho procuraba ocuparlas en las carnes de mi hija menor, me denunció a unos milicianos de la CNT. No crean que me asusté cuando llamaron a mi puerta, porque yo consideraba mi taller como potencia neutral, que no apoyaba ni a unos ni a otros, sino que a ambos vendía lo que necesitaban, igual que están haciendo varios países europeos, que procuran armas a los nacionales y a los republicanos, y todo el mundo les paga tan contento.

»Y no es por vanagloriarme si les digo que apreciaron mucho un botijo que tenía con la imagen de Durruti; me dieron palmadas en la espalda, me ofrecieron de fumar, bebieron jocosos el agua fresca del botijo; pero cuando descubrieron que el mismo modelo existía con el rostro de Millán-Astray y uno un poco más pequeño con el de Franco, cogieron tal rabia que tomaron las trébedes de la chimenea y con ellas destruyeron mis máquinas y buena parte de la producción. Pim, pam, pim, pam, sin respeto alguno por el trabajo ajeno. Cuando se hartaron de su propia barbarie, sin más explicaciones, me sacaron a rastras de mi casa, desoyeron los ruegos de mi mujer y de mis hijas –tengo tres, por desgracia no me ha tocado hijo varón y eso ya no voy a poder corregirlo–, me llevaron hasta la tapia del cementerio, que, por cierto, se dice que está construido sobre una antigua necrópolis romana, y se dispusieron a fusilarme haciendo tanto caso a mis protestas como les habían hecho a las de mi familia.

»Mire, señorita, mire mis cabellos –el artesano agachó la cabeza para dar a Julia una buena perspectiva de su coronilla–. Todas estas canas no estaban ahí un mes atrás. Y mire mis carnes –se pellizcó los antebrazos cubiertos de pellejo y de poco músculo, mostró las espinillas, huesudas como pata de pollo, y lanzó un suspiro–. Hace unos días yo era un hombre robusto y sano; ahora soy un esqueleto que camina. Mi mujer, que vino detrás de mí como una María Magdalena, me dijo que me desmayé ante el paredón, pero yo creo que me morí al ver mi obra destruida y constatar que ya no podría crear nada más, que ya no dejaría otras huellas en el mundo; desde entonces estoy muerto y ahora lo que estoy es descomponiéndome. Sea como sea, parece que justo cuando iban a darme el tiro de gracia sin haber tenido que darme los de la ejecución, llegaron unos Fiat italianos y se pusieron a ametrallar el lugar en el que nos encontrábamos, matando a los anarquistas, hiriendo a mi mujer y llevándose por delante a no pocos curiosos, que merecido se lo tenían, porque no hay nada más asqueroso que esos individuos que corren siempre tras el olor de los cadáveres, como los moscones revolotean alrededor de la mierda.

»Resumiré el resto de la historia diciendo que esa misma noche eché a una carretilla unas pocas pertenencias y algunas piezas, no muchas, que se habían salvado del destrozo iconoclasta; frustrado con la acogida de mi arte por los leales a la República, había decidido pasarme a los nacionales, aunque, como no me fiaba de que ellos fuesen a entender mejor la amplitud de miras de un artista, sólo conservé las obras que contenían imágenes del equipo rebelde. Empujando mi carretilla me puse en camino hacia Toledo, donde tenía unos parientes, sin llegar muy lejos, es verdad, porque apenas me había alejado treinta leguas de mi casa me detuvo una avanzadilla de legionarios y me llevaron a su campamento, que está al borde de este pueblo en el que nos encontramos.

–¿Y por qué le van a fusilar, si dice que sólo llevaba imágenes de los nacionales? ¿O metió por error en la carretilla la efigie de algún leal?

–Porque en lugar de fijarse en la belleza de las formas, los hombres se empeñan en interpretar mis obras, en buscarles significado e intención. No les basta con el placer de la contemplación, insisten en que todo tenga un mensaje.

»Y mi problema fue que primero, en ese vistazo puro y auténtico con el que uno abarca inicialmente una obra de arte, sin haber tenido tiempo para pensar qué puede querer decir, mis pequeñas cerámicas ilustradas despertaron el entusiasmo de la tropa que me recibió, aunque venían agotados de caminar, matar y violar; un sargento mayor quiso comprarme enseguida un plato con la cara de no recuerdo qué general, otro me preguntaba el precio de una estilográfica con los colores de la nueva bandera, y en fin, soldados, suboficiales y oficiales se arremolinaban a mi alrededor queriendo admirar e incluso tocar mis obras.

»Hasta que se acercó un sargentillo de andares chulescos, el cual, quizá para demostrar que era superior a los demás, tomó y volvió a dejar en su sitio dos o tres objetos con gesto despreciativo, se fijó en un cenicero, lo observó detenidamente y, mostrándolo a todos como un indio mostraría la cabellera recién arrancada, casi gritó: "¿Qué es esto? ¿Tú quieres que la gente apague las colillas en el rostro del Caudillo?".

»Yo no había pensado para nada en esa posible interpretación de mi obra. Si puse la cara de Franco en el cenicero fue porque su cabeza tan redonda, su frente amplia y curvada, encajaban perfectamente en la forma circular del objeto. Pero comprendí de inmediato que mi vida pendía de un hilo, y no por culpa del cenicero, que podría pasar sin más por una falta de atención por mi parte. Si registraban más a fondo mis pertenencias encontrarían una pieza que me llevaría nuevamente al paredón.

»Intenté convencerles, a la vez que desviar su atención de las demás obras, de que el cenicero era para colgar en la pared, no para usar, argumentando que la brasa de los cigarros podía estropear la imagen, lo que lógicamente no podía ser mi deseo, aunque debo decir que gracias a mi método reprográfico la imagen era prácticamente indeleble. Para demostrar que no tenía ningún interés en mancillar la imagen del Generalísimo espachurrando colillas en su efigie, lancé el cenicero contra una roca.

»"¡Y ahora ultrajas su fotografía, rojo asqueroso! ¡Has hecho añicos su invicta imagen!", me gritó el sargentín, dispuesto a hacerme la vida imposible. Justo en ese momento, un cabo de regulares sacó del fondo de la carretilla el objeto que sería mi perdición. Os aseguro que se encontraba ahí por error; lo había llenado de herramientas y pequeños objetos para que no se perdiesen en el camino, fue el primero que fabriqué y hasta me había olvidado de él; tampoco había tenido nunca la pretensión de ponerlo a la venta ni de mostrarlo, tan sólo quise experimentar la fijación de la tinta sobre porcelana, interesado también en la proyección de una imagen plana sobre una superficie esférica, que ya sabrán que es uno de los problemas principales de la cartografía. Pero mis intenciones dan igual, porque una vez que la obra queda en manos del público, es este el que la, digámoslo así, reinventa; a partir de la publicación, un libro significa lo que quiera el lector, cosa sobre la que deberían meditar los escritores, porque a mí ya no me queda tiempo para hacerlo.

»Cuando el moro exclamó: "¡Orinal! ¡Cabeza Franco orinal, rojillo cabrón matarile!", el mundo cayó sobre mis huesos. El sargentucho me dio un puñetazo en la boca que dejó esta mella que aquí ven, me cubrieron de escupitajos, cosa a la que son muy dados los moros, los más cercanos se dedicaron a patearme y creo, pero qué más da, que tengo una o dos costillas rotas, amén de no ver más que bultos con el ojo izquierdo. Mientras me golpeaban, gritaban cosas como: ¡te vamos a enseñar a cagarte en el Caudillo! Se entretuvieron un buen rato sacándome lamentos a patadas, pero cualquier diversión acaba por aburrirnos con el tiempo, y esa es una de las tragedias del ser humano, que todo, hasta el goce más excelso, a la larga lo hastía y lo que era felicidad completa se vuelve una carga de la que quisiéramos librarnos cuanto antes, y también mis maltratadores terminaron por aburrirse, a lo que contribuyó quizá que ya ni siquiera fuese capaz de emitir un ay ni de protegerme de los golpes, pues una víctima que ni se queja ni suplica no proporciona mucha diversión. Por eso me agarraron entre varios y me arrastraron hasta esta pequeña cárcel improvisada hace apenas dos días, jurándome que mañana al amanecer acabarían conmigo.

»Esta es, amigos, mi historia, a la que podréis poner vosotros el punto final dentro de un rato, si así se os antoja.

El pelirrojo parecía haber estado al acecho porque apenas se hubo callado el artesano, se incorporó carraspeando y exigiendo con sus muchos aspavientos la atención de los demás.

–¿Me tiemblan las manos? –preguntó. Se puso a la pata coja, extendió los brazos como crucificado y cerró los ojos–. ¿Me tambaleo? –cuando los presentes le aseguraron que no temblaba y que parecía mantenerse estable sobre un pie, regresó a donde había estado sentado, cabeceó, chasqueó la lengua–. Maldita sea mi suerte. Justo ahora que necesitaría estar borracho perdido.

Dos soldados llegaron con unas hogazas de pan y una gran perola con churretes de óxido y costras resecas de comida. La dejaron en el suelo en un hueco entre los prisioneros, y las hogazas al lado, sin importarles que se llenasen de barro.

–¡La mesa está servida! –anunció uno que llevaba un delantal de carnicero y se retiró unos pasos como alguien que tras echar de comer a un grupo de monos del zoo quisiera contemplar cómo se reparten los alimentos, quizá esperando que se peleen por ellos.

El primero en acercarse a la perola fue el artesano, pero el del delantal le puso una mano en el pecho.

–Ni hablar, qué desperdicio. Si a ti te van a fusilar mañana temprano.

–Pero tengo hambre.

–Sería como si diésemos de comer a alguien sabiendo que lo va a vomitar. A ti tampoco te va a aprovechar la sopa.

–Además –intervino el otro soldado–, dándote de comer alimentamos a los buitres. A nadie se le ocurriría echar comida a los buitres como si fuesen gallinas: pitas, pitas, pitas... ¿a que no?

–¿No hay cucharas? –preguntó Julia.

–Mira esta qué fina. Ahora nos pedirá servilletas.

–No, señorita, aquí hay que mojar el pan en la sopa.

–¡Atención! ¡Todos a formar aquí!

–¿Ese quién es? –preguntó Benjamín a un preso que se puso a su lado en la cola.

–Un comisario político; por eso lleva chaqueta de cuero; a ver si lo fusilan antes que a mí y me la quedo yo. Lo malo es que le han quitado las insignias. Tenía una estrella roja en el pecho bien chula.

El comisario contó las hogazas y a los hombres, que acababan de ponerse en fila frente a él, también a los que iban a ser fusilados al amanecer, y anunció:

–Un séptimo de hogaza cada uno. Mojáis vuestro pedazo en la sopa y os retiráis a coméroslo a otro sitio.

El primer prisionero de la fila tomó una hogaza, la miró y remiró, se rascó la cabeza, se volvió indeciso hacia el comisario.

–¿Y cómo sé yo cuánto es un séptimo?

El comisario se dirigió marcial hacia la perola, arrebató la hogaza de las manos dubitativas, sumergió el pan entero hasta que quedó empapado de sopa.

–A ver, los primeros siete: esta es vuestra ración; le vais dando un mordisco cada uno hasta que se acabe.

–Pero eso no es justo, mira la boca que tiene este –se quejó un preso de acento andaluz.

El comisario hizo el ademán de llevar la mano a la pistola, pero ni siquiera le habían dejado el cinturón del que una vez debió de colgar la funda.

–Era de las Brigadas, como yo –susurró el pelirrojo, parado junto a Benjamín–. Por su culpa estoy aquí. En lugar de preguntar a los campesinos, consultaba la brújula. Que entre la gente del campo había muchos pequeños propietarios que apoyaban a los rebeldes y nos indicarían la dirección equivocada, decía. Nos perdimos; y nos metimos en medio de dos secciones de una compañía rebelde. Quedamos cuatro con vida; yo, porque me caí en una zanja. Pero me sacaron de ella.

Finalizada la distribución, cada septuria escogió un rincón para repartirse el pan, cosa que se hizo con muchas protestas, riñas e insultos. Las mandíbulas se desencajaban de querer abarcar tanto.

Benjamín y Julia fueron a parar al grupo del artesano y del pelirrojo, al que se sumaron tres milicianas que parecían trillizas. Alguien protestó por que las tres mujeres, boquichicas, estuviesen en el mismo pelotón de comensales.

—Contabas —dijo Julia cuando acabaron de comerse las últimas migas— que estás en la guerra por culpa del fútbol.

El pelirrojo se recostó contra el muro de ladrillo y cerró los ojos como si no hubiese oído o ya no le interesara su propia historia. Sin embargo, con voz sonora y ese extraño acento que volvía las erres algo más blandas de lo normal, como si tuviese un trozo de trapo debajo de la lengua, dijo:

—Mi padre era asturiano. Muy aficionado al fútbol y a la bebida, por supuesto; más que a las mujeres y mucho más que al trabajo, mi madre os lo diría si estuviese aquí; os caería bien, mi madre: una escocesa menuda pero decidida; pasó un tiempo en España porque su familia tenía negocios aquí y arrastró a mi padre hasta Glasgow, no con sus encantos, que no tenía muchos, pobre; pero había heredado unas propiedades que permitirían a quien fuese su esposo vivir sin dar ni golpe. No hace falta que os lo diga: el plan sedujo a mi padre.

»Yo salí a él, más bien gandul, bebedor, con una fuerte inclinación hacia el deporte pasivo. Bueno, supongo que él me contagió la afición. De niño me llevaba a ver los partidos y luego a beber con sus amigos. Como era católico, se hizo socio del Celtic y profesaba un odio feroz a los Rangers. También conservaba la tarjeta de socio del Athletic Club de Madrid, porque decía que ese era el auténtico partido de los obreros, y no el socialista. Las pocas veces que veíamos un encuentro del Rangers —cuando jugaban contra nuestro equipo– se lo pasaba gritándoles: ¡herejes! ¡Hijos de Lutero! ¡Cismáticos! ¡A la hoguera con ellos! Así, en español, para evitarse problemas; aunque ardiente, mi padre era bastante cobarde. Nunca le vi meterse en una pelea. Cuando se acababan las palabras y asomaban los puños corría que se las pelaba.

–¿De qué habla?

–Está contando su historia.

–Y, si está contando su historia, ¿por qué cuenta la de su padre?

–Chsssst.

Buena parte de los prisioneros se había ido acercando al corro formado alrededor del escocés, buscando una posición cómoda para quedarse dormidos en el caso de que no les interesase la narración y preparándose para pasar la noche, que para varios de ellos sería la última. Algunos cuchicheaban aún y el patio del colegio amplificaba los susurros cuando el escocés callaba. Benjamín sentía que una tristeza húmeda caía sobre todos, una tristeza de intemperie y desesperanza que empujaba al silencio; si los hombres hablaban a pesar de todo era para callar los lamentos que pudieran querer escapar de sus bocas.

–Mi padre y yo nos enemistamos cuando yo tenía unos dieciséis años. Me hice socio del Rangers, eso es todo. ¿Por qué?, preguntaréis, ¿por qué di esa puñalada mortal a mi padre que siempre me había hecho cómplice de sus correrías, que me había tratado como a un amigo, como al mejor amigo? La respuesta está en la primera frase; recordadla: tenía dieciséis años. A esa edad lo que quieres es dar una patada en el culo a tu padre. A todos nos pasa. Sólo así te haces hombre: si tu padre es un cabrón, rompiéndole los dientes. Si es bueno, rompiéndole el corazón. Lo primero es más fácil.

»Y cuando mi padre me preguntó cuál era mi equipo español favorito no tuve piedad: el Real Madrid, por supuesto, le dije. No volvimos a dirigirnos la palabra. Fue como si al de la chaqueta de cuero le dijera su hijo que se iba a la guerra con los requetés.

»Pero si abandoné a los ídolos de mi padre no fue para dedicarme a la lectura o al estudio; seguí siendo tan fanático como antes, si no más, aunque de otros colores. Y así se pasó mi juventud, entre el estadio y el pub, en alguna que otra riña, trabajando en la construcción cuando estaba lo suficientemente sobrio. Nunca me metí en política; no sabía muy bien lo que era; a veces mis compañeros albañiles, la mayoría tan aficionados al fútbol como yo, maldecían al Gobierno, pedían a gritos la revolución para acabar con los ricos y sacudirnos la tiranía de Londres. Yo nunca entendí para qué nos serviría acabar con los ricos –¿quién nos iba a dar trabajo entonces?–, ni qué ganábamos con una Escocia independiente, pero asentía; cuando escuchaba las andanadas de mis amigos yo decía que sí, y me reía cuando me contaban que habían apedreado tal o cual comisaría y fingía prestar atención si hablaban de cosas más serias como poner una bomba en un cuartel o convocar la huelga general. Luego nos abrazábamos emocionados y pedíamos otra pinta. A mí lo que me gusta del fútbol es eso: la euforia, la camaradería, el olor a alcohol y a sudor, ese momento en el que para ti lo único que importa es que estás con tus amigos y que todos quieren lo mismo y estarían dispuestos a romperse la cara con cualquiera para conseguirlo. Ver el partido está bien, pero no es lo más importante.

»Debí de prestar menos atención de la habitual cuando una mañana, no hará ni tres semanas, me monté en un tren hacia Londres. Yo había entendido que íbamos a ver un partido contra el Chelsea. En esos días yo estaba sin trabajo, pero aún me quedaba un buen resto de la última paga. Así que había bebido bastante y pagado más de una ronda. Estaba eufórico y, creo, muy, muy, muy borracho.

»No recuerdo mucho del viaje en tren: en la memoria me ha quedado sólo un eco de los cánticos, los abrazos, las amenazas, los juramentos de que íbamos a acabar con esos señoritos capitalistas, y no sé si por mi borrachera o porque no suelo escuchar mucho lo que dicen, yo creía que se referían a los futbolistas del Chelsea, que es un equipo de la capital. No me sorprendió, y ahora me parece volver a escuchar aquellas palabras como si recordara un sueño que estoy a punto de olvidar. Tony, un muchacho de mi barrio, exminero y gran bebedor, buen chico, de vez en cuando salía de su estupor para levantarse y gritar: ¡vamos a matarlos! ¡No vamos a dejar ninguno! Luego volvía a su asiento con lágrimas en los ojos. A mí me parecía bien. Los chicos se abrazaban ese día más incluso de lo normal, es verdad, pero ¿y qué? ¿No es hermosa tanta emoción? Y Jimmy me pellizcó las mejillas y me besó en la frente antes de susurrarme: hoy es un gran día, vamos a hacer historia. Yo asentía y me alegraba de que estuviésemos juntos. En cada estación se bajaba uno a comprar cerveza, que siempre se había terminado antes de llegar a la estación siguiente. Seguimos cantando, bebiendo, celebrando, jurando nuestra amistad y que lucharíamos hasta la victoria.

»A partir de ahí todo se vuelve aún más borroso; mucho más. El cambio de trenes. El mareo en el barco, que no me impidió seguir bebiendo –el líquido que vomitaba volvía a reponerlo inmediatamente–, un control de aduanas en el que yo no paraba de decir: ¿de dónde habéis sacado mi pasaporte? Ese no soy yo. Y Jimmy o Tony o Bobby o Andy mascullándome en la oreja: tú no eres tú y yo no soy yo, pero somos nosotros los que vamos a vencer. Esa es una frase como de sueño también, ¿no es verdad? Y luego más tren, himnos algo cansinos, otras cervezas, gente hablando en francés, y París, eso me dijeron más tarde, porque juro que llegué a París sin enterarme, pasé allí no sé cuánto tiempo y cuando, al volver a otra estación de tren, leí "Austerlitz", pensé que debíamos de encontrarnos en una ciudad centroeuropea, pero no me importó lo más mínimo. Esto es Hungría, ¿verdad?, pregunté, y uno de mis compañeros me dijo: sí, Kerry, y detrás está Rusia.

»Luego un viaje nocturno. Un vino dulce asqueroso, anís, sardinas en lata. Una resaca bestial; sentado con la cabeza apoyada contra la ventana; mis compañeros roncando o revolviéndose; alguno que corría a vomitar. Yo con los ojos cerrados casi todo el rato; pero a veces los abría para ver allá afuera la oscuridad, un mundo negro, hecho de sombras y de bultos que se escurren hacia lo hondo. Los ojos cerrados otra vez y en la cabeza una mezcla de voces y de lenguas y de órdenes y de susurros, la cabeza como llena de agua sucia, durante no sé cuántas horas; un dolor en las sienes de morirme. Y ni un poco de aire fresco hasta descender del tren. Tony, ¿dónde coño estamos?, en inglés, claro: *Tony, where the fucking hell are we?* O sea: ¿en qué puto infierno estamos?, más o menos. En el infierno no, respondió Tony, estamos llegando a la gloria. Un grupo de hombres a los que nunca había visto, silenciosos todos, ni un cántico, ni un eslogan, en silencio atravesando un bosque, las piernas doliéndome, la cabeza ahora vacía totalmente, sólo los sonidos de las hojas, del agua, de los pasos, las respiraciones. Me gustaba la brisa en la cara, eso sí. Olía a mar y a matorrales. Creo que me acordé de Escocia, del pueblo del que venía mi madre, en lo alto de un acantilado desde el que se podían oír las olas romper contra la roca.

»Para cuando se me había pasado la borrachera era un miembro de las Brigadas Internacionales, tenía una gorra de ruso y unas botas de alguien mucho más grande que yo. Salimos de Albacete hacia Madrid, no sé a cuánta gente maté allí; en las ferias siempre fui un buen tirador, me gustaba; ese momento en el que estás a punto de apretar el gatillo, en el que todo está en calma, en el que notas que tu pulso es estable, firme, seguro; nunca hacía trampas; no me apoyaba sobre el mostrador; al contrario, prefería separarme unos pasos; ganaba muñecas para mis novias y cigarrillos para mí; tenía buen pulso, buen ojo; me pusieron en una unidad de tiradores que iba siempre por delante, cazando las avanzadillas enemigas; mi misión era matar al oficial o suboficial; buen pulso y buen ojo, ya digo, así que no era tan difícil; pero no es lo mismo tirar contra un hombre que a una diana; al principio, la mano sí me temblaba un poco; luego te acostumbras; cuando acertaba no me daban una muñeca, un cigarrillo sí. La unidad la mandaba ese de la chaqueta de cuero. Ese que nos hizo extraviarnos y acabar entre dos columnas enemigas. Y aquí estoy. Me han dicho que mañana me fusilan. ¿No es como para llorar? Ya nunca veré otro partido de fútbol, el Rangers peleará sin mí y nadie notará mi ausencia en las gradas, no podré alentar a los muchachos con mis gritos, ni levantarme del asiento entusiasmado cuando marquen un gol. Yo habría querido que me enterrasen en el estadio, bajo el césped que pisan las botas de los jugadores. Pero no sé si me van a enterrar o me dejarán tirado en cualquier sitio. Y ni siquiera puedo emborracharme. Es ahora cuando debería estar cantando, olvidándome del dolor y el aburrimiento y del miedo, con una borrachera brutal, de esas que no te permiten saber dónde estás ni adónde te diriges. Como la que me trajo aquí. ¿Dónde estoy? ¿Por qué me van a matar si yo sólo quería que venciera el Rangers? Esa es mi única ideología, mi única bandera.

Se levantó de repente despertando a dos o tres al dejar caer la manta sobre sus cabezas.

–¡¡Reiiiiingers, Reiiiiingers!! –entonó con la mirada perdida a lo lejos y balanceando ligeramente el cuerpo de un lado a otro. Nadie se sumó a su cántico. Julia tenía lágrimas en los ojos. Apoyó la cabeza en el hombro de Benjamín y se secó las mejillas con un pico de la manta. El escocés se sentó, más como si se le hubieran doblado las piernas que por voluntad propia.

–Es ahora cuando tendría yo que estar borracho. Ahora. Maldita sea. Las guerras deberían pelearse en un campo de fútbol. Once contra once y con un árbitro. En el futuro será así, os lo digo yo. Los de rojo contra los de blanco, o los de azul contra los de verde. Eso es la civilización. Pero para mí será demasiado tarde. Y yo lo que tendría es que estar borracho. Reiiiiingers, Reiiiiingers –cantó por lo bajo–. Y en este país ni siquiera hay whisky. Sólo vino y cerveza. Como mucho, anís. ¡Eh, carceleros! Tened piedad de mí. Es el último deseo de un condenado a muerte. ¡Por el amor de Dios, traedme un vaso de whisky, aunque sea irlandés!

Tres días durante los que llovió sin parar en aquel patio de escuela poblado de bultos grises, cada vez más inmóviles. Sólo se levantaban para ir a las letrinas o para recibir el rancho. Algunos ni siquiera eso; como el artesano, habían decidido que se había terminado todo y que las necesidades del cuerpo o la melancolía eran sólo reflejos póstumos de un organismo. Los ojos de algunos empezaban a parecerse a los de los pescados poco frescos.

Cada mañana, las mantas estaban congeladas.

Cada mañana desaparecían unos cuantos prisioneros.

Cada mañana se escuchaba una salva de disparos.

No separaron a hombres y a mujeres, aunque lo habían anunciado en varias ocasiones, porque estaban pendientes de una orden de reanudar la marcha hacia un destino definitivo en el que cada uno de los supervivientes aguardaría a que se estudiase su caso. Si tardaba mucho el traslado no quedarían casos que revisar.

Benjamín se despertó con un repentino dolor en un tobillo. El cabo que le daba patadas tenía cara de bruto. Benjamín pensó dos cosas: la primera, que todos los cabos que había conocido tenían cara de brutos, siendo al parecer la cara de bruto indispensable para obtener el galón; también había observado que entre los sargentos había muchos con cara de cabo, pero también había algunos en los que los rasgos se habían afinado: los arcos superciliares eran menos marcados, se había suavizado el prognatismo, se descubría en sus ojos un atisbo de inteligencia; y a medida que se ascendía en el escalafón las facciones se humanizaban, de forma que se podía pensar en que la especie evolucionaba de acuerdo con el número de galones y de estrellas hasta que de coronel para arriba tenían apariencia de *Homo sapiens*.

Lo segundo que pensó, y anuló de golpe cualquier otra reflexión sobre la evolución de las especies, fue que le había llegado el turno. No sintió miedo, pero sí una gran tristeza y la necesidad imperiosa de hablar con Julia, no porque tuviese nada que decirle, más bien para volver a escuchar su propio nombre en los labios de ella. Pero no la descubrió a su lado.

Junto al cabo se encontraba un hombre de traje gris perla con chaleco y sombrero, y una gabardina crema echada por encima de los hombros. El atuendo estaba tan fuera de lugar en aquel patio descuidado, embarrado y maloliente como su expresión entre amable y satisfecha, sus ojos alegres, la voz tan suave con la que se dirigió a él, como si aún no lo hubiesen despertado las patadas del cabo y no quisiera sobresaltarlo.

–Benjamín, pero ¿qué haces tú aquí? ¿A quién se le ocurre?

–No sé, estoy preso por equivocación.

Mientras respondía, intentaba recordar de qué conocía a aquel individuo, sin éxito.

—No sabes quién soy, ¿verdad?

—Pues no caigo.

Benjamín se levantó para no seguir la conversación en una postura tan poco digna. Al ponerse frente a él, pudo apreciar la gran estatura del hombre; entonces recordó, y reconoció, a su antiguo profesor de Literatura, uno de los seglares que enseñaban en la institución.

—¿Ahora sí?

—Don Raúl.

—Exactamente. Yo te imaginaba dando clases a zopencos de aldea.

—Es que me alisté en el ejército.

—En el nuestro, espero.

—Sí, claro. Pero me hirieron.

Benjamín había bajado también el volumen de su voz para adaptarse a la de don Raúl, que, para no ser cura, usaba todo el rato un volumen de confesionario.

—Lo que no entiendo es qué haces aquí, en territorio que hasta hace dos días era republicano.

—Ya digo que me hirieron, y cuando regresaba a casa me detuvo una patrulla de milicianos..., es una larga historia.

—Es verdad que iba con unos milicianos, su amiguita también —intervino el cabo.

—Así que una amiguita. Pues anda, llámala, que vamos a tener una clase de Literatura.

—No sé dónde está.

El cabo se rio.

—Muy lejos seguro que no se ha ido. Yo la vi ir hacia las letrinas. ¿No es esa que viene por ahí?

Julia se acercó al grupo secándose las manos en la falda. No supo interpretar la sonrisa amable de don Raúl ni la estúpida del cabo. Benjamín hizo las presentaciones y don Raúl, al parecer sin ironía, besó la mano de Julia.

—Venid, vamos a la prometida clase de Literatura. Va a ser muy edificante. Y cuento con tu ayuda, Benjamín.

Entraron en la biblioteca de la Casa del Pueblo, una sala que podría también haber sido un aula de colegio, con hileras de bancos escolares perfectamente alineados ocupándola de un extremo a otro. Por un gran ventanal entraba una luz azulada, tamizada por una niebla que no acababa de levantarse. Sólo en una de las paredes había una biblioteca, fabricada con el cuerpo de varios armarios roperos en los que habían encajado baldas de madera más clara, ocupadas por libros de lomos ajados, casi todos en cartón, sólo diez o doce en cuero.

Don Raúl sonrió con cierta ternura, como si contemplara una clase de párvulos; acarició los lomos de los libros, con el cariño de un maestro que pasa la mano por la cabeza de sus mejores alumnos.

Indicó a sus acompañantes que se acercaran levantando el índice y moviéndolo una y otra vez.

–Fijaos –dijo con su voz más tenue, un susurro que no habría despertado a un lector que se hubiera quedado dormido sobre las páginas de un libro–, fijaos qué descubrimiento. ¿No es conmovedor?

Libros, no eran más que eso. Podían llegar a los mil, un número considerable para una biblioteca de pueblo; quizá habían pertenecido a la colección particular del alcalde o del maestro o de ambos, que los habrían puesto a disposición de los lugareños.

–Cabo, hágame el favor. Encienda una hoguera.

La mandíbula del aludido cayó unos centímetros, su entrecejo se arrugó, le salieron dos columnas de vaho de la nariz. Se balanceó de un pie a otro como si contuviera las ganas de mear.

–No hay chimenea. Si se vienen al ayuntamiento...

Don Raúl sonrió al tiempo que asentía. Señaló, aún con una sonrisa en los labios, el centro de la sala e hizo girar el dedo índice.

–Los bancos, retire unos cuantos bancos de ahí, si no es molestia.

–¿De ahí?

–De ahí, por favor. Ah, y haga astillas uno de ellos. El resto va a saber hacerlo sin que le dé instrucciones, ¿no es verdad? –puso las manos sobre el vientre, echándolo un poco hacia delante, en actitud que recordaba a un fraile más grueso que él–. Admirable, Benjamín, admirable. Tal cantidad de libros en una aldea en la que seguro que casi todos son analfabetos. Eso hay que dejárselo a los rojos, querían que la cultura llegase al pueblo, como lo llamaban ellos. Una pena que no fuesen las lecturas adecuadas. Tú eras muy lector, me acuerdo. Siempre llevabas un libro en las manos, el recurso habitual de los tímidos; como no sabías entablar una conversación, leías.

»¿Habla con usted, señorita, sabe decirle las cosas que quisiera escuchar una mujer? No, estoy convencido de que no sabe. Pero eso no es malo. La patria necesita gentes de acción y gentes de reflexión. Lo mejor es la mezcla de ambos, claro, el soldado monje, pero no podemos pedir peras al olmo.

–¿Qué va a hacer con los libros? ¿Los va a quemar?

Don Raúl le dio un cachete afectuoso en la mejilla, lo atrajo hacia sí como si se dispusiera a abrazarlo, pero se giró en el último momento y quedaron los dos de frente a las estanterías. A sus espaldas, el cabo rompía un pupitre a patadas.

–Claro que no voy a quemarlos. Qué ocurrencia. Aquí hay libros magníficos. Mira: *La vida es sueño*, la *Divina comedia*, la *Eneida*, incluso el teatro de Benavente. Lo que voy a hacer es limpiarlos de basura. Porque en una biblioteca sólo puede estar lo que nos vuelve mejores, no lo que nos corrompe. ¿No te parece?

–O sea, que sí que los va a quemar.

Era la primera vez que Julia intervenía desde que los había sacado del patio de la escuela. Él la llamó extendiendo en su dirección la mano con la palma hacia arriba y doblándola varias veces; tenía, por cierto, ese hábito de utilizar dedos y manos para aclarar o expresar sus deseos, quizá porque no confiaba en que su escaso volumen de voz permitiese oírlos.

–No, no «los» voy a quemar. En cumplimiento del bando del 4 de septiembre vamos a quemar unos cuantos, a saber, los que tengan un cariz marxista o socialista, y aquellos que atenten contra las buenas costumbres o la religión. Venga, hagamos una fiesta de la cultura. Sería más constructivo elegir los que indultamos, seguro que nos dejaría el buen sabor de boca de salvar a los supervivientes de un naufragio, pero son demasiados y no tenemos tiempo. Os propongo que entre los tres decidamos cuáles merecen las llamas.

—Yo no —dijo Julia, que había hecho caso omiso de la llamada—. Nunca he leído un libro. Pero sé contar historias.

—Eso es verdad. A mí me ha contado alguna.

—En la Edad Media casi nadie sabía leer y no eran más incultos que ahora. ¿O es cultura lo que traen los periódicos, los folletines, esas novelas románticas o de aventuras que embrutecen más que jugar al tute o ir a revistas picantes? Pero incluso aunque no lo hayáis leído seguro que eliminaríais este libro —mientras lo decía extrajo de la estantería un ejemplar manoseado de pastas blandas—. Kropotkin, *La ayuda mutua*. ¿Cuándo ha escrito un ruso algo que merezca la pena? Si está bien escrito es inmoral, y si pretende ser moral está mal escrito. Los rusos nunca han sabido hacer las dos cosas. Ni siquiera Tolstói; *Ana Karenina* es un libro inmoral, como reconoció el propio autor años después de escribirlo; por cierto, no lo veo aquí; inmoral aunque al final Tolstoi mate a la adúltera, porque no muere en un claro acto de contrición sino por un impulso irracional, como lo son el resto de sus sentimientos. En fin, Kropotkin, un noble metido a anarquista, un hombre sin médula espinal, un amante de las palabras blandas y de los animales. Se debe desconfiar de quienes profesan un amor excesivo a los perros y a los gatos. Nunca te cases con una mujer a la que le gustan los gatos. Son incapaces de amar de verdad. Te lo digo yo. Pero volvamos a lo nuestro. ¿Inauguramos con él la fiesta?

Arrojó el libro al fuego algo raquítico aún que estaba llenando de humo la biblioteca; se consumió a una velocidad sorprendente. El cabo corrió a abrir las ventanas.

—Elige tú uno, Benjamín.

—¿Yo?

—Claro. Tú uno y yo otro.

Benjamín examinó la hilera de libros que tenía delante.

—Unamuno.

—¿Quemar a Unamuno?

—A él no, alguno de sus libros.

—*Monsieur est un connaisseur!* Me alegro de que mis enseñanzas hayan servido para algo. Muy bien, Unamuno, me gusta la idea. ¿Por qué?

—Es un novelista mediocre y como filósofo tampoco es una lumbrera. A lo mejor por eso no se dedicó sólo a una de las dos cosas. Es uno de esos escritores muy famoso en su país pero al que se ignora fuera de él. Digo, si piensa otra cosa...

—No, no; continúa. ¿Quemarías todos sus libros?

—El que siempre me ha desagradado mucho es *San Manuel Bueno, mártir*.

—Ah, claro, tomar a un cura sin fe como modelo...

—No, no por eso. Sino porque es el libro de un arrogante que piensa que lo mejor es mantener en la ignorancia al pueblo para que sea feliz.

—¿El pueblo? Cuidado, Benjamín.

—Hm, eh, sí, la gente, quiero decir. Esos intelectuales que piensan que el atraso es parte de nuestra raza y que el progreso nos destruye son peligrosos para España, pienso.

—No te apures, tú di lo que creas, aquí estamos solos y ningún sabidillo se va a rasgar las vestiduras. ¿*Niebla*? ¿Qué harías con *Niebla*?

—Yo la salvaría. Pero sobre todo salvaría *La tía Tula*.

—Te recuerdo que nuestra selección debe regirse por criterios ideológicos, no por la calidad; qué poco rescataríamos de la literatura española si usásemos sólo la calidad como criterio. Los diez primeros nombres que se te vienen a la cabeza y poco más, casi todos del Siglo de Oro o de la segunda mitad del XIX. ¿Sabes lo que ha dicho don Miguel hace poco? Que si los nacionales vencemos España se convertirá en un país de imbéciles. Como si no lo fuese ya. Pero seamos generosos con él, hay que conceder que tiene cojones. Ha conseguido enemistarse con los republicanos y con los nacionales. Y los cojones hay que premiarlos, en la vida real y en la literatura. Así que salvamos los dos que has dicho. Toma, echa tú mismo al fuego el que has elegido.

Benjamín lo tomó, se acercó a las llamas y lo dejó caer en el centro de la hoguera; el libro se retorció como un hereje en la pira de la Inquisición, se ennegreció, el fuego fue cercando el título y el nombre del autor hasta que acabó por devorarlo. Benjamín experimentó una sensación de poder muy agradable.

–Sigamos, amigo Benjamín. ¿Qué tenemos aquí?: Faulkner, *Santuario*.

–Espléndido.

–¿Espléndido que lo quememos o el libro?

–La novela; es magnífica, un retrato estremecedor...

–Ni se te ocurra decir eso en mi presencia, mira que te devuelvo al patio. No pongas esa cara, que lo digo en broma. Pero *Santuario* es la novela más sucia que ha caído en mis manos, todos sus personajes son basura, no hay ni uno realmente virtuoso, es una excusa para narrar la depravación sin un objetivo moral.

–Pero los personajes están tan bien construidos...

–Un abogado que abandona a su mujer, una chica fácil y su novio alcohólico, un asesino y violador impotente –no hace falta que te recuerde la función de la mazorca de maíz–, una madre soltera y sin moral, la dueña de un burdel, un contrabandista de alcohol..., ¿y triunfa el bien? ¿Se impone al final la justicia? No señor, no hay castigos sino destino, como en una tragedia griega, como en un misterio pagano. Se condena por violación y asesinato al contrabandista, inocente de esos delitos; al auténtico culpable lo cuelgan en otro lugar por un crimen que no ha cometido, la violada comete perjurio y además se vuelve una perdida, ya no sólo una chica fácil... Es un libro cínico, que se ríe de la justicia, que pone en duda la libertad humana. Además...

En los ojos de don Raúl se apagó la indignación, que no le había llevado a levantar la voz, porque era capaz de mantener el mismo volumen incluso cuando quería expresar su escándalo; se le escapó una sonrisa traviesa.

–¿Además?

–Sería un caso de justicia poética entregarlo a las llamas, porque Faulkner debía de estar fascinado con el fuego cuando escribió la novela, no el purificador, más bien el fuego como el último de los horrores: la abuela del asesino en *Santuario* había prendido fuego a su casa cuando él era niño, pero es que a Goodwin, el contrabandista inocente del asesinato, lo linchan rociándole con gasolina y quemándolo en un descampado, y accidentalmente se prende fuego uno de los linchadores; así que si Faulkner quema a un inocente por el placer de escribirlo, ¿por qué no voy a quemar yo su novela si también me causa placer hacerlo? No se hable más. Ni una palabra quiero oír en su defensa. La calidad literaria no es un atenuante sino un agravante; es preferible un libro perverso mal escrito que uno bien escrito, pues el daño que causará este será mucho mayor. Y para más inri el mismo Faulkner lo consideraba un libro sin interés, escrito por razones venales. Lanzó el libro hacia las llamas, pero no se entretuvo viéndolo arder. Su mirada ya recorría ansiosamente el resto de los libros.

—Mis amigos alemanes me han hablado de la novela de un judío búlgaro en la que el protagonista, un misántropo amante de los libros, al final acaba prendiendo fuego a su biblioteca y a sí mismo. Un libro por lo visto repugnante e impío, exento de valores, nihilista. Un judío búlgaro, ni te cuento lo que podrá haber salido de su cabeza; la manera que encontraron los judíos para empeorar aún más su raza fue mezclarse con gentes venidas del Este de Europa, descendientes de mongoles y de bárbaros de las estepas. Pero seguramente ni lo han traducido al español; una pena, porque podríamos haberlo echado a la hoguera y someter el libro al mismo destino que el autor impone a sus personajes.

—También podríamos quemarlo *in effigie*.

—Buena idea; finjamos entonces que este libro del que ni siquiera leo el título ni el autor —sacó al azar un ejemplar de la biblioteca— es la novela de la que estamos hablando: yo te condeno al fuego al que tan aficionados sois los escritores, satisfago esa pasión secreta, ese deseo inconfesable de ser castigados, porque suponéis que el aborrecimiento de la mayoría es la confirmación de vuestro genio.

»Pero me he saltado el turno. Te tocaba a ti.

Benjamín se abalanzó sobre un libro tan nuevo que parecía no haber sido leído y ni siquiera tocado por nadie.

—Echegaray, *El gran Galeoto*.

—¿Echegaray, qué te ha hecho a ti Echegaray para que seas tan riguroso con él?

Harta de escucharlos, Julia fue a asomarse a una de las ventanas. Se quedó apoyada en el alféizar, dándoles la espalda.

245

—Nunca me ha gustado mucho, pero no es sólo eso, es que es un escritor lleno de trampas y de efectos.

—Media biblioteca tendríamos que quemar si fuera ese delito tan grave.

—Y lo es, porque prefiriendo lo atroz y lo singular a lo verdadero, incluso a lo verosímil, corrompe el gusto y también las costumbres de su público, que va al teatro como quien va al circo, a que lo entretengan con ruidos y sustos y emociones fingidas, ocultando las auténticas tras todos esos aspavientos.

—¿Ah, pero debe ser un libro verdadero o verosímil?

—No necesariamente, pero entonces tiene la absoluta obligación de ser ingenioso, cosa a la que Echegaray ni se aproxima.

—Pero es nuestro primer premio Nobel, recapacita.

—Y aunque fuese también el último lo quemaría.

Don Raúl sacudió la cabeza preocupado, hizo un gesto al cabo como llamándolo en su auxilio, pero inmediatamente lo detuvo con otro gesto, meditó, le dio cien vueltas al asunto para encontrar el perdón del reo.

—Te recuerdo que, según un crítico y escritor de la época, el temperamento de los españoles, amantes de la tragedia, hace necesario forzar los sentimientos a expensas de la verdad.

—Pues quememos también al crítico si lo encontramos, porque precisamente lo que pierde a los españoles es que prefieran las emociones de sal gruesa, la trifulca y el desenlace dramático a la iluminación que produce asomarse a lo cierto, que tiende a ser sutil.

—Te veo como transformado, Benjamín. Hasta parece que has crecido unos centímetros. De pronto te encuentro más ardor purificador que a mí mismo. ¿No hay perdón, entonces, para Echegaray?

—A las llamas con él.

—Al fuego vaya entonces.

El libro se abrió en el aire, aleteó como un pájaro enjaulado que quisiera escapar de su prisión, pero fue, igual que los otros, a parar a las llamas. Benjamín creyó oír un quejido, un lamento que escapaba de entre sus hojas, y quizá habría corrido a rescatarlo si no hubiera visto que una llamarada salía del libro. Ya no estaba en la hoguera: era la hoguera.

–Pues el siguiente lo tengo muy claro. *Senos*, de un tal Ramón Gómez de la Serna. ¿Habrase visto algo más indecente que dedicar un libro entero a las tetas de las mujeres? Al fuego con él. ¿O tienes algo que decir en su defensa?

–No lo he leído, pero un libro no es bueno o malo por su tema, argumento o peripecia, sino por lo que el autor hace a partir de ahí. Así que si no hay más razón para condenarlo que lo aparentemente profano de su interés...

–No hay más, pero a mí me basta. Antes fuiste tú inflexible, y ahora lo soy yo. Además, el autor es un libertino.

–Pero no se puede identificar al autor con la obra. Los libros de Séneca eran mucho más morales que el filósofo, y más de un hombre piadoso ha escrito obras pornográficas. Los mejores libros se escriben contra las propias convicciones, o eso tengo entendido, porque yo no he escrito ninguno, y como no estamos aquí quemando a personas sino sus creaciones, la razón del castigo tiene que salir de la letra impresa.

–¡Se quema y basta! ¡*Senos*! –a pesar de que parecía hablar con signos de admiración seguía sin subir un ápice el volumen de su voz–. Si lo perdonamos, no me extrañaría que dentro de unos años otro libertino publique un libro que se titule *Coños*.

También crepitaron en el fuego las páginas de *Senos*, y Benjamín pensó involuntariamente en los que él había palpado semanas antes, la carne túrgida, firme, recorrida por un latido que desmentía su frialdad; a esa carne, a esa piel que habían tocado sus dedos, de haber sido escritor, también habría querido dedicar no ya un libro: sus obras completas.

–No veo ninguno más que me gustaría quemar.

–¿Ah, no? ¿Y qué crees que merece *En busca del tiempo perdido* sino el fuego eterno?

–Pero si es una obra inmensa.

–Voluminosa, quieres decir, y es verdad que cierta crítica se postra de hinojos cuando ve ante sí un libro de más de mil páginas, como si escribir mucho fuese más difícil que escribir poco, como si el esfuerzo de juntar miles de palabras fuese mayor que el de concentrar en unas pocas un significado profundo, y por eso consideran una obra mayor de un autor la que más páginas tiene y justifican cualquier exceso o falta de medida con la ambición de la obra. En fin, dejemos eso, porque si merece las llamas no es por sus muchas o pocas páginas, sino porque es un libro lánguido, y la languidez es antiespañola; tú quemas a Echegaray por el exceso de energía...

–De energía inútil.

–... y yo quemo a este por su carencia de ella.

–Si no tiene energía quien escribe tres mil páginas...

–Seguro que las escribió tumbado en la cama, en bata y bebiendo infusiones. Además, tú mismo has dicho que no hay que confundir el libro con el autor. Y este libro es lánguido, mustio, más aún, exangüe, impregnado de tibieza. Esos sentimientos no pueden ser buenos para ninguna raza, no son masculinos ni femeninos, sino de algo intermedio que me produce escalofríos. De ahí nacen los pecados estériles, porque hay pecados creadores, como la exaltación, que está en la base de toda lucha, pero la languidez sólo puede llevar a la degeneración. De Francia nunca nos llegó nada bueno; mira, Gide, Proust, Stendhal. El dueño de esta biblioteca debía de ser maricón. ¡A la pira!

–Pero Stendhal...

–Silencio. Arded, franchutes.

A Benjamín se le encogió de repente el ansia purificadora. ¡Enviar a las llamas a Stendhal, a Proust! –a Gide no lo había leído, por lo que no tenía opinión sobre él–. Aunque fuesen impíos, la buena literatura siempre enseña algo sobre el ser humano. No estaba de acuerdo en que un libro perverso lo es doblemente si además está bien escrito. Una frase bien construida era una contribución a la Creación, una manera de continuar, humildemente, el trabajo divino de poner nombre a las cosas y de esa forma darles vida.

Don Raúl, ajeno a los melindres de Benjamín, tomó tantos libros de una vez entre sus brazos que se le caían al suelo antes de llegar a las llamas. Ninguno escapó, sin embargo, al celo del inquisidor, que los recogió para entregarlos a su destino. Se frotó las manos para calentarse o de puro contento.

–Pues ya está, ¿no?

–Aguarda, no nos apresuremos. Es preferible quemar de más que dejar algún libro disolvente en las estanterías. Ya los salvará la posteridad si nos equivocamos. La posteridad es como el Juicio Final de la literatura, allí se revisarán las penas de purgatorio, se estudiarán las virtudes y defectos de los difuntos, y algunos de aquellos que parecían condenados alcanzarán la gloria... *¡Tirano Banderas!* Hemos estado a punto de dejar pasar *Tirano Banderas*.

Lo sacó con dos dedos cautos, con el mismo gesto con el que habría levantado del suelo una araña muerta, y lo lanzó al fuego sin justificar su elección. Retó con la mirada a Benjamín a que intentara defenderlo, pero, aunque a Benjamín se le ocurrían varios argumentos, no se atrevió a hacerlo. Y, sin embargo, tuvo una revelación: si quemaban *Tirano Banderas,* lo que se le vendría encima a España con una victoria de los nacionales tenía que ser un régimen brutal. Por primera vez pensó que quizá se había equivocado de bando.

No se quemaron más libros esa mañana. El cabo se quedó cuidando de que la hoguera no se extendiese al resto del edificio y don Raúl los acompañó de vuelta a la escuela. Pero en lugar de despedirse de ellos en el patio los llevó al despacho del director y él mismo les firmó un salvoconducto para que se personasen en el cuartel de la Guardia Civil de Ávila, donde les expedirían otro definitivo que podrían usar para llegar a sus ciudades de origen. También les dieron algunas provisiones para el camino.

–Pero que no os vuelvan a coger los republicanos, ¿eh? Si se os encuentra de nuevo en territorio enemigo no creo que mis influencias os vayan a servir de mucho –dijo mientras les tendía los documentos.

–Gracias, don Raúl –dijo Benjamín; Julia masculló algo ininteligible.

Era ya el mediodía cuando abandonaron la escuela, a pie, con la misma mezcla de alivio y pena que debió de sentir Dante echando una última mirada a sus espaldas al salir del último círculo del infierno.

—Si les hiciésemos caso, podríamos ponernos a salvo de la guerra. Alejarnos del frente, buscar una cabaña en retaguardia y olvidarnos de todo —dijo Benjamín cuando se habían alejado un par de kilómetros.

—¿Pero?

—Yo no puedo. Tengo que llegar a Madrid.

—LA MISIÓN —dijo Julia enarcando las cejas y en tono solemne, sacando los colores a Benjamín. Julia sonrió y le dio un codazo en las costillas. En ese momento Benjamín habría querido decirle que era mejor si continuaba solo, al fin y al cabo ella tenía ahora un salvoconducto que garantizaba su seguridad si se quedaba en zona nacional. Pero no lo hizo.

LA MISIÓN... Sí, ahí seguía ese peso excesivo para sus fuerzas que habría soltado de buena gana de haber sabido cómo. «Piensa en las madres. No te olvides de las novias que esperarán en balde. Mira cómo envejecen, solitarias y tristes. Todo por tu culpa.» Las palabras del capitán resonaban en su cabeza, sobre todo la última frase. Pero él no tenía la culpa de que el avión hubiese sido derribado ni de que Franco se hubiese hecho con el mando único de los sublevados.

Ese día caminaron durante horas sin toparse con nadie. Quienes huían de la guerra parecían haberlo hecho tiempo atrás, sin esperar a la llegada de los ejércitos. A lo lejos iban descubriendo poblaciones que parecían abandonadas; no se acercaron a comprobarlo. Durante un rato marcharon sobre las huellas de vehículos blindados y de botas, pero sin encontrar cadáveres ni estropicio de batallas.

No se detuvieron a comer; prefirieron consumir sus provisiones en plena marcha. A Benjamín le dolía la pierna más que nunca y sentía en ella un calor de infección, pero temía que si se detenían no fuese capaz de volver a levantarse. Estaba cayendo un frío casi sólido que se pegaba a ellos como una costra de cemento. Blancos penachos intermitentes hacían visible su respiración, desaparecían cuando contenían el aliento, se volvían más frecuentes al subir las cuestas. Al menos había dejado de llover, aunque el cielo tenía un color negruzco, tan denso que parecía a punto de reventar.

—¿Por qué no buscamos un sitio para dormir? —propuso Julia. No sabían qué hora podía ser ni cuánto faltaba para que anocheciera.

Se encontraban en medio de un paisaje roto por breñas atascadas de chaparros; grandes peñascos casi esféricos aparecían partidos en dos, como por el mazazo de un gigante. No había casas ni aldeas ni humo ni se escuchaba el tembleque de los esquilones, nada que revelase alguna presencia humana. Julia comenzó a ascender una colina, agarrándose el faldón con índices y pulgares, en un gesto tan delicado que Benjamín la imaginó en un salón rodeado de espejos, justo en el momento en el que un caballero de grandes patillas la invitaba a bailar. ¿Bailaría Julia con él algún día? Quizá por eso nunca les había gustado a las mujeres. Porque no sabía bailar.

La siguió cerro arriba. La perdió de vista, lo que le hizo acelerar el paso. Cuando volvió a encontrarla, Julia estaba arrimando un lecho de hojas al pie de un entrante en la roca. Después de comprobar lo mullido con las manos, se sentó sobre las hojas envuelta en una manta, con una hogaza en una mano y una botella en la otra. En los últimos minutos, y sin que se hubiesen dado cuenta de ello, había anochecido.

—Ahora sí que podrías encender una hoguera.

Las matas cercanas estaban hinchadas con el agua que habían absorbido los últimos días. Incluso las que se encontraban más protegidas por el abrigo de roca rezumaban la humedad que habían tomado del aire. Benjamín fue a sentarse al lado de Julia. El pan sabía a moho, el vino a gloria. También había en el aire un sabor a cenizas. Julia reclinó la cabeza sobre su hombro. Él se petrificó.

—Respira —dijo ella.

—Pffff.

—¿Por qué no me rodeas la cintura con el brazo, como si fuésemos dos enamorados?

El brazo de Benjamín era el de una marioneta con los hilos rotos; se trabó, se detuvo, se lió con la manta, se desalentó. Ella lo agarró por un índice hasta anclar la mano sobre la cadera.

—Mira que eres torpe —pero ablandó el reproche acercando la frente a la hondonada del cuello de Benjamín. Él dio un trago de la botella. Ella palpó en el aire, la tomó y la llevó a la boca sin limpiar el gollete.

A lo lejos, el cielo se iluminó. Lentas bengalas flotaban noche abajo, balsas de luz en un océano abisal. Cuando casi habían tocado fondo, comenzaron a sucederse los resplandores, rápidos centelleos seguidos de amplias explosiones de claridad. A veces había unos segundos de oscuridad, aunque en las retinas aún persistían los fulgores recién contemplados, que iban difuminándose, deshaciéndose en el recuerdo, y entonces el paisaje volvía a sumergirse en una negra noche sin luna. Julia y Benjamín no dejaban de mirar a lo lejos, a lo oscuro, invadidos por una extraña paz. Podrían haberse quedado en esa postura durante días. Después un chisporroteo repentino volvía a encender el vientre de las nubes más bajas con relámpagos de tormenta lejana. El cielo, allí donde se juntaba con la tierra, tomó un color violeta, un color imposible rasgado aquí y allá por nuevas ráfagas de luz. Silenciosos cohetes lanzaban chorros incandescentes hacia lo alto.

—Qué bonito —dijo Julia, y se apretujó aún más contra ese cuerpo antes tan poco hospitalario que se había vuelto mullido y acogedor.

—Sí —y se atrevió a acariciarle el pelo.

Ambos suspiraron al unísono; Julia dio el último trago de vino. Él, no obstante, se llevó a los labios la botella vacía, procurando no cambiar de postura para que Julia no se alejara de su cuerpo. Sentía un peso tan agradable en los párpados. Besó la frente de la mujer. Aún acertó a ver algunos resplandores antes de quedarse dormido. A tanta distancia, no se escuchaba el ruido de los disparos y las bombas, tampoco el producido por los motores de los aviones.

8

Que no roce la muerte otros labios

El hijo de Benjamín tenía las orejas grandes –en eso había salido a su padre– y las piernas flacas y muy largas –en eso no se parecían–. A Benjamín le resultaba casi incomprensible que aquel cuerpo desgarbado estuviese emparentado con el suyo, que de alguna manera lo reflejase o repitiese. Le producía tanta ternura como contemplar un potro recién nacido que intenta ponerse en pie sobre cuatro patas temblorosas, incapaces aún de aguantar su peso, y se derrumba una y otra vez. Pero lo que más le inquietaba era que no conseguía recordar quién era su madre; intentaba averiguarlo examinando los rasgos del chico, buscando una reminiscencia en la sonrisa ingenua, en sus orejas excesivas, en sus ojos negros con unas pestañas increíblemente largas. Fue el esfuerzo por recordar lo que le despertó. Al abrir los ojos, le dio mucha pena no saber si aquel niño tan frágil tenía hermanos.

Un grupo de soldados les aguardaba en lo alto de una cuesta, ya casi a la entrada de Madrid, fumando sentados con el fusil entre las piernas. Uno había dado un silbido como para llamar a un perro, indicando desde lejos a Benjamín y a Julia que los habían visto. Hacia ellos se dirigieron, Julia protestando por el nuevo encuentro, Benjamín tan incómodo bajo la vigilancia de todas aquellas miradas que tropezó varias veces; era consciente de cada paso, de cada movimiento, y no sabía qué hacer para recuperar una naturalidad que de todas maneras no era su fuerte. Cuando estaban ya a pocos metros, levantó la mano para saludarlos y los soldados le respondieron con el saludo fascista. A

Benjamín le temblaron las piernas al recordar la advertencia de don Raúl, pero se le pasó pronto el temblor porque los soldados no pudieron contener la carcajada. Uno de ellos se levantó limpiándose la culera y, entonces sí, se llevó un puño a la sien. Benjamín hizo lo mismo. El soldado miraba a Julia como si perteneciese a una especie animal desconocida en aquellas latitudes.

–A ver, camarada, ¿dónde está tu salvoconducto? O al menos el carné sindical.

–Madrid será la tumba del fascismo –dijo uno del grupo sin venir a cuento.

–Pues podían haberlo llevado a enterrar a otro sitio –respondió otro, aunque con una desgana que daba la impresión de que estaba repitiendo y no por primera vez una broma escuchada a alguien.

Benjamín entregó los documentos al que se los había pedido, y este regresó junto al grupo. Se sentó otra vez con ellos y todos se pusieron a leerlos, las cabezas casi juntas, como si estuviesen mirando un álbum de fotografías.

–Bueno, ¿y qué quieres que hagamos por ti?

–Que me llevéis a ver al presidente Azaña.

–¿Se ha traído alguien el coche? –preguntó volviéndose hacia sus compañeros, que le premiaron con una risa que a Benjamín se le antojó más provocada por la mala leche que por la alegría.

–Lo tengo en el taller –respondió uno y todos volvieron a reír.

–Podemos ir andando –dijo Benjamín.

–¿Tú crees que con lo que cojeas vas a llegar a Valencia andando?

–Yo no quiero ir para nada a Valencia.

–Madrid será la tumba del fascismo –dijo el que ya lo había dicho antes, y añadió–: pero no del Gobierno.

–El Gobierno se ha largado a Valencia. Toma, tus papeles.

–¿Cómo a Valencia? El Gobierno no puede abandonar Madrid.

–Poco les ha faltado para que los fusilaran en algún control, por traidores, pero lo que te digo: están en Valencia escribiendo discursos.

–¿Y qué hago yo ahora?

Los soldados esperaron un rato con interés a ver si encontraba la respuesta, pero Benjamín seguía con la misma cara compungida. Era incapaz de reaccionar. ¿Salvar España? ¿Cómo podía hacer tal cosa si continuamente cambiaba la situación? Cabanellas sustituido al frente de los sublevados, Ortega en Francia, y ahora el mismo Azaña se alejaba de él, lo dejaba allí solo, en el centro de un país descoyuntado y cada vez más intransitable.

–De todas formas vamos a Madrid. Allí habrá alguien que nos diga adónde ir. Quedará algún ministro, o algún general, o aunque sea un ordenanza –dijo Julia.

El soldado que, aunque raso como todos los demás, había llevado la voz cantante entregó su fusil a uno de sus compañeros.

–Venga, yo los acompaño; ya es hora del café.

–Pero vuelve para los tiros de las cuatro.

–No os preocupéis, que eso no me lo pierdo.

En Gobernación no quedaba nadie que hubiese podido ayudarles. El soldado les llevaba de un despacho a otro, pero detrás de la mayoría de las puertas a las que tocaban no había más que un sillón vacío y un escritorio, a menudo con todos los cajones desparramados por el suelo. Y si alguien respondía ¡pase! a los golpes de nudillos, era siempre un subalterno que, aunque leía con muy buena voluntad los papeles de Benjamín, acababa rascándose la coronilla o la frente o la nariz y devolviéndoselos con cualquier excusa. Después de haber recorrido buena parte de los despachos y pasillos y escaleras del edificio, de haber abierto la mayoría de las puertas que no estaban cerradas con llave, por fin encontraron una detrás de la cual, en un cuarto en el que el polvo flotaba lento y melancólico, sólo perturbado por la corriente de aire que provocaron al abrir la puerta, aguardaba un hombre, rechoncho y patilludo, que no debía de haber cumplido los cuarenta, sentado cómodamente en un sillón, con los pies sobre el escritorio sobre cuya superficie no se veía un solo papel ni lapicero ni pluma: por fin alguien que no parecía a punto de salir corriendo.

Y ciertamente escuchó con mucho interés lo que Benjamín tenía que contarle, examinó aún con más dedicación la figura de Julia, asintiendo a cada momento como para asegurarles que entendía muy bien de lo que se trataba. Por fin, les ofreció una silla, momento que el soldado aprovechó para afirmar que tenía otros deberes y dejarlos a cargo del funcionario.

–Es fundamental que nos ayude a llegar a don Manuel. Él sabrá orientarnos.

–Don Manuel sufre de depresiones. Hay quien dice que se le oye llorar por las noches, como un alma en pena. Eso dicen.

–Es el presidente.

–Nadie lo niega. Pero un presidente deprimido no sirve de gran cosa. Un presidente eufórico tampoco, al contrario, es peligroso, me dirán, pero causa mejor impresión. Anima más a la gente.

–¿Y usted quién es? –preguntó Julia más para conseguir que dejara de revisarle las piernas que por auténtico interés–. ¿Un ministro?

–No, señorita. Yo soy un indispensable –no hizo falta que le pidiesen explicaciones; se las dio él de muy buena gana; quién sabe cuántas horas o cuántos días había aguardado a que alguien se dirigiese a él en aquel despacho que se había ido cubriendo de polvo, de manera que cuando el hombre se levantó y se puso a medirlo de lado a lado con sus pasos mientras explicaba quién era, sus pies iban dejando huellas oscuras en la madera de roble–. Los indispensables somos aquellos que no hemos sido enviados al frente porque un alto cargo nos ha declarado lo que expresa el adjetivo. Al fin y al cabo, al frente puede ir cualquiera, a no ser que esté ciego o manco, e incluso el ciego puede hacer de radiotelegrafista y el manco de centinela. Los más brutos de España se encuentran en el frente, también los parricidas, los violadores y los contrabandistas, gracias a que nuestros compañeros anarquistas han corrido a vaciar las prisiones liberando así a las víctimas del sistema burgués y represor. ¡Ja! Están combatiendo por la República ciudadanos que no son capaces de marcar el paso y que al apuntar con el fusil guiñan el ojo equivocado. Es así, en todas las guerras es así, que los brutos van en primera fila y además tan contentos, pero en esta más. Y entonces los brutos consiguen galones y empiezan a mandar. Tengan cuidado al salir a la calle, porque cualquier comando de chimpancés los recluta y los lleva a fortificar las defensas de la ciudad sin preguntarles si son ustedes quizá ingenieros o cirujanos. Yo mismo estuve a punto de ser enviado a combatir a Somosierra cuando cundió el pánico porque desde la plaza de España ya se podía oler a los moros. Pero ¿qué habría hecho un hombre como yo en el frente? Nuestros combatientes no obedecen órdenes porque consideran que la autoridad es un invento fascista o cuando menos burgués. Cavar trincheras les parece cosa de cobardes; si se lo ordenas a un anarquista te gritará que ni Dios ni patrón, y si se lo sugieres, por ejemplo, a un tipógrafo de la UGT afirmará ofendido que no se va a poner a palear tierra como si fuera un obrero no cualificado; el frente, permítanme que sea franco, es para la chusma o para unos cuantos hijos de papá que quieren jugar a aventureros. Es verdad que hay militares de carrera, pero reconozcamos que la mayoría se ha sumado a los rebeldes o está esperando una oportunidad para hacerlo –el indispensable detuvo su ir y venir de oso enjaulado, se aproximó con gesto conspirador a Benjamín y Julia, escrutó en derredor, olisqueó el aire, bajó la voz–. Me han dicho que en,.,., el nombre da igual, en un frente del sur, mientras los soldados combaten, los oficiales pasan el tiempo jugando a las cartas –tras comunicar su confidencia, retornó a pasear con las manos a la espalda por el despacho y retomó su discurso–. Entonces, es mejor que las personas de valía no se precipiten a un sacrificio inútil. Por ello, los altos cargos nos señalan a algunos con el privilegio de ser indispensables en retaguardia, lo que nos protege de los reclutamientos forzosos y nos permite consagrar nuestro tiempo a tareas útiles. Cierto es que muchos de estos indispensables no lo son tanto y que alcanzan la distinción gracias al enchufe, a los lazos de parentesco o a la prodigalidad con sus carnes. Me apresuro a decir que ninguno de los tres es mi caso, y sin embargo me han declarado indispensable dos concejales, cuatro secretarios y un ministro. Y heme aquí, sirviendo fiel y desinteresadamente a la República desde este despacho.

—¿Y qué es lo que hace usted de indispensable en este despacho? —preguntó Julia con tono irónico.

El interpelado respondió lanzando a Benjamín una de esas sonrisas cómplices que cunden entre los hombres cuando quieren convenir sin palabras el poco seso de las mujeres.

—Creo que no me ha escuchado con la debida atención, señorita. No es mi tarea la indispensable, sino un servidor. Quizá le escandalice escuchar que desde que el Gobierno salió escopetado hacia Valencia no he hecho otra cosa que permanecer sentado en este despacho, aguardando el momento crucial. Yo no soy un obrero especializado, un mecanógrafo, un estratega, un orador, un jurista, un contable. Yo no tengo una función concreta que me haga particularmente valioso. Son mi persona y mi insospechable potencialidad las que me hacen indispensable. Y por supuesto mi paciencia, mi capacidad para aguardar en este despacho sin mover un dedo, aunque a mi alrededor unos se agiten y otros huyan, aquéllos griten órdenes, a este lo destituyan y a aquel otro lo asciendan, los alimentos escaseen y las bombas caigan. Yo sigo impertérrito en mi puesto de trabajo, conocedor de la necesidad que en cualquier momento podrán tener de mí los prohombres que me eligieron indispensable. ¿Lo entiende, señorita? Aguardo impasible y convencido de mi valor, porque sé que mis muchas virtudes y habilidades serán un día imprescindibles a la República.

Orgulloso de su discurso y de sí mismo, fue a sentarse tras el escritorio, volvió a poner los pies sobre él y se dispuso, en la misma postura en la que lo encontraron, a seguir esperando esa oportunidad estelar y decisiva en la que su actuación cambiaría el curso de la Historia.

—Pero yo necesitaría que me ayudase a cumplir mi misión.

—Lo siento muchísimo, pero eso no entra en mis atribuciones.

—Quizá si nos acompañase a la oficina de información y hablase usted con...

—Comprenderá que no puedo dejar mi puesto. Mire, en ese armario están mi pijama y mis alpargatas; y aquí, ante mí, el teléfono. Esta es mi trinchera. Abandonarla sería deserción ante el enemigo. Yo mismo me enviaría ante el pelotón de fusilamiento si cometiera tal delito.

–¿Podría usted al menos llamar a la oficina de información para que vengan a buscarnos? No conocemos Madrid.

–Imposible.

–¡Maldita sea! –intervino Julia–. Puede usted llamar mientras ejerce de indispensable. No tiene que levantar el culo del asiento.

–Mi querida señorita, me resulta imposible cumplir sus deseos, cosa que me encantaría, porque hace cinco días que el teléfono no funciona. Al parecer, un cañonazo ha destruido la red en todo el barrio.

–¿Este hombre es tonto o me lo parece a mí?

–Le advierto, señorita, que podría demandarla por injurias antipatrióticas hacia un representante del Gobierno legítimo. Los insultos a una autoridad en tiempo de guerra pueden constituir delito de sedición.

Julia regresó hacia Benjamín, prácticamente le obligó a levantarse tirando de una de sus mangas. Ambos salieron sin despedirse; cuando aún no se habían alejado más de diez metros, oyeron que se abría a sus espaldas la puerta que acababan de cerrar.

–¿Y si se restablece la comunicación justo cuando yo he salido? ¿Y si entonces me llaman del Gobierno porque precisamente en ese momento les resulto indispensable? ¿Se imaginan? Eh, ¿se imaginan?

Pero como no obtuvo respuesta ni atención, cerró con un portazo mientras los visitantes bajaban las escaleras.

–Y ahora, ¿a quién preguntamos?

–Si me llega a llamar señorita otra vez le tiro por la ventana.

–Se está haciendo de noche. Tenemos que encontrar a alguien que nos ayude.

–Pensándolo bien, debería haberlo hecho. Espérame aquí.

–¡Julia!

–¿Qué? Sólo le voy a dar dos tortas. Ah, ya, LA MISIÓN –elevó la mirada al cielo mostrando a Benjamín el blanco de los ojos–. Venga, dame esos papeles –se asomó a la barandilla de la escalera y descubrió a un soldado muy joven que casi salía ya por la puerta del edificio–. ¡Eh, tú, soldado! ¡Ven aquí, es una orden!

El aludido ascendió a la carrera portando un fusil más alto que él. El eco de sus pisadas ascendía por delante de sus pies, chocaba contra los techos y se multiplicaba fingiendo que se aproximaba al menos un pelotón. Se cuadró ante Julia con marcialidad.

–A la orden.

–¿Sabes leer?

–Sí, mi...

–Capitana. Pues lee esto.

El soldado sacó unas gafas del chaquetón.

–No las llevo siempre porque me da miedo de que se me rompan.

–Muy bien, soldado. Hay que cuidar el material. Lee.

Leyó con dificultad el documento que le mostraba sin soltarlo la capitana Julia.

–¿Entendido?

–Sí, mi capitana.

–Pues llévanos a un lugar seguro para pasar la noche.

–Seguro, seguro... no sé. Por eso se ha ido el Gobierno a Valencia. A lo mejor pueden pasar la noche en el barrio de Salamanca, porque allí viven los ricos y no les bombardean. Pero lo mismo les pegan un tiro desde alguna de las ventanas; esa gente aprovecha la oscuridad para andar fastidiando.

–Además, hace un frío que pela. No tengo ninguna gana de dormir a la intemperie. Piensa en otra cosa.

Se le frunció la frente al soldado por el esfuerzo, murmuró un par de ideas sin rumiar, silbó para sí, hasta que por fin se le elevaron las cejas al tiempo que una sonrisa estiraba la pelusa que algún día sería bigote.

–Ya lo tengo. Síganme.

Madrid estaba menos destruido de lo que pensaron a juzgar por los bombardeos de cuyos resplandores habían sido testigos. Sí, algunos edificios estaban desconchados por impactos de obús, los cascotes obligaban a ir mirando el suelo para no tropezar y un polvo con olor a sótano y a carbonilla flotaba en las calles empujado por el viento, pero no era una ciudad en ruinas como habían imaginado. La gente caminaba sin muchas prisas, y los bares por los que pasaron estaban llenos; sólo los sacos terreros que protegían algunos edificios y los cristales de las ventanas atravesados con cinta adhesiva reflejaban los temores que se esforzaban en ocultar aquellos con los que se cruzaban, fumando, charlando, leyendo el periódico en cualquier esquina. Y sin embargo su mirada era inquieta y escudriñaba con frecuencia el cielo. Recorrieron una amplia avenida sin ser detenidos en ningún control. Por fin, llegaron ante un gran edificio antiguo, una especie de templo griego protegido por sacos y alambradas.

—Yo sé lo que es esto —dijo Benjamín—. ¿Es aquí donde nos va a meter? —y como el soldado asintiera, Benjamín se frotó las manos con excitación, zarandeó entusiasmado el brazo de Julia y exclamó—: ¡Qué suerte tenemos!

A juzgar por su expresión, Julia, en ese momento, no se sentía en absoluto afortunada.

El soldado se despidió en el puesto de guardia instalado a unos metros del museo, en la línea de alambradas, tras entregar los documentos de Benjamín al centinela. Este los leyó despacio, muy concentrado, moviendo los labios y, al terminar la lectura, dio una voz vuelto hacia el edificio, del que emergió otro soldado que los acompañó a una puerta trasera por la que entraron en el Museo del Prado.

El suelo estaba cubierto de tierra, trozos de yeso, cristales, astillas que habían saltado del marco de las ventanas. Las mangueras antiincendio yacían atravesadas en las salas como culebras muertas durante el bombardeo. Grandes cuadrados de un tono más claro delataban sobre el papel pintado de las paredes dónde habían colgado los cuadros. Bordearon una rotonda con sacos terreros apilados en el centro de ella, atravesaron una amplia nave con suelo de mármol en la que sólo se escuchaba el eco de los propios pasos, y descendieron unas escaleras estrechas. A la luz de la linterna, tenían la impresión de estar adentrándose en una catacumba.

—¿Sabéis que han nombrado a Picasso director del Museo del Prado? —susurró el soldado. Julia respondió también en un susurro.

—¿Está aquí?

—No, se ha quedado en Francia.

—¿Y cómo lo dirige desde Francia?

El soldado se encogió de hombros. Entraron en una sala en la que decenas de cajas de madera se alzaban perpendiculares al suelo y sólo dejaban un angosto pasillo para llegar a otras salas.

—Aquí hay Goyas y Tizianos y Grecos. Encerrados a oscuras, los pobres. Sin nadie que los mire. ¿Y qué es un cuadro que nadie puede ver? Nada: como una persona de la que nadie se acuerda. Pero dicen que los van a sacar. Que salen de viaje.

—¿Adónde?

—A Valencia, con el Gobierno. Muy jodidas tienen que estar las cosas si hasta Felipe II huye de Madrid.

En la sala siguiente los cuadros se apilaban contra la pared, aún sin embalar. Varias estatuas de mármol eran los inmóviles guardianes de aquel tesoro. Pedestales vacíos de diferentes alturas y materiales indicaban que algunos miembros de ese ejército mineral habían emprendido la retirada. El soldado hizo un gesto como indicándoles que tomasen asiento.

—¿Aquí? —se sorprendió Benjamín.

—En el papel dice que os protejamos. Y el lugar más seguro de Madrid es este. Bueno, la bóveda del Banco de España es aún más segura, pero allí no nos dejan entrar. Aunque apuesto a que también se han llevado el dinero a Valencia. Tomad, quedaos con esta linterna. Yo el camino me lo sé.

No se movieron ni dijeron nada hasta que el eco de los pasos se apagó completamente. Entonces Julia empezó a recorrer los cuadros con la linterna. Rostros solemnes de soldados, aristócratas y religiosos, una monja con cara de mala leche, las mejillas sonrosadas de una niña de cabellos casi blancos, las lágrimas de un apóstol, un grupo de borrachos felices; el halo de la linterna se detuvo sobre el rostro alucinado de un anciano comiéndose a un niño.

–¿Quién es?

–Un vampiro. El Tiempo, que nos va devorando a todos.

Julia pasó la luz a otro lienzo y fue recorriendo los cuerpos desnudos de tres mujeres con aspecto de campesinas que han bajado al arroyo a bañarse.

–¿Te gustan?

Detuvo el haz sobre un pubis, luego sobre el blanco rosado de dos pechos, después sobre unas nalgas.

–Sí.

Pero lo que le gustó de verdad fue el rostro lascivo de una mujer, que lo contemplaba recostada en un sofá, llamándole, mostrándose, ofreciéndose. Soy para ti, le decía con la mirada y con aquellos labios a punto de sonreír.

–Te has quedado embobado.

–Nunca he visto a una mujer desnuda. Una de verdad, quiero decir.

–Pero verías a más de un chico desnudo en el internado.

–No es lo mismo.

–Eso no. Pero mirar a una mujer desnuda seguro que es un acto impuro y vas derecho al infierno por él.

–Ya.

–Toma –le tendió la linterna–. No te muevas de aquí, apágala y no enciendas hasta que te diga.

–¿Que apague?

Apagó ella misma la linterna, se la puso en la mano a Benjamín y se alejó unos pasos. En la oscuridad se oían sus movimientos, el arrastrar de un objeto sólido que sacaba chirridos y algunas chispas a la baldosa, la respiración afanada de Julia trajinando a oscuras como si sus ojos de gata estuviesen acostumbrados a la tiniebla.

–A ver si vas a romper un cuadro –dijo Benjamín porque no aguantaba la expectación. Julia no respondió sino que siguió con su invisible ajetreo.

–Alumbra –su voz pareció flotar en la oscuridad y ascender hacia el techo–. ¿Qué haces, por qué no enciendes?

–No puedo, no sé cómo... Espera. Ahora sí.

Benjamín barrió el aire con el rayo de luz buscando a Julia, creyó haberla encontrado pero resultó ser una menina, buscó otra vez y sólo la descubrió cuando alzó la linterna un metro.

Sobre un pedestal de mármol, Julia metamorfoseada en estatua; ni Praxíteles ni Fidias, ni Bernini ni Canova habrían podido aunar tanta hermosura y tanta verdad –quizá habrían esculpido una figura más bella, pero también más mentirosa–. De haber sido una pintura sólo podría haberla logrado Caravaggio. No era perfecta, no. Y sin embargo.

Con una mano sujetaba a la altura del vientre una tela de arpillera que caía y se desbordaba rígida sobre el pedestal, ocultando el sexo y una pierna de la blanda estatua. El otro brazo, doblado, cubría los pechos. La estatua tiritaba ligeramente, quizá de frío o porque también estaba nerviosa, y hubo un momento en el que se tambaleó y pareció a punto de perder el equilibrio. También temblaban los párpados cerrados. Benjamín no se atrevió a acercarse por miedo a que Julia entonces abandonase su postura; por miedo también a que el ruido de sus pasos la llevase a abrir los ojos. Siempre le habían fascinado algunos cuadros piadosos, cuyas imágenes le acompañaban en las largas noches del internado: las Marías Magdalenas de pechos abundantes apenas ocultos por los largos cabellos, las Vanidades en las que una mujer desnuda se veía calavera en un espejo pero mostraba al espectador sus nalgas aún llenas de vida, incluso las condenadas al infierno por haber caído en la lujuria, que invitaban con sus desnudeces a cometer el mismo pecado por el que eran castigadas ellas. Y él quería contemplar a Julia como si fuera un cuadro: con sosiego y sin pudor, paladeando la mezcla de excitación y remordimiento, deteniéndose impunemente en cada detalle que le hiciese contener un instante la respiración.

Por ejemplo en los pechos apenas oprimidos por el antebrazo, pequeños, a los que ni siquiera el haz de la linterna es capaz de sacar sombras; o las caderas, más anchas de lo que habría parecido canónico para el torso menudo de Julia, quizá una ligeramente más elevada que la otra aunque los dos pies parecen plantados en paralelo sobre el suelo, las piernas abiertas apenas veinte grados; también, ahora, a la luz de la linterna, le llama la atención la barbilla recortada contra lo oscuro –no mantiene la cabeza hacia el frente, sino en tres cuartos hacia la izquierda–, algo más puntiaguda de lo que habría pensado, y los labios entreabiertos, como cuando duerme –la ha observado dormir más de una vez a escondidas–, le producen un efecto que no se atrevería a confesar. Varios lunares dibujan una constelación imaginaria sobre su vientre. Dos granos vuelven humana la blancura de sus brazos. Otra vez los pechos, ¿no asoma una delicada mancha rosa entre los dedos?; el vientre, al que aún no ha dedicado suficiente atención, más Botticelli que Rubens; él echa de menos allí un poco más de carne, aunque en ella esa delgadez parece natural, no un relato de privaciones y sacrificios. Lo contempla contraerse y expandirse pausadamente. Despacio, Benjamín comienza a moverse hacia un lado con la intención de asomarse a la espalda de la estatua, pero la voz de Julia le detiene.

–Cuando cuente tres apagas la linterna.

–¿Tres?

–Sí, tres. ¿Lo prometes?

Retrasó dos segundos la respuesta para volver a mirar el terciopelo –Tiziano– de sus labios.

–Sí, sí, lo prometo.

Julia apartó primero el brazo que ocultaba sus pechos y lo colocó a lo largo del cuerpo. Sonrió un momento porque a Benjamín se le había escapado como un hipo, se mordió los labios, recuperó la inmovilidad estatuaria y, sin abrir los ojos, dejó caer la arpillera, que levantó a sus pies una nube de polvo.

Así habrían imaginado los clásicos la epifanía de una diosa. El cuerpo radiante que parece materializarse a través de una niebla del más allá. Esa figura luminosa que oscurece todo lo que la rodea, lo anula y aniquila, porque sólo su cuerpo importa, y el resto del mundo se vuelve insignificante, turbio, muerto.

–Uno.

El foco caía ahora sobre el indiscutible punto de fuga de la imagen, ese centro magnético hacia el que confluye toda mirada, que en los cuadros renacentistas suele estar en la mitad superior del cuadro y a él llevan todas las líneas, un infinito lejano del que todo parte y en el que todo muere, Dios, claro, la idea de Dios, pero que en la obra que ahora Benjamín contempla está despojado de metafísica, es un pozo que atrae a Benjamín provocándole un placentero malestar; ahí, por fin revelado ante él lo que siempre estuvo oculto, ahí, ella, concentrada, generosa, impúdica, golfa, deseable, deseada.

–Dos.

Una rápida mirada al rostro porque de pronto entiende que sería un engaño considerar que lo único importante del cuadro está ahí, pues no hay centro sin periferia ni detalle sin conjunto, y le parece que aún sonríe, ve abrirse sus labios un poco más, lo que hace que Benjamín vuelva a bajar la mirada justo antes de que Julia diga:

–Tres.

Entonces, nuevamente, la oscuridad. Los ruidos producidos por ese cuerpo que Benjamín ahora conoce y recuerda, otra vez cubriéndose de paños, igual que la modelo que se vuelve a vestir cuando el pintor termina su trabajo.

–Gracias –musitó Benjamín.

–Pero esta noche no te acerques a mí para dormir. Yo me quedo de este lado.

–Bueno.

Y ambos se acomodaron para pasar la noche sobre la baldosa; Benjamín decidió no encender otra vez la linterna mientras buscaba un saco o al menos una tela que atenuase el frío y la dureza del suelo, no sólo para evitar molestar a Julia, también porque pensó que si no veía ninguna otra imagen antes de dormirse no olvidaría la de Julia desnuda, y con suerte, con un poco de suerte, soñaría con ella.

Sueña, sin embargo, con una valkiria obesa y rubicunda que gorjea un aria de Mozart tumbada sobre él, aplastándolo contra las baldosas con su exuberancia de soprano, sin que Benjamín se atreva a interrumpir ni su canto ni sus caricias, pero por suerte ella comienza a desinflarse como una pelota pinchada y su voz deja de ser melodía para volverse soplido, y entonces, como era de esperar, aparecen las máscaras: desde un rincón de esa sala del museo en la que cree haber despertado, una figura menguada corre hacia él disfrazada con la máscara del Niño de Vallecas, y se pone a dar saltos y hacer volatines, sonando los cascabeles que lleva en los pies descalzos y negros; ríe hasta llorar diciendo: ¿Así que piensas que la salvación del mundo está en tus manos? Entonces la figura se hincha, se va transformando en el conde-duque de Olivares, quien, desde la altura y la anchura de su desprecio, escupe: ¿Así que piensas que la salvación del mundo está en tus manos? ¡Es tu salvación la que está en manos del mundo, imbécil!

Y se desvanece con un pedo.

Que despertó a Benjamín; cuando sus ojos se habituaron a la oscuridad descubrió que Julia estaba sentada junto a él.

–¿Por qué gritabas? –le preguntó.

–Estaba soñando.

Mientras ella le acariciaba la frente, Benjamín le contó lo que recordaba del sueño que, narrado en voz alta, resultaba más cómico que amenazante.

–¿Y quién estaba detrás de la máscara?

–No lo sé, para eso llevan máscaras: para que no los reconozca.

–Pero si yo me presentase con una máscara de bruja o de demonio, ¿no me reconocerías? Por los andares, por la voz, por la figura...

Como no contestó, Julia se tumbó a su lado, y así volvieron a dormirse los dos, rodeados de guerreros, reyes, generales, mendigos, putas, todos aquellos refugiados que aguardaban la evacuación antes de que las bombas y la barbarie acabaran con ellos.

Al despertar, Benjamín necesitó unos segundos para recuperar la noción del espacio y del tiempo; tenía la impresión de que Julia llevaba hablando un buen rato, pero lo primero que de verdad entendió fue:

—Los moros no entraron en mi pueblo. No creo que se acercaran a menos de cien kilómetros.

Benjamín tardó en entender las implicaciones de la frase. Recordó la historia contada alrededor de la hoguera a los hombres conmovidos y asqueados que la habían escuchado.

—Pero lo que contaste..., lo que te habían hecho...

—Conté lo que querían oír, lo que quieren oír todos. Una historia conmovedora de buenos y malos en la que el público se identifica con los buenos y aborrece a los malos, que son siempre los otros. ¿A que tuve éxito?

—Pero engañar así a la gente..., eso es... inmoral.

La carcajada de Julia se paseó por la sala del museo, rebotó de una pared a otra, se multiplicó sobre las bocas de unas majas que lanzaban a lo alto un pelele, huyó escaleras arriba como la voz de un fantasma, pero un resto quedó prendido en forma de sonrisa en los labios de un papa y en los de Julia.

—Pero entonces —añadió Benjamín algo cortado— no sé si lo que me vas a contar ahora es verdad o no.

—Claro que es verdad. Esto no es para un público, te voy a hablar de mí. Te voy a contar lo que nunca he contado.

—No tienes que contarme nada. Me parece que preferiría no saberlo.

—Yo no puedo estar con un hombre que preferiría no saberlo.

A Benjamín le pareció que en esa frase estaba encerrada una promesa que no acertaba a imaginar sin que le temblasen las piernas. Asintió.

—Entonces te escucho.

—A mi pueblo no llegaron los moros. Tampoco los legionarios. Mi pueblo era una mierda a la que no llegaban ni las moscas. Era uno de esos lugares en los que sabes que pasa el tiempo porque a la gente se le va poniendo cada vez más cara de mala leche y al final se muere. Yo desde niña soñaba con largarme de allí. Mataba lagartijas, arrancaba las patas a los saltamontes. Encerraba grillos en botellas y cuando me volvía a acordar de ellos ya estaban muertos. Lo típico.

—¿Y tu padre tenía un periódico?

—Lo que mi padre tenía era una bodega. Era un poco borracho, pero no tan malo como podría haber sido. Te decía que a los niños les atrae la tortura, el poder que da hacer daño a otros seres. Porque un niño siempre tiene a alguien por encima contra el que se siente impotente, así que busca con quien desfogarse. Yo no tenía hermanos pequeños.

—¿Y mayores?

—Los otros niños del pueblo, no sé por qué, no me querían. Me llamaban bruja y calentona. Nunca les di motivo, que yo recuerde. Eran ellos quienes se calentaban con las burras y las ovejas. Pero me tiraban petardos, me apresaban y me obligaban a hacer cosas.

—¿Qué cosas?

—Cosas. Cochinadas. Pero nunca se atrevieron a hacerlo todo. Por miedo a sus padres, o a Dios, que es lo mismo. Por eso un día me atraparon entre todos y corrieron a buscar al tonto del pueblo. Era de verdad tonto, para caminar tenía que mirarse los pies y aun así tropezaba todo el rato. Yo a veces le había tirado piedras, como los demás chicos. Pero esta vez le daban palmadas en la espalda, le hacían reír con cuchufletas. Y luego le dijeron, mira, ahí la tienes. Y me quitaron la falda y las bragas. Tuvieron que ayudarle un poco, porque él, aunque tenía ganas, no sabía muy bien cómo hacerlo. Me abrieron entre tres o cuatro, boca abajo, para sujetarme mejor. Y los demás colocaron al tonto, le dijeron cómo; él primero utilizó los dedos, porque era más fácil, y decía que olía mal. Pero de pronto el tonto se volvió listo y descubrió el misterio. Me hizo un daño que no te imaginas. Los demás se reían como idiotas. Yo veía la cara a los de un lado. Y pensé que cuando se retirase el tonto les tocaría a ellos. Pero el tonto no terminaba. Rebuznaba mientras empujaba y empujaba y empujaba. Cuando se fueron decidí que tenía que marcharme del pueblo. Tardé unos meses en hacerlo, pero es verdad que prendí fuego a una casa, aunque no fue la mía. Desde entonces vivo sola, recorro los montes, como esas pastoras de los libros antiguos. Ya ves. Esa es mi historia.

—¿Por qué? Quiero decir, ¿por qué lo hicieron? ¿Por qué a ti?

—Supongo que porque les divertía.

269

–Pero ¿qué hiciste tú para...?

Benjamín sabía calcular los cuartos, las medias, las horas, pero tenía una noción muy vaga de los minutos, y para sumar segundos contaba los latidos de su corazón, con lo que el tiempo se alargaba o aceleraba según sus emociones. Lo que desde luego no sabía calcular eran las décimas de segundo, ni siquiera acabó teniendo una noción muy clara de lo que era una décima de segundo –¿para qué medir algo que nadie percibe?– cuando se hizo relojero («Como Carlos V», me dijo. «¿Como Carlos V?» «Sí, él también arreglaba relojes en Yuste. Con la edad empieza a preocuparte el transcurrir del tiempo»). Pero no pudo ser más de una décima de segundo lo que medió entre la palabra «para» y el impacto que recibió en la boca, tan rápido que no supo con qué le había golpeado Julia; antes de sentir el dolor, le llegó el sabor de la sangre; sí le dio tiempo a ver cómo unas gotas saltaban por el aire, salpicaban el suelo y, algunas de ellas, caían sobre la esquina inferior derecha de *La rendición de Breda;* aún se pueden ver allí, si no se busca el rojo de la sangre sino unas diminutas manchas pardas que obviamente no han salido del pincel ni de la paleta.

–¡¿Qué hice yo para?! ¡¿Qué hice yo para?!

Sus pasos resonaron en la sala cuando aún no se había extinguido completamente el eco de su rabia.

Regresó unos minutos más tarde, con una mirada que de haber posado sobre ellos, podría haber prendido fuego a los mejores lienzos de varios siglos de arte europeo. La acompañaban un sargento y un hombre con traje de chaleco azul marino, que se llevaba las manos a la cabeza tan histriónicamente como un personaje de cine mudo, y mudo parecía él, porque no abrió la boca hasta llegar junto a Benjamín, girarse varias veces sobre los talones, acercarse después a varios cuadros, aproximándose tanto que parecía que en lugar de verlos quería olfatearlos, y sólo entonces habló en un volumen de voz que habría sido ideal para el escenario de un teatro:

–¿A quién se le ocurre? ¿De quién ha sido esta idea? ¿Es que ahora el museo es una posada para peregrinos? ¿Van a poner a dormir juntos a cualquier vagabundo y a la Maja desnuda?

Una cosa es que no tengamos Gobierno y otra que no tengamos cabeza. Podrían haberse meado en los rincones, podrían haberse puesto a fumar, podrían haberse calentado las manos con los marcos de un Greco. Lléveselos de aquí, por Dios. A ver, ¿han tocado algo? ¿Han cambiado algo de sitio? Ese pedestal no estaba ahí ayer. Maldita sea mi estampa, ¿qué han hecho con él? No habrán robado nada…, aunque no me extrañaría. Si hay salvajes que queman cuadros, Cristos románicos, retablos barrocos, entonces, ¿por qué no van a robarlos? Usted los ha visto, sargento, ha visto a esos desgraciados tirando obras de arte desde un balcón para hacer una pira. Y se reían, enseñaban los dientes tan orgullosos mientras rebuznaban vivas a la República. Regístrelos le digo, esa mujer puede llevar el autorretrato de Goya debajo de sus faldas, *El tránsito de la Virgen* de Mantegna en el refajo.

El sargento hizo un gesto poco convincente de ir a cachear a Julia, que fue menos convincente aún cuando ella le enseñó el cuchillo. Pero el hombre del traje no parecía interesado en que se cumplieran sus órdenes, sino solamente en impartirlas. Regresó a comprobar la salud de sus cuadros, se fue de una menina a un infierno, de un paisaje holandés al Expolio de Jesucristo. Se quitó las gafas y limpió los cristales con el mismo pañuelo con el que después se enjugó la frente.

—Es que ese lleva unos papeles que dicen que le demos la máxima protección y hagamos todo lo que nos pida.

—Ah, y les ha pedido dormir en el Museo del Prado. Un capricho de rico. El caballero se ha permitido cumplir el sueño de disponer para él solo de la mejor colección de arte del mundo entero. ¿Y si fuese un falsificador? ¿Y si fuese un ladrón? ¿Y si fuese un loco furioso? Le digo que la gente está quemando cuadros, y no porque no sepan que son valiosos, que eso sería disculpable, sino precisamente porque saben que son preciosos, irreemplazables, obras maestras irrepetibles. A ver, dígame, ¿qué piensa usted de esa pintura?

Señaló un cuadro en el que un ángel hacía una reverencia a la Virgen; a la izquierda una pareja rubia parecía lamentarse de que unas frutas se les hubiesen caído al suelo; desde la esquina superior izquierda unas manos lanzaban un rayo de luz por el que se deslizaba una paloma como por un tobogán.

—*La Anunciación* —dijo Benjamín.

—Eso lo sabe mi lechera, y hasta su hijo lo sabe, aunque aún se caga en los pantalones.

—Es de Fray Angélico; a la izquierda están Adán y Eva en el momento de ser expulsados del paraíso; acaban de comprender la gravedad de su pecado.

—No me cuente usted la Biblia; hábleme del cuadro, de la técnica, de la perspectiva, de los diversos planos, de la luz.

—Es un cuadro muy hermoso.

—Me alegro de que le guste. Aunque no sea una opinión muy original: hay varios millones de personas a las que les pasa lo mismo. En fin, no perdamos más tiempo. Lléveselos de aquí inmediatamente.

—Pero el papel dice que velemos por su seguridad.

—¿Y usted cree que es más importante su seguridad que la de uno solo de estos cuadros? A ver si un día inventan bombas que sólo matan a personas pero no destruyen las catedrales ni los museos. Porque los seres humanos se pueden reproducir, es una de sus pocas ventajas, pero ¿cómo reproducir el tímpano de la catedral de Burgos o *El jardín de las delicias*?

—Pues yo pienso que sería mejor que inventasen bombas que destruyesen los edificios y las cosas y no a las personas. Eso también desmoralizaría al enemigo, destruir sus museos y sus catedrales, y no tendrían que morir inocentes —opinó Julia.

El hombre del traje se volvió a quitar las gafas, se acercó a ella tanto como lo había hecho con los cuadros y arrugó la nariz obviamente poco complacido con el resultado de su inspección.

—Así que usted piensa que es preferible bla bla bla. ¿Y qué sabe usted de arte? Tanto como yo de ovejas. Eso se ve.

—Y usted prefiere ver morir a unos niños aplastados por las bombas a que se le estropee ese...

—Fray Angélico —la ayudó Benjamín.

—A que se estropee ese Fray Angélico o le caiga una mancha a cualquiera de estas antiguallas.

–Oh, los niños, oh los pobres niños indefensos. ¿Me quiere usted romper el corazón? ¿Pretende que vierta tres lagrimitas y me arrepienta de mi falta de compasión? ¡Los niños se mueren de todas formas! ¿O no se ha enterado? No inmediatamente, lo concedo, primero les salen los dientes, después granos, luego bigote, después arrugas, más tarde tumores y por último gusanos. Y siempre llegan nuevos de París, millones. Pero de París sólo puedes traer unos cuantos Renoir y un puñado de Picassos. Y si se rompe una obra maestra no puedes encargar más a la cigüeña. Sólo hay una capilla de los Scrovegni, pero si a una madre le cambias su bebé por otro ni se entera. ¿Lo entiende, aborigen? El arte es insustituible, mientras que la vida precisamente consiste en una sustitución perpetua. Deje de pensar en el individuo y piense en la especie. ¿Qué es la especie humana sin arte, sin el placer estético, sin la sensibilidad artística? ¡Una piara de gorrinos!

»Lléveselos, sargento, ya le decía que han alojado a una pareja de homínidos, peor, a una pareja de vándalos en el templo del arte.

–¿Y adónde los llevo? Los papeles...

–¡Al hotel Florida! Aquello está lleno de inútiles, de vividores y de periodistas, si no es todo lo mismo. Allí se sentirán a gusto.

El hombre dio tres zancadas para pegar la nariz a los pies de un rey, se volvió con desconfianza, despidió a los tres intrusos haciendo un gesto vehemente con la mano, repitió el movimiento para ahuyentarlos a la vez que decía: chs, chs, chs. Y allí lo dejaron, arrullando sus cuadros y acariciando las cajas que los protegían de la destrucción.

–A la orden –dijo el sargento–. Ya lo habéis oído. Tengo que llevaros al hotel Florida.

Consiguieron, sin embargo, convencerle para hacer un alto en el edificio de Telefónica. Con el salvoconducto de Benjamín y las blasfemias del sargento se abrieron paso a través de varios controles. Igual que en el museo, el suelo estaba cubierto de polvo, cascotes y cristales. Un par de mesas hechas astillas se amontonaban en un rincón, seguramente para alimentar una hoguera en cuanto hiciera más frío.

En uno de los despachos pusieron un teléfono a su disposición. Una telefonista, desde otro despacho, se esforzaba en comunicar con las dependencias del Gobierno en Valencia. No tardó más de una hora en conseguirlo. Cuando sonó el teléfono, Benjamín descolgó. Sus explicaciones fueron más bien confusas, pero consiguió que le pasasen con un secretario del Gobierno.

—Tengo que hablar urgentemente con el presidente —le dijo Benjamín.

—Don Francisco está desayunando —Benjamín se quedó sin habla. Lo mismo le habían puesto con un secretario de Franco—. ¿Me oye? Le digo que está desayunando.

—¿A estas horas? —dijo Benjamín para ganar tiempo.

—Vaya, otro listo que le va a decir al presidente lo que debe hacer y cuándo. Pero claro, si los campesinos se creen generales es lógico que cualquier maestrillo se crea al menos ministro.

—¿Estoy hablando con Valencia o con Salamanca?

—Muy listos pero no saben ni adónde llaman. Dígame lo que desea y yo se lo transmito.

—No puede ser. Tengo que hablar directamente con él.

—Todo el mundo quiere hablar directamente con él.

—Le aseguro que él también quiere hablar conmigo.

—¿Don Francisco quiere hablar con usted?

—¡Yo no conozco a ningún don Francisco!

—Y si no lo conoce, ¿cómo sabe que quiere hablar con usted?

—Yo con quien quiero hablar es con don Manuel.

—¿Con don Manuel Azaña?

—Eso es.

—Pues debe de ser usted el único. Pinta menos que una mona, dicho sea entre nosotros.

—Pero sigue siendo el presidente, ¿o no?

—El presidente de la República, el del Gobierno es don Francisco Largo Caballero.

—Ah, ahora entiendo la confusión. No, yo no quiero hablar con el señor Largo Caballero.

—Pues yo en su lugar aprovecharía para hablar con él ya que le han dado línea, porque tampoco creo que vaya a durar mucho en el cargo.

—Me acaba de decir que está desayunando.

—Eso se lo digo a todos; si no insisten es que no será muy importante lo que tienen que decirle. Pero a usted le veo interesado. Si quiere se lo paso.

—¿A don Francisco?

—¿A quién si no?

—¡A don Manuel, maldita sea!

—Oiga, no me chille, que le cuelgo ahora mismo. Y ya sabe lo que se tarda en conseguir que le pongan una conferencia.

—Disculpe. Es que todo esto es muy confuso. Le ruego que me pase con don Manuel.

—Yo le he dicho que puedo pasarle con don Francisco, no con don Manuel. Además, si quiere un consejo, don Francisco es más interesante. Se sabe muchos chistes verdes.

—Oiga, ¿de verdad trabaja usted en el Gobierno?

—Estoy haciendo una suplencia. Mi primo tiene hepatitis. Pero al fin y al cabo, para contestar a un teléfono cualquiera vale.

—¿Y me va a pasar con don Manuel?

—No puedo.

—Le aseguro que es un asunto muy grave, así que si me va a decir que está desayunando...

—No le puedo decir si está desayunando o haciendo gárgaras, porque don Manuel no está en Valencia.

—¿Y dónde está?

—No me está permitido decírselo. Es confidencial.

—Pero lo sabe.

—Todo el mundo en Presidencia lo sabe. Hasta las mujeres de la limpieza. Eso no quita para que sea confidencial y no me esté permitido decírselo. No querrá que pierda el empleo por indiscreto.

—Tengo órdenes escritas de hablar con don Manuel, cueste lo que cueste.

—Pues llámele por teléfono.

–Si me dice adónde, así lo haré.

–Imposible. Yo no tengo autoridad para revocar la confidencialidad de esa información. Esos asuntos se deciden a muy alto nivel.

–Pero don Francisco sí podría revocar la orden.

–Hombre, es el presidente del Gobierno, si no puede él..., aunque como están las cosas lo mismo tiene que pedir permiso a Moscú.

–Hágame el favor de pasarme con don Francisco.

–Imposible.

–Con don Francisco he dicho, no con don Manuel.

–No soy tonto ni sordo. Pero no puedo ponerle con don Francisco porque no está.

–¡Pero si me acaba de decir que está desayunando!

–Eso fue hace un rato. Entretanto, ha acabado de desayunar y se ha ido.

–¿Adónde?

–Como comprenderá, el presidente no suele informarme de dónde va cada vez que sale. Yo soy sólo un secretario. ¿Se imagina, el presidente del Gobierno de la República dando explicaciones de sus movimientos a los secretarios y a los bedeles? Aún no hemos llegado ahí. Aunque llegaremos.

–¿Y con quién puedo hablar?

–Conmigo. Todo el tiempo que usted guste. La República está al servicio de los ciudadanos. ¿De qué quiere que hablemos?

Benjamín colgó. La alarma aérea les obligó a esperar varias horas en el interior del edificio. Benjamín estaba cabizbajo, más cercano a la renuncia que nunca. Se oyeron explosiones no muy lejanas. Benjamín ni siquiera levantó la cabeza.

En una habitación del hotel Florida un hombre daba rugidos de león y entre medias maldecía en inglés. Un obús lanzó una lluvia de tierra contra las ventanas del salón que daban a la plaza del Callao, protegidas en el interior por colchonetas. Un letrero que decía MARTINI cayó sobre la mano de un camarero, que se quedó mirando la sangre como si no fuese suya. La música se detuvo unos instantes, porque el pianista, con una mano sobre las teclas y la otra en alto preparada para un *fortissimo,* decidió esperar a saber si se había tratado de un obús perdido o del inicio de un ataque en toda regla. Le acababan de desbaratar una de las mejores interpretaciones de Chopin que había hecho en su vida. Aunque bien es cierto que aquella banda de bárbaros tampoco estaba apreciándola como se merecía: bebían, jugaban a las cartas, conspiraban, se peleaban, metían mano a las chicas, pero ninguno parecía prestar la menor atención a la música.

Una mujer con una sábana enrollada alrededor del pecho bajó las escaleras a todo correr y anunció:

–Don Ernesto se ha vuelto loco.

Nadie le hizo caso, salvo un hombre que, vestido con traje y corbata, hacía malabarismos con tres manzanas sobre la barra del bar.

–Don Ernesto siempre ha estado loco.

La mujer regresó decepcionada escalera arriba y al abrir la puerta de la habitación se oyeron con más claridad los rugidos. Antes de que se cerrase la puerta también se escuchó un chillido de mujer que parecía expresar más deleite que espanto.

El pianista dejó caer la mano justo en el momento en el que la onda expansiva de otro obús reventaba la puerta del salón y los dedos formaron el acorde equivocado. En el exterior se escucharon los gritos de alguien que había sido alcanzado por la metralla.

–¡Qué desastre! –exclamó el pianista, incapaz de mantener su virtuosismo bajo un estruendo que le impedía escuchar lo que tocaba, y se dobló sobre el teclado para apoyar la frente contra la madera de caoba.

Un aviador –llevaba cazadora de cuero y pasamontañas– saltó la barra del bar, tomó una botella de anís y, aunque el camarero intentó impedirlo sujetándolo por un brazo, volvió a saltar la barra y regresó a la mesa en la que había estado jugando a las cartas con otros aviadores.

–Venid, venid conmigo –pidió u ordenó el sargento a Julia y Benjamín, y se dirigió hacia las escaleras por las que acababa de desaparecer la mujer de la sábana–. En las habitaciones traseras estaréis más seguros.

–¿Y toda esa gente? –preguntó Benjamín–. ¿No se ponen a salvo?

–Una banda de chiflados. Periodistas y aviadores. Algún espía que otro, supongo. Las putas sí están arriba.

El ascensor estaba estropeado. Sobre los peldaños polvorientos habían dejado sus huellas decenas de zapatos: se distinguía la impronta de botas militares y zapatos de tacón. Como en una comedia de enredo, en los pasillos las puertas se abrían y cerraban dejando entrar y salir a toda prisa a mujeres semidesnudas y hombres que las perseguían dando risotadas. Cuando llegaron al cuarto piso, el sargento les señaló una puerta. Benjamín tocó con los nudillos, pero el sargento la abrió de un empujón. En el interior se apiñaban al menos cuarenta mujeres, que se los quedaron mirando como si esperasen un anuncio particularmente importante. Fantasiosos edificios de cabello teñido y laca, labios cubiertos de violento carmín, enaguas de color carne, de color rosa, de color rojo, de color negro, de florecitas y de arabescos, con puntillas, de satén, de algodón, de quién sabe qué. Uñas largas que tamborilean lacadas sobre la carne blanquísima. El rímel corrido por alguna lágrima inoportuna. Zapatitos de tacón alineados a la puerta, un detalle de orden conmovedor en aquel hacinamiento. Los párpados, clic, clic, clic, abriéndose y cerrándose como el obturador de una cámara. Un esbozo de sonrisa que muestra unos dientes manchados de carmín. Un guiño –¿un guiño? ¿Le ha guiñado el ojo esa mujer morena sentada al fondo, la del rizo en espiral sobre la frente y el sostén tan rígido que parece llevar una armadura bajo la blusa?–. El olor a humo, aunque ninguna está fumando. Las ventanas tapiadas con camas, cojines, cortinas, maletas, un armario ropero. Unos cuantos vasos volcados. La respiración lenta, casi contenida, de las mujeres.

Todo eso lo percibió Benjamín nada más asomarse a la habitación o celda o refugio. Y no supo, aunque el sargento le empujó suavemente la espalda, hacia dónde avanzar entre ese laberinto de miembros y miradas. Una mujer, rubia, con una torre hueca como un buñuelo en difícil equilibrio sobre la cabeza, hizo el gesto de correrse un poco hacia un lado, aunque no pasó del gesto porque apenas había espacio. De todas formas Benjamín se dirigió a ella y se sentó a su lado obligando a recolocarse, desplazarse, protestar, resoplar a todas las que la rodeaban. Entonces se dio cuenta de que no había sitio para Julia, que se había quedado junto a la puerta con el ceño fruncido, optando por permanecer de pie apoyada contra la pared.

–Carne fresca –dijo una mujer desde el fondo de la habitación. Nadie recogió la broma. Aguardaban, tensas, el siguiente estruendo. Todas se sobresaltaron y algunas contuvieron un hipo cuando la puerta se abrió con violencia y la madera retumbó contra la pared.

Un hombre en calzoncillos, más peludo que un oso, apareció bajo el marco con una botella en la mano y una pistola en la otra. Recorrió con mirada de loco todos los rincones, gritó algo en ruso o polaco y, tras poner cara de perplejidad, cayó de espaldas hacia el pasillo. Durante unos momentos contemplaron el escorzo que les ofrecía: las plantas de sus pies callosos, la protuberancia descomunal en los calzoncillos, el vientre selvático, las imponentes fosas nasales. Julia empujó la puerta, borrando la visión del desmayado. Nadie hizo comentario alguno.

Se iban cansando de esperar, algunas cuchicheaban ya y recuperaban las ganas de gastar bromas, la de allá se quejaba de agujetas, la de acá del sudor, otra comenzó a tararear una canción francesa. Y por fin se fueron levantando, hubo un desfile de muslos desnudos y nalgas ligeramente veladas ante los ojos de Benjamín, una le rascó cariñosa la cabeza al salir, otra le rozó una mejilla con el dorso de la mano, otra se contoneó ante él, un movimiento como de cambiar dos veces el peso de una pierna a otra, y se bamboleó hacia la puerta. Cuando se quedaron solos, Julia y Benjamín rescataron dos de las colchonetas que atrincheraban las ventanas y se tumbaron dispuestos a dormir, agotados, sin ganas de hablar ni de pensar siquiera, aunque por las rendijas de los parapetos aún se veía la luz del día.

Ya se le cerraban los ojos a Benjamín cuando escuchó el susurro de Julia.

—Traidor. Te has ido con esas y me has dejado atrás.

Prefirió fingir que se había quedado dormido.

No era fácil dormir en el hotel Florida en noviembre de 1936. Los rebeldes lanzaban andanadas desde la Casa de Campo, las baterías antiaéreas situadas en la plaza del Callao taladraban el cielo con salvas casi siempre inútiles, los bombardeos en barrios no muy lejanos poblaban la noche del estrepitoso estallar de las bombas y derrumbarse de construcciones, sobre las tejas del hotel y de los edificios cercanos caía a veces una pedrisca que saltaba hasta allí de las calles reventadas o repicaba contra los vidrios de las ventanas. Además, en el hotel Florida apenas callaba la música unos instantes. Benjamín, insomne, harto de dar vueltas en la cama, se asomó a la ventana apartando el colchón que la cubría: columnas de humo amarillento, el resplandor de algunos incendios, calles desiertas salvo por algún coche aislado que las atravesaba a gran velocidad. Salió del cuarto cerrando sigilosamente la puerta tras de sí, como si el mínimo sonido de la madera pudiese despertar a Julia más que los obuses, la metralla y las trompetas.

En el primer piso tuvo que pasar por encima de dos hombres tumbados de través en el pasillo, con las bocas abiertas atracadas de ronquidos. El swing que llegaba del salón se mezclaba con el charlestón proveniente de una de las habitaciones. También se escuchaban risas y conversaciones casi a gritos detrás de una puerta. Benjamín tocó con los nudillos. Como nadie respondió, abrió con cuidado y asomó la cabeza. Un hombre vestido con un frac blanco y pajarita del mismo color le dio la bienvenida aplaudiendo su entrada como si se tratase de un artista muy esperado.

—Pase, caballero, pase. Y dígame qué desea tomar. ¡Conchita! Sirve a este amigo.

Le estrechó calurosamente la mano y le guio hacia un aparador de espejo atravesado en diagonal por una rajadura irregular como el cauce de un río. Delante del aparador, sobre su mármol blanco, una joven de cabello ondulado llenaba varios vasos de alcohol transparente.

—¿Qué quieres, cielo? —preguntó la chica a Benjamín y le miró a través del espejo. Su cara estaba partida en dos por la fractura de la luna. La parte del rostro que quedaba por debajo de la línea divisoria —barbilla, boca, nariz— parecía pertenecer a una mujer triste; los ojos, la frente brillante y lisa, el cabello ensortijado podrían ser los de una mujer alegre, que había llevado una vida distinta a la de la parte inferior.

—A él no le des esa basura. Tiene cara de conocedor. Vino, seguro que le gusta el vino. El vodka este se supone que es ruso, pero me temo que hoy no puede uno fiarse de nadie. Para mí que es *schnaps*. Entonces ¿te hace un vino tinto?

Benjamín asintió; el hombre le rodeó los hombros con un brazo y lo contempló fijamente, esperando algo.

—Sí, vino está bien. Pero no llevo mucho dinero.

—¿Cómo bien? ¿Tú lo oyes, Conchita? ¡Cosecha de 1929! Recién traído de las cavas del Palacio Real por gentileza de estos compañeros anarquistas que ves allí tumbados en el rincón. Al pueblo lo que es del pueblo. Así que no te preocupes por el dinero.

Conchita descorchó una botella, vertió un chorrito mínimo en una copa que dio a probar al desconocido, este se enjuagó la boca con el vino, tragó y emitió un ahhhhh satisfecho. Hizo un gesto con el dedo para que la chica llenase una copa.

A Benjamín le supo igual que el vino de consagrar.

—Está rico.

—Y yo lo que me pregunto es: si tenemos una República, ¿por qué guardan estas magníficas botellas de vino en el Palacio Real? ¿Quién se las bebe? ¡Salud!

—¡Salud! —respondieron los anarquistas desparramados en un rincón sin levantar la cabeza.

La puerta volvió a abrirse y entró el hombre que irrumpiera horas antes en calzoncillos en el cuarto de las prostitutas. Llevaba la misma u otra botella vacía en la mano, pero había perdido la pistola. Buscó en derredor, consultó el reloj como si llegase con retraso a una cita y abriendo mucho la boca se abalanzó sobre un hombre muy trajeado y con gafas que hasta ese momento, sentado en un sillón con las piernas cruzadas, se había limitado a mantener una inmutable expresión de fastidio. Fue impresionante verlo levantarse con agilidad, adoptar la postura de un boxeador frente al contrincante, iniciar un gracioso baile que tuvo el efecto de hacer detenerse admirado al beodo, al que derribó de un solo gancho que sonó como una bofetada; el hombre cayó por segunda vez sobre las baldosas del hotel Florida, en esta ocasión de rodillas, luego masculló babeando y se volcó a besar el mármol de una mesita baja.

El hombre del frac aplaudió entusiasmado, Conchita dio varios bravos, el trajeado saludó a su alrededor con los brazos en alto y recuperó la postura y el gesto previos al ataque del oso.

Tras apurar dos copas de vino que le sirvió el del frac con gran regocijo, Benjamín abandonó la habitación y continuó su interrumpido descenso al salón. Llegó sin más inconvenientes al rellano del entresuelo y allí se sentó. Le pesaban los párpados y la cabeza tuvo que apoyarla también contra la barandilla de metal para que no se le venciese. No era un sueño todo aquello que sucedía delante de sus ojos, y sin embargo tenía la impresión de que las cosas ocurrían en un mundo diferente al suyo. De haber intentado tocar a los parroquianos del salón probablemente su mano los habría atravesado como si estuviesen hechos de humo. El humo, por cierto, los envolvía difuminando sus contornos. No se había dormido. No era un sueño. No eran máscaras las que flotaban en aquel aire denso. ¡Eran ángeles! De ahí la rara sensación de que pertenecían a otra realidad, de que podían pasar a su lado como fantasmas; hechos de una materia distinta a la suya, discurrían ante Benjamín con la mente puesta en preocupaciones más elevadas, tratando de asuntos que a él necesariamente se le escapaban.

Benjamín sonrió y la cabeza se le venció hacia delante, pero volvió a levantarla, justo cuando un ángel rubio y monumental, miguelangelesco –fácil imaginarlo cubierto tan sólo con un paño enrollado a las caderas, encaramado a un capitel–, derribó una silla y extrajo una navaja del bolsillo, con la que dio unos tajos al aire ante las narices de otro hombre que, en lugar de navaja, sacó un as de espadas y se lo arrojó a la cara. Dos o tres mujeres se llevaron la mano a la boca para ocultar su desmesura, las pupilas entre el espanto y la excitación, la otra mano sobre los pechos temblorosos, hubo un forcejeo, un cuidado que te mato, un ¿tú a mí?, yo te piso los sesos, dos o tres amagos que de nuevo cortaron el aire en rodajas, un tú ten mucho cuidado conmigo, labios escorados para expresar desprecio, y nada más. Los dos ángeles se sentaron finalmente, conversaron al oído de sus compañeras, maríamagdalenas imaginadas por Rubens, y al rato ya reían todos y parecían haberse olvidado del mal e incluso de la tentación.

En una esquina cuatro hombres, grisallas de retablo, cuchicheaban sentados a una mesa. En el centro, solitario, un joven escribía a máquina sin pararse nunca a meditar la siguiente frase, como un apóstol inspirado por el Espíritu Santo. Detrás de él la mano de un hombre con aspecto de carnicero –nada angélico en este personaje– exploraba las entretelas de su acompañante, que reía echando la cabeza hacia atrás y fingiendo defender la ciudadela ya rendida de su cuerpo.

Benjamín quiso levantarse pero no lo consiguió. Él nunca bebía, salvo para apurar el cáliz y eso sólo con el fin de evitar que se vertiera a cualquier desagüe la sangre de Cristo: su cerebro era un marionetista torpe incapaz de mover los hilos de forma que los miembros realizasen los movimientos deseados. Se resignó a seguir sentado, espectador de aquel mundo fuliginoso, quizá a pasar allí la noche aguardando el sueño. Un hombre con uniforme militar de alta graduación se dirigió a las escaleras. A la altura de Benjamín dejó caer un cigarrillo, se agachó a recogerlo y, sin mover los labios, dijo:

–El filósofo llega hoy a Barcelona. Se alojará en el hotel Continental. Pasará allí tres días. Si no te pones en contacto con él en ese tiempo y le llevas los documentos que tú sabes, no habrá otra manera de localizarlo y ya nada impedirá la destrucción de España. Tienes que ponerte en marcha. Piensa en las novias, acuérdate de las madres. Saludos de don Manuel.

El ventrílocuo recogió el cigarrillo, lo encendió con un fósforo y continuó escalera arriba, dejando a Benjamín confuso, decidiendo si de verdad había oído lo que había oído o era otro engaño de los sentidos. De no haberse equivocado, eso significaba que la búsqueda continuaba, que aún podía salvar a España de sí misma. Aunque le costó ponerse en pie, se resolvió a seguir al único contacto que le quedaba, ese desconocido que al parecer estaba al tanto de LA MISIÓN, pero aunque subió hasta el último piso no dio con él. Fantasma, ángel, humo. Quien sí le salió al paso fue el hombre del frac blanco, con una copa de vino en la mano que le ofreció inmediatamente.

—Marqués de Murrieta.

—Yo Benjamín.

Al hombre le entró una risa loca. Benjamín bebió para ocultar su turbación, incapaz de entender la hilaridad del otro.

—Y dime, Benjamín: ¿eres periodista, aviador, chulo o espía? El caso es que no tienes cara de ninguna de las cuatro cosas. Pero tampoco eres camarero. Aunque seguro que tienes una historia interesante; así lo anuncian tu expresión perpleja, tu pierna herida, tu mirada huidiza, y tu aspecto es insignificante, espero no ofenderte, lo que casa muy mal con que te hayan dado una habitación en este hotel; cualquier periodista mataría a su madre por alojarse aquí. Aunque te aseguro que se come mejor en el Gran Vía, y hace menos frío. Así que cuéntame tu historia y prometo dedicarte una columna entera en mi periódico. A los lectores les apasionan las historias reales, por eso tenemos que mentir tanto los periodistas. A ver, dime, quién, qué eres.

—Yo soy herido de bala.

—Digna profesión.

—En la pierna.

—Sería más digno en la cabeza. Cuando a un periodista lo hieren en la cabeza, aunque sea un rasguño, hace que se la venden entera, dejando libres sólo la boca, el cigarrillo, la nariz y las gafas, y se fotografía. Así se forjan los héroes. Un héroe es una imagen, no una historia, ¿te había dicho alguien eso? Porque a una historia se le pueden dar muchas interpretaciones, se le pueden quitar y añadir matices, pero una imagen está ahí, se presenta por sí misma, no tiene una lógica, sino que despierta sentimientos, y la lógica está dirigida por los sentimientos, no al revés. Yo, en realidad, debería haberme hecho fotógrafo. La historia se recuerda por las fotografías.

–Yo me voy a acostar, si no le importa.

–Ah. No quieres hablar. Un hombre con un secreto. Nada más atractivo para un periodista. Bueno, sí hay algo más atractivo: una mujer con un secreto. La he visto: hermosa, aunque algo mohína, bonitas caderas, pero no las utiliza en su favor. Permíteme un consejo, amigo Benjamín: no te fíes.

–¿De ella?

–De nadie. Pero sobre todo de ella. ¿Cómo os habéis conocido?

–Nos conocimos no hace mucho, por casualidad...

–Las casualidades no existen. Al menos en tiempo de guerra. Repito: no te fíes. No te fíes nunca de una mujer, no porque sean más mentirosas ni peores que los hombres, sino porque con ellas bajamos la guardia, jajaja, la bajamos hasta las rodillas. Adiós, Benjamín, acuérdate de Mata Hari, dedica tus reflexiones a Dalila, no olvides a Mesalina, lleva en tus pensamientos a Cleopatra.

–¿Por qué a Cleopatra? Ella no tuvo la culpa de nada.

–Es verdad, ella no tuvo la culpa. Pero Marco Antonio perdió el Imperio. Lo dicho: en la guerra no hay casualidades. Una vez más, adiós, Benjamín.

–Adiós, marqués.

El hombre entró en una habitación soltando una nueva risotada. Aquello era como el escenario de un teatro: la gente llegaba, hacía unos cuantos gestos grandilocuentes, pronunciaba alguna frase significativa y volvía a desaparecer entre bastidores. Benjamín tardó unos segundos en decidir si debía bajar o subir porque había perdido la noción del lugar y de la altura. Cuando creyó haber recuperado la orientación dejó la copa vacía pegada a la pared para que nadie tropezara, ascendió tres pisos, descendió uno, buscó su dormitorio y entró con menos sigilo del que usara para salir. Se dejó caer en la colchoneta y tendió el brazo hacia donde debía encontrarse Julia. Allí estaban su cuerpo tibio, sus cabellos desparramados sobre la almohada, ese pecho cuyo tacto era su recuerdo más precioso. Ella se giró sobre un costado, le atravesó los labios con un dedo y se pegó a él. «No te fíes», había dicho el hombre del frac y justo entonces ella buscaba su cercanía.

–Jul...

–Chssst –insistió ella apretando con más fuerza sobre sus labios y después redujo la presión para dibujar el contorno hasta las comisuras, para juguetear con la pulpa temblorosa.

Entonces la mujer trepó a su cuerpo como un jinete experimentado, clavó las rodillas junto a sus caderas, aligeró el peso para rebuscar entre las piernas, le puso en la boca una lengua que sabía a repostería fina. Mientras tanto, una mano hábil desabrochaba botones, bajaba una cremallera, se abría un camino entre retales para palpar la carne, tanteando hasta encontrar lo que buscaba.

Apenas a dos metros de ellos, alguien empezó a roncar.

–¡MMMMM! –dijo Benjamín.

–¿Mmmmm?

–¡MMMMM!

–*What the hell...?* –se quejó una voz desde lo oscuro.

La mano que le manoseaba la entrepierna abandonó su empeño para propinar a Benjamín una bofetada que le sacó del éxtasis pero no de la confusión. Fue sólo la primera de una serie que él intentó detener como pudo, sujetó esos látigos que se le venían encima, peleó para hacer caer a su jinete y, tras conseguirlo, la aprisionó con las piernas para evitar los rodillazos que con tan mala intención como buena puntería le lanzaba.

–¡Socorro! *Help!* –gritó la mujer.

–¡Pero si has sido tú!

–¡Que me violan, Ernesto!

El exroncador se acercó tanteando hasta encontrar a Benjamín caballero de la mujer. Le aherrojó el cuello con una garra y lo derribó con un soberbio puñetazo que le sacó chispas de una oreja.

–*I'm gonna kill you!*

La habitación era un bullir de bultos acompañado de jadeos, lamentos, las protestas de la mujer repentinamente pudorosa; los golpes llovían sobre Benjamín de todas partes, tanta agitación había en el cuarto que parecía que en lugar de tres personas había allí dos ejércitos combatiéndose a ciegas. Un cuerpo descomunal cayó sobre sus espaldas amenazando con romperle la columna. Pesaba como un verraco.

–¿Eres thú, Ernesthou? –preguntó una voz de mujer desde la puerta que acababa de abrirse–. ¿Esthás outra ves con eshta putha?

–Puta lo serás tú, yanqui de mierda.

La mujer que segundos antes alentaba a matarlo puso a Benjamín una mano en la cara pero sólo para darse impulso y lanzarse sobre la recién llegada. Ambas pelearon a la tenue luz que entraba ahora por la puerta, un juego de sombras chinescas que, tentetiesos, se golpeaban constantes sin caer ni ceder. El hombre que lo asfixiaba se apeó de la enclenque montura, se puso él mismo a gatas y, tras forcejear para sacar una prenda de ropa de debajo de un Benjamín exánime, se alejó hacia la puerta jadeando como un perro viejo y escapó aún a gatas aprovechando que las dos mujeres estaban entretenidas sacándose los ojos. Una de ellas, Benjamín no habría sabido decir cuál, tomó por los pelos a la otra a manera de brida y la retuvo para que no saliese en persecución del huido.

–*Ernest, you bastard!*

–*But I do love you, Martha!* –llegó la respuesta lejana, casi sumisa del gigante.

–¿Qué ha dicho? ¿Ha dicho que te quiere? ¿Habrase visto el cabestro? Pues te lo quedas para ti para siempre. De todas formas yo ya estaba harta de escuchar sus hazañas.

Las dos mujeres se soltaron mutuamente, la tal Martha salió gritando improperios incomprensibles para Benjamín salvo por el tono; la otra se sentó a su lado, rompió a llorar, dio un puñetazo en las costillas al yacente y le gritó:

–¿Y tú qué haces aquí todavía? Mira la que has liado. ¿No te dije que no hicieses ruido? Qué idiotas sois los hombres. Lárgate antes de que te arañe esa cara de pasmado.

Benjamín no tuvo fuerzas para responder ni habría sabido qué. Se deslizó de la colchoneta procurando no apoyarse en los miembros más magullados y abandonó también él la habitación. Tardó varios minutos en encontrar el que de verdad era su cuarto y otro minuto más en ser capaz de tumbarse junto a Julia.

–¿Dónde estabas?

–Ay.

–¿Te ha pasado algo?

–Ayayay.

Ella no le besó ni le hurgó en las ingles. Se limitó a acariciarle la cabeza con cautela, aprendiendo enseguida dónde no debía rozar para evitar nuevos gemidos.

–En cuanto te quedas solo te metes en líos. ¿Sabes lo que he soñado?

–No. ¿Qué has soñado?

–Que me abandonabas. Que huías del hotel y me dejabas sola en Madrid. Por la noche caían unas bombas muy extrañas, que no las lanzaba un avión con piloto; llegaban volando solas, y caían constantemente. A mí me producía unos escalofríos tremendos eso de las bombas que llegan sin que nadie las lance, me parecía el anuncio del fin del mundo. Y cuando salía a la calle me encontraba en una ciudad que no era esta, completamente en ruinas, no como ahora, una ciudad en la que no quedaba un edificio en pie, sólo fachadas sin techo, con ventanas sin cristales por las que se veía un cielo gris y mucho humo; luego te buscaba entre los escombros, aunque estaba segura de que ya no te encontraría nunca. ¿Es así? ¿Me vas a dejar sola?

Que no se fiase de nadie, y menos de una mujer. Que corría peligro. Pero ¿cómo iba él solo a cumplir su tarea? ¿Cómo iba a salvar España si no era capaz de ponerse a salvo a sí mismo?

–No, no te voy a dejar sola. Te lo prometo.

Eso musitó, seguro de que era verdad; no sabía que nuestra convicción no tiene el poder que nos gusta atribuirle. Y entonces ocurrió un milagro: Julia se dobló sobre él, anunció su proximidad acariciándole las mejillas con el aliento y besó, despacio, tierna, solícita, piadosa, agradecida, los labios aún temblorosos de Benjamín. Apenas los rozó, nada más. Pero a él le bastaba. Ese, no otro, era el recuerdo que quería conservar para consolarse el día de su muerte.

El sargento fue a recogerlos por la mañana. Estaban desayunando un café frío y unos panecillos que no sabían muy mal. Se habían servido ellos mismos de detrás del mostrador cuando se cansaron de esperar a que apareciese un camarero. Algunos de los clientes del hotel, o quizá sólo del bar, dormían aún derrumbados sobre las mesas de mármol. El periodista que la tarde anterior había estado escribiendo a máquina en la cafetería continuaba en la misma silla, con un moflete aplastado contra el tablero de su mesa, los brazos colgando, un folio a medio escribir en el carro de la máquina.

Olía a café, pero olía aún más a humo de cigarrillos y a sudor. El sargento aguardó en una posición cercana a firmes a que terminaran de desayunar. Cuando vio que se limpiaban con las servilletas, anunció:

–El general está en el frente.

–¿En qué frente?

–En el único frente que hay; en los demás están durmiendo. Como estos.

–¿Y qué general?

–El general. Ahora no hay otro aquí. Si le dices adónde quieres ir, seguro que él te lo resuelve. Dentro de una hora os vais para el Ministerio de la Guerra; no tiene pérdida, seguís esa avenida hasta el final, luego un poquito a la izquierda, y os encontráis con una plaza muy grande con una fuente en medio, aunque no se ve que es una fuente porque está tapada, y ya habéis llegado. Un soldado os estará esperando allí para llevaros al frente. Yo ahora no puedo. Tengo que ayudar a buscar munición, a ver dónde narices la han guardado.

–¿Habéis perdido las balas? –preguntó Julia sin poder contener un amago de risa. El sargento hizo un gesto compungido.

–Cuando se fueron los oficiales de intendencia con el Gobierno se les olvidó dejar dicho dónde se encuentran los depósitos de munición. Y ahora no damos con los responsables. Como los teléfonos funcionan tan mal... Pero no es tan grave como parece, porque alguno sí lo hemos descubierto, y cuando no llegan las balas para todos, repartimos de fogueo.

–Pero las balas de fogueo en una guerra... –dijo Benjamín.

–Ya sé lo que me vas a decir. Eso mismo pensaba yo, hasta que me explicaron que de quince balas que se disparan sólo una acierta en el blanco. O sea, que lo único que hacemos es empeorar un poco la estadística. Las guerras no las gana el bando que tiene mejor armamento, sino el que tiene más voluntad de ganarlas. Y la voluntad de los madrileños es invencible.

–¿Tú eres madrileño?

–Qué va. De Cáceres.

Siguieron al soldado a pasos rápidos a través del edificio en el que nadie parecía estar quieto; hombres y mujeres recorrían los pasillos, cambiando bruscamente de dirección. A una mujer se le cayó un fardo de documentos y, en lugar de agacharse a recogerlos, rompió a llorar. Nadie le prestó atención. El tecleo de los teletipos resonaba en todos los pisos, tacatacatacataca, sin descanso, como si de pronto todo el mundo tuviese la necesidad ineludible de comunicar unas últimas palabras antes de la catástrofe.

Tuvieron que esperar a la puerta del edificio, detrás de un parapeto de sacos terreros, hasta que el soldado volvió a aparecer en una Guzzi con sidecar. Benjamín fue a sentarse tras el motorista, pero este le detuvo con un gesto.

–Tú en el sidecar.

–¿Por qué?

–Qué panoli eres.

Así que fue Julia la que se montó tras él; siguiendo sus instrucciones, le puso las manos en el pecho y se apretó contra su espalda. El motorista arrancó sonriente. Había poca gente por las calles. Las mismas tiendas y los mismos cafés que dos días antes habían permanecido abiertos, a pesar de los bombardeos, esa mañana sí habían echado los cierres metálicos y protegido los escaparates con planchas de madera. Un par de obuses fueron a estrellarse contra el edificio de Telefónica poco antes de que lo rebasara la moto y los cañones instalados en el techo respondieron con una salva en dirección a la Casa de Campo. Un hombre se detuvo a escarbarse los dientes en medio de la calle, mirando cómo atravesaban el cielo los proyectiles, igual que se hubiese quedado contemplando una bandada de pájaros. Se encogió de hombros con chulería justo antes de que un petardazo abriese un socavón bajo sus pies. De su anónimo desafío sólo quedó el recuerdo en la memoria de Benjamín: primero el del hombre allí plantado, todopoderoso en su desprecio del peligro; luego el de su ausencia, sustituida por una pesada humareda. *Sic transit.*

–¿Adónde llevan los colchones?

–¿Cómo?

–Los colchones –repitió Julia–. Los que cargan algunos coches en el techo.

El motorista soltó una carcajada mirando a Benjamín en busca de una respuesta cómplice.

–A ningún sitio. Son para protegerse de las bombas.

Un grupo de ancianos medio desnudos, algunos enrollados en sábanas, barbudos y esqueléticos, que recordaban a los apóstoles del Greco, abandonaba a toda prisa un edificio en llamas.

Al subir por Princesa sorteando los baches, se oían las ametralladoras y los fusiles por encima del petardeo de la motocicleta. Una bala, perdida o no, descacharró el piloto trasero justo cuando llegaban a Moncloa. Serpentearon por las veredas de la universidad, pero cuando otra vez una bala sacó chispas de la carrocería el motorista se detuvo a toda prisa entre unos árboles y apagó el motor.

–Aquí nos quedamos hasta que escampe. Vamos a buscar un parapeto mejor.

Reptaron hacia una trinchera que no quedaba a más de cien metros, entre cardos y basuras. De camino pasaron junto a dos casamatas construidas una con la Enciclopedia Británica, otra con la Espasa. Parecían bastante sólidas.

Rodaron hacia el interior de una zanja, en la que un miliciano y una miliciana se turnaban para disparar, recorriéndola de un extremo a otro, como si quisieran dar al enemigo la impresión de gran número de defensores.

–¡Salud!

–¡Y pesetas! –respondió la miliciana antes de dar un nuevo tiro. Un pañuelo rojo atado al cuello con doble nudo enmarcaba una cara sonrosada y regordeta; de la gorra de barco escapaba indomable una mata de pelos crespos y gruesos. Podía uno imaginarla más fácilmente dando un sopapo a su hijo que en una guerra. A pesar de que tenía las manos manchadas de grasa, quizá de su fusil demasiado viejo, Benjamín supuso que le olían a lejía.

De repente se hizo un silencio extraño, injustificado, que pronto aprovecharon los mirlos para volver a marcar su territorio. Uno de ellos imitaba a la perfección las sirenas de alarma aérea, otro los silbidos de las balas.

—El recreo —dijo el miliciano tras convencerse de que no se reanudaba el tiroteo y fue a sentarse en el fondo de la zanja con su compañera—. ¿No tendréis algo de tabaco?

Los recién llegados negaron con la cabeza.

—¿Sabéis por dónde anda el general?...

En ese momento un hombre vestido con pantalón de pana negro y camisa blanca, desarmado, parsimonioso, se subió a un montículo de tierra y, encarando al enemigo, con énfasis más sacerdotal que guerrero, gritó:

¡Venid a ver la sangre por las calles!
¡Venid a ver la sangre por las calles!
¡Venid a ver la sangre por las calles!

—Coño, otra vez —dijo el miliciano.

—Joder, que le peguen un tiro —dijo la miliciana—. ¿No tienen tan buena puntería cuando quieren? ¿Por qué no le atinan nunca a él?

—¿Quién es? —preguntó Julia.

—Un poeta —dijo Benjamín.

—¿Poeta? ¿Tú llamas a eso poesía? —dijo la miliciana—. Si ni siquiera rima.

—Rimar sí rima —respondió el miliciano sacando del bolsillo una hoja de papel de fumar—. «Calles... calles... calles.»

—Claro; así también hago yo poesía. Repitiendo siempre la misma frase, todo rima —dijo ella, mientras extraía de algún lugar de la cintura un envoltorio con unas pocas hebras de tabaco que repartió cuidadosamente sobre el papel que le tendía su compañero.

–No repite siempre lo mismo, va cambiando la entonación y las pausas, de forma que altera un poco el significado –dijo Benjamín, profesoral y humilde a la vez.

–Oye, ¿no serás tú también poeta? Que te meto un tiro ahora mismo.

–No, el compañero viene con una misión de Presidencia.

–Es que nos tienen la cabeza como un bombo, mira el de ayer, ese que gritaba «si mi voz muriera en tierra...» –dijo ella.

–Pero no lo quiso la suerte –dijo el miliciano.

–¿Y el otro, el que olía no sé qué humo bajo la piel?

–Olía, no; dijo «oigo bajo tu piel el humo», bien clarito. Ya me contarás cómo se puede oír el humo. Oirás la leña que chasca, pero no el humo.

–Se ha callado –dijo Julia.

–Ojalá. Seguro que sólo se está aclarando la garganta. Qué hijo de puta; la tabarra que puede llegar a dar.

–Yo no sé por qué vienen al frente a recitar poemas. Con lo bien que está uno dando tiros –dijo el soldado.

–Porque no podemos marcharnos –dijo el miliciano–. Saben que aquí pueden recitarnos sus obras completas y ninguno se va a arriesgar a escapar y que lo fusilen por deserción.

–¿Por qué no recitan las poesías a sus novias como la gente normal? Para eso sirve escribir, ¿no?, para enamorar a las chicas. Yo tuve un novio..., pero no me duró ni dos meses, el pobre.

–Desde luego, para ganar guerras no sirven, por mucho que se empeñen. Tú prueba a defenderte de un obús del 7.5 con un soneto y luego me cuentas –dijo el soldado.

–Ya lo decía el otro: «Si mi pluma valiera tu pistola».

–Más quisiera.

–Pues yo creo –dijo Benjamín– que la literatura puede ser más eficaz que las armas.

–¿Lo veis como es poeta? A ver, ¿de qué sirve un verso en la guerra?

–Los versos nos emocionan, y en esa emoción dejamos de estar solos, somos parte de un grupo que siente igual que nosotros y entonces la idea de luchar por lo que creemos no nos parece tan descabellada ni tan estéril. Además, al oír unos versos que nos hablan de libertad y de justicia, o que retratan la tiranía, dejamos de tener una idea fría, intelectual de esas cosas, comenzamos a sentir intensamente, y es ese sentimiento el que nos lleva a la acción.

–Pues yo creo –dijo el miliciano– que es al revés; que la gente lee esos libros llenos de tiranos y de oprimidos pero luego no se levanta del sillón para hacer algo, como si haber leído y haber sufrido en las páginas del libro les limpiase la conciencia y ya no necesitasen luchar contra la injusticia. La lectura sustituye a la acción. Así que leer sería una actividad reaccionaria, mira por dónde.

–Eso es así en tiempo de paz, pero la literatura comprometida en tiempo de guerra no sustituye a la acción, la acompaña, le da una voz para que también la oigan los que aún...

Interrumpieron la conversación al escuchar un silbido que podía presagiar la llegada de un obús, pero era el mirlo perfeccionando su imitación.

–Además –insistió el miliciano–, que pegar un buen tiro es una cosa muy difícil, y hay que echarle huevos; pero una poesía la escribe cualquiera, no hay por qué darse tantos aires.

–¿Ah, sí? Pues invéntate una –le retó Julia.

El miliciano encendió el cigarrillo chuchurrío que había conseguido liar, le dio muy concentrado unas chupadas y declamó, exhalando a un tiempo el humo que acababa de aspirar:

No te acongojes, madre, porque defienda Madrid.
Un perro se está orinando sobre la tumba del Cid.

Los cuatro oyentes hicieron un respetuoso silencio cargado de reflexiones.

–Rimar sí rima –dijo la mujer.

–Debería decir «meando» –sugirió Benjamín.

–Hombre, «orinando» es más fino –opinó el soldado–. En una poesía no vas a escribir ordinarieces.

—Pero si dijese «meando» tendría cuatro heptasílabos. Con «orinando» sobra una sílaba.

—¿Y qué más da que orine o mee el perro? —dijo el miliciano—. Además, es mi obra, y soy yo quien decide lo que está bien y lo que no. En mis poemas, los perros no mean, orinan sobre la tumba del Cid.

—¿Has escrito más?

—Es el primero, pero uno debe tener convicciones poéticas desde el principio.

—¡Un momento, un momento! —la miliciana, que estaba vuelta hacia las trincheras enemigas, se incorporó, encaró el fusil, trazó con la punta del cañón una línea horizontal en el aire y disparó—. ¡Toma! Para que corras.

—¿Le has acertado? —preguntó el miliciano.

—Claro. En plena chola. Pero lo que te iba a preguntar es: ¿por qué el perro se va hasta la tumba del Cid para mear? ¿Sólo porque rima? Y no creas que es la primera vez que lo pienso; cuando era más joven y trabajaba de costurera, nos juntábamos varias en un patio y, mientras cosíamos, una señora nos leía en voz alta, unas veces el periódico, otras poesías. Lo de las poesías lo acabó dejando porque siempre había alguna a la que se le saltaban las lágrimas y no atinaba con los pespuntes; a mí, la verdad, no me conmovían mucho, yo creo que porque me parecía que la gente decía o hacía cosas sólo porque las palabras acababan de la manera que convenía al poeta, pero que de haberlas dicho o hecho en la vida real, habríamos pensado que estaban como cabras. Me acuerdo de un poema..., a ver si lo digo sin que me entre la risa. Decía así:

> Las hierbas.
> Yo me cortaré la mano derecha.
> Espera.
> Las hierbas.
> Tengo un guante de mercurio y otro de seda.
> ¡Las hierbas!

»Y no me acuerdo de cómo seguía. Pero dime tú a mí si tiene eso algún sentido.

—Es que —intervino Benjamín— a veces no es el significado lo que importa de un poema, sino el sonido de las palabras, el ritmo, la atmósfera que se crea...

—O sea, que si suena bien puedo escribir cualquier patochada que se me ocurra.

—Eso me ha inspirado un poema. Callad, antes de que se me vaya. A ver qué os parece —el miliciano, imitando la voz solemne del poeta y alargando cada sílaba como él, declamó:

> Los cuernos.
> Yo me cortaré el pie derecho.
> Silencio.
> Los cuernos.
> Tengo un zapato de plomo y otro de cemento.
> ¡Los cuernos!

—No está mal; al final va a resultar que también eres poeta. Pues yo pido que me cambien de trinchera.

En ese momento, el poeta auténtico, aún encaramado al montón de tierra, levantó una mano con pose oratoria, que hacía recordar ciertas estatuas de plaza pública, y dijo:

> A tres kilómetros de Ávila a tiro de perdigón, trescientas vacas dan leche a tropas de la reacción.
> Sabido así, las milicias de Mangada han acordado que veinte mozos salieran a libertar el ganado...

—No me digáis, menudo poema —dijo la miliciana—. Las milicias libertando vacas. Ese es un poeta de ciudad, seguro.

En una pausa del romance se oyó un disparo y, casi al mismo tiempo, salieron chispas en el suelo un metro por delante del poeta. A ambos lados del frente resonaron aplausos y algún ¡bravo! Otro disparo hizo saltar unas piedras, esta vez entre sus pies, provocando una nueva salva de aplausos y también la huida apresurada del poeta, que fue a refugiarse en una trinchera cercana, donde le recibieron con insultos.

—¡Deserta, cabrón! —le gritó uno.

–¡De eso nada! –respondió una voz desde el lado enemigo–. Ese es vuestro. Aquí ya tenemos bastantes.

En ese momento, entró en tropel en la trinchera un grupo de hombres, todos ellos armados de fusiles, con gorros de lana idénticos que les hacían parecer mongoles y abrigos también de lana. A pesar del frío, sudaban como pollos.

Se apostaron en la zanja, apuntaron en una y otra dirección, también hacia arriba, se convencieron de que no había enemigo a la vista y descansaron sus fusiles en el fondo de la zanja.

–Veamos –dijo uno con acento de algún lugar centroeuropeo–. Tenemos que apoderar de aquel cerro. Hay que hacerse con la ametralladora y usarla para mortandad entre enemigos.

–*Scheisse! Ich glaube, ich habe 'nen Tripper* –dijo otro, rascándose los testículos–. *Es juckt wie die Krätze. Das war bestimmt diese Hure...*

–De acuerdo, Hans. Hay que echarle cojones. Es misión arriesgada. Tú vas con italiano y con checo por la derecha.

Pero el checo giraba sobre sí mismo mirando a todos lados como si no supiese dónde se encontraba ni cómo había llegado allí.

–¿De verdad que esto es Madrid? ¿Es Madrid lo que estamos defendiendo? –preguntó en un español perfecto.

–*Voi siete tutti comunisti. Io sono un fascista! Cosa faccio io con voi. Sparatemi, stronci, sono un fascista!*

–Yo y ruso lanzaremos granadas mientras atacamos por frente.

–Me he dejado la foto de Stalin en la habitación. Tengo que volver al hotel. ¿Me esperáis? Es que me trae suerte –dijo el checo palpándose los bolsillos.

–*Vous direz ce que vous voudrez, mais la soupe était meilleure à la Légion étrangère.*

–Cierto, francés; tú que tienes experiencia en Legión Extranjera harás asalto retaguardia con inglés.

–*For fuck's sake, is there no interpreter here? We are not expected to understand all this gibberish, are we?*

–Ach, was bin ich kaputt. Du, Russe, gehen wir morgen fick-fick? Nichts, der versteht nichts. Spanierinnen bumsen, ficken, rammeln. Olé! Nichts. El ruso guiñó el ojo como respuesta a los gestos obscenos del alemán y, tras dudar un instante, le lanzó un beso con un discreto movimiento de los labios.

El francés dio al italiano una palmada afectuosa en el hombro. *–Quand on aura fini tout ça, on ira manger à l'Hôtel Victoria; on n'y mange pas mieux, mais au moins on y trouve des filies.*

–Sí, ¡victoria! Seguid a me... seguid a mí... ¡seguid conmigo!

–Ma dove andate adesso? Aspettatemi! Questi comunisti non riposano mai, corrono sempre come matti.

El comandante de los brigadistas salió de un salto de la trinchera, seguido de los demás combatientes, también del italiano que se había quedado algo rezagado porque, de corta estatura, no era capaz de remontar el borde de la zanja, por lo que Julia le puso las manos como estribo –«*grazie, bellissima signorina*»– y le propulsó al exterior.

Una vez fuera, corrieron tras su jefe, que se desgañitaba indicando a cada uno por dónde tenía que avanzar, sin poder evitar que el ruso se chocase con el inglés ni que el francés tropezara contra una lata de gasolina que debió de despertar a todos los centinelas rebeldes apostados entre Madrid y Tarifa, y si no lo logró él lo consiguió el checo al detenerse y, cercano al ataque cardíaco, ponerse a dar gritos al francés. El italiano decidió que en esas condiciones no atacaba –«*andate tutti a fa' in culo!*»–, y el inglés o americano habría llegado a las manos con el comandante si una ráfaga de ametralladora no le hubiese segado las dos piernas a la altura de las rodillas. Ante la respuesta sorpresa al ataque sorpresa, todos corrieron en distintas direcciones, el italiano hacia la trinchera que acababa de abandonar, pero antes de que pudiesen llegar a un abrigo las balas enemigas ya habían encontrado el pecho del ruso, la cabeza del francés y el vientre del alemán. Los tres quedaron tendidos e inmóviles, mientras el checo se hacía el muerto protegido por el cadáver del angloparlante y el italiano saltaba con gracia de regreso al interior de la trinchera, donde habría caído de pie si una bala no le hubiese alcanzado a mitad del salto, modificando su trayectoria y haciéndole estrellarse contra el borde de la zanja.

–*Questa guerra è una vera merda. Io non combatto più* –fueron sus últimas palabras.

Acabado el incidente, las armas volvieron a callar, los mirlos a cantar y los combatientes a dormir la siesta interrumpida desconsideradamente por los extranjeros.

En la trinchera donde estaban Benjamín y Julia no continuó el debate sobre la utilidad de la poesía. Los ojos abiertos del italiano, bajo unas cejas de villano de opereta, parecían conminarles a guardar un respetuoso silencio.

Aprovecharon la nueva pausa en los combates para continuar la búsqueda del general. El soldado iba por delante preguntando a unos y a otros; tres milicianos que jugaban a las cartas en una trinchera acurrucados bajo capotes militares les señalaron un edificio de ladrillo no muy maltratado por los impactos salvo una esquina mordisqueada por las balas. Uno de ellos golpeó una carta contra el tablero –un trozo de puerta– que les servía de mesa y los otros dos le entregaron de mala gana sendos cigarrillos.

–Ojalá te pudran los pulmones.

–Ojalá; eso significaría que no me van a matar las balas.

A mitad de camino les alcanzó un miliciano que corría agachado aunque se encontraban en una hondonada protegida de las balas del enemigo –y si el fuego hubiera sido de mortero o de artillería de nada le habría servido agachar la cabeza–. A la altura del vientre llevaba una caja negra que Benjamín confundió con algún tipo de mina antitanque.

–¡Esperad, camaradas! ¿Tenéis un momento?

El hombre contenía una sonrisa como quien acaba de acordarse de un chiste y se dispone a contarlo.

–¿Para qué? –preguntó Benjamín.

–Es sólo un momento, está aquí al lado.

Atravesaron un bosquecillo al que el otoño y la guerra habían dado un aspecto de cosa difunta; no era un bosque, era el fantasma de un bosque y los árboles cadáveres en pie con la ropa hecha jirones.

Del otro lado les aguardaba otro hombre, que también sonrió al verlos llegar, con la misma sonrisa entre pícara y a la vez algo avergonzada de su compañero.

—Aquí es —dijo el que les había guiado—. Toma, ¿sabes cómo utilizarla?

Entregó a Benjamín la caja negra que resultó ser una cámara de fotos. Benjamín nunca había manejado una y le hacía ilusión. Incluso de niño alguna vez había deseado ser fotógrafo, una profesión tranquila, contemplativa, en la que podría expresar su amor por las cosas y por la gente sin tener que acercarse demasiado; algo parecido al monje que medita sobre el mundo, reza, ve en él la belleza divina pero vive protegido por las paredes del monasterio y por el hábito.

El miliciano le explicó cómo agarrarla, cómo ponerla a la altura del vientre para enfocar y cómo usar la manivela de metal situada a un lado para hacer correr el carrete antes de disparar la foto siguiente. Era un aparato más ligero de lo que había supuesto Benjamín. Miró por el visor; el segundo miliciano recogió del suelo un fusil y le hizo gestos para que se girase un poco a la derecha. En el recuadro apareció también el miliciano que le había dado la cámara, que llevaba ahora una pistola en la mano. Los siguió con el visor hasta que se detuvieron. Se alejó dos pasos para poder verlos de los pies a la cabeza; eso lo había descubierto enseguida, que para encuadrar tenía que retirarse o acercarse a lo que quería fotografiar, lo que le pareció que tenía algún significado filosófico, quizá metafísico, que no se acababa de concretar en su mente, pero tenía que ver con que el fotógrafo, al decidir la distancia al objeto, decidía también el contexto que tenía en cuenta, ah, claro, Ortega, el yo y la circunstancia: cuanto más detalle quiera percibir el fotógrafo más debe eliminar del mundo que lo rodea, cuanto más yo menos circunstancia, y viceversa.

En el suelo, delante de los dos hombres, yacía un cadáver. Estaba boca abajo, con la cabeza vuelta hacia la cámara, el brazo izquierdo bajo el cuerpo y el derecho formando un ángulo de unos cuarenta y cinco grados con el tronco y con la palma hacia arriba. Tenía los ojos y la boca abiertos; los labios y las encías bullían de moscas, que se espantaban brevemente con los movimientos de los dos milicianos pero volvían de inmediato a explorar aquella boca sin aliento; alguna se asomaba también a los ojos del cadáver.

Los dos milicianos se tomaron por los hombros, uno apuntó al muerto con la pistola, el otro con el fusil. Sonrieron, y se quedaron en esa postura fija –salvo por el ligero temblor del brazo del miliciano que sujetaba el fusil con una sola mano–, erguidos, orgullosos de la travesura.

Clic.

–Otra más, chico, por si ha salido movida.

Recuperaron la sonrisa y reprodujeron casi al milímetro la pose anterior.

Clic.

Benjamín me dijo que muchos años más tarde descubrió una de las fotos en un libro de historia, y que sólo entonces se avergonzó de no haberse negado a lo que le pedían; también me dijo que era cierto que siempre le había costado negarse a lo que le pedían, pero al menos en aquella ocasión debía haberlo hecho.

–¿Lees libros de historia de aquellos años? ¿Para recordar lo que has olvidado? ¿O para intentar entender lo que no entendiste entonces?

Benjamín, sentado detrás del mostrador de la relojería de la calle de Toledo, muy cerca de donde yo vivo –en una buhardilla de la calle Mediodía Chica, aunque quizá este detalle no venga a cuento–, tenía el aspecto de un pajarito disecado que podría haberse usado como cuco en un reloj gigante. Como de costumbre, no contestó enseguida; eso era algo que me había llamado la atención nada más conocerlo, una vez que le llevé a reparar un reloj, regalo de mi mujer, al que tengo mucho apego. Cuando le pregunté si iba a poder arreglarlo, después de haberlo inspeccionado con una lupa iluminada que me hizo pensar primero en un cirujano y luego en un joyero, el relojero, cuyo nombre yo ignoraba entonces, no respondió enseguida, tardó tanto en hacerlo que iba a repetirle la pregunta pensando que no la había oído, cuando me dijo: creo que sí. No estoy seguro. Pero ¿sabe?, a mi edad uno no está seguro de casi nada salvo que se haya vuelto un completo imbécil.

También esa vez tardó, incluso más de lo habitual, en contestar, aunque dudo de que no se lo hubiese preguntado ya a sí mismo y encontrado hacía tiempo la respuesta. Recorrió con la mirada los relojes que colgaban a mi espalda, abrió una gaveta y la volvió a cerrar.

—No —respondió en voz muy baja, punteada por el tictac de algunos relojes antiguos que conservaba desde años atrás sin encontrar comprador o sin desear de verdad venderlos—, no he olvidado casi nada; en realidad, es increíble lo mucho que me acuerdo, más de lo que desearía; lo que pasa es que cuando te ocurren las cosas, te ocurren, sencillamente eso, sin una interpretación. Y encontrar una interpretación es algo que apacigua mucho, te devuelve la confianza en el mundo, porque lo hace parecer menos arbitrario, y por eso menos brutal. Ahora que lo que de verdad me gustaría es tener las interpretaciones antes de que me sucedan las cosas. Bien pensado, eso sería lo mejor.

9

El camino de la filosofía

Rodeado de otros oficiales que aguardaban expectantes, el general apuntaba un telémetro por la ventana abierta en un aula del tercer piso de la universidad.

–Setecientos metros –dijo. Sus palabras generaron un murmullo de aprobación a su alrededor y varios cabeceos afirmativos. Uno de los oficiales anotó el dato en un cuaderno sin pastas.

Pero un hombre que estaba sentado aparte del grupo, detrás y a la izquierda, con ropas muy extrañas, a primera vista una capa de mago y un pasamontañas de aviador, negó con la cabeza. Tenía una cabeza tan pequeña que parecía una caricatura o el dibujo de un principiante. El soldado les hizo una seña para que se sentasen al fondo del aula sin molestar, y ellos se sentaron juntos en un pupitre, atentos como estudiantes aplicados.

–De setecientos a novecientos, entre trescientos quince y trescientos veinte grados.

El del cuaderno volvió a anotar, y el de la cabeza pequeña a describir con ella pequeños giros de un lado a otro sobre el eje de la columna, con un movimiento que recordaba al de una máquina de fábrica, quizá de un telar; la amplitud y la velocidad de giro eran idénticas cada vez. Aunque todos les daban la espalda, Benjamín estaba seguro de que fue él quien dijo con voz de persona muy vieja:

–Entre novecientos y mil; los grados están bien.

–¡Que se calle el puto ciego! –gritó el general y dejó de mirar por el telémetro para volverse hacia el hombre que acababa de hablar–. El teniente de artillería había dicho setecientos y yo acabo de confirmarlo, coño. ¿Nos vamos a equivocar los dos? –aunque enfadado, se adivinaba que era una persona amable obligada por las circunstancias a fingir ferocidad. De hecho, Benjamín pensó que no era un general, sino que iba disfrazado, igual que el ciego, si es que de verdad era ciego, también parecía disfrazado de algo aunque en su caso no fuera fácil adivinar de qué–. Este aparato dice que están a setecientos metros los primeros y a novecientos los últimos.

–Estará estropeado. Nadie debe fiarse más de un aparato que de las propias estimaciones. La tecnología nos lleva a la perdición –respondió el supuesto ciego, y añadió sin volverse hacia los recién llegados–: ¿No opina lo mismo, señorita?

Benjamín buscó entre los uniformados a la mujer a la que podía estarse dirigiendo.

–No, no lo creo; la tecnología es un burro dócil, nos lleva a donde le digamos, pero tenemos que indicarle el camino adecuado –respondió Julia, y Benjamín le puso una mano en la rodilla para indicarle que el ciego no le hablaba a ella, pero como los uniformados se quedaron mirando a Julia, se percató de que el equivocado era él.

–El corazón ve más que las miras telescópicas; se lo digo yo, y mucho más que los ojos, aunque sean tan bonitos como los suyos.

–¿Quiénes son esos dos? ¿Qué hacen aquí?

El general lo dijo en tono malhumorado pero se notaba que también sentía auténtica curiosidad.

El soldado se adelantó marcialmente y tendió los documentos de Benjamín al general, que tardó unos segundos en cogerlos, como si sospechase que iba a encontrar en ellos una mala noticia. Se retiró unos pasos hacia la ventana, porque necesitaba la claridad o para que los demás no pudiesen leer con él. Hizo un rollo con los papeles después de leerlos, se los llevó a la mejilla, la rascó distraído con el borde de los documentos aún enrollados. Benjamín imaginó que se iba a poner a observar al enemigo por el tubo de papel, como un niño jugando a piratas.

El general se dirigió a Julia y Benjamín, pero no se detuvo al llegar a ellos; siguió caminando hacia la puerta, se golpeó un muslo, con ese gesto que usan algunas personas para llamar a un perro.

—Mi general, ¿qué coordenadas damos a los artilleros?

—¿Cuáles les vais a dar? ¡Las del ciego! ¡Las del puto ciego!

El hombre de la capa se levantó también, apoyándose en el respaldo de la silla, y por primera vez les enseñó las cuencas vacías de sus ojos. También una sonrisa mellada que Benjamín no habría deseado oler de cerca. Siguieron al general, que se había detenido junto a las escaleras.

—A ver, ¿qué necesitáis de mí? No me contéis para qué, ni cuál es vuestra misión. No me interesa. Cuanto menos sepa mejor. Las cosas de Azaña siempre acaban pringando de mierda a los que le rodean. Decidme sólo lo que puedo hacer por vosotros.

—Necesitaríamos un avión que nos lleve a Barcelona. Y un aviador, claro.

El general se quitó la gorra y acarició su calva reluciente con gesto de cariño.

—Otros que tienen prisa. Todo el mundo tiene prisa. ¿Cuándo tenéis que estar en Barcelona?

—Dentro de dos días a más tardar, mi general.

—¿Eres un militar? No, pues entonces deja de llamarme mi general. Hoy no me lo llaman ni mis soldados. Bueno, los más educados dicen camarada general o compañero general. ¿Podéis salir inmediatamente?

—Sí..., señor.

Julia gorjeó divertida.

El general dio a Benjamín un golpe en el pecho con la gorra antes de volver a ponérsela.

—Un coche. Tendréis un coche y un conductor. Un avión es imposible. Si lo pidiese no me lo darían. Sí, ya sé que se supone que yo estoy al mando, pero tendría que dar tantas explicaciones y reunirme con tantos responsables que no llegaríais nunca. Un coche. Ya mismo. ¿Os vale?

El ciego se había sumado a ellos y escuchaba con la cabeza ladeada. Su considerable y afilada nariz y un flequillo muy negro que terminaba justo encima de las cuencas de los ojos hacían pensar en un cuervo.

—Sí, nos vale.

—¿Puedo ir con ellos para guiarlos? —preguntó el ciego.

–No. Te necesito aquí. Suerte. Y si no la tenéis, aprovechad que estáis cerca para huir a Francia.

Benjamín le rio lo que supuso una broma. El ciego masculló entre dientes:

–¿Y para qué crees que quiero acompañarlos?

–¿Cómo lo sabía? –preguntó Benjamín.

–Para huir de este país de mierda antes de que sea tarde.

–¿Cómo sabía que había entrado una mujer? No lleva perfume, ni tacones altos. No había hablado ni se había acercado a usted.

–La respuesta es demasiado indecente para decirla en público. ¿Así que os vais a Barcelona?

–Voy a preguntar al general qué coche podemos llevarnos –dijo el soldado.

El ciego siguió con la cabeza la marcha del soldado como si lo mirase alejarse.

–El futuro también puedo verlo.

–Cobrando, claro –dijo Julia.

–No, puedo verlo todo el rato. Mejor dicho, no me quedan más cojones que verlo, quiera o no quiera. Pero luego no se lo digo a nadie, ¿para qué? ¿Para joder la vida a la gente? El futuro es siempre peor de lo que uno imagina para sí mismo. Aunque veas cosas buenas, también ves las malas, y eso la gente no cuenta con ello, porque a lo mejor puedo ver que un fulano va a tener éxito en los negocios, pero también puedo ver que va a morir de un cáncer de colon, o que una mujer va a encontrar un marido guapo y con dinero, pero ¿cómo le digo que el hijo que tenga con él se va a matar en un accidente de moto? En el futuro siempre hay desgracias, y la última es que te mueres. Por eso la vida es siempre una película que acaba mal.

–¿Y la guerra? –preguntó Benjamín–. ¿Sabe quién va a ganar la guerra?

–Claro que lo sé. Pero hay espías por todas partes, no me hagas preguntas comprometidas. ¿O quieres que me fusilen?

–No hay nadie más que nosotros.

–Por eso. Y vosotros sois espías. Lo que aún no he logrado ver es de qué bando. Debéis de ser unos espías raros.

El soldado regresó y les pidió que le siguieran. Bajaron los tres las escaleras, dejando al ciego en el descansillo.

–¡Benjamín! –le gritó desde lo alto. Visto desde abajo, tenía un no sé qué de personaje bíblico–. Da recuerdos al filósofo de mi parte, y dile que se cuide el hígado. Y cierra la boca que te van a entrar moscas.

–Tomad, dos Astras nuevecitas. Ya me diréis cuál es vuestro enchufe. A mí me dieron una pistola de la guerra de Cuba, o de Filipinas, desde luego del siglo pasado. Yo creía que era para disparar, pero luego empecé a pensar que me la habían dado para que golpease al enemigo con ella en el cuerpo a cuerpo. ¿Sabéis usarlas siquiera?

–Más o menos –dijo Benjamín.

Julia, por toda respuesta, sacó el cargador, comprobó que tenía balas, lo volvió a introducir en la culata, metió un cartucho en la recámara y puso el seguro. Después dio un golpecito a Benjamín en la barbilla para que cerrara la boca, que se le había quedado abierta por segunda vez en pocos minutos.

–Olé la gracia –dijo el soldado.

El coche estaba listo, tal como había anunciado el general. El soldado se asomó a una ventanilla poniéndose una mano por visera. Luego acarició el chasis y dio un par de pataditas de entendedor a una de las ruedas.

–Hispano-Suiza; lo mismo es uno de los que tenía Alfonso XIII. Aunque mejor que no lo sea, porque tal como conducía el monarca, que había que sacarlo de las zanjas cada dos por tres...

Era el único automóvil en un hangar vacío salvo por unos cuantos montones de chatarra, tubos de escape, neumáticos y restos de motores desguazados.

El conductor llegó a grandes zancadas que no daban la impresión de prisa sino de rabia. Miró a los tres uno por uno como pidiendo explicaciones por una afrenta. Abrió la puerta del coche, se sentó al volante y cerró con un portazo.

Los tres se subieron en silencio y con un inexplicable sentimiento de culpa, el soldado delante, Julia y Benjamín detrás. El coche olía a colillas y a algo indefinible y agrio. Benjamín pensó en vómito de niño; se preguntó por qué precisamente de niño.

–¿Qué? ¿Me decís adónde vamos?

–¿No se lo han dicho? Tenemos que ir a Barcelona –dijo Benjamín en tono de disculpa.

–Maldita sea mi estampa.

El coche no arrancó a la primera ni a la segunda ni a la tercera. La tensión en el interior iba en aumento. El conductor blasfemaba por lo bajo, aunque lo suficientemente alto para que todos lo oyeran; tuvo palabras para casi todo el escalafón angélico, varios santos, no todos muy conocidos, y por supuesto los miembros de la Santísima Trinidad uno por uno. Benjamín sospechó que el conductor había sido seminarista.

Por fin arrancó el vehículo. Para salir de Madrid tuvieron que enseñar el salvoconducto y las órdenes del general cuatro veces, una en un control en el que sólo había milicianas. Llevaban las ropas descabaladas, igual que sus compañeros, gorros de los más distintos tipos y procedencias, chaquetas de lana o de cuero, pantalones que llegaban a los tobillos, a la pantorrilla o a las rodillas. Sin embargo, la mayoría se habían maquillado. Una asomó la cabeza al coche, pasó revista a los cuatro ocupantes, guiñó un ojo cómplice a Julia.

–¿Seguro que quieres ir con estos? Hemos montado una brigada de mujeres. Al menos con nosotras no te están todo el rato pellizcando el culo ni mugiendo piropos.

–A la vuelta –respondió Julia guiñando también un ojo.

Hasta que salieron de Madrid no dijo el conductor una palabra. Mirando por el espejo retrovisor, exclamó de repente:

–¡Cuatro horas; cuatro horas haciendo cola! ¿Qué os parece?

La primera respuesta fue el gesto ambiguo de los aludidos.

–¿Para conseguir pan? –preguntó el soldado.

–¿Pan? Cuatro horas en la cola de un burdel. Me he levantado a las cinco de la mañana porque ayer, que llegué después del desayuno, me tuve que ir sin ver la puerta siquiera. Así que hoy me dije, a quien madruga Dios le ayuda, y a las cinco estaba haciendo cola para las putas, pero ni por esas. Paciencia, me decía, lo importante es que al final consigas lo que buscas. A quien algo quiere algo le cuesta. Así que yo aguardaba tan tranquilo. Allí había hasta lisiados, delante de mí estaba uno al que faltaban una pierna y un brazo, decía que los había perdido en la defensa de Talavera, pero yo creo que lo decía para dar pena y que le dejasen pasar antes; para mí que estaba ya lisiado antes de la guerra porque se daba mucha maña con la muleta como para que la cosa fuese reciente.

»Y justo cuando va a ser mi turno me viene ese mensajero para decirme que tengo que hacer un servicio urgente. Decidme si no es para cabrearse. ¿Habéis oído que los alemanes se han reservado un burdel para ellos solos? Los alemanes del otro lado, claro, no los nuestros. Por lo visto, tienen miedo a contagiarse de algo.

»¿Y sabéis que las compañeras prostitutas de Cataluña están abriendo burdeles en cooperativa? Sin chulos y sin madames. Me lo contó una chica barcelonesa que estaba de paso en Madrid; cuando empezó la guerra, los anarquistas, además de expropiar fábricas también decidieron liberar a las putas, porque decían que la prostitución era una forma de esclavitud; entonces muchas montaron el negocio por su cuenta, en cooperativa. Mira, es lo único bueno de este viaje, a ver si voy a una de esas cuando lleguemos a Barcelona. Si son cooperativas serán más baratas que cuando eran una empresa capitalista, ¿no?

»Aunque todo esto me pasa por hacerme conductor; si me hubiese unido a un grupo de milicianos a lo mejor me salía gratis, porque hay jefes, os lo juro, que para premiar a sus soldados, en lugar de darles una medalla, que no tienen, y como no hay grados tampoco pueden ascender a nadie, a quien se haya destacado por su valentía en el combate le dan un documento que dice: vale por un polvo con una prisionera; así que el compañero premiado va a la cárcel con el vale, sellado y firmado, y puede elegir entre las fascistas la que más le guste. Eso estimula mucho a la tropa.

–¿Y a las mujeres que destacan en combate les dan también un vale para chingar con un requeté o con un falangista?

El conductor no supo o no quiso responder a la pregunta de Julia. Nadie encontró nada que añadir y se limitaron a mirar por

309

la ventanilla hasta que el sueño fue venciéndolos. Sólo el conductor permaneció despierto, canturreando entre dientes la canción de una mujer que tenía dos lunares, uno en la boca y el otro donde tú sabes.

Les despertó el conductor aunque Benjamín no habría sabido decir con qué palabras. Cuando se habían despabilado todos y los que iban en el asiento trasero se inclinaron hacia delante para oír mejor, el conductor explicó que el motor se estaba calentando más de lo normal, que quizá no funcionaba bien la refrigeración o el radiador tenía una fisura o se habían quedado sin aceite o el coche era una mierda aunque visto desde fuera parecía muy bonito y muy lujoso. En realidad, debía uno desconfiar de los coches bonitos, porque rara vez eran los mejores. Con las putas pasaba lo mismo, nunca se debía elegir a la más guapa, porque solía estar llena de manías y de caprichos y aunque fueses tú quien pagaba siempre parecía estar dándote a cambio más de lo que merecías. Por eso él había desconfiado del coche desde el principio. Pero en lugar de parar en medio del campo prefería continuar aún unos kilómetros. En poco rato estarían en C. y allí, en las afueras, conocía a un mecánico y también sabía de una taberna en la que podían descansar y comer algo.

Nadie tuvo nada en contra, por lo que continuaron el viaje, todos muy atentos a los ruidos del motor, a cada traqueteo, como esperando a que en cualquier momento el coche comenzara a echar humo o sencillamente se quedase parado. Sin embargo llegaron sin contratiempos a C. –Benjamín había olvidado el nombre del lugar, pero me dijo que creía que empezaba por C–, o con el único contratiempo de que los detuviese una columna de milicianos para comprobar sus papeles, pero o no desconfiaron de sus intenciones o estaban muy cansados y sin ganas de romperse la cabeza y de tomar decisiones difíciles; los dejaron pasar tras sólo intercambiar unas palabras en voz baja.

Cada vez que atravesaban un pueblo se abalanzaba sobre el coche una bandada de chiquillos, zigzagueaban por delante del vehículo, corrían paralelos a él, jugaban a acercarse y alejarse, golpeaban la trasera, formaban grupos que perseguían al coche o se perseguían entre sí, veloces, pequeños, oscuros, chillones vencejos.

Se detuvieron por fin en un pueblo, rodeados de niños jadeantes y alegres, en una calle tan en cuesta que el conductor trabó con unas piedras las ruedas por si el freno no era suficiente. Benjamín no supo reconocer el olor del mar porque no tenía un modelo en su memoria con el que compararlo. Sí percibió al apearse del coche un olor, fresco y denso a la vez, que le parecía que iba a identificar de un momento a otro, como cuando está uno intentando recordar una palabra y le parece que ya la tiene, que está en un tris de saber cuál es, una palabra perfectamente familiar, dicha o pensada mil veces, y sin embargo pasa el tiempo y la palabra sigue a la misma distancia, a punto aún de ser recordada.

Julia sonrió. Ella sí lo había reconocido. Dio un abrazo inesperado a Benjamín. Incluso saltó sobre el sitio como una niña que se prepara para saltar a la cuerda.

—Hemos llegado al mar. Ven, ven a verlo —dijo, tomándole de la mano. Y lo arrastró por una calleja de tierra, cuesta arriba, entre chabolas construidas con cajas de madera y planchas de latón recortadas de bidones de gasolina. Un poco más adelante desaparecía cualquier asomo de construcción aunque sí había viviendas: agujeros excavados en la tierra arenosa del monte, algunos con cortinas o cartones para evitar las miradas indiscretas y quizá cortar un poco el frío.

—Cállate ahora, no estropees el momento.

Benjamín, al pasar por la boca de una de las cuevas que no tenía cortinas, y que más que puerta era un agujero por el que una persona sólo podía entrar agachándose, vio un movimiento, algo asomándose muy fugazmente, una mirada, un ser asustadizo que desaparecía de inmediato en la oscuridad, y no habría sabido decir si se trataba de un adulto, de un niño o incluso de un perro.

Desde lo alto del monte de chabolas se dominaba una ciudad pequeña, llana, con unos cuantos edificios altos. Y más allá el mar. Benjamín buscó las palabras con las que definirlo, pero todo lo que se le ocurría le sonaba haberlo leído ya en algún sitio. Intentó entonces describir sus propios sentimientos, pero para eso tenía que entenderlos y no estaba seguro de poder hacerlo. Quizá estaba un poco decepcionado. Había esperado una revelación, una sensación del todo nueva que le hiciese, a partir de ese día, respirar de otra forma, caminar con más seguridad, mirar hacia el futuro con mayor esperanza. Recorrió con la vista una y otra vez la superficie azul, desde el horizonte hasta la playa. Suspiró. Era hermoso, nada más que eso.

Entraron en la taberna, oscura, con ventanas muy pequeñas y paredes de color avellana, más propia de la meseta que de una ciudad mediterránea. Recorrían las mesas teñidas de caoba moscas lentas de reflejos, atontadas por el frío; una mujer detrás de la barra tenía el oído pegado a un aparato de radio del que no salía ningún sonido. A una de las mesas estaba sentado un hombre delgado, con ropas de obrero, que les saludó con un gesto tan breve que Benjamín no estaba seguro de que lo hubiese hecho de verdad. Sobre su mesa había un sombrero blanco de tela, de señorito, poco acorde con el resto de las ropas, por lo que daba la impresión de que el hombre estaba acompañado y su amigo o lo que fuera había salido un momento. Pero delante de él sólo había un vaso, casi vacío, de vino tinto.

Sentado a otra mesa, el soldado cazaba moscas y luego las dejaba libres, lo que le dibujaba una sonrisa tonta en el rostro. Fueron a sentarse con él; al poco, la camarera les trajo una jarra de vino, vasos y, en un plato, un trozo de queso con pan.

–Está viendo de arreglar el coche –dijo el soldado al cabo de un buen rato. Y dejó libre a otra mosca.

La puerta se abrió con tanta fuerza que chocó contra la pared. El cristal de la puerta dio un chasquido como si acabase de romperse, pero permaneció intacto, al menos a primera vista. Entró el conductor riéndose; detrás de él, una mujer morena muy bajita daba carcajadas ruidosas pero nada alegres. Iba vestida con una falda gris y un jersey también gris aunque algo más oscuro que la falda y unos zapatos negros bastante desgastados.

Aunque no había nada de sensual ni de seductor en ella, Benjamín estaba seguro de que era una prostituta.

El conductor fue al mostrador; ella se quedó parada, rio en dirección a la mesa de ellos, pero no se atrevió a acercarse. Se pasó la mano por el pelo y se entretuvo recolocando las horquillas hasta que el conductor llegó con dos vasos, se sentó en la mesa de al lado y llamó a la mujer dándose dos palmadas en los muslos. Ella se le sentó en el regazo y, aunque volvió a reír, miró hacia donde estaban los tres con un gesto como de disculpa o avergonzado.

–El coche no se puede arreglar hoy –dijo en voz muy alta el conductor, como si se lo estuviese anunciando a un gran número de gente–. Hay que ponerle un radiador nuevo. Mañana o pasado estará.

Bebió medio vaso de un trago y se limpió los labios sobre el pecho de la mujer.

–Yo tengo que llegar a Barcelona hoy o mañana –dijo Benjamín.

–Dame un poco de queso, chavalete, que tengo un hambre que me muero.

–Que le digo que tenemos que salir hoy para Barcelona.

–Ya te he oído. ¿Qué quieres que yo le haga? Podemos dormir aquí esta noche y mañana ya veremos. Hay habitaciones. Tu chica es muy guapa. Te la cambio.

La mujer de gris dio una nueva carcajada. Aunque no era el momento para pensar en esas cosas, Benjamín se dio cuenta de que la mujer no había hecho otra cosa que reírse, sin decir una palabra durante todo el tiempo que llevaba con ellos.

–El coche no está estropeado. Lo del radiador te lo acabas de inventar porque quieres quedarte a pasar la noche con tu amiga –dijo Julia y el soldado asintió ante esa revelación con tanta cara de asombro como si acabara de comprender el origen del universo.

–¿Qué coño sabrá una mujer de mecánica? ¿Me vas a decir tú lo que funciona y lo que no funciona en un coche? Sólo me faltaba eso por oír.

Cuando Benjamín se levantó no sabía lo que iba a hacer. Se levantó porque la inquietud no le dejaba quedarse sentado y porque se sentía obligado a conseguir que el conductor cambiase de actitud, pero verdaderamente no tenía ni idea, tampoco al rodear la mesa y acercarse a él, de que iba a sacar la pistola y ponerle el cañón en la frente. Quizá por esa falta de premeditación pareció no sólo natural sino incluso rutinario, nada forzado, un gesto tan repetido que ya ni se le da importancia, pero los segundos transcurrían y Benjamín empezó a verse desde fuera, con la pistola en la mano, el cañón justo en el centro de la frente del conductor, y él pálido, boquiabierto, por completo incapaz de reaccionar o decir nada. Todo aquello le pareció una obra de teatro en la que era a la vez espectador y protagonista; no se le ocurría qué decir, cómo guardarse la pistola y regresar a su silla para hacer la transición a la siguiente escena. Habría necesitado un apuntador que le soplase la continuación de la obra.

–Con dos cojones –intervino el desconocido–. Si no obedece le metes un tiro y conduzco yo. Antes de empezar la guerra era conductor de autobús.

La mujer de gris dio una carcajada pero a ella misma debió de parecerle fuera de lugar porque la interrumpió abruptamente.

–Entonces ¿te vas con estos amigos tuyos? –dijo. El conductor respondió que sí y sólo entonces retiró Benjamín el arma de su frente, dudó si guardársela, pero prefirió conservarla a la vista.

–Si no es molestia, ¿podría acompañarlos? –preguntó el otro hombre. Como nadie le respondió, se puso el sombrero y salió a la calle con ellos. Había comenzado a llover, a lloviznar más bien.

Benjamín se arrepintió muy pronto de haber aceptado que el Desconocido los acompañara; nada más cerrarse las puertas del coche empezó a sentirse incómodo; iba en el centro del asiento trasero, Julia a su izquierda, el Desconocido –que no había dicho su nombre y nadie se lo había preguntado– a la derecha. La carretera de la costa estaba llena de baches, producidos en su mayoría por los obuses de un enemigo que sin duda sabía la importancia de aquella vía de comunicación. Todos iban tensos, por un lado porque se amplificaba en ellos la inquietud del conductor, atento a no meterse en alguno de los socavones más profundos, lo que podría haber puesto fin al viaje. Pero también iban tensos porque del Desconocido emanaba una extraña crispación. En el retrovisor, Benjamín descubrió que el hombre tenía los ojos de quien ha visto demasiado, tanto que se ha quedado insensible y ciego, como quien no puede saborear la comida porque se le han quemado las papilas gustativas.

Al atardecer vieron los primeros aviones enemigos. Unos kilómetros más adelante dejaban caer bombas sobre la carretera y sus alrededores. Muchas de las bombas caían en el mar. Como los aviones parecían alejarse, no interrumpieron el viaje. Al poco tiempo, el coche empezó a patinar; daba bandazos de un lado a otro como si el conductor estuviese intentando sortear un gran número de baches, pero este no hacía nada más que procurar que el coche no se saliese de la carretera.

El suelo estaba cubierto de peces; alguno coleaba todavía.

Los aviones volvieron a aparecer cuando estaban atravesando una ciudad, no muy grande, que a la derecha de la carretera parecía aldea de pescadores y a la izquierda capital de provincia con edificios nuevos, tiendas, cafeterías. Esa vez no les rodeaba ninguna bandada de chiquillos. El conductor propuso aparcar en una de las calles, porque en la carretera eran un blanco demasiado fácil. De hecho, hacía rato que no se cruzaban con otros coches o carretas. Aparcó junto a un edificio que parecía bastante sólido y los cinco se apearon; estiraban las piernas como si estuvieran haciendo una pausa en una excursión. Los hombres orinaron contra el muro; Julia dio la vuelta al edificio y quizá aprovechó también para orinar.

–Es el manicomio –dijo cuando regresó.

–¿Cómo lo sabes? –preguntó Benjamín.

–Porque sé leer. Lo pone en la puerta.

Oyeron un silbido cuyo volumen aumentaba lentamente y se volvía más grave. Durante una fracción de segundo los cinco supieron que en la siguiente podrían estar muertos. Sonó como si una roca muy grande y muy dura se rompiese en dos; no: sonó como si el suelo, las casas, las calles, todo el pueblo se hubiese partido a la vez; luego llovieron sobre ellos piedras, trozos de madera, objetos metálicos. Tardaron en levantarse porque habían perdido el equilibrio, se tambaleaban como borrachos, no sabían calcular la distancia a la que se encontraba el suelo. De la nariz del conductor salían dos chorritos de sangre, que se restregó con el dorso de la mano.

De detrás de la tapia provenían quejidos, toses, algún llanto, el crepitar de las llamas y una densa columna de humo y de polvo. Julia y Benjamín, como si se hubiesen puesto de acuerdo, se dirigieron a la vez a la entrada del manicomio. Tenía una gran puerta de madera de dos hojas. La explosión la había resquebrajado sin llegar a romperla. Julia empuñó un fleje de hierro que encontró en el suelo, al parecer proveniente de una cuba de vino, lo introdujo en una de las grietas e hizo palanca para agrandarla. Una astilla de considerable tamaño saltó con un chasquido. Turnándose con la palanca, y ayudando con las manos quien no la tenía, fueron arrancando trozos de madera a la puerta hasta abrir un hueco que les permitió entrar en el manicomio.

Un hombre, delgado, circunspecto, con las manos a la espalda, vestido con un traje gris bastante sucio pero que algún día fue elegante, los aguardaba detrás de la puerta. Tenía un aire de inspector de enseñanza pública insatisfecho con los resultados de su inspección.

–¿Y los cuidadores, y los médicos? –le preguntó Julia.

El hombre reflexionó un momento, frunció los labios, carraspeó.

–¿Acaso soy yo el guardián de mi hermano?

No lo dijo como si fuese un loco respondiendo con un disparate que no guarda la menor conexión con lo preguntado, como un lunático que vive en un mundo ilógico, sin relación con el de los demás. Eran las palabras de alguien que ha entendido bien a su interlocutor y decide responderle con un acertijo.

La bomba había caído en un ala lateral del manicomio, que estaba en llamas, y los enfermos habían salido a un patio rodeado de cuatro alas idénticas que recordaban un cuartel o una cárcel, o estaban ya allí cuando comenzó el bombardeo. Varios de ellos habían formado un corro de hombres y mujeres abrazados, en el que celebraban la suerte que habían tenido. Ninguno de los locos hacía cosas particularmente extrañas, o no más extrañas que las que hubiera hecho cualquier grupo de personas en circunstancias parecidas. Unos reían, otros lloraban, otros parecían confusos, otros miraban al cielo temiendo un nuevo bombazo. Benjamín y Julia fueron de uno a otro preguntando por los cuidadores, y no se encontraron con ningún loco que se creyese Napoleón o Julio César, ninguno se desnudaba y enseñaba sus vergüenzas ni hacía sus necesidades en público, ninguno se mostró agresivo contra ellos ni contra seres imaginarios. Salvo dos mujeres tendidas en el suelo, abrazadas, que no respondieron, ni dieron señales de oír las preguntas y les atravesaron con sus miradas igual que no ve el vidrio quien mira a través de él, los demás en poco o nada se diferenciaban de los clientes de cualquier taberna o de los feligreses que se podrían haber encontrado en la iglesia durante una misa.

Julia y Benjamín fueron convenciéndoles de que abandonaran el manicomio, porque el fuego se extendía a gran velocidad por el tejado de madera, y era más seguro salir de allí antes de que las llamas alcanzasen el edificio bajo el que, al fondo de una bóveda, se encontraba la entrada principal.

Los locos les siguieron mansamente, algunos con cierta despreocupación, como si tuvieran cosas más importantes en las que pensar. Fueron saliendo por el hueco que habían hecho en la puerta sus rescatadores; lo mejor habría sido abrir las dos puertas para acelerar el desalojo, pero estaban trancadas por un gran cerrojo de metal asegurado con un candado y por supuesto la llave no se encontraba en su cerradura.

Había algo en común en la cara de los locos cuando se asomaban al exterior. Ese algo era el desconsuelo; no la desesperación o un dolor enorme: desconsuelo. Benjamín pensó que quedaban desconsolados al observar que nada había cambiado durante su encierro; los habían metido en el manicomio porque lo que ellos percibían y la realidad eran cosas muy distintas, y quizá habían confiado en que los encerrasen no para alterar su percepción, sino para alterar la realidad de forma que esta se adecuase a su percepción.

Después de ese momento inicial de duda y tristeza, varios locos continuaron caminando sin volver la cabeza, en distintas direcciones, como gente que sale del trabajo y regresa a casa por un camino que conoce de memoria. Otros se quedaban en la puerta, miraban hacia uno y otro lado con el gesto de quien espera que alguien pase a recogerlo, alguien que se retrasa de manera inexplicable. El loco que les había recibido se despidió de ellos estrechándoles la mano.

—Buen trabajo —les dijo, fue a marcharse, se lo pensó otra vez, dio a Julia un beso en la mejilla y se alejó en dirección al mar.

Por último salieron las dos mujeres, aún abrazadas, cruzaron la calle y se sentaron en los escalones a la entrada de una casa.

La carretera estaba cortada por los escombros de varias casas que la habían flanqueado antes del bombardeo; un grupo de hombres se afanaba paleando para que el camino volviese a ser transitable. Varios camilleros transportaban heridos a tal velocidad que parecía que estaban echando una carrera.

—¿Sabéis quién se está haciendo rico con esta guerra? —preguntó el Desconocido.

—Los banqueros —dijo el conductor.

—Los curas —dijo el soldado.

—Las putas —dijo el conductor.

—¿Las putas? —dijo el soldado.

—Sí, claro, las putas. Porque en tiempo de guerra nadie en sus cabales piensa en ahorrar, ni en formar una familia, ni en comprarse una casa. Lo que tienes te lo gastas en tabaco, en vino y en putas, sobre todo en putas. Así lo hago yo y estoy tan contento.

—Los contrabandistas —dijo el soldado.

—Los camilleros —dijo el Desconocido—. Más que los banqueros, los curas, las prostitutas y los contrabandistas. Mucho más que los médicos. Yo estudié para médico, aunque nunca terminé mis estudios. Me mareaba al ver la sangre; intenté todo tipo de trucos: contaba números por lo bajo, me imaginaba desnuda a una vecina que me gustaba mucho por aquella época, o intentaba mirar únicamente la herida que se iba a coser o el órgano que se iba a operar, les parecerá raro, porque la gente cuando se marea a la vista de la sangre tiende a desviar la mirada, pero a nosotros nos decían que cualquiera puede presenciar una operación, la más sangrienta y asquerosa que se les ocurra, la extirpación de un tumor de colon o un hígado con cirrosis, si nunca se mira a la cara ni a las manos del paciente: una herida es sólo eso, una herida; los despojos de animal en la carnicería no te producen ninguna sensación, hambre en todo caso, pero la cara y las manos son lo que nos vuelve individuos para los demás, nos dan una historia, una identidad, y algo en nuestro interior se identifica con ese pobre tipo. Yo, cuando asistía a una operación o a una cura, ni siquiera sabía si se trataba de un hombre o de una mujer, niño o anciano: no quitaba los ojos del vientre abierto, de la rótula ensangrentada, del tajo en el costado. Pero daba igual: el suelo comenzaba a moverse bajo mis pies, me venían las ganas de vomitar, tenía que marcharme a toda prisa, y una vez llegué a desmayarme ante el paciente.

»Hoy, la verdad, la vista de la sangre no me afecta; una vez que te has acostumbrado a las vísceras y la sangre de los muertos, las de los vivos dejan de impresionarte. Y yo he tenido ocasión de acostumbrarme. Participé en agosto en la campaña de Mallorca; iba en la Columna de Baleares; conquistamos los primeros objetivos tan deprisa que nos pareció que ya habíamos ganado la guerra y que los insurrectos eran una banda de maricones. El capitán Bayo, que mandaba la expedición, también se lo creyó. Luego ocurrió lo habitual: que cada grupo hacía la guerra por su cuenta; los anarquistas que estaban en Cabrera no quisieron participar en la acción. Otra columna que venía de Valencia se volvió a casa a beber horchata. Entretanto llegaron aviones italianos y otros refuerzos a los rebeldes. Nos machacaron. Cuando mi unidad se replegó hacia la playa para ser evacuada en barco, la arena ya estaba llena de cadáveres. Las gaviotas graznaban de felicidad; se comían a los muertos a una velocidad increíble. Y yo veía no sólo sangre, también todas las vísceras que podáis imaginar, en la arena o en el pico de las gaviotas, y no me inmutaba. Supongo que porque no es posible identificarse con un muerto, y menos aún con un trozo de muerto. Desde entonces la sangre no me hace nada. Ahora sí que podría ser médico. Pero preferiría ser camillero. Los camilleros son los que más se enriquecen en las guerras, y guerras siempre hay. Los médicos sólo ganan su salario, nada más. Pero los camilleros lo primero que hacen es despojar a los heridos de todo lo que lleven encima de valor. Parece que te toman el pulso pero lo que están haciendo es robarte el reloj; mientras te levantan por las axilas te birlan la cartera. Cuando el herido llega al hospital es pobre como una rata. Como mucho le han dejado los cigarrillos, que le roban los enfermeros, como también le roban las botas y la foto de la novia si es guapa.

Para cuando llegó a ese punto de sus reflexiones, la carretera había quedado lo suficientemente despejada y se había reanudado el tráfico. Uno de los trabajadores hizo una seña al conductor, que puso el coche en marcha. Arrancaron produciendo unas explosiones que llevaron a algunos de los circundantes a lanzarse cuerpo a tierra.

Tuvieron que detenerse en un lugar en el que la carretera desembocaba en un puente levadizo que estaba alzado impidiéndoles el paso. El puente no unía las dos orillas de un río ni dos muelles de un puerto, tampoco era un paso elevado sobre las vías de un ferrocarril ni sobre una carretera. Cuando los ocupantes del vehículo, aprovechando la parada, se bajaron a estirar las piernas descubrieron que por debajo del puente había una zanja de unos cincuenta metros de ancho en cuyo fondo una veintena de hombres cavaban con picos, palas y azadones. La zanja comenzaba a pocos metros del mar, perpendicular a la orilla, y se dirigía hacia el interior. A la entrada del puente vigilaba un miliciano con barretina de paño rojo; en las manos llevaba un fusil con el que les apuntaba a los pies.

—¿Cuándo vamos a poder pasar? —preguntó el conductor.

—Si por mí fuese, nunca.

Benjamín señaló a los hombres que trabajaban en la zanja.

–¿Qué están haciendo?
–Trabajar. Eso en Castilla no lo conocéis, ¿verdad? Los africanos sois de natural perezoso. Mirad los bereberes, siempre en su camello de un lado para el otro, sin hacer nada útil. Pero el catalán es trabajador, el pueblo catalán no trabaja sólo para hacer hervir la olla, sino porque en el trabajo encuentra complacencia su espíritu activo y viril.
–¿Por qué habla así de raro? –preguntó Julia a Benjamín–. ¿Se habrá escapado también de un manicomio?
–Es que es catalán.
–¿Son así todos los catalanes? Nunca he conocido a uno.
–¿En qué están trabajando? –preguntó Benjamín sin responder a Julia–. ¿En una carretera?
–En un canal. Estamos construyendo el canal más grande del mundo, más que el de Panamá, incluso más que el de Suez. Va a llegar hasta los Pirineos. Canal de Cataluña, se va a llamar.
–¿Estamos en Cataluña? –preguntó el soldado orinando contra un arbusto.
–Tan pronto pongáis el pie al puente.
–Pero con pico y pala van a tardar siglos –dijo Benjamín.
–Lo que haga falta, siglos o milenios, para cumplir el destino de Cataluña, que es estar separada de España. ¿Qué os parece? Los españoles y los catalanes somos pueblos distintos. ¿Sabíais que el catalán tiene un cráneo dolicocéfalo y el español es una mezcla de dolicocéfalo y braquicéfalo? ¿Sabíais que nosotros tenemos influencia gótica, aria, europea, y vosotros africana y semita?
El Desconocido encendió un cigarrillo, asintió pensativo observando a los trabajadores.
–¿Y por eso estáis construyendo el canal, para separaros de España?
–Al menos al principio. Castilla es un cadáver; un terrón podrido. Y uno no puede seguir viviendo como si nada al lado de un cadáver. Los seres vivos tienen que proseguir su camino, no pueden quedarse eternamente velando a los muertos. Cuando hayamos afirmado nuestra identidad, a lo mejor volvemos a unirnos a Castilla, pero absorbiéndola.

–¿Y en los Pirineos vais a hacer otro canal?

–En los Pirineos no hace falta más separación porque para eso están las montañas. Además, Cataluña continúa más allá de los Pirineos. Es posible que un día haya que construir un canal en Francia, después de recuperar lo que nos robaron los Borbones. Cataluña es una gran nación, pero lo sería aún más si no fuese por los Borbones. Ahora que nos los hemos quitado de encima podremos dedicarnos a enriquecer nuestra cultura y difundir nuestra lengua.

–Ortega dice que una nación no es producto de una cultura ni de una lengua, que la nación no se justifica en la Historia sino por un gran proyecto común –dijo Benjamín.

–¿Y te parece poco proyecto este canal? Varios cientos de kilómetros de excavación, debiendo neutralizar un desnivel de más de mil metros.

–¿Cómo lo van a hacer? –preguntó el Desconocido.

–Con un sistema de esclusas.

–Pero ¿y si luego los catalanes no quieren ser catalanes? –insistió Benjamín–. Cuando hayan acabado el proyecto a lo mejor deciden ser otra cosa y todo ese trabajo habrá sido inútil.

–¿Y por qué van a querer ser otra cosa si ya son catalanes? Sería como tener dos piernas y querer ser cojo.

–Quillo, tengo loh riñoneh dehtrosaoh –dijo uno de los catalanes que estaban cavando.

–¿Son todos los trabajadores catalanes como ese? –preguntó el Desconocido.

–Ser catalán es un misterio profundo; incluso quien no lo era, al entrar en contacto con nuestra tierra se transforma, más aún, se transubstancia, su sangre que era andaluza o extremeña de pronto se vuelve catalana, sus glóbulos rojos dejan de ser manchegos o gallegos, y adoptan la identidad y el ser de glóbulos catalanes; nosotros no somos como los vascos que se creen que eso es como ser un alcornoque o un pollino, algo inmutable, del nacimiento a la muerte; nosotros sabemos que ser catalán es el destino casi inevitable de quien se queda en nuestro país, y sólo los muy malintencionados pueden resistirse a ser catalanes. La tierra catalana es como una esponja, absorbe las razas y las culturas y las cataleniza. Si fuera posible hoy exterminar a todos los catalanes y poblar nuestra tierra de gente de otros países, dentro de un plazo más o menos remoto volvería a existir el pueblo catalán. De hecho, como Cataluña se irá extendiendo por el globo, conquistando tierras que también serán Cataluña, estoy convencido de que llegará un día en el que todo el mundo sea catalán; bueno, los madrileños no.

–Pero ¿vamos a poder pasar a la Tierra Prometida de una puta vez o no? –preguntó el conductor.

–Madrileño, ¿verdad? –y, sin esperar respuesta, gritó–: *Vinga, baixeu el pont!*

Y como los obreros más cercanos dejaron de cavar pero le miraban igual que un perro esperando a que le lancen una pelota para correr tras ella, dijo resignado:

–Que bajéis el puente, *cony*.

Atardece. Hay una luz peculiar, más de amanecer que de atardecer. Una franja rosa ilumina el horizonte por el este. Hacia poniente todo es oscuridad. La realidad se ha vuelto extraña, piensa Benjamín, no como un sueño, sino como cuando acabas de despertar de un sueño y aún no han pasado esos segundos necesarios para que las cosas vuelvan a ocupar un lugar determinado, tengan un nombre y una función. Las ves, las reconoces, te resultan familiares, pero aún no sabrías nombrarlas ni establecer una relación clara entre ellas. Benjamín, al mirar la realidad, ve el conjunto, pero cuando pretende concentrarse en los detalles tan sólo logra sentir una leve náusea que le obliga a cerrar los ojos.

Pasaron la noche en una taberna que, aunque también era pensión, tenía todas las camas ocupadas por soldados, milicianos y fugitivos de la guerra. En las camas dobles dormían cuatro personas, en las sencillas dos. A Benjamín y sus acompañantes sólo les quedó el suelo del bar; las mesas, muy atractivas porque las cucarachas y las ratas no solían pasearse sobre ellas, también estaban ocupadas.

Benjamín echaba de menos los días en los que había estado a solas con Julia, sus conversaciones y sus silencios, la calma que le transmitía. Lamentaba, con todas las preocupaciones del viaje, no haber disfrutado de una forma más consciente del placer de estar con ella. Al morir, pensó, seguro que es eso lo que más duele: no el hecho mismo de morirse, no la desaparición ni el olvido; lo que debe de doler como para pegar gritos es no haber apreciado lo suficiente los momentos felices, no haber sido capaz de detenerse, olvidando cualquier preocupación, afán, tarea, objetivo o deber, respirar hondo, sentir, con todo el cuerpo, de los pies a la coronilla, los pocos y preciosos instantes en los que coinciden el propio latido y el del mundo.

Según iban acercándose a Barcelona se multiplicaban los controles. En el primero Benjamín enseñó el salvoconducto y casi consigue que los fusilen. El anarquista que les dio el alto –llevaba un pañuelo rojo y negro al cuello– leyó el papel sin dejar de apuntarles con una metralleta y asintiendo gravemente; cuando terminó de leer dijo:

–El Gobierno es una manada de traidores.

Entonces, emitiendo unos ruidos como de estarse atragantando, preparó un gargajo, se enjuagó con él la boca y lanzó sobre el salvoconducto del Ministerio de Gobernación de la República de España una flema descomunal, una flema revolucionaria y anarcosindicalista, una flema con conciencia de clase que condensaba la ira de millones de trabajadores oprimidos durante siglos, una flema capaz por sí sola de corroer los cimientos del Estado burgués y hacerle venirse abajo. Plegó cuidadosamente el salvoconducto y se lo devolvió a Benjamín, quien, sin comentar el acto administrativo del anarquista, se limitó a decir:

–Compañero, es importante que lleguemos a Barcelona, muy importante para la República.

–La República es una piara de burgueses; y a los cerdos hay que sacrificarlos para que sean productivos. La única justificación de la vida de un cerdo es que al final se le mata. ¿Para qué, si no, le vas a dar las bellotas que podrías comerte tú?

Varios compañeros del anarquista reaccionaron a aquello que parecía un comentario pero era una orden, se acercaron al coche con los fusiles encarados y habrían disparado a sus ocupantes si no hubiese llegado corriendo otro anarquista echándose las manos a la cabeza y gritando:

—¡Que es un Hispano-Suiza, bestias! ¡Fusiladlos en una zanja, joder, que lo vais a destrozar!

—Es un vehículo burgués, típico de una clase degenerada por el lujo y el ocio —opinó el primer anarquista.

—¡Pero la revolución necesita medios de transporte! Arrancadle el cuero de la tapicería si no queréis que el culo se os aburguese, pero hay que conservar el coche.

La discusión entre los dos anarquistas dio tiempo al Desconocido, que se había quedado dormido con la cabeza apoyada contra la ventanilla y sólo se despertó al escuchar los gritos, a sacar un papel del bolsillo trasero, abrir la ventanilla y mostrarlo a los integrantes del control.

—¡Salud! —gritó—. ¡Este vehículo ya pertenece a la revolución!

El anarquista encargado del control de documentos dio la vuelta al coche preparando un nuevo gargajo, que se tragó al terminar de leer el papel.

—Haberlo dicho antes, podíamos haberos matado a todos.

—Bueno, morir durmiendo no es tan mala cosa.

Los dos se rieron y el coche reanudó la marcha. Por la trasera, Benjamín vio al anarquista amante de los vehículos que se despedía de ellos agitando la mano, como se despediría en el andén de una estación una enamorada del novio que se va a la guerra; también él tenía lágrimas en los ojos.

En los siguientes controles, fue el Desconocido quien enseñó su salvoconducto —el de Benjamín de todas formas se había vuelto ilegible—, y Benjamín se acordó de lo que le había dicho el hombre del frac blanco: las casualidades no existen. Quizá no fuese entonces casualidad que el Desconocido se hubiese encontrado en aquella taberna ni que se hubiese sumado al viaje. Quizá tenía también él una misión que cumplir y, al menos por el momento, las dos misiones se complementaban, aunque quién podía saber si estaba informado de la de Benjamín y si al final la facilitaría o la impediría. Julia, con la cabeza apoyada sobre su hombro, tarareaba una canción que Benjamín no conocía. ¿Tenía también ella una misión, algún designio que debía permanecer secreto para él? Benjamín sintió cierta decepción; hasta ese momento había pensado que él era una especie de elegido, como Moisés, que debía liberar al pueblo israelita del yugo egipcio y conducirlo a la Tierra Prometida. Y lo que más le decepcionaba era imaginar que Julia no había permanecido a su lado más que porque formaba parte de su misión, que no estuviese con él por apego, simpatía o cariño, y que canturreara con la cabeza apoyada en su hombro tan sólo porque su misión lo exigía.

—¡Su puta madre, otro control más! –dijo el conductor, pero antes de que el coche se detuviera por completo se oyeron varios disparos, el sonido del parabrisas al romperse, el producido por las balas en la cabeza del conductor y en la del soldado que, como de costumbre, viajaba en el asiento del copiloto; el techo se cubrió de salpicaduras de sangre. Julia y el Desconocido, como si no hubiesen esperado otra cosa, se bajaron del coche cada uno por un lado dejándolo solo con los dos muertos.

Enseguida Benjamín sospecha la emboscada, la traición, también de aquella a quien más quiere. Huyen; lo dejan solo en el coche, a merced de los asesinos. Un momento de pánico; la realidad desaparece otra vez mientras Benjamín murmura: mentira, todo es mentira, Julia, ¿cómo me puedes hacer esto? Se siente como si el coche hubiese caído a un lago y se estuviese hundiendo despacio en un fondo de aguas turbias; los ruidos de allá afuera llegan distorsionados, las palabras y las detonaciones se alabean, se prolongan en el tiempo como un golpe de gong; y él está mirando desde el fondo de ese lago a los hombres que se acercan a él cuando uno de ellos se asoma a la puerta abierta, le apunta con un rifle y aprieta el gatillo: nada, no está más muerto ni más vivo que antes. El hombre se caga en Dios y en la munición de fabricación nacional, pregunta, y parece que se lo está preguntando a Benjamín, si no habría sido más prudente coger los cartuchos mexicanos, que fallan mucho menos,

y mientras hace esa pregunta probablemente retórica ha sacado
una pistola y quita el seguro (en ese momento se abre una grieta
en la percepción de Benjamín, como le sucede a veces, se juntan
el pasado y el presente, todo discurre en tiempos paralelos, y ese
paréntesis le permite preguntarse por qué son mejores las muni-
ciones mexicanas que las españolas y si habría tenido razón
aquel comando de libertadores latinoamericanos en que España era un lugar primitivo, inculto, tierra de indios que había
que devolver a la civilización), pero no llega a apuntar a Benjamín, aunque iba a hacerlo, eso se lo ha visto en los ojos y en que
había entrado un poco más en el coche, probablemente para
apoyarle el cañón de la pistola en la sien, pero de pronto el
hombre revienta, no hay mejor manera de decirlo, eso que hasta hace un instante era una persona, mala o buena, generosa o
avara, cruel o tierna, feliz o desgraciada, se deforma con violencia, su pecho se abre, se vierte hacia el exterior, rojo, y verdoso
y blanco y marrón; cuatro disparos, tan seguidos que los últimos parecen un eco del primero, y el hombre ha dejado de existir como tal, ya igual da lo que hubiese querido hacer con Benjamín, una vez que te has muerto cualquier proyecto deja de
tener sentido e incluso interés, y quizá porque se ha quedado sin
el objeto de sus observaciones, Benjamín sin salir del todo del
trance en el que había entrado, rueda hasta el exterior del vehículo esperando sentir los disparos, se choca con la frente contra
la puerta con tal fuerza que el dolor le ciega por unos instantes,
y cuando vuelve a ver, cuando entre sus ojos y el mundo ya no
hay masas de agua turbia, tan sólo el aire frío de esa tarde de
diciembre, siente el horror atravesarle el pecho: Julia empuña
el cuchillo, su famoso cuchillo de matar conejos, clavado en el
pecho de un hombre, y parece empujar y empujar como para
introducirlo más profundamente en la herida, pero a los pocos
segundos resulta evidente que lo que está intentando es extraer-
lo del cuerpo, da violentos tirones, pero se ha atrancado entre
dos costillas, y el hombre, por los tirones o por propia inercia,
quizá incluso por la poca voluntad que aún le queda, da dos
pasos hacia Julia, la abraza de una forma que hace pensar en un
borracho, se empapan los dos de la misma sangre y caen al sue-

lo; Benjamín ha sacado para entonces la pistola, busca el seguro sin encontrarlo, corre hacia Julia rodeando el coche, tropieza con el Desconocido, que está sentado en el suelo, apoyado contra una rueda, contemplando lo poco que queda de su mano derecha. Benjamín llega hasta Julia: el hombre está tumbado sobre ella, la muerde en el cuello con sus últimas energías; ella patalea y da cabezazos al aire. Benjamín, con una fuerza que se desconocía, levanta al hombre, que se ve obligado a soltar su presa, le empuja a un lado y se encuentra con el rostro de ella, ensangrentado, con ojos de loca.

Ha empezado a nevar, aunque Benjamín no sabría decir cuándo, pero hará ya un rato porque sobre el suelo se ha formado una delgada capa de nieve. Benjamín piensa que debe de ser bonito ver nevar sobre la playa. Se vuelve hacia el Desconocido, el cual, aún apoyado contra la rueda del coche, mira en su dirección y asiente como si Benjamín le hubiese pedido permiso para algo. Benjamín levanta con precaución la cabeza de Julia y la deposita sobre su regazo.

Luego va cogiendo puñados de nieve y con ellos limpia de sangre el rostro de Julia, que no dice una palabra, tan sólo respira deprisa, muy deprisa, la respiración es casi tan veloz como los latidos de su corazón. Al principio; luego respiración y latidos van espaciándose poco a poco.

–¿Estás bien? –le pregunta Benjamín.

Ella asiente. Y rompe a llorar. Sólo entonces Benjamín recupera la noción del tiempo y la sensación de encontrarse en un lugar concreto, de ocupar un espacio en el mundo.

Tuvieron que abandonar el coche. Ni Benjamín ni Julia sabían conducir ni el Desconocido estaba en condiciones de hacerlo; Julia le había desinfectado y vendado la mano con alcohol y compresas que encontró en el botiquín del auto. Sudoroso y afiebrado, insistió en acompañarlos hasta llegar a Barcelona, donde entraron a pie, tres horas después del asalto. Aunque Benjamín se resistió a decirle exactamente adónde se dirigían, él no quiso dejarlos solos hasta guiarlos al hotel Continental, para evitar, dijo, que los detuviera alguna de las patrullas de milicianos que pedían la documentación a los transeúntes.

Los tres parecían los últimos supervivientes de una banda de forajidos: sucios, con la ropa rota por mil sitios, con manchas de sangre, los dos hombres con barba de varios días, el pelo un pegote amasado con barro y sangre, y con la expresión de quien sabe que lo van a atrapar en cualquier momento. También Julia tenía el aspecto curtido y despiadado de quien lleva meses o años escondido en el monte, acosado por perseguidores. Llamaban la atención incluso en aquella ciudad en guerra. Si se hubieran tumbado inmóviles en el suelo nadie hubiera pensado que estaban dormidos; quien pasara a su lado estaría convencido de estar viendo tres cadáveres.

Aunque la ciudad estaba aún menos destruida por los bombardeos que Madrid, le pareció que Barcelona estaba más en guerra, o que la guerra llegaba allí a más lugares; quizá porque no había paseo, avenida ni callejón que no estuviese poblado de banderas, rojas o rojas y negras, porque los himnos revolucionarios atronaban las avenidas y las plazas del centro, porque las calles estaban llenas de personas que podrían haber sido habitantes o invasores o las dos cosas, y también porque había larguísimas colas delante de las pocas tiendas que no habían cerrado. En Madrid había tenido la impresión de encontrarse en una ciudad en paz consigo misma y en guerra con un enemigo exterior, pero en Barcelona el frente, más bien los frentes, dividían la ciudad en pedazos; eso era: los edificios estaban más enteros pero la ciudad estaba más rota.

¿Cómo conjugar eso con la sensación de que había allí más alegría que en Madrid? Viendo y oyendo a los barceloneses se podía pensar que Barcelona era una ciudad al inicio de una guerra victoriosa, mientras que Madrid era una ciudad a la espera de una derrota inevitable.

El Desconocido se despidió a la puerta del hotel Continental. Dijo que tenía que ir a que le curasen la mano. Cuando Julia le preguntó cómo se llamaba, el Desconocido sonrió, dio unos pasos hacia atrás y le lanzó un beso. Después desapareció entre un grupo de trabajadores armados.

Benjamín preguntó por el señor Ortega en la recepción del hotel. El recepcionista, que tenía más aspecto de camionero que de empleado en un hotel, ancho de espaldas y de cráneo, con una barriga considerable y las manos manchadas de grasa, sacudió la cabeza al oír la pregunta.

–En este hotel no hay señores. En Barcelona tampoco. Y pronto no los habrá en Cataluña.

–Perdona, es la costumbre. Aún no nos hemos habituado a la libertad.

Al recepcionista le agradó visiblemente la respuesta. Sacó el libro de huéspedes de detrás del mostrador y lo giró para que Benjamín pudiese leerlo.

–Yo no sé leer ni escribir, y sin embargo miradme aquí, con un trabajo decente. Otro compañero que estaba en la celda conmigo cuando nos sacaron los anarquistas estaba condenado a muerte (me parece que había estrangulado a su madre); pues ahora está en el comité de gestión de una fábrica de sombreros. Para que veáis.

No había ningún Ortega entre los huéspedes. A Benjamín le temblaron las piernas y se le secó de repente la boca. ¿Se habría marchado ya? ¿O le habría sucedido algo al filósofo? Porque sin duda los anarquistas le apreciaban tan poco como los comunistas. Entonces se le ocurrió que quizá se había registrado bajo un nombre falso. Cuando leyó que había un huésped llamado Grasset, confió en haber encontrado a su hombre.

–Ah, ese. No ha salido de su habitación. Me da que está bastante enfermo. Tiene una cara como la de mi padre cuando le descubrieron un cáncer de estómago.

Benjamín escribió en un papel: «Compañero Grasset, por fin he llegado a Barcelona. ¿Podemos vernos un momento? Te traigo saludos de la familia de Madrid, que sigue resistiendo a los fascistas. ¡Viva la revolución! ¡Viva la FAI!».

El recepcionista les dijo que esperaran en el salón tomando un café, suponiendo que hubiese café. También les dijo que si querían darse un baño más tarde les prestaba una de las habitaciones para un rato. Y por unas pesetas podían quedarse un par de horas para darse un revolcón. Las camas, dijo, tenían unos colchones blandos como copos de algodón.

Se sentaron, como les había indicado el recepcionista, pero no apareció ningún camarero a ofrecerles café. Benjamín estaba nervioso. Por fin iba a encontrarse con el filósofo. Por fin iba a encontrarse con el filósofo. Por fin iba a encontrarse con el filósofo. Su cerebro se había atascado, era incapaz de pensar en otra cosa que el momento en el que estaría frente a frente con el gran hombre. Julia le dio un codazo.

–Tranquilo.

–¿Cómo voy a estar tranquilo? ¿Tú sabes quién está ahí arriba? El mayor filósofo que ha dado España. Me dirás que no es difícil ya que España casi no ha dado filósofos, porque no somos una nación de pensadores, sino de poetas y dramaturgos, gente que en lugar de pensar inventa historias o expresa emociones...

–Que sí, pero que te tranquilices.

–... pero él se puede medir también con los filósofos franceses, incluso con los alemanes.

Dos mujeres que estaban sentadas unas mesas más allá dieron una carcajada. La más joven hablaba español con acento inglés y palmoteaba incapaz de contener su entusiasmo; estaba contando a la mayor sus experiencias en España.

–Sí, mi querida, en el frente, y como esta es una guerra revolucionaria, fui permitida estar en la línea de combate, ¿puedes imaginar?, todo el día en las trincheras. Y los fascistas lanzaron un pequeño bombardeo y bastante fuego de ametralladoras..., fíjate qué suerte. Ha sido una visita muy interesante. De hecho, yo creo que nunca lo había pasado tan bien. Y mi marido..., bueno, él está feliz. ¡Es una guerra tan bonita!

El recepcionista les llamó dándoles una voz que resonó en los altos techos del salón.

–¡Eh! –cuando se acercaron a la recepción, porque él no parecía dispuesto a dar un paso de más y se había instalado en una cómoda butaca detrás del mostrador, añadió–: Que subas a verle. Lo que te digo: para mí que es cáncer.

Ya no era sólo el temblor de piernas. A Benjamín se le doblaron las rodillas.

—Venga, te acompaño –dijo Julia–. No hagamos esperar al genio.

La habitación del filósofo se encontraba casi a oscuras; las persianas bajadas apenas dejaban pasar unas láminas de luz que cortaban la negrura sin conseguir disiparla. Era un cuarto amplio, con muebles pesados, macizos, barrocos, más propios de una academia o ateneo que de una habitación de hotel. Un roce de ropas les reveló dónde se encontraba el filósofo: al fondo, de pie delante de un escritorio; vestía un traje oscuro, por lo que sus manos y su rostro, de una palidez extrema, parecían flotar en el aire.

Benjamín se acercó hacia él y le tendió las cartas de Azaña y de Cabanellas.

—Maestro... –musitó, sin atreverse a decir más.

El filósofo se aproximó a una de las ventanas, subió la persiana unos pocos centímetros, apenas lo justo para poder leer los papeles, que acercó al cristal extendiendo los brazos, como si no quisiera exponerse más de lo imprescindible a la luz, aunque Benjamín lo achacó a la vista cansada de aquellos ojos que tanto habían leído. El filósofo leyó las cartas varias veces, con leves asentimientos de cabeza, pasaba de una a otra sin levantar la mirada, gravemente; la luz permitía ahora apreciar lo demacrado de su rostro y las grandes ojeras; Benjamín descubrió algo pavoroso que le hizo sacudirse con escalofríos: en el vidrio de la ventana se reflejaban los muebles situados a espaldas del filósofo, pero no su cuerpo.

Benjamín reculó unos pasos hasta chocarse con Julia.

—Mira el reflejo. No está –le susurró.

Incluso Julia se crispó ante el extraño fenómeno. No era una ilusión óptica: los papeles revoloteaban espectrales en el reflejo, movidos por manos invisibles. Benjamín habría salido huyendo de aquel cuarto sobrenatural si no le hubiese detenido la voz del filósofo, una voz sonora y algo ronca a la vez, que parecía salir no de su boca sino de un lugar situado un metro por encima de su cabeza.

–Mi querido mozo, España no existe como nación, y por eso es absurdo proponerme como presidente de una nación inexistente; porque ¿cuál sería mi papel en tal república imaginaria? Si aceptara esta oferta que tanto me honra –hizo un amago de reverencia, quizá irónica–, podría encontrarme en la situación de aquel rey que se paseaba desnudo ante sus súbditos hasta que uno de ellos, más lúcido o menos sumiso que los otros, se puso a reír y a gritar la desnudez del rey; ¿con qué aplomo desmentiría al primero que pusiera en duda mi presidencia si yo mismo soy consciente de que mis señoríos son castillos en el aire? España no existe, hijo mío, más que como un fantasma que acostumbra desvanecerse cuando nos proponemos sujetarlo con las manos. España hay que crearla, lo que puede fomentar un patriotismo sano, ya que el auténtico patriotismo no es el apego a la tierra de nuestros padres, a sus logros y sus tradiciones, sino el amor a la tierra de nuestros hijos, es decir el amor por algo que no existe aún, pero que podría existir si todos trabajamos juntos. La patria es el conjunto de virtudes que faltó y falta a nuestra patria histórica, lo que no hemos sido y tenemos que ser...

En ese instante empezó a suceder algo que resultó a Benjamín vagamente familiar; el filósofo se había separado del suelo unos centímetros como aquel seminarista cuando caía en trance, pero en el caso del filósofo el fenómeno de levitación no causaba sensación de ligereza, sino que le daba un aspecto amenazador, de criatura capaz de aumentar de tamaño para asustar a sus enemigos. A pesar de todo, Benjamín se atrevió a interrumpirle:

–Por eso mismo tendría que ponerse usted al frente de ese proyecto. Usted no ha visto la locura...

Un gesto autoritario con la mano bastó para silenciarlo.

–Es demasiado pronto. He venido a Barcelona, donde mi vida corre serio peligro, y te he recibido para que luego no vayan diciendo mis adversarios que he huido por miedo, que eludo mis responsabilidades. Pero aún no puedo hacer nada. Gravitan sobre nosotros tres siglos de error y hasta que no seamos conscientes de ello no sabremos construir un zócalo suficientemente sólido para el edificio de la nación. El dolor es necesario a este país que cree tener un derecho innato a la alegría, sin darse cuenta de que la alegría es la cosecha, que no podría fructificar sin la labor previa del dolor y la amargura.

—Pero, maestro, los españoles se están matando. Hay que detener la guerra.

El filósofo aterrizó suavemente; su rostro pasó de la severidad a la tristeza, de la amenaza a la resignación. Ya no parecía un cadáver o el fantasma de un cadáver, sino tan sólo un enfermo desahuciado.

—Yo nunca he estado en contra de la guerra en sí. La guerra es una función natural del organismo humano. La fuerza de las armas no es fuerza bruta, sino fuerza espiritual. Un buen ejército es una de las creaciones más maravillosas de la espiritualidad humana. El pacifismo es inmoral mientras sea un mero deseo sin los instrumentos necesarios para resolver los inevitables conflictos entre naciones. Me he opuesto a guerras concretas que violentaban la voluntad de un pueblo. Pero esta guerra no la violenta, es más, la satisface. España no existe, te decía, porque aquí se han instalado dos concepciones tan irreconciliables de lo que debe ser, que son incapaces de concebir el futuro sin el exterminio del oponente.

—Y usted prefiere largarse y no luchar, o sea que cree en la guerra pero no va a ella; que se maten los otros —dijo Julia.

El filósofo arrugó el rostro y se llevó una mano al hígado. Su respiración se hizo jadeante, su voz dejó de flotar por encima de su cabeza, regresó a los labios ahora ligeramente temblorosos cuando continuó su discurso:

—Porque ninguno de los dos bandos tiene la verdad; esto, me dirá, querida señora, es una perogrullada, porque nadie detenta nunca la verdad, sino tan sólo se limita a creer o decir lo que una determinada perspectiva le permite apreciar; y es la suma, la mezcla si prefiere, de perspectivas la que puede acercarnos a la verdad; pero los españoles no saben sumar, nadie les ha enseñado a hacerlo, y pretenden progresar mediante la sustracción; piensan que sólo el enfrentamiento que destruya la perspectiva opuesta les permitirá extraer la verdad. Llegados a este punto, el diálogo y la síntesis son imposibles. Las Cortes han perdido su función y el campo de batalla se ha convertido en el escenario supremo de la política –al decirlo pareció que iba a levitar de nuevo, pero sólo levantó los tacones del suelo.

–Vámonos, Benjamín. Vámonos de aquí.

Benjamín se resistió a la mano con la que Julia le tiraba de la manga.

–Uno de los bandos ha entendido que España necesita un partido único, nacional, para aunar todas las voluntades, un partido gigante que anule los particularismos y se convierta en instrumento de la construcción de una casa común, en la que cada uno exprese sus necesidades; ese partido sería como el arquitecto que, después de escuchar a todos los futuros moradores de un edificio, levanta las sólidas paredes que deben albergarlos y procurarles bienestar.

–No va a hacer nada –dijo Julia–. Vamos a tener que aguantar sus discursos pero no va a mover un dedo.

El filósofo no oyó o fingió no haber oído y continuó en el punto en el que le habían interrumpido.

–Pero el error de ese bando es el apego al pasado, a una patria tan gloriosa como imaginaria, a valores medievales, a un catolicismo absorbente y acaparador. El otro bando, más volcado hacia el progreso y la modernidad, no ha sabido evitar la tentación de coquetear con la revolución que, si en abstracto es un fin noble, pues pretende librar a los más desamparados del yugo de la opresión, en concreto genera horrores y crímenes; por tal razón siempre he defendido la existencia de partidos revolucionarios que, despertando en las clases poderosas el miedo a la revolución, las impelan a aceptar las reformas que harían aquélla innecesaria.

¿Había encogido de tamaño? ¿Empezaba además a disiparse su imagen, a perder densidad, incluso a transparentarse, a la altura del pecho? El filósofo, como para ocultar aquella metamorfosis indigna, volvió a bajar la persiana y se retiró al fondo del cuarto tras devolver las cartas a Benjamín.

–El dolor será el abono... –por primera vez hizo una pausa en medio de una frase; hasta ese momento, incluso tras perder consistencia material, había pronunciado cada oración como si la estuviese leyendo o la hubiese aprendido de memoria para decirla en una conferencia–, el abono… para reimpulsar el dinamismo de la raza. Cuando la masa haya perdido la seguridad, el confort, cuando haya abandonado sus ideas, que no son tales, porque no buscan la verdad, y elija la acción disciplinada, con un objetivo marcado por los mejores…, entonces… ¿no es cierto? España volverá a ser una nación, con un Gobierno que no sea –se le alegró fugazmente el rostro al recordar una de sus frases afortunadas, que Benjamín había leído alguna vez en un periódico– un conjunto de partidos fantasmas, que defienden los fantasmas de unas ideas y que, apoyados por las sombras de unos periódicos… eeeh, ¿cómo seguía? ¿Tú te acuerdas?

–Hacen marchar unos ministerios de alucinación.

–Eso es; eso es. Brillante, ¿verdad? Pero nadie quería escucharme, los políticos han dejado de prestar atención a los profetas, se han convertido ellos mismos en profetas y los profetas se meten en política. Yo mismo cometí ese error…

–Maestro…

–Maestro, como Aristóteles lo fue de Alejandro, yo habría podido serlo de… ¿cómo se llamaba aquel general? Da igual…, de cualquier manera, no puedo, no puedo aceptar el honor, que sólo sería eso, un honor vacío el de presidir un país imaginario…, la circunstancia sería tan disparatada que volvería ridículo a mi yo…

Camuflado en las sombras, el filósofo sólo mantenía su presencia mediante unas manchas blanquecinas que podrían haber sido meras ilusiones que desaparecerían tras frotarse los ojos. También la voz se desvanecía como sucede con algunas emisoras de radio que poco a poco van siendo absorbidas en un fondo de electricidad estática.

–España… guerra… nación… futuro… raza… sacrificio… virtudes… progreso… Europa…

Aún se escuchaban algunas palabras, cuentas desperdigadas de un collar roto, inútiles, impotentes, superfluas.

Benjamín, seguido de Julia, abandonó el cuarto con las cartas en la mano. Salió del hotel, caminó sin rumbo. Ni siquiera percibía que Julia lo acompañaba. Caminaba porque sus piernas se movían sin necesitar la ayuda de su consciencia. No tenía meta, ni propósito, ni esperanza. Iba acumulando calles, edificios, descampados, vehículos, personas a sus espaldas como para borrar hasta la memoria de lo sucedido. Llegaron al mar tan sólo porque a sus piernas les había resultado más fácil caminar cuesta abajo. Como no podía continuar de frente, torció a la izquierda; no miraba los barcos, ni a los obreros en los espigones, ni la carga y descarga de lo que fuese y que no le interesaba lo más mínimo.

Un par de horas duró su trayecto sonámbulo. Se detuvo sin razón aparente en una playa pequeña, bordeada de un par de humildes casas de pescadores. Se sentó, de cara al mar.

–Ha muerto –dijo–, el filósofo estaba ya muerto. ¿Te has dado cuenta? Y un cadáver no puede hacer nada.

Julia no respondió, se limitó a sentarse a su lado, a enlazarlo por un brazo. Con la mano libre tiraba al agua los guijarros que acababa de recoger.

10

Toda la verdad

–Mi padre era un coronel –dijo Julia.

–Era.

–Sí, era. Hasta el último momento no supo de qué lado ponerse. Vivíamos en un piso él y yo solos. Mi madre murió cuando yo tenía doce años. Acabábamos de llegar a la ciudad, que era un nuevo destino de mi padre. No conocíamos a nadie todavía.

–Esta historia que me cuentas...

–¿Sí?

–¿Es verdad o te la estás inventando?

–Nada es verdad, pero no me la estoy inventando. ¿Sigo?

–Sigue.

–No nos llevábamos mal, aunque él no sabía muy bien cómo comportarse conmigo. Habría sido mucho más fácil si yo hubiera sido chico. Para él las mujeres eran madres de familia o material para llevarse a la cama. Y yo no encajaba en ninguno de los dos conceptos. Quizá porque hacía como si no fuese del todo una chica me permitió estudiar, me contaba batallas de cuando estuvo en África, me enseñaba el funcionamiento de las armas, aprendí a tirar bastante bien. Salíamos al monte y hacíamos lo que él llamaba «ejercicios de supervivencia»: podíamos pasar una semana viviendo de lo que daba la tierra, aunque es verdad que a veces hacíamos trampa y robábamos en algún huerto.

»Le fueron a buscar a casa el mismo día del alzamiento; no había ido al cuartel porque tenía un resfriado y querían saber de qué lado estaba. Lo malo es que no sabía de qué lado estaba. No sentía ninguna simpatía por la República pero tampoco por los alzados. Tan sólo admiraba al ejército, para él las únicas virtudes eran las castrenses. No era muy inteligente, mi padre, tampoco muy malo. Les dijo que había jurado lealtad a la República y que por eso no podía alzarse contra ella, aunque les deseaba suerte.

»Eran dos coroneles los que habían ido a buscarle. Uno de ellos, que tenía voz de locutor de radio, como pude oír, porque yo estaba del otro lado de la puerta escuchándolo todo, le dijo que se metiese sus buenos deseos en el culo. Que lo que necesitaban de él era que proclamase la rebelión en su acuartelamiento. Mi padre repitió que no podía hacerlo, y le oí decir que tampoco lo haría aunque le apuntase con la pistola. Y el otro le respondió que no le dejaba ninguna opción.

»Lo bueno de ser mujer es que nadie te toma en serio. Ya sé que a veces es una desventaja, pero también te da cierta libertad. Cuando entré en el despacho, el que apuntaba a mi padre incluso me sonrió como si quisiera indicarme que todo era una broma. El otro dijo: chica, sal de aquí ahora mismo. Disparé primero al que empuñaba la pistola, claro. Dos tiros, como me había enseñado papá: uno al pecho y otro a la cabeza. El otro coronel vio caer a su compañero, que hizo un ruido terrible, mayor que los disparos, como si no fuese un cuerpo hecho de huesos y carne sino de madera. Me enseñó las manos para mostrarme que él no iba armado, pero de todas formas le di dos tiros, pecho y cabeza, por ese orden. Mi padre temblaba; incluso la mano que tenía apoyada sobre el escritorio vibraba muy deprisa.

»Tenemos que irnos, papá, le dije. Él tardó un buen rato en hablar, no sabría decirte cuánto, pero yo ya estaba pensando que quizá se había quedado embobado para siempre, con aquel tembleque y los ojos asombrados.

»Cuando consiguió decir algo, fue: debo ir al cuartel. Debo hacerme cargo. Yo intenté convencerle de que no tenía sentido; por lo que le habían dicho sus compañeros prácticamente todos los cuarteles de la región se habían puesto del lado de los golpistas. No me hizo ni caso. Llamó al Estado Mayor para asegurar su lealtad y se puso en camino hacia el cuartel. Quedamos en encontrarnos en una cabaña que los dos conocíamos bien porque nos habíamos refugiado en ella más de una vez. Tres días fue el plazo que nos dimos: si en tres días no aparecía, él o un mensajero con una nota manuscrita suya, debía considerar que lo habían fusilado o que estaba en prisión, aunque dudaba de que no lo ejecutasen inmediatamente.

»Yo, la verdad, creo que hice las cosas bastante bien. El único error que cometí fue no llevarme una pistola conmigo. Y es que, aunque por lo que te estoy contando puedes pensar que actuaba con frialdad, esto que oyes es sólo un resumen. En realidad, actuaba como una autómata; hacía cosas que sabía que debía hacer, pero tenía la cabeza como si acabara de despertarme en un lugar desconocido y no recordara cómo había llegado allí.

—Y tu padre no se presentó.

—Le esperé una semana, aunque sabía que era inútil. Pero tampoco tenía ni idea de adónde ir. Un día que había salido a cazar, al regreso, me encontré con que la cabaña estaba ocupada por un grupo de falangistas. Un detalle tonto: uno de ellos hacía guardia a la puerta de la cabaña y había atado a su bayoneta unas bragas mías a modo de bandera.

»Me fui con lo puesto. Decidí evitar las ciudades y que, si me detenían, me haría pasar por loca porque pensé que si daba un nombre falso y me inventaba un domicilio, corría el riesgo de que lo comprobasen y sospecharan que tenía algo que ocultar. Al cabo de unas semanas me encontré contigo.

Julia se quitó los zapatos. A Benjamín le hubiera gustado que Julia siguiera contando, escuchar de sus labios la historia del encuentro y de las semanas que habían pasado juntos, asistir otra vez a los distintos episodios compartidos, pero no mediante el recuerdo, sino que le fuesen narrados como si le hubiesen ocurrido a otro e intentar identificarse con ese otro que le iría descubriendo ella con sus palabras. Él también se quitó los zapatos.

Varias barcas de pescadores se alineaban en la arena separadas por largas ristras de redes. El mar estaba en calma y Benjamín no sabía por qué las barcas no habían salido a faenar. A lo mejor los pescadores estaban luchando en alguna trinchera embarrada en lugar de izar redes llenas de pescado o habían muerto en tierra, ellos que seguramente habían temido a la muerte en el mar.

Julia se levantó, se sacudió la arena de la ropa y le tendió una mano.

–Ven.

Los dos se aproximaron al borde del agua. Julia le pasó un brazo por la cintura. Tres gaviotas que se balanceaban en el agua alzaron el vuelo y ellos las siguieron con la mirada hasta que dejaron de verlas. Benjamín tuvo una sensación muy intensa de que estaba a punto de sentir eso que tanto había echado de menos, que la próxima vez que respirara los pulmones se le llenarían de un aire nuevo, un hormigueo le recorrería de arriba abajo, como sucede unos segundos después de salir de un arroyo de montaña, y desde ese día su vida sería distinta.

–Mete los pies en el agua –dijo Julia.

Benjamín contempló los pies de ella, y los propios, mucho más grandes y con los dedos más torcidos, rojos de frío.

–¿Por qué?

–Para que te guste el mar tienes que meter los pies en el agua.

Avanzaron unos pasos sin separarse. Él le echó un brazo por encima del hombro. Le habría gustado besarla, pero no se atrevió. Una ola llegó deslizándose por la arena y cubrió sus pies. Sentía el frío del agua en las rodillas aunque sólo le cubría hasta los tobillos. Regresaron a sentarse en la arena. Se estaba levantando un viento desapacible, áspero, que sacaba crujidos de la madera de las barcas y levantaba ráfagas de espuma. Julia le secó los pies con su falda de lona. Era tan cariñosa con él que Benjamín sospechó que le iba a abandonar.

–Tendré que ir a Valencia, supongo.

–La herida, parece que se ha curado. Mira, está seca.

–Ya no sé para qué, pero tengo que hacerlo.

–Supones, no sabes para qué, pero tienes que ir.

–Será que me he vuelto republicano.

–A mí tampoco se me ocurre para qué. Tu misión ha terminado. La guerra va a continuar, y tú no sirves para la guerra. Si ni siquiera estás convencido de cuál es tu bando.

–A lo mejor se puede hacer aún algo. Por eso tengo que ir a Valencia, convencerme de que no... ¿vas a venir conmigo?

–Estamos a menos de doscientos kilómetros de la frontera.

–Yo no puedo irme. Me remordería la conciencia el resto de mis días.

–Hemos tenido suerte hasta ahora. Pero no podemos saber cuánto tiempo.

–¿De verdad me vas a dejar solo?

–De verdad.

No había mucho que añadir. Benjamín no podía intentar convencerla de algo de lo que él mismo no estaba convencido. La guerra iba a continuar. Los hombres seguirían muriendo inútilmente, persiguiendo un fantasma, la idea absurda de un futuro que sería por fuerza distinto de cualquier cosa que imaginaran. Se mataban para lograr un país en paz, pero cuanto más se matasen más terrible sería el lugar que estaban edificando entre todos. Creían luchar por un hogar mejor y estaban construyendo un nido de ratas en el que se apiñarían los supervivientes.

Julia le dio un codazo suave en un costado.

–¿Bailas?

–Bueno.

Se sacudieron la arena de la ropa. Julia acercó la boca a su oreja y comenzó a canturrear algo que años después Benjamín sabría que era un bolero. Ella lo guiaba, despacito, dándole tiempo a entender los movimientos y el ritmo. Lo empujaba con dulzura, lo atraía hacia sí, sin separar el pecho del suyo ni los labios de su oreja. Al cabo de poco tiempo ya no hacía falta que lo guiara. Benjamín anticipaba los movimientos, era la música y no el cuerpo de Julia el que los dictaba, y no pasó mucho rato antes de que fuese ella la que adaptara sus pasos a los de Benjamín.

–Ya no cojeas.

–Es verdad. No cojeo.

Fue el bolero más largo que bailara jamás Benjamín, aunque, según me contó, se aficionó tanto al baile, y en particular a aquella música, que continuaría bailando boleros el resto de su vida.

–A las mujeres les gustan los hombres que saben bailar –me dijo Benjamín–. Yo ya lo había intuido, pero es verdad. Pude comprobar que es verdad. Nunca me faltaron las mujeres. Y todo por saber bailar el bolero. Las conquistaba con una facilidad pasmosa.

–A Julia no.

–No, a Julia no.

–Se fue, ¿verdad?

–Sí, Julia se fue. Esa misma tarde. La acompañé a comprar pintura, un bote de tres litros, y una brocha. Nos despedimos, en el arcén de la carretera de la costa, con un largo abrazo. Cuando lo recuerdo, aún escucho el grito de las gaviotas y noto que el pelo de Julia se me mete en los ojos. Antes de irnos, como puedes suponer, le hice la pregunta:

»–Julia, ¿fue una casualidad que nos encontrásemos?

»Ella sonrió. No le podía ver la cara, porque seguíamos abrazados, pero la conocía ya tan bien que sé que estaba sonriendo.

»–¿Preferirías que hubiese sido una casualidad o que nuestro encuentro hubiese estado planeado?

»–No sé, no estoy seguro. Si todavía creyese en ángeles...

»–¿Te has vuelto republicano y ateo?

»–Si todavía creyese en ángeles, pensaría que eres mi ángel de la guarda.

»Dio una carcajada y se apartó de mí para mirarme a la cara. Parecía feliz.

»–No seas cursi –me dijo. Pero yo creo que estaba conmovida. Yo, desde luego, lo estaba.

–Y se fue –me dice Benjamín–. Julia se fue. ¿Sabes cómo lo hizo? –da cuerda a un reloj; hacía mucho que no presenciaba el acto de dar cuerda a un reloj, ese movimiento del índice y el pulgar que parece anacrónico en un mundo con internet y videoclips, un acto que habla de una época en la que el tiempo discurría más despacio. A mí me gusta entrar en la relojería precisamente para escapar a las prisas, para olvidar la estridencia y la velocidad; a través del escaparate se ve la calle de Toledo, pero pertenece a otra dimensión, a otras coordenadas espacio-temporales; aquello es el presente, un presente cortante, fugaz, siempre al borde de ser futuro, el momento siguiente; un mundo en constante persecución poblado de conejos que corren sin parar tras la zanahoria que alguien les ha colgado frente a las narices. Al entrar en la relojería mi respiración se ralentiza, también lo hacen mis movimientos; la moqueta del suelo absorbe cualquier tentación de velocidad; el tictac de los relojes no es un comentario al futuro, sino al pasado, habla, claro, de la fugacidad, pero no evocando el *carpe diem,* el ansia de vivir intensamente, sino el *sic transit,* un pasado prisionero de una nostalgia engañosa.

–No, no sé cómo escapó. Aún no me lo has contado.

–Compró un bote de pintura y una brocha. Pensaba caminar hasta cerca de la frontera pintando en las fachadas y en las carreteras «Viva la FAI». Estaba convencida de que así nadie la detendría. Después aprovecharía la noche para pasar a Francia.

–¿Y lo consiguió?

Benjamín deposita el reloj sobre el mostrador.

–¿Cómo quieres que lo sepa?

–¿No os habéis vuelto a ver? ¿No has sabido nada de ella?

Consulta su propio reloj, que lleva con la esfera en la parte interior de la muñeca. Son las dos de la tarde, dicen, minuto más o menos, todos los relojes que cuelgan de la pared. Benjamín se levanta con dificultad. Quien haya leído hasta aquí tendrá en la cabeza la imagen de un Benjamín joven, pero con quien yo estoy hablando es ya un anciano, canoso, pequeño, frágil.

–Otra de esas frustrantes novelas con final abierto –dice con una resignación que parece fingida o irónica–. A no ser que quieras escribirlo tú. Inventarnos un reencuentro años más tarde, una relación apasionada que nos haga olvidar nuestros fracasos. También podrías imaginar a Julia una vida de aventuras en la resistencia contra los nazis, a mí no, claro, pero a ella; y que fuese de origen judío, ¿qué te parece?, una de esas cosas que emocionan mucho a los lectores, a los que tanto les gusta identificarse con las víctimas, con los perdedores, aunque en la vida real sólo quieren ganar y ganar. ¿Te has dado cuenta? Las novelas de más éxito tienen como protagonista a un perdedor.

–¿Y Azaña? ¿Lo encontraste cuando fuiste a Valencia?

Por primera vez me parece descubrir en la expresión de Benjamín una cierta amargura, rencor incluso, que sospecho dirigido hacia mí.

–Tú sabes de sobra dónde estaba, ¿no?

Asiento avergonzado. Sí, lo sé. Cuando Benjamín se encontró con el filósofo, Azaña estaba en el monasterio de Montserrat, a pocos kilómetros, y no regresó a Valencia hasta muchos meses más tarde. Mala suerte, Benjamín.

Él rodea el mostrador y me abre la puerta, invitándome claramente a que me marche. Lo hago, pero a las cinco y media de ese mismo día regreso a la relojería. Me quedan muchas preguntas por hacerle. ¿Qué hizo después de separarse de Julia? ¿Regresó a Valencia? ¿Volvió a ver a Azaña? ¿Combatió en alguno de los dos bandos? Me parece recordar que, de pasada, una de las primeras veces que hablamos, me había comentado que estuvo en México. ¿Vivió allí como exiliado?

Estoy tan distraído repitiéndome las preguntas mentalmente que cruzo la calle sin mirar. Una furgoneta de reparto me saca de mi ensimismamiento con el chirrido de sus frenos, patina hacia mí, tengo que dar un salto para esquivar el atropello, aterrizo entre dos coches aparcados, tropiezo, caigo de bruces y me golpeo una pierna contra un parachoques; me incorporo cojeando y con los ojos llenos de lágrimas; dos chicas jóvenes, que han visto la escena, dan una carcajada, malditas sean.

Cuando entro en la relojería me encuentro con un desconocido detrás del mostrador.

–¿Benjamín?

–¿El viejito? –me responde el hombre con acento argentino–. Se marchó. Me traspasó la relojería. ¿Le había dejado algún reloj para arreglar?

–Tendrá usted su dirección, o su teléfono.

–Se marchó, le digo. Salió de aquí hace un momento con una maleta de esas de ruedas. Le pregunté si se iba de España y me dijo que no podía irse de un país inexistente. Simpático, pero un poco piantado el viejito.

Y yo no le había preguntado por las máscaras, no sabía si las había vuelto a ver, si les había encontrado una explicación...

Salgo a la calle. Serán ceniza, pienso, y decido poner ese título a la novela.

Pero luego eso cambió, como tantos otros propósitos que tenía al inicio del trabajo; al escribir se da uno cuenta de que las cosas no son como había imaginado. Tampoco son como uno quisiera. Y tampoco como las ha escrito. La literatura y la realidad se alejan cuanto más quieres acercarlas. Y viceversa.

Agradecimientos

Son muchas las personas a las que he consultado durante la escritura de *La comedia salvaje* y también tras haberla terminado. Gracias a ellas esta novela es mejor de lo que sería de no haber contado con su ayuda.

Palmar Álvarez me animó cada vez que me desanimaba escribiendo esta comedia brutal que, sin mostrar la realidad, me ponía en contacto con una realidad desaforada e inabarcable. Antonio Ballesteros, Enrique de Hériz, Juanmax Lacruz, Rosa Montero y Santiago del Rey leyeron el manuscrito y lo enriquecieron con sus sugerencias. Claudio Guthman, Gachi de Luis, Antonio Sarabia y Juan Gabriel Vásquez me ayudaron a corregir el habla de ese comando alucinado que compone el Comité Antiimperialista Revolucionario Latinoamericano. María José Balbuena y Chus Fernández me acompañaron durante parte del viaje que hice desde Asturias a Madrid para familiarizarme con los paisajes que debió de ver Benjamín durante el suyo. Y Bernabé Balbuena me contó pacientemente cómo era la vida en un centro marista de la posguerra.

Notas, bibliografía y una aclaración

Han pasado trece años desde que publiqué por primera vez esta novela, y podría parecer que es muy poco tiempo como para que requiera añadirle aclaración alguna. Sin embargo, las cosas han cambiado en España mucho desde entonces, tanto que ni siquiera estoy seguro de que la escribiría hoy.

Desde 2009, ideas e imágenes que parecían insignificantes residuos del pasado se han vuelto el eje de numerosas discusiones políticas. La extrema derecha, eso que también parecía cosa de tiempos que no volverían, ha reaparecido y normalizado elogiar el franquismo o el falangismo, ataca frontalmente la democracia y muchos de los derechos conquistados. Por otro lado, la derecha tradicional ha ido resbalando peligrosamente en la misma dirección para no dejarse arrebatar los votos que yacían ocultos en la nostalgia autoritaria de parte de la población.

Cuando escribí *La comedia salvaje,* aunque suponía que podría ofender a más de una persona –y lo hizo–, me pareció que, después de setenta años desde el fin de la guerra civil, cuando las trincheras parecían ir llenándose de polvo, era el momento de reírse de los discursos heroicos, de no tomarnos tan en serio, tampoco a los propios correligionarios. La autocrítica, la autoironía, la sátira incluso de personas o grupos a los que admiraba o cuyas ideas compartía tenían que encontrar su espacio.

Pero de pronto se vuelve a hablar de fascismo y comunismo como si no hubiese pasado el tiempo; de pronto, o quizá no tanto, las trincheras parecen mucho más profundas. Yo también estoy más atrincherado de lo que estaba entonces. Y quizá hoy me costaría dar posible munición a esa derecha radicalizada convirtiendo en esperpento la defensa de Madrid, las Brigadas Internacionales o el sacrificio de los milicianos. La persona politizada que soy se sentiría incómoda con el escritor que también soy.

Pero el escritor sabe cosas que yo no sé, siempre ha sido así, no sólo en mi caso: tenemos muchos ejemplos en la historia de la literatura que demuestran que el escritor tiene más visión que la persona que es cuando no escribe. El escritor José Ovejero se adentra en rincones en los que yo no me atrevo, destapa verdades que mi razón niega, se atreve a jugar con monstruos que a mí me quitan el sueño. A pesar de todo, o precisamente por eso, confío en él. Aunque yo no sepa justificar sus decisiones, tengo que darle la palabra y permitirle que me empuje a los terrenos más resbaladizos. Los escritores, las escritoras, tienden a decir cosas que a menudo sólo entienden y se entienden de verdad más tarde. Así que puede que hoy no me atreviese a escribir *La comedia salvaje,* pero, entre nosotros, tengo que confesar que me alegro de haberlo hecho.

Una última aclaración: *La comedia salvaje* es un libro de ficción. En ningún momento pretende ser una recreación realista, ni siquiera verosímil, de sucesos históricos. Y sin embargo sí creo que en el disparate y el esperpento se encuentran verdades; en plural, no una verdad única ni solemne, pero la imaginación, también la más desbocada, es una herramienta para acercarse a aquello que resulta difícil aprehender mediante los datos, mediante la verdad histórica.

Pero la imaginación no se da en el vacío. Y para subrayarlo he querido, en esta reedición, añadir la bibliografía que utilicé para escribir la novela.

Y como cuando hablamos de disparates y esperpentos pensamos enseguida en distorsiones de la realidad que salen de la mente de quien escribe, quería dejar constancia de que no es así. La realidad es un disparate; y la guerra, cualquier guerra, lleva al extremo todo lo que hay de grotesco y absurdo en el comportamiento humano. La épica suele ocultar las disonancias en un discurso aleccionador. Y esta es una novela antiépica. Así que también he querido añadir aquí unas notas, quizá desordenadas, y en algún caso no apunté el número de página (lamento aquel descuido, pero no lo suficiente como para buscar ahora cada cita), que no servirían para sustentar un ensayo histórico, pero que ilustran que, a la hora de imaginar situaciones delirantes, me costó un esfuerzo extraordinario competir con la prodigiosa y terrible creatividad de lo real.

NOTAS

–Sobre las críticas de Azaña a Ortega, Juliá, pp. 205-206.

–Sobre la desconfianza de Azaña en ganar la guerra, Losantos.

–Azaña pasó las últimas semanas de su vida con alucinaciones y manía persecutoria; se atrincheraba en casa, temía que lo secuestrasen –lo que no era descabellado, había un plan para secuestrarlo–. Malraux –citado por Losantos–, menciona que Azaña, al que visitó cuando ya estaba muy enfermo, preguntó: «¿Cómo se llamaba ese país del que yo era presidente?». A mí ese olvido me pone la carne de gallina.

–Sobre los chistes que se hacen sobre Cabanellas, ver Cabanellas nota 34, p. 343. Este libro da una detallada versión –quizá no del todo objetiva– sobre el progresivo aislamiento del general. También, Thomas, pp. 254 y 456.

–Esta frase del capitán Aguilera sobre las alcantarillas, que reproduzco casi literalmente, está citada en varias obras, entre otras Preston, pp. 190-191. Otra de las frases del capitán, que era uno de los jefes de prensa de Franco, fue «Matar, matar y matar a los rojos; exterminar un tercio de la población masculina y limpiar el país de proletarios», Beevor, p. 129.

–Sobre el paraguas de Beorlegui, Thomas, p. 410. También cuenta Thomas que Beorlegui, cuando vence y encuentra moribundo a un comandante amigo que está en el lado rojo, le dice que tiene suerte de morirse, porque si no habría tenido que fusilarlo.

–Sobre los sucesos de Valladolid –patrullas del amanecer–, y el puesto de churros en el lugar de los fusilamientos, Thomas, p. 288, citando a Iturralde, y Beevor, p. 137. Iturralde en el volumen I de su obra también se refiere a la brutalidad de la represión en Valladolid, pp. 107-110.

–Sobre las discusiones entre requetés y falangistas en cuanto a si se debía confesar a los rojos que iban a fusilar, Beevor, p. 131. .

–«El gran error que han cometido los franquistas al empezar la guerra civil española ha sido no fusilar de entrada a todos los limpiabotas. Un individuo que se arrodilla en el café o en plena calle a limpiarte los zapatos está predestinado a ser comunista. Entonces ¿por qué no matarlo de una vez y librarse de esa amenaza?» De una entrevista del capitán Aguilera con el periodista inglés Peter Kemp.

–El discurso del sacerdote ante el puesto de churros resume las ideas de parte de la Iglesia española, en el sentido de que la guerra era purificación, sacrificio y expiación de los pecados de España. Ver Juliá.

–El discurso del oficial rebelde antes de que sus soldados violen a Julia es en buena medida parte de un discurso de Queipo de Llano en la radio: «Nuestros valientes legionarios y regulares han enseñado a los cobardes de los rojos lo que significa ser hombre. Y, de paso, también a las mujeres. Después de todo, estas comunistas y anarquistas se lo merecen, ¿no han estado jugando al amor libre? Ahora por lo menos sabrán lo que son hombres de verdad y no milicianos maricas. No se van a librar por mucho que forcejeen y pataleen (...)», Gibson.

–El bombardeo con sandías y melones se encuentra mencionado en Thomas.

– «Satanás ha sido soltado...», cita casi literal del Apocalipsis, 20, 7.

– «Atended, llamad a las plañideras...», cita casi literal de Jeremías, 9, 17-19.

–«Y a quien lleve bigote»; sobre el asesinato de gente por llevar bigote, corbata o sombrero –que les hacía sospechosos de derechistas– hay numerosas referencias en la historiografía, por ejemplo, Thomas, p. 325. También sobre el hecho de que el sindicato de sombrereros, anarquista, llamó a que se dejase de considerar el sombrero como una prenda burguesa.

–«Venían de la capital para pasar un buen rato...» Sobre el turismo de los milicianos que van a Toledo a pasar unas horas dando tiros –a veces con prostitutas– se encuentran referencias en varias de las historias de la guerra ya mencionadas; por ejemplo, Cabanellas pp. 310-311.

–Es el periodista Hugo Slater el que va al asedio del Alcázar en un Rolls Blanco (he traspapelado la fuente).

–«Yo, quinientos pitos.» Sobre esta descabellada solicitud de silbatos, Cordón, p. 242.

–«¿Sabe usted quién fue Arquímedes?»; sobre la propuesta de construcción del espejo parabólico para quemar el Alcázar –que en realidad fue rechazada–, Cordón, p. 242.

–«Era una fábrica de condones.» Sobre la fábrica de condones y caretas antigás, ver también Cordón.

−«Quiero que pongas el pan...», sobre esta forma de automutilación, Abella, I, y Zugazagoitia. A quien fingía haber sido herido lo fusilaban.

−El demonio Cimerio es obviamente Millán Astray, Abigor es José Antonio y uno de los comensales de Berith es Juan March, financiador de la rebelión.

−«Somos el Comité Antiimperialista...»; no existía dicho comité, pero sí el Comité Antiimperialista Revolucionario Cubano, al que perteneció mi abuelo.

−«Los hombres mueren...»; la frase es de Enrique Líster.

−«... se fue concretando en el aire con el ritmo de un pasodoble.» El tercio y los regulares solían entrar en los pueblos que conquistaban con música de organillo y pasodoble, Abella I.

−«En cumplimiento del bando del 4 de septiembre...» Dicho bando ordenaba la incautación y destrucción de todas las obras de cariz marxista o socialista en las bibliotecas; Junta, Decretos y órdenes.

−«... España se convertirá en un país de imbéciles»; cita de Carlos Rojas en «¡Muera la inteligencia! ¡Viva la muerte! Salamanca 1936», Planeta, 1995; recogida por Eslava, p. 127.

−«... el temperamento de los españoles, amantes de la tragedia...» Es Palacio Valdés el que afirma, refiriéndose a *El gran galeoto:* «El temperamento de los españoles, amantes de la tragedia, hace necesario forzar los sentimientos a expensas de la verdad», leído en el prólogo de la edición de Castalia a *El gran galeoto.*

−«Cavar trincheras les parece...»; sobre los milicianos que se niegan a cavar trincheras, porque lo consideran de cobardes, Thomas p. 408. Los testimonios sobre la falta de disciplina de los milicianos y de su incapacidad para entender las necesidades de la guerra son muy abundantes.

–Sobre la vida en el hotel Florida, Dos Passos, entre otros muchos.

–«... cuando no llegan las balas para todos, repartimos de fogueo»; Zugazagoitia, p. 204: (ante la escasez de munición). «En un armario de nuestro periódico habían quedado, de los días del Cuartel de la Montaña, algunos paquetes de una munición especial, sin bala, sólo de pólvora, utilizada, al parecer para el aprendizaje de tiro. Ante nuestra sorpresa, nos contestaron: "Es igual. El caso es que podamos seguir disparando. Soldado que dispara es soldado que se defiende. Las balas que dan al contrario son muy pocas".»

–«... dos casamatas construidas, una con la Enciclopedia Británica...»; en realidad, las enciclopedias se usaban para reforzar los parapetos en la Ciudad Universitaria; Preston.

–«¡Venid a ver la sangre por las calles!»; el poema es de Neruda, y está dedicado efectivamente al Madrid asediado; sobre la presencia de poetas en el frente, ver *El mono azul*. El verso «oigo bajo tu piel el humo» es de César Vallejo, en *España, aparta de mí este cáliz*; y el poema «Las hierbas», es de Lorca, *Poeta en Nueva York*. El poema «A tres kilómetros de Ávila...» es de Lorenzo Varela y fue publicado en *El mono azul*. (Y, por decirlo todo, el verso que da título al capítulo «Que no roce la muerte otros labios» pertenece a un poema de Octavio Paz dedicado a Madrid a principios del otoño de 1936.)

–Sobre los combates que degeneran en caos por problemas lingüísticos –por ejemplo, en la II Brigada Internacional, al mando del escritor húngaro Mate Zalka (Luckács)–, Beevor, p. 269; también Orwell, p. 84, narra un ataque en el que tres alemanes están a punto de morir porque no entienden las órdenes en español y las dificultades del propio Orwell para encontrar las palabras en medio del combate.

–«Cuatro horas en la cola de un burdel»; Abella, II, habla de las colas ante los burdeles, también de heridos de guerra, y de los carteles anarquistas diciendo que un anarquista debe ganarse los besos, no comprarlos, que se trate bien a la compañera elegida... También sobre las cooperativas de prostitutas y sobre los burdeles exclusivos para alemanes; Abella, I.

–«... vale por un polvo»; sobre dichos vales –con fotos–, Eslava, pp. 83-84.

–«Los camilleros son los que más se enriquecen...» Sobre los robos realizados por camilleros y practicantes, Orwell, p. 68.

–«El pueblo catalán no trabaja sólo para comer...», cita de Ribalta, p. 63.

–La idea de Cataluña viviendo junto a un cadáver –Castilla–, se encuentra también en Ribalta, pp. 80-83.

– «¿Sabíais que el catalán tiene un cráneo dolicocéfalo?» Sobre la teoría del cráneo catalán, Ribalta, p. 24 y Santamaría. Al imperialismo catalán le dedica Solé Tura todo un capítulo.

–«Si fuera hoy posible exterminar a todos los catalanes...», cita literal de Bonaventura Riera, en Santamaría.

–«Nunca lo había pasado tan bien.» Las frases de la extranjera reproducen casi literalmente –incluido el «indeed I never enjoyed anything more»– un fragmento de carta de Eileen Blair, mujer de George Orwell, escrita tras visitar a su marido en el frente, Orwell, p. 15.

–El discurso de Ortega está hecho de retazos de varios razonamientos suyos.

–«Compró un bote de pintura...»; Abella, II, cuenta que un hombre fue pintando con brocha «Viva la FAI» de Barcelona a la frontera y que con ese truco consiguió huir de España.

BIBLIOGRAFÍA

ABELLA, Rafael, *La vida cotidiana durante la Guerra Civil. Vol. 1 La España Nacional; vol. 2 La España Republicana*, Planeta, Barcelona, 1973.

BEEVOR, Anthony, *La guerra civil española*, Crítica, Barcelona, 2005.

CABAÑELLAS, Guillermo, *Cuatro generales*, 2 vol., Planeta, Barcelona, 1977.

CORDÓN, Antonio, *Trayectoria. Memorias de un militar republicano*, Crítica, Barcelona, 1997.

Decretos y órdenes emanados de la Junta de Defensa nacional de España, San Sebastián, 1936.

DELAPRÉE, Louis, *Le martyre de Madrid, témoignages inédits*, ed. s/n, Madrid, 1937.

DOS PASSOS, John, *Journeys between Wars*, Harcourt Brace, San Diego, 1938.

El mono azul, Año 1, Madrid, 1936.

ESLAVA GALÁN, Juan, *Una historia de la guerra civil que no va a gustar a nadie*, Planeta, Madrid, 2005.

GIBSON, Ian, *Queipo de Llano. Sevilla, verano de 1936*, Grijalbo, Barcelona, 1986.

HILLS, George, *¡No pasarán!*, Editorial San Martín, Madrid, 1978.

ITURRALDE, Juan de, *El catolicismo y la cruzada de Franco*, Egi-Indarra, Vienne, 1960.

JIMÉNEZ LOSANTOS, Federico, *La última salida de Manuel Azaña*, Planeta, Barcelona, 1994.

JULIÁ, Santos, *Historia de las dos Españas*, Taurus, Madrid, 2004.

Junta de Defensa Nacional, *AVANCE DEL INFORME OFICIAL sobre los asesinatos, violaciones, incendios y demás depre-*

daciones y violencias cometidos en algunos pueblos del mediodía español por las hordas marxistas al servicio del llamado gobierno de Madrid, julio y agosto MCMXXXVI, Burgos, 1936.

—, *SEGUNDO AVANCE DEL INFORME OFICIAL sobre los asesinatos, violaciones, incendios y demás depredaciones y violencias cometidos en algunos pueblos del mediodía español por las hordas marxistas al servicio del llamado gobierno de Madrid*, julio y agosto MCMXXXVI, Burgos, 1936.

LASAGA MEDINA, José, *José Ortega y Gasset (1883-1955) Vida y filosofía*, Biblioteca Nueva, Madrid, 2003.

LÓPEZ ARIAS, Germán, *El Madrid del ¡No pasarán!*, El Avapiés, Madrid, 1986.

NERUDA, Pablo, *España en el corazón*, Publicaciones del Comisariado del Ejército del Este, Caspe, 1938.

ORTEGA, José, *Discursos políticos*, Alianza, Madrid, 1990.

ORTEGA, José, *La rebelión de las masas*, Alianza, Madrid, 1999.

ORTEGA, José, *España Invertebrada*, Alianza, Madrid, 1981.

PORLÁN, Alberto, *Las cajas españolas*, 2004 (DVD).

PRESTON, Paul, *Idealistas bajo las balas. Corresponsales extranjeros en la guerra de España*, Debate, Madrid, 2007.

QUEIPO DE LLANO, bandos y órdenes.

RIBALTA, Aurelio, *Catalanismo militante*, Diputación de Cataluña, Barcelona, 1901.

SANTAMARÍA, Antonio, *Inmigración, nacionalismo y racismo. El caso catalán*, El Viejo Topo, nº 152, pp. 38-50, mayo 2001.

SOLÉ TURA, Jordi, *Catalanismo y revolución burguesa*, Cuadernos para el Diálogo, Madrid, 1974.

TAGÜEÑA, Manuel, *Testimonio de dos guerras*, Planeta De Agostini, Barcelona, 2005.

THOMAS, Hugh, *La guerra civil española*, 2 vols., Grijalbo, Madrid, 1976.

TRAPIELLO, Andrés, *Las armas y las letras; literatura y guerra civil, 1936-1939*, ed. revisada, Destino, Barcelona, 2010.

URRUTIA, Jorge, ed. *Poesía de la guerra civil española 1936-1939*, Fundación José Manuel Lara, Sevilla, 2006.

VV.AA., *Azaña*, Ministerio de Cultura, Madrid, 1991.

ZUGAZAGOITIA, Julián, *Historia de la guerra en España*, Editorial La Vanguardia, Buenos Aires, 1940.

ZÚÑIGA, Juan Eduardo, *Capital de la Gloria*, Alfaguara, Madrid, 2004.

Índice